Galgomann

Virve Manninen

GALGOMANN

Roman

Impressum

Bibliografische Informationen der Deutschen Nationalbibliothek: Die Deutsche Nationalbibliothek verzeichnet diese Publi-
kation in der Deutschen Nationalbibliografie; detaillierte bibliografische Daten sind im Internet über dnb.dnb.de abrufbar.

Verlag: BoD · Books on Demand GmbH, In de Tarpen 42,
22848 Norderstedt

Druck: Libri Plureos GmbH, Friedensallee 273, 22763 Hamburg.

Coverabbildung: Kerstin Felske, TSV NUevaVIDA e.V. – „Arco",
Asociación Protectora de Animales de Segovia, Spanien.
www.tsv-nuevavida.de

ISBN: 978-3-7693-1371-0

1. EINE NASSE ANGELEGENHEIT

Es war noch dunkel und ich hörte, wie der spanische Wintersturm draußen weiter tobte. Alle anderen schienen noch zu schlafen, wie ich an der Lautstärke des Schnarchens um mich herum leicht feststellen konnte. Ich wollte gerade meinen Kopf auf meine Pfoten legen und weiterschlafen, als ich eine kleine Bewegung vor unserem Korb wahrnahm. Trotz der Dunkelheit konnte ich erkennen, dass es nur mein Ball war, der sich leise hin und her bewegte. Kurz bevor ich mich wieder in die Welt der Träume begab, bohrte sich eine Frage in mein Bewusstsein. Wieso bewegte sich der Ball? In dem Moment fiel mir noch etwas anderes auf. Wieso war unser Korb nass?

„Alma!" Ich setzte mich auf und stupste meine Schwester an, die neben mir lag. „Alma! Wach auf! Hast du in den Korb gemacht? Das ist ja ekelhaft!"

Alma gähnte und ließ gleichzeitig ein kleines Knurren hören. Ich hätte sie vielleicht etwas behutsamer aufwecken sollen, da ich ja wusste, wie sie es hasste, unsanft behandelt zu werden. Manchmal dachte ich wirklich daran, dass sie oft wegen ihrer Blindheit anders reagierte, aber in dem Augenblick war es mir egal. Ich stupste sie noch einmal an. „Das ist ja alles nass hier!"

„Was hast du nun wieder, Arlo? Lass mich gefälligst in Ruhe!" Sie wollte gerade richtig mit ihrer Schimpftirade loslegen, merkte jedoch wohl selbst, wie es um unseren Korb stand. „Iiih! Was ist das denn?" Sie schnüffelte kurz an dem Korb. „Das ist doch Wasser! Aber wie…?"

Von unserer Streiterei aufgeweckt stand Terri aus ihrem Bett auf und machte das Licht an. Bevor sie uns zur Ruhe mahnen konnte, schaute sie verblüfft auf ihre Füße, die komplett von Wasser bedeckt waren. Sie gab nur ein paar aufgeschreckte Laute von sich und stürmte aus dem Zimmer.

„Opa! Oma!", hörten wir sie im Flur rufen. „Hier stimmt etwas nicht! Es ist alles voll Wasser!"

Während die Menschen aufgeregt herumliefen und wohl nach der Wasserquelle suchten, sammelten wir Hunde uns im Wohnzimmer, wo das Sofa noch angenehm trocken war. Wir waren alle ziemlich verunsichert und guckten uns nur an. Meine Eltern saßen dicht bei Alma und mir. Auch Luna verabscheute den Fußboden, der nun einem Planschbecken ähnelte, und zwang sich sogar auf die Sofalehne. Bei ihrer Größe war es sicher nicht ganz einfach und es sah urkomisch aus, weswegen ich kurz auflachen musste.

Luna warf mir einen vernichtenden Blick zu. „Was gibt es da zu lachen? Es ist vollkommen in Ordnung, wenn die Katzen sich vor dem Wasser ekeln, aber unsereins dürfte das nicht?" Ja, ist ja schon gut, Luna. Wieso sind alle Mädels so empfindlich, besonders heute Nacht? Allerdings, dabei, was Luna da gesagt hatte, fiel mir etwas auf.

„Apropos Katzen!" Ich schaute mich um. „Weiß jemand, wo Domino und Alfonso sich verstecken? Wohl nicht draußen, bei dem krassen Sturm." Alle schauten sich um, aber sie waren nirgendwo zu sehen. Wir hörten Terri und ihre Großeltern nebenan im Arbeitszimmer irgendwas einander zurufen. Ich konnte nur ein paar Worte verstehen, wie ‚Dach' und ‚Feuerwehr'. Anscheinend hatten sie ihre neue Dachdusche entdeckt, obwohl ich das alles auch nicht gerade witzig fand. Das bedeutete sicher wieder, dass unsere Ruhe auf der Finca zuerst einmal vorbei war.

Aber wo waren die Katzen geblieben? Diese zwei Kater lebten bei uns seit letztem Herbst und waren uns richtig ans Herz gewachsen. Nachdem sie von ihrer früheren Familie ausgesetzt worden waren, hatten sie unsere Finca zufällig entdeckt. Domino passte immer noch sehr auf seinen Bruder auf, obwohl Alfonso bei unserem letzten Abenteuer gezeigt hatte, dass er zu viel mehr fähig war, als man zuerst gedacht hatte. Aber was bin ich da, um irgendetwas dabei schlecht zu finden. Genauso passte ich auf Alma auf, obwohl sie es auch nicht mehr so nötig hatte. Manchmal dachte ich, dass sie sogar ohne meine Einmischung besser dran wäre. Bevor die Schuldgefühle darüber, dass ich Alma vor einigen Monaten in Lebensgefahr gebracht hatte, überpfote nahmen, konzentrierte ich mich auf meinen Ball, der nun fast vor dem Sofa auf dem Wasser segelte. Den musste ich wenigstens retten können!

Ich sprang schnell ins Wasser, das mir schon zum Bauch reichte, was jedoch keine katastrophale Aussage war, da ich eh nicht der größte Hund war. Eher umgekehrt. Als ich mit dem Ball in der Schnauze zurück auf das Sofa sprang, musste ich mich schütteln, wobei ich die anderen nassspritzte. Ich murmelte eine Entschuldigung.

Alma versuchte mich giftig anzustarren, wobei ihr kleines Gesicht so komisch aussah, dass ich grinsen musste. „Was grinst du denn so doof?" Es verblüffte mich immer wieder, wie sie Dinge irgendwie sah, obwohl sie tatsächlich nichts sehen konnte. „Und was hast du in der Schnauze? Warum sprichst du so komisch?" Ich ließ den Ball vor ihr fallen, damit sie diesen mit ihrer Pfote anfassen konnte. Fehler! Ein großer Fehler!

„Dein Ball! Du hast deinen Ball gerettet? Und was ist mit meinem? Wie konntest du meinen Ball ertrinken lassen?" Ihre Unterlippe fing an, gefährlich zu zittern. Bald würde sie wohl wieder mit ihrer Heulerei anfangen. Seit ihrer Nahtoderfahrung – zugegeben, von mir verschuldet – war sie noch sensibler als eh und je. Irgendwie konnte ich sie verstehen, obwohl sie mir damit ziemlich oft gewaltig auf die Nerven ging. Ich hatte mir angewöhnt, in solchen Situationen tief ein- und auszuatmen und wenigsten bis zu drei zu zählen, damit ich sie nicht immer anschnauzte. Irgendwie kam es mir wie eine Buße vor. Eine verdiente. Allerdings übertrieb sie diesmal maßlos.

Ich seufzte. „Beruhige dich doch!" Falsche Ansage, Junge, ganz falsch. Alma stand nämlich auf und kräuselte sogar ihre Nase.

„Ich soll mich beruhigen? Du solltest doch wissen, was mein Ball mir bedeutet? Nach all dem, was passiert ist? Und nun verschwindet er sicher mit dem ganzen Wasser!"

Unser Papa wollte gerade uns ermahnen, aber ich lenkte schnell ein. „Ja, ist schon gut. Entschuldige!" Dieses andauernd sich entschuldigen zu müssen, wurde langsam etwas lästig. „Ich werde ihn suchen." Ich sprang erneut von dem Sofa herunter und watete in diesem dämlichen Wasser herum. Die Bälle waren uns beiden schon sehr wichtig. Wir hatten sie zu unserem ersten Geburtstag vor einigen

Wochen bekommen. Meiner war schön gelb und robust, wodurch ich ihn wunderbar durch den Garten jagen konnte. Almas Ball hatte ein Glöckchen, damit sie mit ihm überhaupt spielen konnte. Aber am wichtigsten war, dass es das erste Mal war, dass Alma seit ihrem Klinikaufenthalt wieder richtig Lust zum Spielen bekommen hatte. Es war also klar, dass ich nach dem Ball suchen musste.

Meine starke Vermutung war, dass sie den Ball, wie fast immer, mit zu unserem Korb genommen hatte. Bei dem immer noch steigenden Wasserstand wurde es immer schwieriger, vorwärtszukommen. Ich hoffte, diesen verdammten Ball wirklich schnell zu finden, weil ich sonst würde zurückschwimmen müssen. Diesmal hatte ich jedoch Glück und ihr Schatz war tatsächlich dort, in Terris Zimmer. Nachdenklich schaute ich auf den Korb, der immer noch wie ein sicherer Hafen für Alma war.

Nachdem sie aus der Klinik entlassen worden war, nach mehreren schweren Operationen, brauchte sie sehr lange, um sich zu erholen. Manchmal hatte ich den Eindruck, als ob sie tatsächlich sehr kämpfen musste, um ihre Lebenslust nicht vollkommen zu verlieren. In dieser Zeit schlief unsere Tante Rosa in einer Nacht friedlich ein. Unsere Eltern erzählten uns, dass Tante Rosa ein sehr hohes Alter erreicht hatte und ihr Herz wohl einfach nicht mehr weiter schlagen wollte. Ihre Kinder - Tina und Toni - waren furchtbar traurig, obwohl das zu erwarten gewesen war. Normalerweise hätte Alma sie sofort getröstet und mit ihnen jeden Tag gespielt und auch sonst sich um sie gekümmert. Aber sie lag nur in unserem Korb und stand nur auf, wenn sie sich erleichtern musste.

Um Tina und Toni gerecht zu werden, erlaubten unsere Menschen, dass sie zu unseren Nachbarn umzogen, wo sie Spielkameraden hatten und die Trauer bewältigen konnten. Wir sahen sie noch oft und ich muss zugeben, dass diese Entscheidung genau richtig gewesen war. Sie waren wieder so glücklich und unbekümmert wie zuvor. Nur Alma brauchte noch länger. Deswegen war ich diesem Ball so dankbar und eilte mit ihm zurück zum Sofa.

Als Alma ihren Ball wieder in den Pfoten hielt, lächelte sie mich kurz an, sagte aber nichts. Ich seufzte noch einmal. Früher hätte sie sofort mit ihrem Gequassel losgelegt und mich damit endlos genervt. Früher. Ich verstand schon, dass sie unendlich viel durchgemacht hatte, aber trotzdem hoffte ich, dass sie irgendwie wieder die Alte werden würde. Irgendwie, irgendwann. Jetzt interessierte mich jedoch sehr, was die Menschen eigentlich zu tun gedachten. Opa Gerhard trug gerade eine große Leiter aus dem Lager, gefolgt von Terri, die einige dicke Planen mitbrachte. Ich hörte, wie Oma Martha telefonierte und aufgeregt etwas über Sturmregen und Dachschaden erzählte.

Papa schaute sich besorgt um. „So, wie ich das nun verstehe, haben wir ein ziemlich großes Problem." Er zeigte auf das Wasser, das wirklich überall zu sein schien. „Bis das hier wieder trocken und der Schaden behoben ist, wird es etliche Wochen dauern, wenn nicht länger."

Alle schwiegen wieder, was nie ein gutes Zeichen war und mir immer gewaltig auf die Nerven ging. Luna zeigte mit ihrer Pfote in Richtung des Arbeitszimmers, wobei sie fast von der Sofalehne herunterkullerte. Mit größter Gewalt konnte ich gerade noch so mein Grinsen unterdrücken. Es gab ja auch nichts zu lachen. Luna vergewisserte sich aus den Augenwinkeln, dass ich mich bloß nicht über sie lustig machte, und sagte dann: „Unsere Menschen werden alles sicher bald regeln können. Sie müssen doch auch hier wohnen bleiben. Wo sollten sie sonst hin? Und uns würden sie sicher nicht zurücklassen, oder?"

Da war ich mir nicht so sicher. Zwar hatten sie uns aufgenommen, als wir aus den furchtbaren Verhältnissen bei dem Tierquäler befreit wurden, und Luna lebte schon ewig bei ihnen, aber wer weiß, was in so einem Notfall alles passieren konnte. Die Großeltern von Terri hatten früher in diesem Deutschland gelebt, aber waren wohl verjagt worden, als sie zu alt wurden. So vermutete ich jedenfalls. Terri war nach dem tödlichen Verkehrsunfall ihrer Eltern auf die Finca nach Spanien gezogen und arbeitete in der hiesigen Tierklinik. Also Hund sollte an sich vermuten können, dass sie tierlieb waren und uns nicht im Stich lassen würden. Mein Vertrauen zu allen Menschen war jedoch immer noch nicht sehr hoch.

Wem ich allerdings jederzeit und bedingungslos vertrauen konnte, war Toran, Lunas Vater und ein Wolf, der in den Bergen hier in der Nähe lebte. „Ich weiß, ich weiß!", rief ich wieder fröhlich. „Wir können ja zu Toran, wenn wir sonst keine Bleibe mehr haben! Er würde uns sicher bei sich leben lassen!" Die Erwachsenen nickten zwar, wirkten jedoch nicht besonders überzeugt. Alma hielt ihren Ball weiter fest und reagierte gar nicht. Es tat mir im Herzen weh, meine Schwester so zu sehen. Ich wusste nicht, wie ich ihr hätte helfen können.

Um auf andere Gedanken zu kommen, versuchte ich herauszufinden, wo unsere Kater sich versteckten. Da alle gerade zufällig still waren, konnte ich ein leises ‚Ui-ui!' hören. Eindeutig Alfonso, aber woher kam sein Gewinsel? Normalerweise war Almas Gehör viel besser als meins, ich wusste jedoch nicht, ob sie Alfonsos Stimme überhaupt wahrgenommen hatte. Einen Versuch war es auf jeden Fall wert.

„Alma!" Sie drehte wenigstens ihren Kopf in meine Richtung. „Hast du das Ui-ui von Alfonso gerade gehört?"

„Natürlich." Mehr sagte sie nicht.

Ich ließ das mit dem Seufzen, weil ich es langsam überdrüssig wurde, und fragte einfach weiter. „Und weißt du vielleicht, woher das kam?"

Alma zeigte mit ihrer Pfote in Richtung Terris Zimmer, wo ich doch gerade gewesen war und keine Kater entdeckt hatte. Wenn Alma es aber meinte, mussten sie dort irgendwo sein. Jetzt seufzte ich doch, weil mir klar wurde, dass ich wieder ins Wasser musste. Ich fand es besser, wenn wir alle zusammen darauf warteten, was als nächstes passierte, und zu uns gehörten nun mal auch die Katzen. Wie tief das Wasser wohl inzwischen war? Mama bemerkte mein besorgtes Gesicht.

„Du brauchst keine Angst zu haben, mein Junge." Sie tätschelte kurz meinen Kopf. „Hier auf dem Sofa sind wir zuerst einmal in Sicherheit."

„Ja, ich weiß. Aber ich muss Domino und Alfonso finden. Sie verstecken sich wohl in Terris Zimmer."

„Sie werden schon zurechtkommen. Katzen sind sehr selbstständig und klug", versuchte sie mich zu beruhigen.

Und wir Hunde etwa nicht? Das sagte ich jedoch nicht laut, weil ich ihr nicht widersprechen wollte.

„Ich muss wenigstens gucken, wo sie sind und ob alles in Ordnung ist. Das darf ich doch, oder? Ganz kurz nur?" Mama schwieg kurz aber nickte dann. Mehr brauchte ich nicht und sprang sofort wieder ins Wasser. Als ich mich Terris Zimmer näherte, hörte ich wieder das ‚Ui-ui' von Alfonso und diesmal ganz deutlich.

„Hallo! Wo seid ihr? Domino? Alfonso?" Ich blickte mich um, aber konnte sie immer noch nicht entdecken. Natürlich schwiegen sie nun beide. Da ich wusste, wie sehr sie Wasser verabscheuten, konnte ich ahnen, dass sie irgendwo hinaufgeklettert waren. Und der einzige Platz war auf dem Kleiderschrank, auf dem ein paar Kartons standen. Bewegte sich dort hinten etwas? Ich watete etwas näher dran. „Jungs? Seid ihr da oben?"

Endlich tauchte Dominos Kopf hinter den Kartons auf. „Was ist hier los, Arlo? Warum ist alles nass? Das ist ja wirklich abscheulich!" Ich klärte sie beide über den Sturmschaden auf und dass es jetzt sicher bald besser würde. Als ich sie bat, doch zu uns anderen zu kommen, weigerten sie sich vehement.

„Durch das Wasser hindurch? Auf gar keinen Fall! Wir kommen erst herunter, wenn es wieder trocken ist!" Damit verschwand sein Kopf wieder hinter dem Karton. Selbstredend kam noch ein lautes ‚Ui!' von Alfonso als Bestätigung. Da war nichts zu machen. Ich kehrte zurück ins Wohnzimmer und hörte, wie unsere Menschen irgendwas im Arbeitszimmer hämmerten. Vermutlich wollten sie mit der Plane das Loch abdichten. Bei dem Regen und Wind würde das sicher nicht lange halten, wie Opa Gerhard mir zustimmen musste.

„Ja, ich weiß, dass das nur eine Notlösung ist", hörte ich ihn sagen. „Besser als nichts jedoch. Die Feuerwehr hat so viele Einsätze, dass es noch dauern wird, bis sie herkommen können. Wir müssen überlegen, was wir nun machen. Bei diesem Wasserschaden können wir unmöglich auf der Finca bleiben." Meinte er mit ‚wir' auch uns? Ich schaute Papa an, aber er konnte nur mit den Schultern zucken.

„Ich rufe Mateo an", sagte Terri. „Bei ihnen ist sicher Platz für uns alle. Das Haus ist ja so groß, dass sie nicht einmal jedes Zimmer benutzen." Ich hielt den Atem an. „Und sie werden bestimmt nichts dagegen haben, dass unsere Tiere mitkommen."

Ich jubelte laut und sprang auf dem Sofa hin und her. „Alma! Hast du das gehört? Wir dürfen zu Rudi und Anton!" Und da geschah ein kleines Wunder bei der Erwähnung unserer guten Freunde – oder für Alma war Mateos Hund Rudi schon mehr als nur ein Freund.

Alma erhob sich und wedelte wild mit dem Schwanz. „Zu Rudi!" Ihre Augen leuchteten und zum ersten Mal seit etlichen Wochen trippelte sie wieder mit den Pfoten – zuerst mit den vorderen, dann mit den hinteren – genau so, wie immer früher.

2. EIN VOLLES HAUS

Wie es nicht anders zu erwarten war, durften wir selbstredend alle zu Mateo und seinem Vater, Doktor Morales. Mateo und Terri waren seit dem letzten Sommer ein Paar, sogar ein glückliches, würde ich behaupten. Doktor Morales war der Chef unserer Tierklinik, wo Mateo als Verwaltungsleiter tätig war. Sie wohnten nicht allzu weit weg von unserer Finca, besonders wenn man die Abkürzung durch die Pinienwälder kannte, wie unsereins. Nun saßen wir jedoch alle im Auto. Oder was hieß hier alle? Opa Gerhard blieb auf der Finca, um auf die Feuerwehr zu warten, und die Katzen waren nicht zu bewegen gewesen. Die Menschen hatten sie, trotz ihrer Suche, noch nicht einmal entdeckt.

„Im Auto mitfahren?", hatte Domino empört auf meinen Vorschlag erwidert. „Das kommt mit Sicherheit nicht in Frage! Wir steigen in kein Auto ein! Nein!"

Dazu noch ein starkes ‚Ui-ui!' von Alfonso.

Ich versuchte es erneut. „Es kann aber sehr lange dauern, bis wir zurückkommen. Ihr könnt doch hier nicht allein bleiben!"

„Alfonso findet eine Maus! Ui!" Sein Kopf lugte hinter Dominos Rücken hervor.

„Ja, sicher kannst du eine Maus fangen, Alfonso." Ich zeigte mit meiner Pfote wage in Richtung Garten. „Aber es ist hier doch öde und vielleicht sogar gefährlich, wenn wir anderen fort sind."

Ihr Schweigen deutete ich als Zustimmung. „Ihr weißt doch, wohin wir wollen? Zu Rudi und Anton, ihr kennt sie ja schon. Es wird ein Riesenspaß! Und sie haben erst recht einen riesigen Garten, da könnt ihr zigtausende Mäuse jagen!"

Die Kater guckten sich an. Anscheinend war diese Aussicht doch verlockend. Domino schüttelte jedoch den Kopf. „Trotzdem, nicht im Auto!"

Mir war vorher nicht so klar gewesen, welche Abneigung Katzen, oder auf jeden Fall diese zwei, gegen Autofahren hatten. Mir selbst wurde im Auto leicht schlecht, aber mitfahren wollen würde ich jederzeit lieber als irgendwo allein zu bleiben. Ich überlegte fieberhaft und endlich kam ich auf eine Idee. Früher hätte ich wohl gesagt, natürlich kam mein Superhirn auf eine glorreiche Idee, aber seitdem die Sache mit Alma passiert war, war mein Selbstvertrauen sehr angeknackst. Ich schüttelte mich kurz, um die negativen Gedanken zu vertreiben, und präsentierte meine Idee.

„Du, Alfonso, du weißt doch noch das Haus, wo du so heldenhaft gegen diese Monsterfrau gekämpft hast?", erinnerte ich ihn an unser letztes Abenteuer. „Das Haus mit den vielen kleinen Hunden?"

„Ui! Alfonso war ein Held!" Er strahlte mich an.

„Ja, genau! Du weißt doch auch noch, wie wir durch den Wald dorthin gelaufen sind?"

„Viele Bäume!" Er stand auf. „Alfonso findet den Pfad leicht! Alfonso findet das Haus!" Anscheinend verstand er schneller, was ich meinte, als ich gedacht hätte.

„Das ist gut, Alfonso!", lobte ich ihn. Domino guckte mich fragend an. „Ja, also…", fuhr ich fort, „dieses Haus ist nicht weit weg von Mateos Haus. Wenn ihr dorthin zu Fuß gelangen könntet, könnte ich mit Rudi euch dort abholen. Das Haus dieses Monsters steht leer, also braucht ihr keine Angst zu haben! Dann könnten wir alle wieder zusammen sein!"

Domino nickte. „Das wäre möglich, ja. Die Idee gefällt mir. Alfonso mag seine kleinen Defizite haben, aber er hat einen ausgezeichneten Orientierungssinn. Wenn er meint, das Haus wiederfinden zu können, tut er das auch." Er tätschelte kurz seinen Bruder anerkennend, woraufhin dieser kurz zufrieden schnurrte. „Aber…", fügte er nachdenklich hinzu, „wir werden nicht von diesem Schrank herunterkommen, bevor das ekelhafte Wasser verschwunden ist!"

Irgendwie konnte ich ihn gut verstehen. Da ich schon eine Weile im Wasser stand, gefiel es mir ebenfalls immer weniger. „Opa Gerhard bleibt auf der Finca, bis die Feuerwehr hier ist und sicher auch um zu begutachten, was gemacht werden muss. Wenn er dann irgendwann zu Mateo kommt, wissen wir, dass wenigstens das Wasser weg ist. Das vermute ich jedenfalls stark."

„Ja, das wird wohl so sein. Dann weißt du ungefähr, wann wir an diesem Haus anzutreffen sind." Domino winkte zum Abschied mit der Pfote und Alfonso schoss noch ein kleines ‚Ui!' hinterher.

Als wir an dem Haus von Mateo und seinem Vater ankamen, konnte ich – wie immer – nur darüber staunen, wie riesig ihr Anwesen war. Allein vom Tor bis zu dem schlossähnlichen Haus dauerte es sogar mit dem Auto eine Weile. Wie ich wusste, umgab eine hohe Mauer den überdimensionalen Garten, wo wir früher sehr gerne gespielt haben. Ich hoffte, dass diese Umstellung vor allem Alma erfreuen würde und sie wieder etwas von ihrer Heiterkeit wiederfinden könnte.

Anton hatte unser Auto natürlich schon längst gehört. Er stand auf der Treppe und meldete sich kurz, um seinen Menschen Bescheid zu sagen. Als ein Herdenschutzhund war es seine wichtige Aufgabe, alles immer im Blick zu behalten. Wenn ich so groß wäre, wie er – und damit meine ich wirklich groß, wahnsinnig groß -, würde es mir auch leichter fallen, den Beschützer der Familie zu spielen. Um ehrlich zu sein, hat die Größe eines Hundes jedoch nichts damit zu tun, ob er mutig war, oder nur leichtsinnig – wie ich.

Ich schielte zu Alma, die neben mir auf der Rückbank aufgestanden war und aufgeregt mit dem Schwanz wedelte. Das war schon mal ein Unterschied zu ihrer Gleichgültigkeit, die ich ertragen musste, was ich selbstredend ohne mich zu beklagen tat. Vielleicht hätte ich mit ihr über diese ganze Sache reden sollen, aber ich habe nie den richtigen Moment gefunden. Zuerst brauchte sie sehr lange, um sich körperlich zu erholen, und dann hatte ich eh den Eindruck, dass sie alles nur vergessen wollte. Ich hätte es auch gerne getan, aber ich konnte nicht. Und was ich mit meinem Übermut angerichtet hatte, führte sie mir jeden einzelnen Tag vor Augen. Nicht bewusst, nein, aber trotzdem. Ich nahm mir fest vor, bald mit ihr ein Gespräch zu führen.

Gerade als Oma Martha und Terri ausstiegen und uns hinausließen, öffnete Mateo die Haustür, und wie zu erwarten war, stürmte Rudi sofort raus. „Da seid ihr ja!", rief er aufgeregt. „Wir kriegen gleich Frühstück, alle zusammen!

Ist das nicht toll!" Er hüpfte um uns herum und versuchte, Alma in Richtung des Hauses zu schubsen. Statt ihn anzuschnauzen, lachte Alma nur.

„Das wird herrlich bei euch!", meinte sie grinsend. „Ich freue mich so sehr, obwohl das mit dem vielen Wasser bei uns nicht so lustig ist. Aber Arlo hat meinen Ball gerettet!" Sie lächelte mich an und vor lauter Erleichterung brach ich fast in Tränen aus. Zum Glück nur fast. Ein großer Junge wie ich muss sich schon zu beherrschen wissen. Eigentlich seit meinem ersten Geburtstag vor kurzem konnte ich mich als junger Erwachsener bezeichnen, weltoffen und tolerant den anderen Lebewesen gegenüber. Alma räusperte sich neben mir. Statt mich über ihre Einmischung in meine Gedanken zu ärgern, freute ich mich plötzlich von ganzem Herzen. Das hatte mir so gefehlt! Vielleicht wurde alles doch noch gut.

Mateo kam uns entgegen und nahm die Taschen an sich, die Oma Martha und Terri schnell eingepackt hatten. „Ihr seid alle herzlichst willkommen bei uns! Endlich ein bisschen mehr Leben in der Bude!" Er lächelte und gab Terri ein Küsschen. „Wir haben wirklich genug Platz. Ihr könnt so lange bleiben, wie ihr möchtet."

„Ja, genau!", Doktor Morales kam an die Tür. „Das wollte ich auch gerade sagen. Willkommen, willkommen! Kommt rein, es ist ja immer noch ein schreckliches Wetter. Ich bin gerade dabei, ein deftiges Frühstück vorzubereiten. Nach diesem Schrecken mitten in der Nacht könnt ihr das sicher gut gebrauchen!"

„Vielen lieben Dank, ihr beiden." Oma Martha schüttelte Doktor Morales die Hand. „Das ist sehr großzügig von euch. Wir hätten sonst gar nicht gewusst, wohin. Mit so vielen Tieren eine Unterkunft zu finden, ist nicht gerade einfach."

Terri nickte. „Ja, und unsere Katzen fehlen noch. Wir konnten sie nirgendwo finden. Hoffentlich kann Opa sie mitbringen, wenn er mit der Feuerwehr gesprochen hat. Es sieht bei uns echt übel aus. So viel Wasser!"

Sie gingen ins Haus, gefolgt von uns allen. Normalerweise hätten wir zuerst einmal eine Runde im Garten gespielt, aber es war noch fast dunkel und es regnete immer noch heftig. Für heute hatte ich wirklich genug vom Wasser. Anton schien zu überlegen, ob er weiterhin draußen bleiben sollte, aber das Wetter behagte ihm anscheinend auch nicht gerade. Wir schlenderten in Richtung Küche, woher ein herrlicher Duft uns entgegenkam. Rührei und Würstchen! Ob wir Hunde etwas davon abbekamen? Vielleicht sahen die Menschen ein, dass auch wir wegen dieser Ereignisse traumatisiert waren, und etwas Außergewöhnliches zum Essen brauchten. Ich schaute mich um und sah, wie aufgeregt Rudi und Alma schon miteinander spielten und sich sichtlich freuten. Na gut, sehr traumatisiert sah das gerade nicht aus. Ich seufzte.

„Kommt, setzt euch!" Doktor Morales zeigte auf den großen Esstisch in der Küche. „Kaffee ist schon fertig. Ich brate nur noch ein paar Tomaten."

Ich platzierte mich neben Terris Stuhl, weil dort die Aussicht auf gefallene Stückchen Essen am besten war. Manchmal überlegte ich, ob sie das absichtlich, aus großem Mitleid mir gegenüber, tat, oder ob sie einfach so tollpatschig war. An sich war es ja egal, solange das Resultat dasselbe blieb.

Gerade als ich mir darüber Gedanken machen wollte, wo unser eigenes Frühstück serviert werden würde oder ob in diesem Haus für uns kein Essen vorgesehen war, hörte ich Mateo mit mehreren Näpfen hantieren.

„Dein Arlo ist ja wieder dem Hungertod nahe!", lachte Mateo Terri an. Sehr witzig. Seine Unverschämtheit wurde jedoch augenblicklich verziehen, als ich seine nächsten Worte hörte. „Ist es für euch in Ordnung, wenn die Hunde auch ein bisschen von dem Rührei und den Würstchen bekommen? Natürlich zusätzlich zum Hundefutter. Mein Vater hat wieder für eine ganze Kompanie gekocht." Meine Dankbarkeit war endlos, als ich Terri und Oma nicken sah. Jawohl! Das nenne ich gute Gastgeber!

Wir frühstückten schweigend und legten uns dann noch kurz hin. Sogar ich war so pappsatt, dass ich mich nicht mehr für Terris Tollpatschigkeit interessierte. Aus den Augenwinkeln konnte ich jedoch beobachten, dass sie diesmal merkwürdigerweise sehr ordentlich am Tisch saß und aß. Gut, dass ich mir nicht die Mühe gemacht hatte, wäre eh vergebens gewesen. Als Mateo dann den Tisch abräumte, goss Doktor Morales sich und Oma Martha noch eine Tasse Kaffee ein.

Terri sprang zu Mateo. „Lass mich dir wenigstens mit dem Abwasch helfen, Schatz!" Sie umarmte Mateo kurz und griff sich ein Geschirrtuch. „Ihr braucht uns doch nicht zu bedienen!"

Mateo lachte kurz auf. „Nein, das habe ich bestimmt auch nicht vor! Aber ihr solltet euch zuerst einmal ein bisschen ausruhen, nach dem Schreck."

Auf einmal schnappte Oma Martha nach Luft. „Oh nein!" Was war nun los? „Mir fällt gerade siedend heiß ein, dass Silva doch mit ihren Hunden heute zur Finca kommen wollte. Sie fährt ja zu dieser zweiwöchigen Fortbildung nach Madrid und wir haben versprochen, in dieser Zeit uns um ihre Hunde zu kümmern. Oh nein! Wir können auch nicht in ihr Haus, weil sie diese Gelegenheit nutzt, die Heizung dort erneuern zu lassen. Oh je!"

Doktor Morales legte seine Hand beruhigend auf Oma Marthas Arm. „Ach, wenn es nur das ist! Da brauchst du dir keine Gedanken zu machen. Ruf Silva einfach an und sag, dass sie ihre Hunde zu uns bringen soll. Sie verstehen sich ja alle sehr gut miteinander."

Nun war Oma Martha den Tränen nahe. „Das dürfte sie tun?" Doktor Morales nickte nur lächelnd. „Ich bin dir sehr dankbar, Miguel. Und dir auch Mateo! Erst wenn man in Not ist, erkennt man seine wahren Freunde!"

Ich konnte nicht aufhören zu lächeln. Ja, unsere wahren Freunde hatten wir bald alle zusammen! Das bedeutete nämlich, dass nicht nur unsere älteren Geschwister, Tristan und Isolde, kommen würden, sondern dass auch die wunderschöne Contesa, eine meiner allerbesten Freundinnen, uns Gesellschaft leisten würde. Obwohl Contesa viel älter und tausendmal größer als ich war, verehrte ich sie von ganzem Herzen. Sie war eine schwarze, spanische Windhündin, eine Galga, die früher bei einem grausamen Jäger leben musste. Trotz der jahrelangen Misshandlungen hatte sie ihre sanfte und zurückhaltende Natur beibehalten. Allerdings seit Tristan und Isolde bei Silva lebten, war Contesa regelrecht aufgetaut. Ich freute mich sehr, dass wir alle zusammen Zeit verbringen konnten.

Alma kam zu mir. „Nun ist unsere ganze Truppe gleich hier versammelt. Vielleicht brauche ich dann nicht mehr die ganze Zeit so furchtbare Angst zu haben." Sie legte ihre winzige Pfote kurz auf die meine. Ich sagte nichts, weil mir nur ein Gedanke in meinem Kopf herumging. Sie hatte die ganze Zeit Angst gehabt? Wovor denn?

3. DAS BÖSE DARF NICHT GEWINNEN

Rudi hatte ein Spielzeug mit einem Quietscher geholt und animierte Alma zum Spielen. Sie sah so unbekümmert und sorglos aus, wie lange nicht mehr. Ich konnte nicht glauben, was sie mir gerade erzählt hatte. Luna lag neben dem Heizungskörper an der Wand und döste vor sich hin. Vielleicht wusste sie über die Sache mehr, weil sie doch immer versuchte, für Alma da zu sein. Hatte ich tatsächlich etwas Wichtiges übersehen? Ich ging zu ihr.

„Luna! Wach auf!" Ich stupste sie leicht mit der Pfote an. Luna zu ärgern oder gar zu erschrecken wäre nicht so klug, wie ich aus eigener Erfahrung wusste. Sie öffnete ein Auge. Na, das war wenigstens etwas. „Luna, hör bitte zu, das ist wichtig." Endlich schien sie tatsächlich wach zu sein und Leben kehrte in ihre Augen zurück. Manchmal war sie halt ein bisschen langsam in ihren Gedanken und Bewegungen.

„Hmm? Was ist nun?" Sie gähnte, wobei ich einen ausgezeichneten Blick auf ihre mächtigen Zähne hatte. Nein, sie zu ärgern wäre wahrhaftig nicht klug. Ich nickte in Richtung Alma.

„Hast du gewusst, dass Alma auf der Finca Angst gehabt hat?"

„Wie, Angst?" Luna guckte sehr verblüfft aus dem Fell. „Natürlich habe ich bemerkt, dass sie in letzter Zeit ziemlich angeschlagen und betrübt gewesen ist. Ich habe aber gedacht, dass sie vielleicht doch noch Schmerzen hat. Sie scheint nicht gerne darüber zu reden, was ihr passiert ist. Aber dass sie die ganze Zeit Angst gehabt haben soll, davon hatte ich keine Ahnung. Wie kommst du überhaupt darauf?"

„Na ja, sie hat es gerade gesagt." Ich hatte gar nicht mitbekommen, dass Alma das Spiel abgebrochen hatte und neben mir aufgetaucht war.

„Wer hat was gesagt? Redet ihr über mich?" Sie setzte sich direkt zwischen Lunas Pfoten. Nun fiel mir auf, dass sie das in letzter Zeit sehr oft machte. Es sah aus, wie sie bei Luna Schutz suchen würde, woran ich tatsächlich nicht gedacht hatte. Natürlich war Luna größer und kräftiger als ich, aber trotzdem fühlte ich mich ein bisschen verletzt. Ich, als ihr Bodyguard, hatte auf ganzer Linie versagt. Alma sah in dem Moment jedoch nicht verärgert oder gar ängstlich aus.

Ich räusperte mich. „Ja, also…" Ich schluckte. „Du hast vorhin gesagt, dass du auf der Finca neulich Angst gehabt hast. Wieso hast du nichts gesagt? Ich habe gedacht, dass du nur sauer auf mich bist, weil ich dich in Gefahr gebracht habe." Ich fühlte, wie meine Augen sich mit Tränen füllten, aber zum Glück konnte sie das nicht sehen. Obwohl ich meinen Kopf schnell auf die Seite drehte, erkannte ich, dass Luna das mitbekommen hatte. Sie legte ihre Pfote kurz auf meine Schulter, wobei Alma fast umkippte, weil sie sich daran gelehnt hatte.

„Hoppla!", rief sie etwas erschrocken und krabbelte vorsichtshalber auf Lunas Rücken, der wohlbemerkt breit genug für uns beide gewesen wäre. Sie schüttelte kurz ihren

Kopf. „Sauer auf dich, Arlo? Wo denkst du denn hin? Natürlich bin ich nicht sauer auf dich."

„Aber…", fing ich an, aber Alma hob ihre Pfote, um weiterreden zu dürfen.

„Was mir passiert ist, war doch nicht deine Schuld." Ich schüttelte den Kopf, was sie natürlich nicht sehen konnte. „Wir haben beide gekämpft", fuhr sie fort. „Wenn wir das nicht gemacht hätten, hätten viele unschuldige Hunde leiden und sogar sterben müssen. Es ist nun mal so, dass man das Risiko eingehen muss, verletzt zu werden. Letztendlich haben wir doch gewonnen!" Sie hob ihre Pfote in meine Richtung und ich schlug diese mit meiner ab.

In dem Moment konnte ich kein Wort herausbringen. Ich hatte das Gefühl, als ob ein riesiges Stück von etwas in meinem Hals stecken würde. Nach ein paar Mal schlucken und mich räuspern konnte ich wieder frei atmen, wobei ich bemerkte, dass ich mich plötzlich im Allgemeinen einfach viel besser fühlte. Erleichtert. Fröhlich. Ich hätte fast gesagt, frei von Schuld, aber das wäre zu weit gegangen. Ich vermutete, dieses Schuldgefühl würde niemals vollkommen verschwinden, egal, wie Alma darüber dachte. Aber dass sie überhaupt darüber sprach, war schon einmal ein großer Fortschritt. Außerdem klang sie plötzlich sehr erwachsen und sogar frühreif. War das wirklich meine hibbelige Schwester?

Allerdings als ich sah, wie sie auf Lunas Rücken mit ihrem Trippeln anfing, wusste ich, dass sich nicht so viel geändert hatte. „Alma! Nicht kitzeln!", mahnte Luna sie. „Du fällst gleich runter! Nicht kitzeln!" Mit größter Mühe schaffte Alma es, wieder ruhig zu sitzen. Luna seufzte vor

Erleichterung und nickte mir zu. Was? Ach ja, die eine Frage war ja noch nicht geklärt. Da Alma bereit schien, sich nun zu öffnen, wagte ich diese zu stellen.

„Alma, hör mal zu." Ich ging noch einen Schritt näher zu ihr hin. „Wovor hast du auf unserer Finca Angst gehabt?"

Sie schwieg zuerst einmal und ich dachte schon, dass sie nichts mehr sagen würde. Dann fing sie doch an, ganz leise zu sprechen. „Weißt du… Ich hätte nie gedacht, dass das Böse es schafft, auf unsere Finca durchzudringen. Aber es schaffte es. Das Böse kam auf unsere Finca und keiner konnte es verhindern."

Ich sah, dass sie leicht zitterte. „Mir ist natürlich bewusst," fuhr sie fort, „dass wir letztendlich das Böse besiegen konnten. Aber wer weiß, was als Nächstes passiert? Die Welt ist voll von Monstern. Voll von Menschen, die uns schaden wollen. Wie sollte ich glauben, dass wir dort sicher sind, da wir es nun mal nicht sind? Daran muss ich die ganze Zeit denken."

Anton hatte anscheinend unser Gespräch mitgehört und kam zu uns. Das war auch gut, weil ich selbst nicht - und Luna wohl auch nicht - wusste, was wir Alma hätten sagen können. Irgendwie hatte sie recht. Jederzeit konnte erneut etwas ganz Furchtbares passieren. Anton strahlte aber so viel Ruhe und Selbstsicherheit aus, dass wenigstens Almas Zittern augenblicklich nachließ.

„Ich konnte nicht überhören, was du gerade sagtest, junge Dame." Er tätschelte ihren Kopf. „Was dir widerfahren ist, war sehr traumatisch. Wir sind alle sehr glücklich darüber, dass du diese schweren Verletzungen überlebt hast. Es ist kein Wunder, dass du danach Angst und

Unsicherheit spürst. Obwohl zum Beispiel Luna und ich viel größer und älter sind, hatten wir bei der ganzen Sache auch Bange." Luna murmelte irgendetwas als Zustimmung.

Alma nickte nur. Anton schaute uns an. „Es gibt leider keine absolute Garantie, dass uns nie mehr etwas Schlimmes passieren könnte. Wir halten jedoch alle zusammen und sind dadurch viel stärker als jeder allein. Außerdem, falls du die Angst Überpfote nehmen lässt, wird das Böse dann doch gewinnen, und das wollen wir auf keinen Fall, oder?"

Alma nickte erneut. Langsam stieg sie von Lunas Rücken herunter und stellte sich vor Anton hin. „Du hast vollkommen recht", sagte sie. „Hier bei euch fühle ich mich auf jeden Fall sicher. Vielleicht wird es irgendwann ebenfalls auf unserer Finca besser. Es muss. Ich werde mit Sicherheit das Böse nicht gewinnen lassen!" Sie stampfte mit ihrer Pfote kräftig auf den Fußboden, was ziemlich witzig aussah. Ich traute mich jedoch nicht zu lachen, weil sie so ernst klang.

Anton lächelte. „So ist es richtig." Er schaute aus dem Fenster. „Das Regen scheint endlich nachgelassen zu haben. Wollen wir alle ein bisschen in den Garten gehen? Schnüffeln und spielen?"

Das musste er nicht zweimal sagen. Sogar Mama und Papa folgten uns in den Wintergarten und wir warteten artig, bis Mateo uns die Tür öffnete. Na ja, alle außer Rudi und Alma, die einander schubsten und es kaum erwarten konnten, ein Rennspiel anzufangen. Da machte ich mehr als gerne mit! Der Garten war genauso schön und mit so vielen verschiedenen Gerüchen gefüllt, wie ich es in der Erinnerung gehabt hatte. Rudi und ich sprangen und rannten, gleichzeitig bellend, damit Alma uns folgen konnte. Es machte wirklich Spaß! Das würden sehr schöne Tage werden und insgeheim wünschte ich mir, dass es doch noch sehr lange dauern würde, bis wir zurück auf unsere Finca konnten.

Als ich an unsere Finca dachte, fielen mir wieder unsere Katzen ein. Eine Sache musste ich noch mit Rudi klären. Ich bremste beim Rennen so abrupt, dass Alma direkt in mich hineinlief. Bevor sie mich ausschimpfen konnte, wandte ich mich zu Rudi. „Alfonso und Domino wollen noch hierhin kommen."

„Ach, das ist ja super!" Rudi lächelte. „Ich mag die beiden sehr. Alfonso ist in seiner Art richtig witzig."

„Ja, das ist er tatsächlich", stimmte ich ihm zu. „Es gibt nur ein kleines Problem. Sie haben sich strikt geweigert, in einem Auto mitzufahren. Ich habe versprochen, dass du und ich sie später bei dem Haus der Monsterfrau abholen. Du weißt doch noch, wie man dahin kommt, oder?"

Er setzte sich kurz hin, merkte aber, wie nass die Erde war, und stand schnell wieder auf. „Das Haus, wo die Hunde eingesperrt waren?" Ich nickte. „Klar weiß ich das noch. So weit weg ist es nicht. Sollte eigentlich ein Kinderspiel sein."

Etwas gefiel mir nicht. „Eigentlich?", fragte ich besorgt.

„Ja..." Er hielt kurz inne. „Anton und ich waren lange nicht mehr unterwegs. Ich meine, wir hatten irgendwie keinen Bedarf, selbstständig aus dem Garten zu verschwinden. Also, ich vermute, dass das Loch in der Mauer noch existiert, sicher bin ich allerdings nicht. Durch das Tor dürfte es schwer werden, abzuhauen."

Na prima. Hatte ich den Katerchen zu viel versprochen? Ich sollte vielleicht lernen, zuerst alle Eventualitäten abzuwägen, bevor ich irgendeinen Plan herausposaunte. Anderseits, sogar ein Hund mit solchen übertragenden Fähigkeiten in vielen Bereichen, wie ich sie hatte, konnte trotzdem niemals vollkommen fehlerfrei sein.

Alma stupste mich deutlich angenervt an. „Könntest du bitte mit deiner Selbstbelobigung aufhören? Damit ist das Problem am allerwenigsten zu lösen."

Jetzt reichte es mir aber. „Sicher, wenn du bitte aufhörst, in meinem Kopf herumzuspuken! Dass Hund mit seinen eigenen Gedanken nicht in Ruhe gelassen werden kann!" Es war mir wie immer ein Rätsel, wie sie das machte. Seit sie erblindet war, konnte sie das einfach. Auf jeden Fall bei mir.

„Wenn deine Gedanken nicht so bescheuert wären, würde ich mich nicht dazu gezwungen fühlen, mich einzumischen!" Bevor ich ihr eine über ihren besserwisserischen Kopf hauen konnte, versuchte Rudi uns zu beschwichtigen. Er ging sogar zwischen uns.

„He! Nicht streiten! Es ist doch cool, wie Alma Gedanken lesen kann, oder? Das nenne ich ein Talent!" Aha. Tust du das? Warte nur ab, bis dir dasselbe passiert. Ich wollte ihm soeben meine Meinung deutlich machen, aber er fuhr unbeirrt fort. „Und dass du, Arlo, so selbstsicher sein kannst, ist auch bewundernswert! Da ist doch nichts Schlimmes dabei." Na, das hatte er schon einmal sehr gut formuliert. Ich trat ein paar Schritte zurück und gab Alma etwas mehr Platz. Sie schien sich ebenfalls zu beruhigen. Nun gut.

„Lass uns dann nachschauen, ob das Loch noch da ist." Ich sah mich um. „Wo sollte es überhaupt gewesen sein?"

Rudi zeigte auf die Bäume. „Da hinten sind große Büsche und damals haben wir eine marode Stelle in der Mauer entdeckt. Es war uns ein Leichtes, ein Loch durchzubuddeln. Ich wäre sehr überrascht, wenn die Menschen es gefunden haben sollten."

Tatsächlich existierte das Loch noch, was für mich eine große Erleichterung war. Ich wusste noch, wie ich bei unserem letzten Abenteuer an dem Tor hängen geblieben war, was mich nicht ermutigte, es nochmal dadurch zu versuchen. Das Loch in der Mauer war hinten den Büschen sehr gut versteckt und würde uns ermöglichen, jederzeit aus dem Garten hinauszugelangen, wenn es denn mal nötig wäre. Hund konnte nie wissen und es war am besten, immer einen Ausweg zu haben. Einigermaßen zuversichtlich schlenderte ich mit Rudi und Alma zurück zum Haus.

Alma wirkte auf einmal wieder etwas sorgenvoll und nachdenklich. Sie drehte sich sogar mehrmals um in Richtung des Loches und spitze dabei ihre Ohren, um besser jedes Geräusch wahrnehmen zu können. Was hatte sie bloß wieder? Bevor ich sie darauf ansprechen konnte, blieb sie stehen. „Das ist sicher gut, dass wir nach Bedarf aus dem Garten hinauskönnen", fing sie an. Ja, da stimmte ich ihr sofort zu. „Aber durch das Loch kann ebenso jederzeit jemand in den Garten hineingelangen. Sogar das Böse!"

Ihre Unterlippe fing wieder an zu zittern. Sie hatte mit dieser Aussage natürlich recht, ich musste sie jedoch irgendwie ablenken, bevor sie zurück in diesen komischen Angstzustand fiel. Rudi kam mir zum Glück zuvor, wobei mir auf die Schnelle sowieso nichts eingefallen wäre.

Er stupste sie leicht mit seiner Nase an. „Du musst dir deswegen keine Sorgen machen, Alma. Sogar das Böse ist nicht so klug, dass es das Loch entdecken könnte. Auf der anderen Seite ist es nämlich noch besser hinter Büschen und Sträuchern versteckt als auf dieser Seite. Das findet kein Mensch." Alma schien sich wieder zu beruhigen und lief erleichtert hinter Rudi her zurück zu den anderen.

Gerade als Mateo uns hineinlassen wollte, hörten wir ein Auto näherkommen. Wir liefen schnell vor das Haus. Anton nahm Position auf der Treppe ein, aber entspannte sich schnell, als wir Silvas Wagen um die Ecke biegen sahen. Und sie war nicht allein: Condesa, Tristan und Isolde waren angekommen! Wir grüßten uns aufgeregt und sammelten uns wieder in der Küche, wo Doktor Morales dabei war, erneut Kaffee zu kochen.

Silva setzte sich zu Oma Martha hin. „Das ist ja schrecklich, was mit eurem Dach passiert ist!" Sie schüttelte den Kopf. „Der Sturm war schon heftig. Wisst ihr schon, wie groß der Schaden ist." Oma Martha verneinte und erzählte, dass sie auf Nachrichten von Opa Gerhard wartete.

Silva seufzte. „Ich bin jedenfalls sehr dankbar, dass Sie es mir erlaubt haben, meine Hunde hierhin zu bringen, Doktor Morales."

Mateos Vater winkte ab. „Das ist gar kein Problem. Mir ist es wichtig, dass Sie, als eine unserer erfahrensten Tierärztinnen, an dieser Fortbildung teilnehmen können." Silva arbeitete nämlich ebenfalls in der hiesigen Tierklinik und hatte sowohl Alma als auch mich behandelt. Ihr war es zu verdanken, dass Alma ihre Tortur überlebt hat.

Obwohl Tristan und Isolde sich sofort auf uns gestürzt hatten und aufgeregt über alle möglichen Neuigkeiten, die seit unserem letzten Treffen passiert waren, erzählten, wirkte Condesa im Gegensatz zu ihnen sehr betrübt und hatte sich etwas Abseits hingelegt. Ich setzte mich zu ihr. „Ich freue mich sehr, dich zu sehen." Sie nickte mir zu und lächelte kurz. „Machst du dir Sorgen über irgendwas?", fragte ich sie.

Ihre Augen füllten sich mit Tränen, was für diese elegante und in sich ruhende Hündin ziemlich außergewöhnlich war. Sie räusperte sich und versuchte sich zu sammeln. Nach einer Weile schaute sie mich an. Obwohl ihre Traurigkeit mich erschreckte, musste ich wieder feststellen, wie schön sie doch war. Als eine spanische Jagdhündin der Rasse Galgo war sie eh viel größer als ich, aber auch grazil und gleichzeitig stark. Ich weiß nicht, ob diese Beschreibung irgendeinen Sinn machte, vielleicht sollte ich einfach zugeben, dass ich sie anhimmelte.

„Was hast du nur?", fragte ich, weil sie immer noch schwieg. Als sie anfing zu erzählen, dachte ich bald, dass ich besser nicht gefragt hätte.

4. DIE WERTLOSEN

„Es ist diese Jahreszeit." Condesa musste schwer schlucken. Ich verstand sie gut, weil ich dem nassen und kalten Winterwetter auch nicht sonderlich zugetan war. Jedoch als sie weitersprach, wurde die Sache mit dem Wetter nebensächlich. Ich war froh, dass ich nicht angefangen hatte, mich über die schmutzigen Pfoten und den Matsch im Fell zu beschweren. Ehrlich gesagt war der Dreck mir persönlich egal. Nur die Menschen meinten, dass ich deswegen öfter ein Bad über mich ergehen lassen musste, und das war nicht unbedingt meine Lieblingsbeschäftigung. Aber ich schweife ab. Es fällt mir nur immer noch schwer wiederzugeben, was Condesa mir dort erzählte. Damit fing der ganze Albtraum mit dem Galgomann an.

„Nicht nur das kalte Wetter macht mir zu schaffen", fing sie an. Also doch das Wetter, dachte ich noch. „Silva ist sehr fürsorglich und zieht mir immer einen schönen Mantel an, wenn wir rausgehen. Ich friere so leicht. Aber darum geht es nicht."

Sie schaute aus dem Fenster. „Dort draußen werden in einigen Tagen grausame Dinge passieren." Sie hielt inne. Ich wagte kaum zu atmen. Was meinte sie? „Ganz furchtbare." Sie schüttelte den Kopf. Langsam überkam mich das Gefühl, dass ich dringendst fortgehen oder mir wenigstens meine Ohren zuhalten sollte. Beides tat ich jedoch nicht.

„Willst du es wirklich wissen?", fragte sie. Entgegen meinem Gefühl nickte ich. „Bald ist das Ende der Jagdsaison hier in Spanien. Immer Anfang Februar, wie du sicher weißt." Sie sah mich so an, als ob ich damit etwas hätte anfangen können. Ich hatte aber erst einen Februar erlebt und da war ich noch ein kleines Baby, wodurch ich keine Ahnung hatte, wovon sie sprach. Als ihr klar wurde, dass ich wie ein großes Fragezeichen aussah, seufzte sie und fuhr fort.

„Es sind Hunde wie ich, Jagdhunde. Galgos und Podencos vor allem. Wir werden von den Jägern für die traditionelle Hasenjagd eingesetzt. Wenn der Galgomann, wie wir den jeweiligen Jäger nennen, meint, dass ein Hund sich nicht gut genug für die Jagd eignet oder ihn einfach überdrüssig wird, wird dieser am Ende der Jagdsaison oder schon früher entsorgt."

Ich machte große Augen. „Was meinst du? Entsorgt? Wie?"

„Ach Arlo." Wieder diese unendliche Traurigkeit in ihren Augen. „Ich möchte dir die Einzelheiten ersparen. Die Jäger haben kein Interesse daran, die unerwünschten Hunde bis zur nächsten Jagdsaison durchzufüttern. Sie werden ausgesetzt, an ein Tierheim oder an eine Tötungsstation abgegeben oder von dem Galgomann bestialisch ermordet. Ich hatte damals noch Glück und wurde vor einem Tierheim angebunden. Silva hat mich aus diesem Heim dann gerettet, wie du weißt."

Ja, wenigstens das wusste ich. Aber das andere hörte sich wirklich schlimm an. „Also, du lebtest auch bei so einem Galgomann? Und du musstest jagen?"

Sie nickte. „Bis ich zu alt und langsam wurde. Und keine Welpen mehr produzieren konnte." Sie zeigte mit ihrer Pfote in Richtung der Berge. „Dort in den Bergen hatte er einen alten Bauernhof. Oder den hat er sicher immer noch. Es war furchtbar dort. Immer dunkel und feucht in dem alten, heruntergekommenen Stall. Es gab kaum genug zu essen. Und immer wieder Prügel von dem Jäger, grundlos, wie wir fanden. Wir waren so viele."

Condesa stand auf. „Und in einigen Tagen werden wieder unzählige Jagdhunde aussortiert, überall in diesem Land. Diese Hetzjagd ist auch unter Menschen heutzutage umstritten, aber geändert hat sich trotzdem nicht viel. Es frustriert mich zutiefst, dass ich nichts dagegen unternehmen kann."

Mir fiel nichts ein, was ich ihr hätte sagen können. Was sie mir erzählt hatte, war grauenhaft. Kein Wunder, dass sie so traurig und betrübt war. Wäre sicher jeder, der so etwas hatte durchmachen müssen. Meine Familie wusste genau, wie es war, immer in Angst leben zu müssen, misshandelt und am Ende als wertlos abgestempelt zu werden. Wir hatten noch großes Glück gehabt, was diesen armen Jagdhunden verwehrt blieb. Es musste eine Möglichkeit geben, zu helfen. Mir war bewusst, dass es nicht realistisch war, alle spanischen Jagdhunde retten zu wollen. Wie Condesa erzählt hatte, gab es zigtausende von diesen. Jedoch einfach aufzugeben war für mich keine Option.

„Hör mal, Condesa!" Ich stand ebenfalls auf. Obwohl ich mich streckte, kam ich mit meinem Kopf nur auf die Höhe ihres Knies, aber sie beugte sich freundlicherweise herunter und wartete ab. Ich wusste nicht, was ich ursprünglich hatte sagen wollen, aber dann purzelten die Worte einfach aus meiner Schnauze heraus, womit ich unser Schicksal wieder einmal herausforderte.

„Wir können nicht untätig hier im Warmen sitzen, wissend, welches Leid diesen Hunden zugefügt wird. Es muss einen Weg geben, zu helfen! Nun ist unsere ganze Truppe hier versammelt, das kann doch kein Zufall sein! Das müssen wir für uns ausnutzen! Wir müssen irgendetwas versuchen!"

Irgendetwas. Versuchen. Ein guter Plan sah sicher anders aus, aber ich musste zuerst einmal alle anderen davon überzeugen, dass es Zeit für eine neue Rettungsaktion war. Spürte ich in diesem Moment Mut und Zuversicht? Mit Sicherheit nicht. Ich war vollkommen verzweifelt und hatte große Angst, weil ich definitiv nicht vergessen hatte, wie böse ein Mensch sein kann. Besonders wenn man seinen Plänen in die Quere kam.

Condesa schwieg eine Weile. „Das ist sehr selbstlos von dir, lieber Junge. Aber wie stellst du dir das denn vor?", fragte sie mich dann.

Ich zuckte mit den Schultern. „So genau weiß ich es auch noch nicht. Aber wir müssen!"

Condesa schüttelte leicht ihren Kopf. „Ich kenne dich inzwischen gut genug, um zu wissen, dass ich dir das schwer ausreden kann. Denk bitte daran, dass die Galgomänner oft sehr skrupellos sind. Es ist ein großes Geschäft mit Wettkämpfen und Preisgeldern. Ich wüsste bei bestem Willen nicht, was wir dagegensetzen könnten."

„Wir haben doch schon gegen böse Menschen gewonnen!", drängte ich weiter.

Condesa schielte zu Alma und musste nicht aussprechen, was sie dachte. Ja, gewonnen, aber zu welchem Preis... So wie Condesa die Situation geschildert hatte, würde ich mit dieser Aktion nicht nur Alma, sondern uns alle in große Gefahr bringen. Wieder einmal. Allerdings war ich nun älter und meines Erachtens viel vorsichtiger, sowie auch kräftiger und weiser geworden. Ich fühlte Almas geistige Augen auf mir ruhen. Darf Hund denn gar keine positiven Eigenschaften mehr an sich erkennen? Etwas verärgert schaute ich sie an. Alma lag mit Rudi bei unseren Eltern und schien gerade etwas Lustiges erzählt zu haben, weil Rudi plötzlich auflachte. Es hatte den Anschein, als ob sie sich diesmal doch nicht in meine Gedanken eingemischt hätte. Wahrscheinlich hatten ihre ewigen Mahnungen mich selbst inzwischen eingefärbt, worüber ich mich noch mehr ärgerte. Ich wollte schon zu ihr hingehen und ihr meine Meinung mitteilen, aber dann wurde mir bewusst, wie klein und zerbrechlich sie immer noch wirkte.

„Vielleicht können wir Alma überzeugen, diesmal nicht mitzumachen", versuchte ich mich selbst zu beruhigen. Sie erneut zu gefährden, kam für mich nicht in Frage. Egal, wie sie darüber dachte, ich wurde meine Schuldgefühle anscheinend nicht los. Condesa schaute mich nur weiter schweigend an. Ja, sie hatte ja recht – Alma davon abzuhalten, an der eventuellen Rettungsaktion teilzunehmen, wäre schlicht und ergreifend unmöglich. Außerdem hatte ich keinen blassen Schimmer davon, was es sein sollte, wobei sie nicht mitmachen durfte. Was sollten wir denn schon großartig ausrichten können?

Ich bat Condesa mitzukommen und lief mit ihr zu den anderen. „Habt ihr davon gewusst?", fragte ich aufgeregt. „Habt ihr gewusst, was mit ähnlichen Hunden, wie Condesa, oft passiert?"

Die Erwachsenen schauten sich an und ich verstand, dass das nur für uns jüngere eine Neuigkeit war. Mama schüttelte leicht den Kopf und schielte zu Alma. Aber es war zu spät. Alma hatte leider ganz genau gehört, was ich gesagt hatte. Es führte kein Weg daran vorbei, ich musste ihr erzählen, was ich von Condesa erfahren hatte. Und ihre Reaktion darauf kam auch prompt, allerdings anders, als ich erwartet hatte.

„Das ist furchtbar!", rief sie, jedoch nicht ängstlich oder erschrocken. „Wenn der Mensch böse wird, dann aber richtig! Irgendwann muss das aufhören, dass diese Monster uns Tiere quälen." Sie zeigte sogar kampfbereit ihre Zähne, die allerdings so klein waren, dass sie keinen allzu gefährlichen Eindruck machten. Insgeheim hoffte ich, dass ich nicht so lächerlich wirkte, wenn ich mich ärgerte.

„Was heißt hier lächerlich, Arlo?" Sie drehte den Kopf blitzartig in meine Richtung. Nicht schon wieder dieses Gedankenleserei. „Ich mag sehr klein sein, aber wir alle zusammen können alles schaffen!"

Fast hätte ich sie gefragt, wie sie so schnell ihre Angst vor dem Bösen, das dort irgendwo draußen auf sie lauerte, überwinden konnte, aber hielt in letzter Sekunde meine Schnauze. Es war auf jeden Fall besser, sie so zu erleben, als wie in den letzten Wochen und Monaten. Ich hoffte, dass diese – in meinen Augen – Wunderheilung auch dann anhielt, wenn wir irgendwann zurück nach Hause konnten oder besser gesagt, mussten. Sowie ich Alma kannte, konnte ihre jeweilige Stimmung eh schnell umkippen.

Papa räusperte sich. „Theoretisch bin ich Almas Meinung. Wir müssten in einer Welt leben dürfen, wo kein Mensch uns quälen kann. Das ist leider Wunschdenken. Für viele Menschen ist unser Leben wertlos. Wir müssten tatsächlich irgendwie dagegen kämpfen können." Er schaute uns streng an. „Nichtsdestotrotz will ich auf keinen Fall, dass ihr euch wieder in Gefahr begebt. Habt ihr mich verstanden? Alma? Arlo?"

Wir nickten beide etwas zerknirscht. Condesa bat meine Eltern um Entschuldigung, weil sie das Thema aufgebracht hatte. „Es war sehr unüberlegt von mir. Diese Erinnerungen über meine Zeit bei dem Galgomann sind schwer zu ertragen. Und die Gewissheit, was nach dem Ende der Jagdsaison passiert, bereitet mir regelrecht physische Schmerzen."

Mama drückte ihren Kopf kurz gegen Condesas Bein. „Ich kann dich gut verstehen, meine liebe Freundin. Leider haben unsere Kinder, während ihres noch jungen Lebens, schon sehr viel Leid ertragen müssen. Dass dem Menschen immer wieder neue Grausamkeiten einfallen, sollte für sie keine große Überraschung sein."

„Diese Untätigkeit frustriert uns alle", ergänzte Papa sie. „Ich wünschte, wir würden einen Weg finden, um zu Helfen. Aber wie so oft, ist das Böse in der Überzahl, im Vergleich zu uns jedenfalls."

Isolde kam etwas näher. Wenn die Sache nicht so ernst gewesen wäre, hätte ich wohl müde gelächelt, weil sie wie eine überdimensionale Version von Alma aussah. Natürlich war sie älter, aber ich glaube, Alma würde eh nie so groß werden, wie unsere ältere Schwester. Isolde hob ihre Pfote, um Aufmerksamkeit zu bekommen.

„Es ist wahr, dass wir das Böse niemals vollkommen ausradieren können", fing sie an. „Jedoch für jeden einzelnen Hund, der aus schlechten Verhältnissen gerettet wird, öffnet sich ein neues Leben. Das könnt ihr doch alle aus eigener Erfahrung bestätigen, oder?"

Alle stimmten ihr zu. Tristan fing aufgeregt an zu trippeln, wie Alma es früher oft getan hatte – zuerst mit den Vorderpfoten, dann mit den hinteren. „Wir wären alle nicht mehr im Leben, wenn uns nicht jemand gerettet hätte. Ich finde, es ist unsere Pflicht, alles Hundemögliche zu versuchen, wenn wir von einer Misshandlung erfahren – und ginge es auch nur um einen einzigen Hund!"

Die Erwachsenen schwiegen eine Weile und schauten sich nur an. Ich glaube, sie wussten, dass Tristan und Isolde recht hatten und uns keine Alternative blieb. Papa seufzte und richtete dann seine Worte an Condesa. „Du hast erwähnt, dass dein brutaler Galgomann hier in den Bergen seinen Bauernhof hatte."

Condesa nickte. „Ja, das stimmt. Es war ein sehr alter Hof, der vollkommen abgelegen lag. Ohne unmittelbaren Nachbarn. Das war für ihn sicher günstig, weil so niemand unsere Schreie hören konnte. Der Stall, wo wir Hunde vor uns hinvegetieren mussten, war sehr heruntergekommen." Sie erschauderte. „Ich möchte das jetzt nicht näher schildern. Es war einfach grausam."

Wir alle konnten uns ungefähr vorstellen, wie es gewesen sein musste. In Wirklichkeit war es sicher noch viel schlimmer gewesen, weswegen ich froh war, dass Condesa die Einzelheiten wegließ. Ich würde ebenso ungern jemandem erzählen, was meine Familie hat über sich ergehen lassen müssen, weil ich selbst diese Erinnerungen nur verdrängen wollte. Ich glaube, in diesem Moment war ich nicht der Einzige, der an die eigene Vergangenheit denken musste, weil alle ziemlich ergriffen aussahen.

Papa sammelte sich kurz und fragte Condesa weiter aus. „Was meinst du – wird dieser Galgomann dort immer noch leben und Hunde halten? Und würdest du den Hof wiederfinden?"

„Ich weiß es nicht." Condesa dachte kurz nach. „Jedoch würde es mich wundern, wenn er damit aufgehört hätte. Er war in diesem Geschäft ziemlich erfolgreich, weil er seine Kosten – unsere Pflege und Fürsorge – geringhalten konnte. Es gab ja nie genug zu essen und wenn jemand krank wurde, dann…"

Ich hoffte, dass sie auch diesmal nicht in die Einzelheiten ging, weil ich mir sowieso gut vorstellen konnte, wie diese angebliche Fürsorge ausgesehen hatte. Condesa schien meine Bedenken zu erahnen und tätschelte mich kurz mit der Pfote, wohl als Bestätigung dafür, dass sie die Grausamkeiten nicht schildern wollte.

„Leider kann ich nicht genau sagen, wo der Bauernhof liegt." Sie schüttelte leicht den Kopf. „Wir durften nur auf den eingezäunten Hof und das auch nur sehr selten. Oder dann zum Training für die Jagd." Bei dieser Erinnerung bekam ihr Gesicht einen panischen Ausdruck. Sie fuhr schnell fort. „Ich weiß nur, dass der Bauernhof sich am Ende einer unbefestigten Straße befindet. Und wenn man die

Gelegenheit hatte, mal einen Blick durch den Zaun zu werfen, sah man direkt auf ein Dorf, weit unten im Tal."

Papa nickte nachdenklich. „Das ist wenigstens etwas. Es wird nicht ganz einfach sein, den Hof wiederzufinden. Wir müssen uns etwas einfallen lassen."

Condesa verstand ihn sofort und lächelte mit Tränen in den Augen. Obwohl Luna manchmal wirklich langsam ist, begriff sie diesmal schneller als ich, was Papa gemeint hatte. „Wenn wir wenigstens diese Hunde befreien könnten, wäre es schon mal ein Anfang", sagte sie. „Bevor wir dort draußen herumirren und nach dem Hof suchen, sollte ich vielleicht meinen Vater kontaktieren und fragen, ob er diesen Ort kennt."

Toran war natürlich derjenige, der sich am besten in den Bergen auskannte. Einen Wolf auf unserer Seite zu haben, war beruhigend, trotzdem befiel mich ein mulmiges Gefühl bei dem Gedanken, dass wir tatsächlich etwas unternehmen wollten. War es nicht das, was ich mir soeben erhofft hatte? War ich nicht derjenige, der darauf gedrängt hatte, etwas zu tun? Bevor ich mir weiter meinen Kopf darüber zerbrach, wie dämlich ich nur sein konnte, lenkte das Klingeln von Oma Marthas Handy mich ab.

„Das ist Gerhard", sagte sie und nahm das Telefonat an. Anscheinend hatte Opa Gerhard viel zu erzählen, weil sie nur ab und zu ein ‚Hmm' oder ein ‚Ja' von sich gab. Alle sahen sie fragend an, als sie aufgelegt hatte.

„Die Feuerwehr war gerade auf der Finca", fing sie an. „Sie haben das Wasser abgepumpt und das Dach notdürftig abgedeckt. Es müssen jedoch Handwerker kommen – auch wegen des Fußbodens. Die Fliesen sind teilweise beschädigt und der Wasserschaden ist wohl noch größer als zuerst angenommen. Die Versicherung wird sich die Tage melden und einen Gutachter schicken." Sie sah ziemlich verzweifelt aus. „Gerhard wird jedenfalls gleich kommen."

Doktor Morales drückte ihre Schulter. „Ihr braucht euch wenigstens wegen der Wohnsituation keine Sorgen zu machen. Ich zeige euch noch eure Zimmer. Oder ihr könnt euch einfach welche aussuchen, wir habe so viele Räumlichkeiten, die wir nicht benutzen. Dann muss ich leider zur Arbeit."

Ich stupste Rudi kurz an. „Hast du das Telefonat mitbekommen?" Er bejahte. Ich fuhr schnell fort. „Wir sollten bald Domino und Alfonso abholen. Das Loch in der Mauer ist schön und gut, aber wie kommen wir aus dem Haus raus?"

Rudi winkte ab. „Wenigstens darüber brauchst du dir keine Gedanken zu machen." Er zeigte mit der Pfote auf Mateo. „Wart's nur ab!" Eben in diesem Moment nahm Mateo seine Autoschlüssel und wollte mit Terri hinausgehen, um ebenfalls zur Klinik zu fahren, als ihm noch etwas einfiel.

„Ach, ja!" Er drehte sich zu Oma Martha um. „Wie gewohnt, mach ich noch schnell die Terrassentür einen Spalt auf. Dann können die Hunde selbstständig in den Garten, wenn sie mal müssen."

5. DER RUF WIRD GEHÖRT!

Es war ruhig im Haus. Alle Menschen außer Oma Martha waren fortgefahren und sie hatte sich hingelegt, wohl um etwas Schlaf nachzuholen. Luna und Anton hatten vorgeschlagen, dass sie mitkommen würden, wenn wir die Katerchen abholten, aber wir lehnten ab. Rudi hatte wiederholt bestätigt, dass der Treffpunkt nicht allzu weit entfernt war, und wir meinten, wenigstens diese Aufgabe mit Leichtigkeit erledigen zu können. Außerdem wussten wir, dass Opa Gerhard bald ankommen würde, und wir wollten ihn nicht sofort darauf aufmerksam machen, dass die Hälfte der Hunde wieder einmal verschwunden war.

Durch die Mauer zu gelangen, war eine Leichtigkeit gewesen. Der nächtliche Sturm hatte jedoch viele Äste heruntergerissen, sogar ein paar Bäume waren auf den Pfad gefallen, wodurch wir nur langsam vorwärtskamen. Wie schwerelos sprang allerdings Rudi über jedes Hindernis, aber ich musste klettern und krabbeln, womit ich nach kurzer Zeit schon aus der Puste war. Obwohl mir bewusst war, dass er als hibbeliger Jack Russell -Terrier nichts für seine Natur konnte, hätte er doch von sich aus Rücksicht auf mich nehmen können.

Etwas verärgert rief ich ihm zu. „Mach mal mit dem Tempo ein bisschen langsamer, Kumpel! Ich habe keine Springerbeine wie du!" Ich musste mich gerade wieder unter einem dicken Ast durchzwängen und fühlte, wie mein ganzer Bauch vollkommen nass und sicher auch verdreckt wurde. Das hieß dann ja wieder ein Bad nehmen zu müssen, wenn wir wieder zurück waren. Allerdings konnte ich versuchen, mich zuerst einmal den Menschen nicht zu zeigen. Oder wenn ich nur auf dem Bauch liegen blieb, würde mein Zustand vielleicht gar nicht auffallen. Aber das an sich würde sicher ziemlich merkwürdig erscheinen. Ich seufzte und versuchte mich auf die vor uns liegende Aufgabe zu konzentrieren. Da ich unter dem Ast fast steckenblieb, grinste Rudi mich amüsiert an. Mir reichte es langsam.

„Für dich ist das ja ganz einfach!", schnauzte ich ihn an. „Was kann ich denn dafür, dass ich nicht größer geboren bin? Glaubst du, dass es mir Spaß macht, immer der Kleinste zu sein?" Außer Alma, aber das sagte ich nicht laut.

„He, ist doch schon gut!", versuchte er mich zu beschwichtigen. „Tut mir leid, Arlo. Da ging wohl meine Energie mit mir durch. Du weißt sicher, dass ich mit Mateo viel Sport treibe und dass ich am liebsten den ganzen Tag herumspringen würde." Er buddelte ein bisschen vor mir in der Erde, damit ich leichter unter dem Ast durchkam.

„Außerdem finde ich deine Größe cool", fuhr er fort. „Du kannst dich viel besser verstecken als ich. Und was noch wichtiger ist, dein Magen braucht nicht so viel Futter wie meiner, um satt zu werden." Wider Willen musste ich grinsen. Ja, gewisse Vorteile gab es tatsächlich auch.

Als wir nun mit gemäßigtem Tempo weiterliefen, zwinkerte Rudi mir zu. „Da ich gerade dabei bin, dich aufzubauen, muss ich noch etwas ergänzen." Er hielt inne und ich wartete gespannt darauf, welche Nettigkeit mit Ironie er jetzt parat hatte. „Dass du bei dieser Rettungshundestaffel mitmachst, finde ich großartig. Das ist eine wichtige Aufgabe und du bist sehr talentiert, habe ich gehört."

So ernst wie er dabei aussah, meinte er das wohl aufrichtig. Ich nickte als Dankeschön, weil ich gerade meiner Stimme nicht traute. Das hat er wirklich nett gesagt. Ich musste zugeben, dass ich selber stolz auf meine gelbe Rettungshundeweste war, die ich bei den Übungen immer tragen durfte. Luna machte dabei ebenfalls mit großer Begeisterung mit. Mir war es am liebsten, zu lernen, der Fährte der anderen Tiere zu folgen. Menschen zu suchen, ließ ich lieber die anderen machen. Eigentlich war es geplant gewesen, dass auch Alma an den Übungen teilnehmen durfte. Sie hatte sogar schon eine - in meinen Augen winzige - gelbe Weste bekommen, aber wegen ihrer schweren Verletzungen meinten die Menschen, dass sie sich noch nicht vollkommen erholt hatte. Auch sie selbst hatte kein Interesse daran mehr gezeigt oder etwas in diese Richtung gesagt. Mir gegenüber jedenfalls nicht. Ich machte mir im Geiste eine Notiz, dass ich gelegentlich Luna danach fragen sollte.

Hinter den Bäumen konnte ich bald das Haus entdecken, in dem das Monsterehepaar uns damals gequält hatte. Ich hatte gewusst, dass wir daran vorbeikommen, aber trotzdem überfiel mich ein mulmiges Gefühl. Rudi bemerkte mein Zögern und stellte sich zwischen das Haus und mich.

„Keine Sorge, Arlo! Das Haus steht immer noch leer und wir wissen ja beide, dass diese zwei Monster ein für alle Mal erledigt sind. Lass uns einfach schnell weiterlaufen!"

Er hatte ja gut reden. Letztes Mal dachten wir ebenfalls, dass wir diese Tierquäler nie mehr treffen müssten, wurden jedoch böse überrascht. Wenn Rudi aber meinte, dass da jetzt niemand mehr wohnte, musste ich ihm einfach glauben. Mit etwas wackeligen Beinen folgte ich ihm und war dankbar, dass er eine Route wählte, die uns in sicherer Entfernung an dem Haus vorbeiführte. Von hier aus war es zu dem Treffpunkt nicht mehr weit, wie ich aus eigener Erfahrung wusste. Dabei fiel mir ein, woran ich gleich hätte denken müssen.

Ich bremste. „Oh, nein! Oh, nein!" Rudi sah mich fragend an. „Da kommt doch gleich diese furchtbare Schlucht! Ich kann unmöglich darüber. Jedenfalls nicht ohne Hilfe! Was machen wir jetzt?"

Rudi brauchte ein paar Momente, um zu verstehen, was ich meinte. „Ach ja, die Schlucht. Ich hatte vollkommen vergessen, dass wir letztes Mal gewisse Schwierigkeiten damit hatten. Oder besser gesagt, du hattest." Er versuchte sein Grinsen zu unterdrücken, aber ich hatte ihn schon wahrgenommen. Ich wollte etwas Passendes erwidern, musste jedoch einsehen, dass es genau so gewesen war. Ich hatte Probleme gehabt, er nicht. Also schwieg ich nur betrübt.

Er schlug mich leicht auf die Schulter. „Wir laufen jetzt zuerst einmal einfach hin und überlegen uns erst dort, was zu machen ist. Vielleicht hat der Sturm einen Baum entwurzelt und du kannst ihn als Brücke benutzen."

Als wir nach einer Weile an der Schlucht ankamen, gab es natürlich keinen Baum. Das wäre ja auch zu schön gewesen. Außerdem kam diese blöde Schlucht mir diesmal noch tiefer und vor allem, noch breiter als damals vor. Es war eine schiere Unmöglichkeit für mich, darüber zu springen. Ich setzte mich hin.

„Und nun?", fragte ich.

Rudi wirkte auf einmal ratlos. „War die Schlucht letztes Mal auch so breit?" Tja, meine Worte, Kumpel. Er schüttelte sich kurz. „Egal! Der Powerspringer Rudi schafft das jederzeit!" Er wollte schon ein paar Schritte rückwärts machen, um etwas Anlauf für den Sprung zu nehmen. Mir wurde es zu riskant.

„Warte doch, Rudi! Es ist zu gefährlich! Ich habe unseren Eltern versprochen, dass wir vorsichtig sind und nichts machen, was uns in Gefahr bringt." Ich hielt ihn mit meiner Pfote fest. „Uns fällt sicher noch etwas anderes ein."

Rudi setzte sich zu meiner Erleichterung ebenfalls hin. Auf der anderen Seite standen Bäume direkt an der Schlucht. Wenn wir Domino und Alfonso zu dieser Stelle locken könnten, wäre es für sie eine Leichtigkeit, auf einen Baum zu klettern und herüberzuspringen. Mehrmals hatte ich beobachten können, wie sie auf unserer Finca herumtobten und spielten. Voll Neid musste ich zugeben, dass sie wahre Akrobaten waren.

Rudi zuckte mit den Schultern. „Worauf warten wir eigentlich? Das Haus, bei dem wir die Jungs treffen sollten, steht ja nicht weit weg." Als ich ihn nur fragend ansah, seufzte er. „Wir können sie doch einfach rufen!"

Auf diese einfache und zugleich geniale Idee hätte ich wirklich selbst kommen müssen. Ich stöberte mit meiner Pfote in dem herumliegenden Laub, um meine Verlegenheit zu verbergen. Seit wann war ich so einfallslos geworden? Sollte mein Superhirn mich langsam, aber sicher im Stich lassen? War mein scharfes Denken nur eine Phase meiner Jugend gewesen? Würde mein außergewöhnliches Talent sich in Luft auflösen und mir nur eine schmerzhafte

Erinnerung daran zurücklassen? Plötzlich fühlte ich Almas Blick auf mir ruhen – schon wieder! Sie beschimpfte diese Denkweise als Prahlerei, was ich nie richtig verstanden habe. Ich bezeichnete so etwas als ehrliche Selbsteinschätzung.

„Arlo!" Diesmal klang Almas mahnende Stimme so laut in meinen Ohren, als ob sie neben mir gestanden hätte. Ich schielte auf Rudi, der anscheinend auf eine Antwort von mir wartete. Ach, ja, rufen. Ich räusperte mich.

„Ja, klar. Rufen! Dass ich das nicht gleich vorgeschlagen habe, hängt damit zusammen, dass ich... oder besser gesagt, dass du oder wir... Äh, lass uns sie einfach rufen!"

Diesmal konnte Rudi sein breites Grinsen nicht verbergen, aber ich ignorierte es und fing an, so laut zu rufen und bellen, wie ich nur konnte. Rudi machte es mir nach.

„Domino! Alfonso! Hört ihr uns? Kommt her! Domino! Alfonso! Wuff!" So ging es ein paar Minuten weiter, bis wir eine Bewegung in einem Busch auf der anderen Seite wahrnehmen konnten. Gleich darauf sahen wir zwei Köpfe herausgucken. Es hatte funktioniert – die Katerchen waren da! Was wir als Erstes hörten, war ein fröhliches ‚Ui!'. War ja klar. Wir winkten ihnen zu, damit sie noch näherkämen.

„Super, dass ihr da seid! Der Teil von unserem Plan hat gut geklappt. Wir haben hier allerdings ein kleines Problem. Oder wahrscheinlich ist es für euch keins." Ich zeigte auf die Schlucht.

Domino verstand mich sofort und nickte. „Ja, als das Wasser weg war, sind wir sofort los. Alfonso hat das Haus hier ohne Schwierigkeiten wiedergefunden, was auch zu erwarten gewesen war." Alfonso lächelte neben ihm breit.

„Diese winzige Schlucht ist tatsächlich kein Problem für uns", fuhr Domino fort. Winzige? Na ja, wenn er meinte. Er lief mit Alfonso schnell zu den Bäumen, auf die sie kletterten, und mit einer Eleganz über die Schlucht sprangen. Das war wirklich beneidenswert! Bevor ich das jedoch laut sagen konnte, verschwanden die Beiden genauso schnell wieder auf einem Baum. Was war nun los?

„Ich dachte doch, dass ich euch gehört habe", hörte ich eine tiefe Stimme hinter mir sagen.

Konnte es sein? Ich drehte mich schnell um – ja! Toran! Lunas Vater! Wahrscheinlich hatten Domino und Alfonso noch nie einen Wolf getroffen und hatten sich erschreckt. Das war kein Wunder, weil Toran sehr wild und gefährlich aussah. Er war uns ein guter Freund und Beschützer geworden.

Ich umarmte Toran, beziehungsweise sein Bein, so fest ich nur konnte. „Was machst du denn hier? Das ist ja eine Überraschung! Ich freue mich so sehr, dich zu sehen!" Bevor Toran etwas sagen konnte, ließ ich ihn los und lief zu dem Baum.

„Domino! Alfonso! Keine Angst!", rief ich ihnen zu. „Das ist Toran, Lunas Vater. Wir haben euch doch schon viel über ihn erzählt. Er hat uns immer geholfen." Kein ,Ui!' war zu hören, rein gar nichts.

Toran setzte sich hin. „Arlo hat vollkommen recht. Wenn ihr seine Freunde seid, seid ihr ebenso meine Freunde. Kommt ruhig von dem Baum herunter!"

Nach einem kurzen Zögern sah ich Domino, gefolgt von Alfonso, herunterklettern. Na also. Sie blieben jedoch vorsichtshalber an dem Baum stehen und beobachteten genauestens die Lage. Toran winkte ihnen zu.

„Nett euch kennenzulernen. Ich habe leider keine Zeit für eine Plauderei, obwohl es für mich sehr interessant zu erfahren wäre, was eine Katze so denkt und tut."

Domino beugte leicht seinen Kopf zur Begrüßung und endlich kam auch ein schüchternes ‚Ui' von Alfonso.

„Es ist gut, dass ich euch gerade jetzt getroffen habe", fuhr Toran fort. „Ich war kurz bei eurer Finca, aber da wart ihr alle fort." Ich erzählte ihm kurz, was passiert war, und wo wir nun wohnten.

Er nickte. „Ja, der Sturm war sehr heftig. Zum Glück ist nichts Schlimmeres passiert. Allerdings kann ich nur für uns sprechen." Er zeigte auf den Wald hinter uns. „Dort ist jemandem etwas Furchtbares widerfahren, weswegen ich zu euch wollte. Ihr musst mir helfen!"

Dass Toran unsere Hilfe brauchte, war etwas vollkommen Neues. Wie sollten wir etwas besser bewältigen können als unser großer Wolf? Es musste schon etwas Außergewöhnliches passiert sein. Toran ließ uns keine Zeit zum Nachdenken.

„Ich zeige es euch besser", fuhr er fort und bat uns, ihm zu folgen. „Manchmal ist es doch nicht so günstig, wenn man so groß ist, wie ich. Anscheinend wirke ich sogar furchterregend."

Was er damit meinte, wurde bald deutlich. Nach einer kurzen Strecke durch den Wald konnten wir ein komisches Knäuel neben einem Baum sehen. Nein, kein Knäuel! Als wir näher gingen, erkannte ich, dass dort ein Hund lag, der mit einem Strick an dem Baum festgebunden war. Und dieser Hund musste furchtbare Angst haben. Er zitterte stärker, als ich bei einem Hund jemals gesehen hatte. Bald hörte ich auch, wie er weinte.

„Nicht töten, bitte! Nicht töten, bitte! Nicht töten, bitte!", wiederholte dieser Hund immer wieder.

6. MAN NANNTE SIE D6

Toran blieb etwas entfernt von dem Baum stehen und nickte dem armen Hund zu, der allerdings seine Pfoten fest auf die Augen drückte und uns deswegen nichts sehen konnte. „Ich wollte sie befreien", sagte Toran leise. Sie? Also eine Hündin. Toran schüttelte den Kopf. „Als sie mich jedoch sah, verfiel sie vollkommen in Panik und schrie nur verzweifelt. Dabei zog sie an diesem Strick so stark, dass ich befürchten musste, dass sie sich selbst erdrosselt. Ich dachte, wenn sie einen anderen Hund sieht, wird sie ruhiger."

Dafür müsste die Hündin aber zuerst einmal uns anschauen. Wahrscheinlich dachte sie, dass nun ein ganzes Rudel Wölfe sie umringte. Sie sah aus, als ob sie schon eine ganze Weile dort hatte verbringen müssen. Ich dachte an die letzte Nacht mit den Sturmböen und dem starken Regen und wollte mir nicht vorstellen, welche Ängste diese Hündin hat durchleben müssen. Sogar aus dieser Entfernung konnte ich erkennen, dass sie wahnsinnig dünn war. Ihre Rückenknochen stachen nur so hervor. Außerdem war sie komplett durchnässt und, wenn überhaupt möglich, zitterte sie jetzt noch heftiger als bei unserer Ankunft.

Rudi schaute mich ratlos und von diesem Anblick erschrocken an. Ich zuckte mit den Schultern, trat jedoch dann ein paar Schritte näher. Jemand musste ja hier den Anfang machen. Ich räusperte mich. „Hallo!" Ich versuchte meine Stimme möglichst freundlich klingen zu lassen. Die Hündin krabbelte weiter rückwärts, so weit, wie es der Strick um ihren Hals erlaubte. Nur lautes Gewinsel war zu hören.

Rudi versuchte sein Glück. „Hallöchen! Du brauchst keine Angst zu haben!", rief er für meinen Geschmack viel zu laut und aufdringlich, was durch das noch lauter werdende Gewinsel prompt bestätigt wurde. Das konnte ja noch heiter werden. Was hatte man mit dieser armen Hündin gemacht? Hund musste kein Genie sein, um zu erkennen, dass sie ausgesetzt worden war. Mitten im Wald, im Winter, bei diesem furchtbaren Wetter.

Alfonso kam zu mir und gab ein fragendes ‚Ui-Ui' von sich, was die Hündin hörte. Wahrscheinlich war sie so verblüfft, die Stimme einer Katze zu hören, dass sie für einen Moment ihre Angst vergaß und die Pfoten von ihren Augen nahm. Wir saßen alle nur ruhig da und ließen sie uns beobachten. Nach einer Weile merkte ich, wie der panische Ausdruck aus ihrem Gesicht verschwand. Allerdings zitterte sie heftig weiter, aber das lag sicher daran, was sie war. Ich erkannte nämlich nun, dass sie genau so aussah, wie Condesa, nur wie eine Miniaturversion von ihr – eine kleine Galga, eine kleine Jagdhündin. Sie fror erbärmlich.

Als ich sicher war, dass die Hündin sich soweit beruhigt hatte, stellte ich uns ihr vor und versprach, dass wir ihr nur helfen wollten. Sie sagte nichts, hatte jedoch Tränen in den Augen und ihre Unterlippe zitterte wie bei Alma, wenn sie kurz vor einer ihrer Heulattacken war. Ich ging vorsichtig noch etwas näher zu ihr und konnte erkennen, dass der Strick um ihren Hals tiefe, wunde Stellen verursacht hatte. Außerdem hatte sie ein richtiges Loch an der Seite neben dem Strick.

„Bist du verletzt?", fragte ich sie. Das war aber eine selten dumme Frage von mir. Ich konnte doch deutlich sehen, dass sie misshandelt worden war. „Hast du Schmerzen?" Etwas Schlaueres fiel mir anscheinend gerade nicht ein. Die Hündin nickte kurz, schwieg jedoch weiterhin. Nach ein paar weiteren Schritten stand ich direkt vor ihr und konnte erkennen, dass sie noch sehr jung sein musste.

„Wer hat dir das angetan?" Ich berührte vorsichtig mit meiner Pfote ihre Schulter. Sie zuckte blitzartig zusammen. Sie schien unter großen Schmerzen zu leiden. Aber wenigstens antwortete sie jetzt.

„Der Galgomann." Sie blickte wieder etwas panisch um sich. Das muss wieder ein besonders netter Mensch gewesen sein, wenn die junge Hündin so eine Angst vor ihm hatte.

„Er ist böse", flüsterte sie gerade noch so laut, dass ich sie verstehen konnte. „Er hat mich hierhin gezerrt und gesagt, dass ich nutzlos sei und deswegen möglichst langsam verrecken soll." Sie fing an, leise zu weinen. Ich spürte, wie auch meine Augen sich mit Tränen füllten. Wenn Toran sie nicht gefunden hätte, wäre ihr Leben tatsächlich durch einen grausamen Hungertod beendet gewesen.

„Ich bin hier schon seit mehreren Tagen", flüsterte sie und schluchzte leise. „Letzte Nacht hatte ich so viel Angst. Der Sturm war heftig und mir ist so furchtbar kalt. Alles tut weh!" Jetzt weinte sie ungehemmt.

Ich räusperte mich. „Es wird jetzt alles gut", versprach ich und hoffte, dass ich diesmal mein Versprechen würde halten können. „Du kannst mit zu uns kommen, aber zuerst müssen wir dich von diesem blöden Strick befreien."

Ich schaute mir den Strick genauer an. Er war so fest sowohl um den Baum als auch um ihren Hals gebunden, dass wir mit Sicherheit keine Chance hatten, die Knoten zu öffnen. Dazu war er noch so dick, dass wir ihn nicht durchbeißen konnten. Moment mal – doch, einer von uns sollte es schaffen! Ich drehte mich schnell zu Toran um, der sich noch keinen Millimeter bewegt hatte. Er wollte wohl die arme Hündin nicht wieder erschrecken. Ich nickte ihm zu und er kam ganz langsam näher.

„Das ist ein Wolf", sagte ich zu der Hündin, deren Augen anfingen, erneut panisch zu flackern. „Er heißt Toran und er ist ein guter Freund von uns." Eigentlich hatte ich ihr das schon bei unserer Ankunft erzählt, aber so verängstigt wie sie war, hatte sie wahrscheinlich von allem Gesagten nur die Hälfte mitbekommen.

„Tut er mich nun fressen?", fragte sie und begann, rückwärtszukrabbeln, wobei sich der Strick erneut anspannte.

„Nein, nein!" Weiter etwas zu sagen, gelang es mir nicht mehr. Mit ein paar Schritten war Toran beim Baum und biss innerhalb einer Sekunde den Strick durch. Er lächelte die Hündin kurz an und ging dann zurück zu den anderen. Na, das war schon einmal einfach gewesen. Ich wartete gespannt darauf, was diese Hündin nun zu tun gedachte. Würde sie fliehen wollen? Ich wusste noch, besser als mir lieb war, wie Alma damals in ihrer Panik fortgelaufen war, um sich vor dem Bösen zu verstecken. Diese Hündin blieb jedoch liegen und zitterte anscheinend unkontrolliert weiter.

„Wie heißt du?", fragte ich, nur um sie zu beruhigen.

Sie schwieg kurz, aber sagte dann: „Man nennt mich D6."

D6? Was war das denn für ein Name? Ich entschied mich, sie irgendwann später deswegen auszufragen, weil es mir jetzt wichtiger erschien, sie irgendwie zu überzeugen, mit uns zu kommen. Alfonso war so leise hinter mich geschlichen, dass ich regelrecht vor Schreck hochsprang, als ich seine Stimme hörte.

„Ui! Alfonso ist ein Jäger. Maus hat Angst." Ja, wir wussten alle, dass Alfonso tatsächlich ein guter Mäusefänger war, aber was hatte das jetzt damit zu tun, was hier gerade passierte? Ich schaute ihn fragend an. Er deutete mit seiner Pfote auf die Hündin. „Eine Jagdhündin. Müssen Domino und Alfonso Angst haben?"

Er hatte wohl irgendwann mitbekommen, was Condesa über ihr Leben bei dem brutalen Jäger erzählt hatte. Sie und die anderen Hunde wurden gezwungen, nicht nur Hasen zu jagen, sondern auch alles, was sich auf dem Hof bewegte. Leider waren sie immer so furchtbar ausgehungert, dass sogar Katzen, die sich immer wieder dorthin verirrt hatten, nicht verschont blieben. In dieser Hinsicht konnte ich die Sorge von Alfonso nachvollziehen. Allerdings fand ich es ziemlich mutig von ihm, so nahe an eine vermeintliche Todesmaschine zu kommen, bemerkte jedoch gleich, dass Alfonso den Baum die ganze Zeit anstarrte. Ein Fluchtweg, alles klar.

Die Hündin – ich wollte sie nicht D6 nennen, daran war irgendwas falsch – schüttelte ihren Kopf. „Ich jage nicht. Ich will es nicht. Deswegen sagte der Galgomann, dass ich wertlos sei. Ich musste weg von Mama und meinen Geschwistern. Ich darf nie wieder zurück."

Das war also der Grund, warum dieser böse Mensch sie im Wald ausgesetzt hatte. Wer keine Jagdinstinkte zeigte, war für einen Jäger nutzlos und wurde am Ende der Jagdsaison aussortiert. Genau das hatte Condesa vorhergesagt. Spielte diese Hündin mit dem Gedanken, zurück zu dem Galgomann zu gehen? Das konnte doch nicht sein! Allerdings hat sie ihre Familie erwähnt und ich konnte verstehen, dass die ganze Situation sie überforderte.

Sie tat mir furchtbar leid. Trotzdem musste ich jegliche Missverständnisse aus dem Weg räumen, damit sie verstand, in welcher Lage sie war. Falls sie sich entscheiden sollte, nicht mit uns zu kommen, sondern zu versuchen, wieder zu diesem Galgomann zu gelangen, wäre das ihr sicherer Tod. Sie würde dort garantiert nicht mit offenen Armen aufgenommen werden. Das erklärte ich ihr auch haargenau.

Sie schien eine Weile darüber nachzudenken und erhob sich dann. Es wunderte mich, wie sie überhaupt mit diesen wahnsinnig dünnen Beinen stehen konnte. Obwohl sie weiterhin zitterte, sagte sie mit fester Stimme: „Ich verstehe, dass es für mich kein Zurück mehr gibt. Du musst jedoch auch mich verstehen, denn das dort ist mein Zuhause – oder besser, war es. Meine Mama und meine Geschwister fehlen mir jetzt schon so sehr. In meinem Leben war ich noch nie so allein."

Domino kam zwar immer noch nicht näher, aber sprach so laut, dass wir keine Schwierigkeiten hatten, ihn zu verstehen. „Mein Bruder und ich haben unser Zuhause ebenfalls verloren. Wir konnten nicht nachvollziehen, warum unsere Menschen uns ausgesetzt haben. Besonders Alfonso trauerte unserer Familie noch lange nach, bis er verstand, dass diese Menschen uns nicht verdient hatten. Wir haben hier bei unseren Freunden und ihren lieben Menschen ein neues Zuhause gefunden. Es geht uns jetzt viel besser und so wird es dir auch ergehen. Komm bitte mit uns!"

Die junge Hündin tat tatsächlich ein paar wackelige Schritte in unsere Richtung, blieb jedoch plötzlich erneut stehen. Ihr war anscheinend etwas aufgefallen. „Sagtest du gerade, dass ihr bei Menschen lebt? Ich dachte, ihr kommt hier im Wald allein zurecht, besonders da ihr diesen Wolf an eurer Seite habt. Es wäre sehr töricht von mir, mich in eine Falle locken zu lassen. Ich mag noch jung sein, aber so dumm bin ich wirklich nicht. Ich werde niemals mehr zu einem Menschen gehen! Sie sind nur böse und tun uns weh! Seht euch mich nur an! Nein, niemals zu einem Menschen!"

Da hatten wir nun wohl ein Problem. Sie konnte nicht zurück zu ihrer Familie und mit uns kommen wollte sie auf keinen Fall. Doch sie in diesem Wald allein zurückzulassen, war natürlich keine Option. Das konnten wir nicht tun, sie würde keine weitere Nacht überleben, so geschwächt, wie sie war. In dem Moment fiel mir nichts ein, womit ich diese Situation hätte lösen können. Manchmal ist es allerdings gut, wenn man gute Freunde um sich hat, die sogar zum Mitdenken fähig sind. Rudi kam fröhlich mit dem Schwanz wedelnd näher.

„Hi! Ich bin der Rudi!", sagte er und lächelte. „Vielleicht weißt du das auch noch. Aber du weißt noch nicht, dass ich früher ebenso allein war. Ich lebte zwar nicht im Wald, sondern auf der Straße." Die Hündin hörte wenigstens interessiert zu. „Die Menschen, bei denen meine Mama und ich zuerst lebten, hatten uns fortgejagt – aus welchen Gründen auch immer. Leider wurde Mama von einem Auto überfahren und seitdem musste ich mich allein durchschlagen."

Mir fiel seine Geschichte wieder ein. Weil er eine absolute Frohnatur geblieben war, hatte ich fast vergessen, wie grausam auch sein Leben gewesen war. Ich bewunderte ihn dafür, dass er trotzdem immer versuchte, andere aufzuheitern und zu unterstützen, wenn jemand mal einen schlechten Tag hatte. Gespannt wartete ich darauf, ob er die arme Hündin überreden konnte, uns doch noch zu folgen.

„Ich hätte damals nie gedacht, dass auf mich noch ein ganz anderes Leben wartete. Ein gutes!", fuhr er fort und hüpfte aufgeregt hin und her. „Mein neuer Mensch, Mateo, rettete mich und nahm mich mit zu sich nach Hause. Und es ist wunderbar dort!" Die Hündin starrte ihn nur an.

„Es gibt immer gutes Essen und kein einziges Mal bin ich geschlagen worden!", fügte er noch hinzu. „Da wohnt noch Anton – er ist wahnsinnig groß und stark. Er beschützt uns vor jeglichem Bösen!" Das sagte er mit so viel Überzeugung, dass sogar ich ihm fast glaubte – aber nur fast. Ich wusste es letztendlich besser. Ich sagte jedoch nichts, sondern beobachte, ob Rudis Worte irgendeine Wirkung zeigten. Die Hündin schien weiterhin zu zögern.

„Hör mal!" Rudi versuchte ruhig stehen zu bleiben, was ihm nur unter größter Anstrengung gelang. Besonders, wenn er aufgeregt war, so wie jetzt, wurde er genauso hibbelig wie Alma. Er berührte mit seiner Pfote die Schulter der

Hündin, die diesmal nicht mehr zusammenzuckte. Vielleicht war das ein gutes Zeichen. „Ich kann deine Bedenken, was die Menschen betrifft, sehr gut nachvollziehen. Glaub mir, das können wir alle." Jeder von uns nickte zur Bestätigung.

Rudi zeigte mit der Pfote in die Richtung, woher wir gekommen waren. „Dort, gar nicht so weit weg, steht unser Zuhause. Es ist ein sehr großes Haus. Momentan wohnen auch unsere Freunde bei uns." Er nickte zu uns. „Wir haben einen richtig coolen Garten, in dem wir viele gute Verstecke haben." Ich ahnte schon, worauf er hinauswollte, und behielt Recht.

„Dort gibt es ebenfalls ein Gartenhaus, wo alle möglichen Geräte aufbewahrt werden." Er zwinkerte mir zu. Ja, Rudi, deine Idee ist nicht verkehrt. „Im Winter gehen die Menschen eigentlich nie dorthin. Da hättest du zuerst einmal ein Dach über dem Kopf und müsstest nicht hier im Wald allein und schutzlos herumirren."

Ich konnte fast sehen, wie angestrengt die Hündin überlegte. Gleichzeitig wurde mir erneut bewusst, wie sehr sie immer noch zitterte. „Es ist dort leider nicht so warm, wie im Haus", ergänzte ich Rudis Vorschlag. „Aber wir können dir sicher eine Decke besorgen. Und Futter." Wie wir das nun wieder bewerkstelligen sollten, wusste ich nicht. Als ich jedoch sah, wie die Augen von dieser armen Hündin zu leuchten anfingen, beschloss ich, mir erst später darüber Sorgen zu machen.

„Das würdet ihr für mich tun?", fragte sie erstaunt. „Ich dürfte mit euch leben, jedoch gleichzeitig ohne Menschen. Das hört sich fast zu gut an!"

Rudi winkte ab. „Dort würde dir niemand mehr weh tun. Aber, wie Arlo bereits sagte, gerade warm ist es in dieser Jahreszeit nicht in dem Häuschen."

„Das macht nichts", erwiderte die Hündin. Wir mussten wirklich einen Namen für sie auswählen. Ich wollte sie nicht mit diesem komischen D6 ansprechen, sie jedoch dauerhaft nur eine Hündin zu nennen, war doch ebenso doof. Sie sprach schnell weiter. „Ich friere immer, das ist nichts Neues für mich. Unser Stall war immer kalt und feucht. Nur im Sommer nicht, dann wurde es dort drin unheimlich heiß. Frieren ist besser als andauernd Angst vor erneuten Schlägen zu haben. Ich komme mit euch. Dort wird mich kein Mensch finden!"

Ich hätte nicht so laut aus Erleichterung geseufzt, wenn ich gewusst hätte, wie falsch sie mit dieser Feststellung lag.

7. IST DAS DOCH EINE FALLE?

Wenn diese arme Hündin nicht so geschwächt gewesen wäre, wäre ich auf dem Rückweg mit Sicherheit der Letzte gewesen. Ich hatte das Gefühl, dass ich noch langsamer vorwärtskam als vorhin. Sind da wirklich so viele Äste auf dem Pfad gewesen oder hatte Rudi absichtlich eine andere Route gewählt, um mich zu ärgern? Das würde ihm gefallen, wenn ich mich mit meinen ultrakurzen Beinen vor allen blamierte. Er war zwar mein bester Kumpel, aber ich wusste, dass er mehr als gerne Streiche spielte. Besonderes mir. Allerdings wäre so ein Streich sogar für ihn zu gemein. Ich schaute hinter mich und sah, dass die junge Hündin es noch schwerer als ich hatte. Rudi hüpfte gerade sogar über einen Ast und sofort wieder zurück; die Katerchen sprangen mühelos über jedes Hindernis.

„He! Wartet doch mal!", rief ich ihnen zu. „Nehmt ein bisschen Rücksicht auf unseren Gast!" Das war ein guter Einfall von mir, fand ich. So musste ich nicht zugeben, wie beschwerlich das alles für mich war. Ein richtiger Geistesblitz eines Genies! Fast wäre ich stolz auf mich selbst gewesen, doch musste Alma wieder in meinem Kopf für Unordnung sorgen. Ich seufzte und setzte mich hin, um mich kurz auszuruhen. Das es immer noch überall so nass war, störte mich in dem Augenblick nicht.

Die arme Hündin holte uns ein. „Dankeschön!", sagte sie vollkommen außer Atem. „So kenne ich mich gar nicht. Ich bin immer schnell gewesen und jetzt kann ich mich kaum auf den Beinen halten."

Ich wusste, was sie meinte. Condesa war die schnellste Hündin, die ich jemals gesehen hatte. Wenn sie mal startete, konnte keiner von uns mit ihr mithalten. Ich wettete jedoch, dass diese Miniversion von Condesa ihr den ersten Platz mit Leichtigkeit streitig machen konnte. Diese Tortur bei dem Galgomann und letztendlich im Wald hatten ihr sicher ganz schön zugesetzt.

„Keine Sorge!", rief Rudi ihr zu. Er stand auf einem Baumstamm, der natürlich auch noch auf dem Pfad liegen musste. „Es ist nicht mehr weit! Und nach ein paar Tagen wirst du wieder zu Kräften kommen, das verspreche ich dir!" Da war ich mir nicht so sicher, wollte Rudi jedoch nicht widersprechen. Vielleicht hatte er tatsächlich schon eine Idee, wie wir sie aufpäppeln konnten, ohne dass die Menschen es mitbekamen.

Nach einer kurzen Pause liefen wir weiter – oder besser gesagt, krabbelten oder kletterten. Obwohl alles so anstrengend war, war ich doch froh, dass wir diese Aufgabe auf uns genommen hatten. Sonst hätten wir die Hündin und Toran nicht getroffen. Zum Glück war mir gerade noch eingefallen, was ich Toran unbedingt fragen wollte, bevor er sich bei der Schlucht von uns verabschieden würde. Als er hörte, dass wir vorhatten, den Hof von Condesas Galgomann aufzusuchen, ist er nicht direkt begeistert gewesen.

„Das sind Jäger", hatte er gesagt. „Ich beobachte ihr Tun mit Unbehagen schon länger. Obwohl ich auch mal gerne so ein Häschen für meine Familie und mich schnappe, ist mir diese sinnlose Hetzjagd äußerst zuwider. Es geht dabei nicht ums Überleben, um die Nahrung, sondern nur um Ruhm und Geld. Das soll Sport sein? Das ich nicht lache."

Er hatte seinen Kopf geschüttelt. „Da es sich um ein großes Geschäft handelt, wird es keinem von denen gefallen, wenn jemand sich einmischt. Du siehst doch, wie sie ihre Jagdhunde behandeln, wenn sie nicht profitabel sind. Was glaubst du, was er mit euch macht, falls er euch auf seinem Hof entdeckt? So eine Gruppe von kleinen Hunden ist für ihn absolut wertlos. Er wird euch ohne jeglichen Skrupel vernichten."

„Anton und Luna sind nicht klein!", hatte ich erwidert, um wenigstens mir selbst etwas Mut zu machen, obwohl ich wusste, dass er Recht hatte.

Toran hatte mich nur müde angelächelt. Inzwischen kannte er uns jedoch so gut, dass er wusste, nichts würde uns abhalten können. Wenn jemand in Not war, mussten wir wenigstens versuchen, irgendwie zu helfen. Bevor er im Wald verschwand, hatte er zugegeben, dass er eventuell wusste, wo so ein Hof war, wie ich diesen geschildert hatte. In den nächsten Tagen sollten wir etwas von ihm hören, weil er sich zuerst vergewissern wollte.

Endlich erreichten wir die Gartenmauer unserer derzeitigen Unterkunft. Die junge Hündin wirkte genauso erschöpft wie ich und ich war mir sicher, dass sie kaum noch einen Schritt weiterlaufen konnte. Domino und Alfonso sprangen einfach auf die Mauer und schnell in den Garten herunter. Rudi und ich führten die Hündin zu dem Loch, dass ich allein womöglich gar nicht mehr gefunden hätte. Es war wirklich gut hinter den Büschen versteckt.

Rudi verschwand schon hindurch, aber die Hündin zögerte und fing sogar wieder an zu zittern. „Ich weiß nicht…", sagte sie und blickte sich um, wobei der Rest von dem Strick an ihrem Hals mich fast am Kopf trat. „Hinter der Mauer sind doch Menschen. Sie werden mich womöglich gleich entdecken!" Ich hörte schon einen Anflug von Panik in ihrer Stimme. Sie konnte nicht mehr still stehen bleiben, sondern sprang immer wieder hin und her. Ich hatte größte Mühe, dem fliegenden Strick immer wieder auszuweichen, wusste jedoch in dem Moment nicht, wie ich sie beruhigen konnte.

„Was macht ihr da noch? Kommt doch rein!" Alma steckte ihren Kopf durch das Loch in der Mauer. „Rudi hat schon erzählt, dass wir einen neuen Gast bekommen. Das ist ja toll! Ich bin die Alma. Du bist auch ein Mädchen, das kann ich riechen. Vielleicht hast du sofort bemerkt, dass ich blind bin. Aber riechen kann ich gut! Und hören! Wir können sicher gut zusammenspielen. Ich habe meinen Ball dabei. Du kannst ihn dir gerne ausleihen!"

Sie quasselte noch ein paar Minuten ungestört weiter, bevor sie realisierte, dass die arme Hündin noch kein einziges Wort gesagt hatte. Bei Almas Redeschwall war es auch nicht ganz leicht, jedoch bemerkte sogar sie endlich, dass etwas nicht stimmte. Sie schwieg und schnüffelte angestrengt. „Was habt ihr?" Plötzlich ging sie ein paar Schritte zurück. „Du hast Angst! Doch nicht vor mir, oder? Ich bin die Schwester von Arlo. Ich werde dir sicher nichts antun!"

Obwohl die Hündin noch sehr jung sein musste, war sie schon einiges größer als wir zwei. Wer sollte denn Angst vor uns haben? Alma hatte zwar bewiesen, dass sie sehr viel

Mut besaß. Ich dagegen hatte nur gezeigt, dass ich andere in große Schwierigkeiten bringen konnte. Vielleicht hatte diese Hündin Recht mit ihrer Ängstlichkeit. Wer konnte schon wissen, welche Probleme ich wieder verursachen würde. Ich seufzte und wollte der Hündin sogar vorschlagen, dass wir eine andere Lösung für sie finden sollten, aber Alma kam mir zuvor.

Sie legte ihre Pfote auf die meine. „Jetzt ist aber gut, Bruderherz! Sei nicht so streng zu dir selbst! Ist doch alles in Ordnung." Ich fühlte, wie meine Augen sich mit Tränen füllten, und schüttelte mich kurz, um auf andere Gedanken zu kommen. Leise erklärte ich Alma, dass die Hündin große Angst vor Menschen hatte, was sie sehr gut verstehen konnte. Ich drehte mich zu der Hündin.

„Hier sind Menschen, ja, aber sie sind wirklich nett. Falls sie dich entdecken sollten, würde dir mit Sicherheit nichts Böses geschehen." Sie schüttelte nur den Kopf.

„Außerdem...", fuhr ich fort, „hat Rudi ja gesagt, dass wir dich verstecken können, wenn es dir lieber ist. Du bist hier in Sicherheit."

Alma legte erneut los. „Ich habe auch Angst gehabt, furchtbare Angst! Aber wenn ich mit unseren Freunden zusammen bin, brauche ich keine Angst mehr zu haben. Vielleicht erzähle ich dir mal die ganze Geschichte, wie das Böse auf unsere Finca kam! Das ist jedoch Vergangenheit. Mit uns bist du sicher. Wenn du mal Anton und Luna kennenlernst, weißt du sofort, was ich meine. Und mein Bruder ist ebenfalls ein guter Bodyguard!"

Das war eine Lüge, wobei ich mich doch ein bisschen über ihre Worte freute. Ich schielte auf die Hündin, die sich bei Almas Gequassel langsam entspannte. Anscheinend erkannte sie, wie sorglos Alma war, und wenn zwei Hunde in unserer nicht vorhandenen Größe hier überleben konnten, würde sie es dann wohl auch. Als ich dann auf das Loch zeigte, nickte sie und kam endlich mit Alma und mir in den Garten. Rudi lief uns sofort entgegen.

„Ich habe die Lage gecheckt. Opa Gerhard ist soeben angekommen und sitzt im Haus mit Oma Martha. Alle anderen Menschen sind fort." Er zeigte mit der Pfote auf den hinteren Teil des Gartens. „Dort steht das kleine Gartenhaus. Soll ich es dir zeigen?"

Die arme Hündin nickte wieder und folgte Rudi wortlos, allerdings nicht ohne sich die ganze Zeit umzuschauen. Ich erkannte jedoch sogleich, dass Rudi eine gute Idee gehabt hatte. Als wir bei dem Häuschen ankamen und ich zurückblickte, konnte ich das Haupthaus nicht mehr sehen. Das war tatsächlich ein sehr gutes Versteck. Zudem war die Tür leicht aufzudrücken, womit Hund problemlos nach Belieben rein und raus konnte. Drinnen sah es zwar alles andere als gemütlich aus, jedoch wenn wir es schafften, ein paar Gartengeräte beiseitezuschieben, würde sie genug Platz zum Liegen haben.

„Ich weiß, dass das nicht das Tollste ist", sagte Rudi etwas beschämt. „Wir hätten dich lieber im Haus, aber wenn du es nicht willst, kann ich dir leider nur das anbieten."

Die Hündin nickte eifrig. „Nein, nein, das ist doch sehr schön hier." Sehr schön? Sie muss aber in grauenhaften Verhältnissen gelebt haben, was sie gleich bestätigte. „Der Zustand unseres Stalls bei dem Galgomann war deutlich schlechter. Hier ist es nicht nass und ich bekomme sogar

Tageslicht durch das Fenster! Und wie ich erkannt habe, bin ich nicht eingeschlossen!"

Rudi lächelte sie an. „Na denn! Anton und Luna wollten gleich vorbeikommen, um schon einmal ein paar Sachen zu bringen, damit es wenigstens ein bisschen gemütlicher für dich wird."

Soeben standen unsere großen Freunde vor dem Gartenhaus. Wieder einmal hatte ich vergessen, welchen Eindruck die beiden beim ersten Mal machten – Anton als ein riesiger Herdenschutzhund und Luna als eine Halbwölfin. Dadurch war es keine Überraschung, dass die arme Hündin sich furchtbar erschreckte und sich auf den Boden warf.

„Hilfe!", winselte sie. „Das war doch eine Falle! Ich werde jetzt bestimmt gefressen! Hilfe!" Wieder bedeckte sie ihre Augen mit den Pfoten. Luna und Anton schauten verblüfft aus dem Fell und sahen mich fragend an. Ich zuckte nur mit den Schultern und zeigte mit der Pfote in die Höhe, um zu demonstrieren, dass ihre Größe ein kleines Problem war. Natürlich ging Alma sofort zu ihr und berührte mit dem Kopf ihre Schulter.

„Keine Angst! Hier wird niemand gefressen!", sagte sie beruhigend und gab der Hündin sogar ein Küsschen, wodurch diese wenigstens aufblickte. „Das sind unsere Freunde und Beschützer – Luna und Anton", fuhr Alma fort. „Sie werden dir niemals weh tun! Und sie werden dafür sorgen, dass das auch kein anderer, besonders kein Mensch, tun kann!"

Na ja, das war wieder typisch Alma. Sicher war es gut, die beiden Großen auf unserer Seite zu haben, und sie würden immer versuchen zu verhindern, dass uns etwas Böses zustößt. Wohl bemerkt – die Betonung liegt hier auf dem Wort ‚versuchen'. Nachdem Alma sich bei unserer mutigen Rettungsaktion so schwer verletzt hatte, war mir bewusst geworden, wie kraftlos wir doch waren. Und ich meinte jetzt nicht nur unsereins, die doch so klein waren, dass jeder Mensch uns mit Leichtigkeit vernichten konnte. Nein, ich meinte auch, dass sogar unsere großen Freunde nicht unverwundbar waren, wie wir es hatten erleben müssen. Obwohl ich nicht in irgendeinem Zustand der dauerhaften Angst lebte, waren meine frühere Selbstsicherheit und mein Wagemut doch ziemlich erschüttert, besonders, wenn ich an eine erneute Rettungsaktion denken musste. Bevor ich noch laut verkündete, dass es am besten wäre, wenn wir den geplanten Besuch bei Condesas Galgomann lieber absagen sollten, wanderte mein Blick zu der jungen Hündin. Was muss sie gelitten haben! Ich seufzte. Wir mussten einfach anderen in Not helfen, daran führte kein Weg vorbei. Vielleicht wäre es diesmal möglich, dass ich mit meinem schlauen Kopf auf der Planungsebene blieb, wodurch ich eventuell verhindern konnte, dass Alma wieder in Gefahr geriet. Durch diesen Gedanken einigermaßen beruhigt konnte ich mich wieder darauf konzentrieren, was gerade um mich herum geschah.

Anton hatte es tatsächlich geschafft, eine dicke Decke mitzubringen, die er in das Gartenhaus legte. „So, junge Dame", sagte er zu der Hündin. „Jetzt ist es wenigstens etwas kuscheliger für dich. Ich muss aber betonen, dass du jederzeit zu uns ins Haus kommen darfst."

Die Hündin schüttelte nur den Kopf und schnüffelte vorsichtig an der Decke. „Was ist das?", fragte sie. „Wofür ist das?"

Wir wechselten irritierte Blicke. Kannte sie etwa keine Decke? Ihr Galgomann muss ja ein ganz übler Typ gewesen sein. Alma hüpfte auf die Decke und kuschelte sich ein. Zuerst schaute die Hündin erstaunt auf Alma, machte es jedoch ihr nach.

„Oh! Das ist wunderbar!", rief sie. „So etwas Weiches habe ich noch nie gesehen! Es tut so gut, darauf zu liegen!"

Alma zog mit ihren Zähnen eine Ecke der Decke über sich. „Und guck mal! Wenn du dich damit noch zudeckst, wird es dir sofort viel wärmer!"

Als ich die Beiden mit der Decke umhüllt liegen sah, wurde mir ganz warm ums Herz. Den anderen schien es nicht anders zu gehen, weil alle nur stillstanden und lächelnd zuschauten. Ich hatte gar nicht bemerkt, dass auch Luna etwas mitgebracht hatte. Sie ging zu der Decke und legte ein Stück Brot vor die Hündin. Obwohl wir gut gefrühstückt hatten, lief mir augenblicklich das Wasser im Mund zusammen. Vielleicht durfte ich ein kleines Stück von dem Brot probieren. Bevor Alma sich wieder einmischen musste, mahnte ich mich selbst, nicht so gierig zu sein.

„Ist das für mich?", staunte die Hündin. Als Luna nickte, verschlang sie das Brot in Eiltempo. „Danke, danke!", sagte sie und leckte noch die letzten Krümmel von der Decke. „Das war das Beste, was ich jemals gegessen habe! Ihr seid alle so gut zu mir!" Jetzt fing sie wieder an, leise zu weinen. Aber ich erkannte sofort, dass es wohl Tränen der

Erleichterung waren. Alma kuschelte sich noch enger an sie und versuchte sie zu trösten.

Anton räusperte sich. „Ja, nun. Wenigstens Luna und ich sollten wohl langsam zurück zum Haus. Nicht dass die Menschen sich wundern, wo wir alle plötzlich geblieben sind. Außerdem wollte jemand dich noch begrüßen. Warte bitte einen Moment!"

Nachdem sie fort waren, dauerte es nicht lange und wir sahen Condesa näherkommen. Ich hätte auch selbst daran denken können, dass sie natürlich großes Interesse hatte, eine andere Galga zu treffen. „Wo ist sie?", fragte Condesa. Ich nickte in Richtung des Gartenhauses und sie ging vorsichtig hinein.

„Das kann doch nicht wahr sein!", hörten wir sie überrascht rufen. „Du bist das Ebenbild meiner jüngsten Tochter! Du musst meine Enkelin sein! Ich bin deine Oma Condesa!"

8. DIE VERRÄTERISCHEN BROTKRÜMEL

Es war kaum zu glauben, dass wir im Wald ausgerechnet eine Enkelin von Condesa gefunden haben sollen. Als sie sich unterhielten, konnten wir jedoch sehr schnell feststellen, dass das doch wohl der Fall war. Die arme Hündin konnte den Hof gut beschreiben und bestätigte, dass man durch den Zaun genau das Dorf unten im Tal sehen konnte. Außerdem erzählte sie von ihrer Mutter, die tatsächlich Condesas Tochter war.

„Ich habe dich sofort erkannt", freute Condesa sich. „Nicht nur dein Aussehen, sondern auch dein Geruch haben mich fast umgehauen! Ich hätte niemals gedacht, dass ich noch jemanden aus meiner Familie treffen würde." Sie schwieg kurz und ihre Miene verdüsterte sich deutlich. „Der Galgomann scheint immer noch genau so brutal zu sein, wie damals. Wenn sogar nicht noch schlimmer. Mich hat er wenigstens nicht im Wald ausgesetzt."

Die junge Hündin nickte. „Er ist uns gegenüber immer sehr böse. Wenn ich nicht so eine Angst im Wald gehabt hätte, wäre ich fast froh, dass ich entkommen bin. Nur meine Familie fehlt mir sehr." Sie ließ ihren Kopf wieder hängen, blickte jedoch gleich wieder auf. „Ich habe aber meine Oma gefunden – wenn meine Mama das wüsste!"

„Du wirst es ihr sicher bald erzählen können", sagte Condesa lächelnd. „Wir basteln gerade an einem Plan, wie wir sie und die anderen Hunde von dem Galgomann fortholen können."

Statt sich zu freuen, fing die Hündin wieder an, unkontrolliert zu zittern. „Nein! Dann müsste man ja dorthin zurück! Das sollte kein Hund freiwillig machen! Er wird niemals seine Hunde abgeben, es sei denn, es sind solch wertlose wie ich!"

Um sie zu beruhigen, legte Condesa sich neben sie auf die Decke, wobei es für Alma wohl zu eng wurde. Sie sprang zu Rudi und mir. Wir hörten, wie Condesa leise etwas flüsterte, wie ‚du musst nicht hin' und ‚hab Zuversicht'. Tja, ein bisschen Zuversicht hätte ich ebenfalls gut gebrauchen können. Wie sie den Galgomann und den furchtbaren Ort beschrieben haben, wurde es sicher kein leichtes Unterfangen werden. Wir hatten zwar schon viel erlebt und viel geschafft, auch was böse Menschen betraf, diesmal wurde es jedoch noch eine Stufe gefährlicher. Ich musste unbedingt verhindern, dass Alma sich da einmischte, sei es denn, ich würde sie irgendwo einsperren müssen. Allerdings würde sie mir das nie verzeihen. In dem Moment wusste ich einfach keine Lösung.

Um mich selbst von den trüben Gedanken abzulenken, fragte ich die junge Hündin nach ihrem komischen Namen. Sie guckte mich nur mit großen Augen an und schien überhaupt nicht zu verstehen, was ich meinte. „Na, D6, was ist das für ein Name?", wiederholte ich. Da sie immer noch schwieg, antwortete Condesa an ihrer Stelle.

„Das kenne ich von früher. Das ist eigentlich gar kein Name…, sondern eher eine Bezeichnung." Jetzt war ich an der Reihe, ziemlich doof aus dem Fell zu schauen.

„Weißt du", fuhr sie fort, „wir Hündinnen mussten jedes Jahr – und das bereits in jungen Jahren -Welpen für den

Galgomann produzieren. Er machte sich nie die Mühe, sich für uns irgendwelche richtigen Namen auszudenken. Der Buchstabe bezeichnet, der wievielte Wurf von der jeweiligen Hündin es war. Also A, B, C - und D ist dann der vierte Wurf. Die Nummer bezeichnet, welcher Welpe damit registriert wurde. Also, diese kleine Hündin gehört zu dem vierten Wurf meiner armen Tochter und ist der sechste Welpe…"

Die junge Hündin nickte eifrig. „Ja, ich bin als letzte geboren und war auch die kleinste von allen. Mama hat sich so lieb um uns gekümmert, obwohl sie selbst nie genug zu essen hatte. Oft wurde sie auch von dem Galgomann geschlagen, als sie versuchte, uns gegen diesen Tierquäler zu verteidigen. Sie wünschte sich für uns nur ein besseres Leben."

Condesa gab ihr ein Küsschen. „Das hast du jetzt auf jeden Fall geschafft, meine Kleine. Bei uns wird es dir bald sehr gut gehen. Du wirst sogar einen schönen, neuen Namen bekommen." Sie stockte kurz und schaute ihre Enkelin etwas genauer an. „Dieser Strick an deinem Hals ist ja schon gemein genug, aber da ist ja noch eine richtige Wunde. Was ist denn passiert? Oder warte – das war sicher wieder dieser Galgomann, oder?" Sie knurrte leise.

„Ja, das hat richtig weh getan. Er murmelte etwas wie, dass der Chip raus muss, und schnitt mich dann mit einem Messer!"

Condesa umarmte sie fest und gab ihr noch mehr Küsschen. Mir wurde fast schlecht bei der Vorstellung, was diese arme Hündin hat durchstehen müssen. Wir haben alle einen Chip am Hals, damit wir gefunden werden können, falls wir verloren gehen sollten, hat Terri uns mal erzählt. Sie hat uns auf ihren Namen registrieren lassen, damit man sie in einem Notfall schnell kontaktieren kann. Wenn dieser gemeine Galgomann den Chip so brutal entfernt hat, wollte er anscheinend nicht, dass diese Hündin mit ihm in Verbindung gebracht werden kann. Sogar einem Tierquäler musste es also bewusst sein, dass sein Tun falsch und strafbar war. Mein Groll gegenüber diesem Unmenschen wuchs ins Unendliche.

Den ganzen Tag über leistete wenigstens einer von uns der jungen Hündin Gesellschaft. Allerdings mussten wir immer wieder abwechselnd zum Haus, damit Opa Gerhard und Oma Martha sich nicht wunderten. Meine Eltern und Tristan mit Isolde hatten unsere neue Freundin ebenfalls begrüßt. Für alle war es wie ein Wunder, dass wir gerade die Enkelin von Condesa gefunden hatten. Sogar die Katerchen ließen sich öfters blicken, aber besonders Alfonso war so aufgeregt, dass er nur von einem Baum zum anderen sprang. Bei jedem Sprung konnte man noch ein lautes ‚Ui' hören. Wenn er so weitermachte, würden die Menschen doch aufmerksam auf uns werden. Ich versuchte ihn zu beruhigen, aber meine Mahnungen schienen ihn nur noch mehr anzuspornen.

„Lass ihn lieber machen", bat Domino. „Es ist besser, wenn er sich hier draußen abreagiert – nicht, dass er im Haus einen Tapetenwechsel verursacht. Das meine ich jetzt wortwörtlich." Das sah ich sofort ein.

Nachdem Rudi der Hündin erklärt hatte, wo sie den Gartenteich finden konnte, falls sie Durst bekam, war er mit Alma und mir an der Reihe, zurück zum Haus zu schlendern. Wir beschlossen, dort noch etwas mehr zum Essen zu stibitzen, weil mit nur einem Stück Brot die junge Hündin sicher nicht satt geworden war. Dabei überlegte ich, ob es zu vertreten war, dass ich selbst auch noch etwas bekam – als Provision, quasi. Das wäre eigentlich nur gerecht, oder? Weiter mit meinen Überlegungen kam ich nicht, weil Oma Martha uns gleich entdeckte.

„Oh, Arlo! Wie siehst du denn aus?", fragte sie fast erschrocken. Ich hatte inzwischen vollkommen vergessen, wie verdreckt ich nach unserem Marsch im Schlamm sein musste. Da konnte ich meinen vorherigen Plan, mich zuerst einmal vor den Menschen bedeckt zu halten, ganz schnell vergessen. „So kommst du mir aber nicht ins Haus!", rief sie bestimmt. „Wir können die Gastfreundschaft unserer Freunde nicht überstrapazieren!"

Sie nahm mich auf den Arm und trug mich schnurstracks ins Badezimmer. Als Opa Gerhard uns beim Vorbeigehen sah, musste er laut auflachen. „Was hat der Junge bloß wieder angestellt?" Jedoch, als ich mich dann kurz im Badezimmerspiegel erblickte, war ich selbst etwas überrascht. Das sah wirklich sehr übel aus. Von meiner eigentlichen Fellfarbe war nichts mehr zu sehen – der Schlamm war überall! Fast konnte ich sagen, dass ich froh war, ein Bad nehmen zu müssen, aber nur fast. Ich ließ es aber kommentarlos über mich ergehen, zuckte nur ab und zu ein bisschen, damit Oma Martha es für notwendig fand, mir immer wieder ein kleines Leckerli aus ihrer Tasche zu geben.

„Guter Junge!", lobte sie mich am Ende und nachdem sie mich abgetrocknet hatte, war ich endlich befreit.

Domino war mit Alfonso ebenfalls ins Haus gekommen. Als ihnen bewusstwurde, was soeben mit mir geschehen war, machten sie ein angewidertes Gesicht und hielten sich fern von mir, wohl fürchtend, dass noch irgendein Wassertropf sie treffen konnte. Ein Bad zu nehmen wäre für sie sicher das Schlimmste. Wohl wissend, dass ich nicht mehr ganz so nass war, ging ich näher zu ihnen und schüttelte mich kräftig.

„He!"

„Ui!"

Sie sprangen erschreckt auf die Fensterbank und ich musste laut lachen. Kleiner Scherz, Jungs, nur ein kleiner Scherz! Sie starrten mich verärgert an, wobei mir ihre scharfen Krallen wieder einfielen und mir das Lachen ganz schnell verging. Anscheinend hatte ich immer noch nicht gelernt, mit wem ich mich anlegen sollte – und mit wem definitiv nicht. Vorsichtshalber entschuldigte ich mich und ging etwas weiter weg. Durch diese Aktion war jedoch Oma Martha auf die Katerchen aufmerksam geworden.

„Ach, sehr schön, Gerhard! Freut mich, dass du unsere Katzen doch gefunden und mitgenommen hast. Mir war überhaupt nicht wohl bei dem Gedanken, dass sie alleine auf der Finca hätten bleiben müssen."

Opa Gerhard machte ein verdutztes Gesicht. „Aber… Das habe ich doch gar nicht! Ich konnte sie nirgendwo finden und habe ihnen sogar Futter dagelassen. Wie kommen sie nun hierhin?"

Oma Martha zuckte mit den Schultern. „Sie haben sich wohl heimlich ins Auto geschlichen. Du hast sicher beim

Einpacken die Heckklappe aufgelassen. Sonst kann ich mir das nicht erklären."

„Ja, so muss wohl gewesen sein", stimmte Opa Gerhard ihr zu.

Ich schaute zu Rudi und wir mussten breit grinsen. Domino und Alfonso versuchten einen vollkommen unbeteiligten Eindruck zu hinterlassen. Anscheinend war das Thema für die Menschen nun erledigt und sie vertieften sich wieder in ihre Lektüre. Ich nickte mit meinem Kopf in Richtung Küche und Rudi verstand mich sofort. Das war jetzt ein geeigneter Augenblick, um nach etwas mehr Futter zu suchen. Alma wollte nicht mitkommen, sondern stemmte sich mit den vorderen Pfoten an Oma Marthas Bein hoch, damit diese sie auf den Schoss heben würde. Sie hatte immer noch fast täglich diese Anfälle von Müdigkeit und Erschöpfung, wodurch mir jedes Mal vor Augen geführt wurde, was ich verursacht hatte. Betrübt folgte ich Rudi in die Küche.

„Da meine Menschen wissen, dass weder Anton noch ich an die Lebensmittel gehen, lassen sie meistens zumindest Brot auf der Theke liegen." Rudi schnupperte angestrengt. „Ich hatte gehofft, dass wir dazu noch etwas anderes finden könnten. Die junge Hündin ist so furchtbar dünn, sie muss fast verhungert sein."

Ich war vollkommen seiner Meinung. Zwar durch Condesa wusste ich, dass Hunde dieser Rasse generell sehr schlank waren, aber bei der armen Hündin konnte man jede Rippe sehen. Rudi sprang zuerst auf einen Stuhl, der direkt an der Theke stand, und dann mit Leichtigkeit auf diese. Wie erwartet, fand er in einem Korb ein paar Stücke Brot und schmiss sie direkt vor meine Füße. Wie war das nun mit der Provision? Würde es auffallen, wenn ich doch ein Stück selbst verschlang? Bevor ich tatsächlich in Versuchung kam, sprang Rudi wieder nach unten und warf mir einen wissenden Blick zu. Na ja, seit dem Frühstück waren immerhin schon etliche Stunden vergangen.

Rudi schüttelte den Kopf. „Lass mal, Arlo! Ich habe auch Hunger, aber Mateo sollte bald wieder zurückkommen und dann bekommen wir Abendessen. Ich glaube, die Hündin braucht das Brot dringender als wir." Ich seufzte, obwohl ich gleichzeitig über diese Nachricht froh war. Ein Abendessen in diesem vornehmen Haus hörte sich doch gut an.

„Wenn es eine Gelegenheit gibt, muss ich Anton bitten, mir bei dem Kühlschrank zu helfen", fuhr er fort. „Den bekomme ich nicht allein auf. Da liegen sicher Wurst und Käse drin." Bei der Erwähnung von diesen leckeren Sachen knurrte mein Magen laut. Es war sicher besser, wenn Anton und Rudi sich darum kümmerten. Meine Selbstbeherrschung hatte gewiss ihre Grenzen.

Wir brachten das Brot noch schnell zum Gartenhaus und legten uns dann in Rudis Korb, um ein Nickerchen zu machen. Ich wusste nicht, wie lange wir geschlafen hatten, als wir von Terris Stimme aufgeweckt wurden. Sie stand mit Mateo im Wohnzimmer und gestikulierte aufgeregt.

„Vorhin lag der dicke Ast noch nicht da", sagte sie zu Opa und Oma. „Wir konnten gar nicht bis zum Haus fahren. Der Sturm hat überall heftige Schaden angerichtet."

Mateo zeigte in Richtung Garten. „Lass uns ein paar Gartenwerkzeuge holen, damit wir den Weg wieder frei machen können." Als Opa Gerhard sich hob, winkte Mateo dankend ab. „Das schaffen Terri und ich schon zu zweit."

Rudi und ich blickten uns erschrocken an und sprangen blitzschnell aus dem Korb. Noch bevor Terri und Mateo die Terrassentür erreicht hatten, waren wir draußen und rannten, so schnell wie wir nur konnten, zum Gartenhaus. Anton stand vor der Tür und hatte uns selbstredend schon kommen sehen.

„He! Etwas ruhiger, wenn ich bitten darf!", ermahnte er uns. „Ihr erschreckt ja gleich die kleine Hündin!"

Rudi und ich konnten gerade noch bremsen, bevor wir in ihn hineingelaufen wären. Es war jetzt keine Zeit für irgendeine Rücksichtnahme. „Terri und Mateo kommen!", riefen wir im Chor.

„Oh, das ist im Moment nicht so passend", erwiderte Anton lakonisch. Wie konnte er so ruhig bleiben? Wir sollten doch die Hündin verstecken – aber wohin mit ihr? Als ich zurück zum Haus blickte, sah ich durch die Bäume schon Terri und Mateo näherkommen. Ich stürmte ins Gartenhaus und rief panisch: „Alle raus hier! Unsere Menschen kommen!"

Wir hatten keine Zeit mehr. Condesa deckte ihre Enkelin notdürftig mit der Decke in der Hoffnung zu, dass sie nicht entdeckt wurde. Als Terri jedoch sah, wie Condesa, meine Eltern, Tristan und Isolde, sogar Luna und dann auch noch ich aus dem Häuschen kamen, war ihr Argwohn geweckt. Ich hätte mich bestimmt auch gewundert, was wir alle dort zu suchen hatten. Dass jeder von uns nun versuchte, vollkommen unbeteiligt auszusehen, machte die Sache nicht unbedingt besser.

Terri sah Mateo an. „Was machen unsere Hunde hier? Ist das irgendwie ein Unterschlupf, wenn das Wetter nicht so gut ist? Warum gehen sie nicht zurück ins Haus, wenn es ihnen hier draußen zu ungemütlich wird?" Mateo konnte nur den Kopf schütteln und mit den Schultern zucken. Als sie in das Gartenhaus hineingingen, hielt ich den Atem an.

„Hier sind ja überall Brotkrümel", hörte ich Mateo sagen. Hätten wir bloß nicht so schnell das Brot hingebracht! „Was haben sie hier bloß veranstaltet? Da in der Ecke liegt ja auch noch eine von Rudis Hundedecken, die doch eigentlich hier nichts zu suchen hat."

Ich ahnte schon, was als nächstes passieren würde, und behielt Recht. Ich schlich zur Tür und sah, wie Terri sich gerade bückte, um die Decke aufzuheben. Die arme Hündin kullerte auf die Erde und fing sofort an, vor Angst furchtbar zu schreien.

9. EIN NEUES LEBEN BEGINNT

Es war eindeutig, dass nicht nur die arme Hündin, sondern auch Terri und Mateo sich ganz schön erschreckt hatten. Sie blieben kurz regungslos stehen und starrten nur die vor lauter Furcht winselnde Hündin an. Sie versuchte in die hinterste Ecke des Gartenhauses zu flüchten und drehte sich sogar um und drückte ihr Gesicht gegen die Wand. Sie wollte wohl unsichtbar werden. Condesa hatte alles mitbekommen und zwängte sich an mir vorbei durch die Tür. Sie lief direkt zu ihrer Enkelin, berührte sie beruhigend am Kopf und stellte sich zwischen ihr und die Menschen.

Terri blickte zu Mateo. „Um Himmels Willen, was geht hier vor? Kennst du diese Hündin?" Mateo schüttelte nur ratlos den Kopf.

„Sie ist ja vollkommen panisch und noch sehr jung... eine kleine Galga." Terri kniete sich hin. „Wie kommt sie bloß hierhin?"

Mateo schaute düster drein. „Ich habe da schon eine Ahnung. Natürlich weiß ich nicht, wie sie in unseren Garten hineingelangt ist, jedoch würde ich wetten, dass sie irgendwo von einem Jäger ausgesetzt worden ist. Es ist ja wieder die Jahreszeit."

„Sie muss einiges durchgemacht haben", sagte Terri mitfühlend. „Da hängt noch ein Strick um ihren Hals – und siehst du die Wunde? Dieser Jäger muss ihr den Chip herausgeschnitten haben. Armes Ding!"

„Wir müssen die Situation zuerst einmal beruhigen."
Mateo ging zu einem Regal und schnappte sich irgendein
Gartenwerkzeug. „Ich kümmere mich um diesen Ast,
bringe jedoch zuerst die anderen Hunde ins Haus, damit
die Kleine weniger Stress hat. Wenn ich ihnen etwas zum
Abendessen verspreche, werden sie mir sicher problemlos
folgen."

„Ja, das ist eine gute Idee. Könntest du mir ein bisschen
Wurst bringen? Vielleicht kann ich damit zu dieser armen
Hündin etwas Vertrauen aufbauen."

„Sicher. Bloß nicht, dass die anderen Hunde wieder der
Wurst zurück folgen", sagte er und lachte.

Lachte er tatsächlich über uns? Oder dachte er wieder
nur an den Hundejungen Namens Arlo, der seiner Meinung
nach nie satt wurde und bereit wäre, alles für ein bisschen
Futter zu tun? Widerstrebend gab ich zu, dass er nicht ganz
Unrecht hatte, und folgte ihm mit allen anderen zum Haus.
Eigentlich hatte ich bleiben wollen, um zu beobachten, was
Terri zu tun gedachte, aber die Aussicht auf ein Abendessen
war doch zu verlockend. Außerdem weigerte Condesa sich,
von der Seite ihrer Enkelin zu weichen. So wusste ich, dass
diese in guten Pfoten lag und Condesa später Bericht erstatten würde.

Rudi hatte nicht zu viel versprochen: das Essen war hervorragend und – vor allem – es gab reichlich davon. Als
Nachtisch bekam jeder von uns sogar noch einen Kauknochen. Danach lagen wir zufrieden entweder in einem der
Körbe, oder, wie Luna und Anton, auf den Fliesen und unterhielten uns leise. Eine gewisse Spannung lag deutlich in
der Luft. Es war schon längst dunkel geworden und wir

hörten, dass der Sturm erneut stärker wurde. Bald würde es sicher wieder in Strömen regen. Mateo hatte den anderen erzählt, was sie im Gartenhaus gefunden hatten, und die Empörung über das Leid der jungen Hündin war natürlich groß. Wir mussten jedoch geduldig darauf warten, dass Terri und vielleicht auch Condesa zurückkamen. Es war uns strikt untersagt, noch mal ins Gartenhaus zu gehen, und sogar Alma hielt es diesmal mit ihrer Neugier aus.

Auf einmal stand Anton auf und ging zur Terrasse. Anscheinend hatte er – wie immer – viel früher als wir anderen mitbekommen, dass sich dort draußen etwas bewegte. Kurz darauf konnten wir sehen, dass Terri endlich durch den Garten näherkam – und nicht nur sie! Terri trug die junge Hündin, die in die Decke eingewickelt war, auf dem Arm und Condesa folgte ihr auf Schritt und Tritt. Gerade in dem Moment, als sie von der Terrasse in den Wintergarten traten, gab es einen kräftigen Wolkenbruch.

„Puh! Das war knapp!", seufzte Terri erleichtert.

Bevor wir alle zu ihr stürmen konnten, bat Anton uns um etwas Zurückhaltung. „Nicht alle auf einmal! Lassen wir sie doch zuerst einmal ankommen! Seid bitte alle ruhig!" Er setzte sich hin und widerstrebend folgten wir seinem Beispiel. Terri schien einen Augenblick über unser Benehmen irritiert sein, aber hatte wohl keine Zeit, sich um uns weitere Gedanken zu machen.

Als Mateo mitbekam, dass Terri im Wintergarten stehen geblieben war, kam er vorsichtig näher. „Alles in Ordnung?", fragte er leise.

Terri nickte. „Diese arme Hündin ist vollkommen verängstigt. Und halb verhungert – sonst hätte ich sie mit

Sicherheit nicht berühren dürfen. Condesa war jedoch eine große Hilfe, sie konnte ihr zeigen, dass sie keine Angst vor mir haben muss. Endlich konnte ich sie dann hochheben. Ich möchte ihr aber noch nicht zu viel Trubel zumuten, Hauptsache, sie ist hier im Warmen. Ich überlege gerade, wo ich sie am besten hinlege."

„Hier im Wintergarten ist es sicher am besten", schlug Mateo vor. „Ruhig und trocken. Und sie kann in den Garten, wenn sie sich erleichtern muss. Flüchten kann sie ja nicht – die Mauer ist hoch genug." Tja, wenn er nur wüsste. Wir mussten uns jedoch darauf verlassen, dass sie tatsächlich freiwillig bei uns blieb – oder wenigstens trotz ihrer Furcht daran dachte, dass ihre Oma bei ihr war.

Terri streichelte vorsichtig die Hündin auf ihren Armen. „Wie ich die Verhältnisse bei vielen Jägern kenne, hat sie noch nie ein Haus von innen gesehen. Das muss alles ganz neu und furchtbar erschreckend für sie sein. Sie ist noch sehr jung, ich würde sie auf sieben oder acht Monate schätzen."

Mateo schüttelte den Kopf. „Das ist hart. Ich hole mal von oben einen elektrischen Heizkörper, dann hat sie es noch wärmer hier drinnen. Und einen Korb oder ein Kissen finden wir bestimmt auch für sie." Er verschwand und Terri setzte sich mit der Hündin in einen Korbsessel.

„Bald wird es gut!", flüsterte sie. „Hier bist du sicher." Condesa setzte sich dicht neben den Sessel und legte ihren Kopf auf den Rücken ihrer Enkelin. Terri streichelte sie kurz. „Du kümmerst dich so gut um diese Kleine, Condesa. Man könnte fast denken, du kennst sie irgendwoher.

Wahrscheinlich kannst du einfach nur erahnen, was sie durchgemacht hat."

Die junge Hündin hatte noch keinen Ton von sich gegeben, wir konnten jedoch erkennen, dass sie weiterhin zitterte. Alma stupste mich an und wollte wissen, was da gerade passierte. Als ich ihr das erzählte und sagte, dass wir ihr Zeit und Raum geben mussten, konnte sie sich kaum beherrschen.

„Sie kennt mich doch schon!" Natürlich fing sie an, mit ihren Beinen zu trippeln. „Es wäre viel besser, wenn ich zu ihr gehe und mit ihr quatsche. Ein nettes Gespräch unter uns Mädchen wird sie sicher beruhigen und aufheitern!" Eigentlich fand ich, dass Alma Recht hatte, aber Anton warf uns einen warnenden Blick zu. Na gut, er hatte ja hier das Sagen. Bevor Alma noch weitere Widerworte gab, brummte Anton kurz, um seine Aussage zu bekräftigen, woraufhin Alma sich gezwungen sah, mit uns anderen zu warten.

Terri fing an, leise zu summen, was augenblicklich die Hündin beruhigte. Terri wiegte sich sogar leicht vor und zurück, bei solcher Bewegung mir auf ihrem Schoss mit Sicherheit sehr schnell schlecht geworden wäre. Die Hündin schien das alles widerstandslos über sich ergehen zu lassen. Ich weiß noch, als wir Zuflucht auf unserer Finca gefunden hatten, wie schwer es für mich am Anfang war, mich von einem Menschen berühren zu lassen. Geschweige denn, ich hätte mich auf einem Schoß entspannen können. Das tat ich heutzutage immer noch nicht, obwohl ich inzwischen gelernt hatte, die Streicheleinheiten zu genießen.

Langsam hob die Hündin ihren Kopf und schaute sich vorsichtig um. Als sie uns alle entdeckte, lächelte sie kurz, begrub den Kopf jedoch schnell wieder in der Decke. Terri hatte diese Bewegung selbstredend mitbekommen und streichelte ermutigend die Hündin weiter.

„So ist es gut, Kleines", flüsterte sie. „Nun kannst du lernen, dass du etwas Besonderes bist, etwas Wertvolles. Nicht nur eine von vielen. Da dein gemeiner Vorbesitzer dir den Chip entfernt hat, werden wir wohl nie erfahren, woher du kommst und wie du heißt." Sie hielt kurz inne. „Ach ja, weil du so ein niedliches Mädchen bist, brauchst du auch einen schönen Namen. Lass uns mal überlegen!"

Ich hörte, wie Condesa ihrer Enkelin leise zuflüsterte: „Ich habe es dir doch gesagt – du bekommst einen neuen Namen! Hab' keine Angst, es wird alles gut!"

Gerade als Mateo mit einem Heizkörper zurückkehrte, begleitet von Oma Martha, die einen großen Hundekorb trug, schien Terri eine Erleuchtung zu haben. „Ich weiß!", rief sie laut, wodurch die arme Hündin erschreckt zuckte. „Oh, entschuldige!" Sie fuhr mit leiserer Stimme fort. „Ich habe einen Namen für die Kleine gefunden. Was haltet ihr von Zoe?"

Oma Martha kam ganz vorsichtig näher, um einen Blick auf die Hündin werfen zu können, obwohl momentan nur ihre schwarzen Ohren unter der Decke hervorlugten. „Zoe - das passt sehr gut zu ihr. Der Name bedeutet ‚Leben' – und wie ihr erzählt habt, hatte diese arme Kreatur mit Sicherheit kein gutes Leben bei diesem Jäger. Wenn sie nur wüsste, dass sie ab jetzt erfahren darf, was ein gutes Leben bedeutet." Sie seufzte. „So viel Elend in der Welt… Aber ja, Zoe ist ein guter Name."

Das fand ich auch. Zwar hatte ich diesen Namen noch nie gehört, doch hatte er irgendwie einen exotischen und zauberhaften Klang, genau passend für eine Galga. Abgesehen von meiner offensichtlichen Schwärmerei für Condesa, fand ich diese Hunde in Allgemeinen geheimnisvoll in ihrer Sanftheit und ihrer explosionsartigen Kraft, die in dieser Gegensätzlichkeit doch eine außergewöhnliche Kombination darstellten. Etwas überrascht über mich selbst verschwendete ich einen kurzen Gedanken daran, wann ich wohl so tiefsinnig und analytisch geworden war. Es schien, als ob mein Gehirn sich weiterentwickelte und immer kompliziertere Gedankengänge produzierte, je älter ich wurde.

Alma schubste mich an. „Lass das, Arlo!" Verärgert über ihre Einmischung trat ich ein paar Schritte zur Seite, aber sie musste mir folgen. „Du bist Klug, das wissen wir alle. Wäre es jetzt jedoch nicht besser, wenn wir uns einfach auf Zoe konzentrieren. Sie wird uns brauchen! Du weißt doch, wie erschreckend alles für uns damals zu Anfang auf der Finca war."

Oh ja, das wusste ich noch ganz genau. Um mich zu beruhigen, gähnte ich ausgiebig und setzte mich wieder hin. Inzwischen waren Domino und Alfonso ebenfalls zu uns gekommen, aber sogar Alfonso hielt sich mit seinem ‚Ui' zurück. Wir saßen einfach an der Tür und beobachteten, was die Menschen zu tun gedachten.

Oma Martha war gerade dabei, den Korb in eine Ecke neben einen riesigen Pflanzentopf zu stellen, und Mateo schloss den Heizkörper an einer Steckdose an. Terri erhob sich vorsichtig aus dem Sessel und legte Zoe sehr behutsam in den Korb. Condesa gesellte sich sofort zu ihrer Enkelin, woraufhin Terri die Decke sanft über die beiden zog.

„So, das ist doch gemütlich, oder?" Terri streichelte Zoe vorsichtig den Kopf, was sie etwas zögerlich zuließ. Alma konnte sich nicht länger beherrschen, sondern lief dorthin und sprang in den Korb, bevor wir sie daran hindern konnten. Was mich allerdings überraschte, war, dass sie ganz gegen ihre Natur nicht mit ihrem Gequassel anfing, sondern sie legte sich einfach neben Zoe hin und verhielt sich ungewohnt ruhig. Ich blickte kurz zu Rudi, der ebenfalls verblüfft war und nur mit den Schultern zuckte. Als wir sahen, dass Zoe sich zusehends beruhigte, musste ich zugeben, dass Alma anscheinend doch am besten wusste, was zu tun war.

Oma Martha kam noch einmal zurück. „Ich habe hier etwas Futter und Wasser", sagte sie und stellte zwei Näpfe neben den Korb. „Condesa hat ja ihr Abendessen noch gar nicht bekommen, aber ich bezweifle, dass sie die kleine Zoe allein lassen will – auch nicht für einen kurzen Augenblick."

Terri lächelte. „Ja, das glaube ich allerdings auch nicht. Ich hole nur noch etwas, um diese grässliche Wunde an ihrem Hals zu desinfizieren. Das schaffe ich bestimmt mit Hilfe von ein paar Leckerlis als Bestechung, aber dann sollten wir sie endlich in Ruhe lassen. Der Kleinen fallen die Augen schon fast zu."

Widerwillig folgten wir Terri ins Wohnzimmer und legten uns in unsere Körbe. Da ich immer meinen mit Alma teilte, fühlte ich mich plötzlich irgendwie verloren und einsam, was meine große Schwester Isolde wohl mitbekam. Sie nickte mir zu und bat mich, zu Tristan und ihr zu kommen.

Dankbar kuschelte ich mich zwischen ihnen und fühlte, wie eine bleierne Müdigkeit mich überwältigte. Ich hörte noch, wie meine Geschwister sich leise über den aufregenden Tag unterhielten, bevor ich vollkommen erschöpft einschlief.

Als ich das nächste Mal meine Augen öffnete, dämmerte es draußen, aber im Haus war es noch vollkommen still. Ich war froh, aufgewacht zu sein, weil ich gerade einen furchtbaren Albtraum gehabt hatte, in dem ich zuhören musste, wie irgendwo weit entfernt Hunde vor Furcht und Schmerz schrien. Als ich mich jedoch umblickte, schreckte ich hoch. Alle anderen waren ebenfalls aufgewacht und starrten durch das Fenster in Richtung der Berge, woher immer noch leise Schreie zu hören waren. Als diese langsam verebbten, erfüllte die Stille erneut das Haus. Diesmal war sie jedoch erdrückend und fast beängstigend. Was war das, wenn es eindeutig kein Albtraum gewesen war?

Isolde drückte mich fest an sich. „Ach, Arlo... Das ist die furchtbarste Zeit des Jahres." Ich verstand immer noch nicht ganz – oder ich wollte es nicht verstehen. Isolde seufzte und fuhr widerwillig fort: „Die Galgomänner fangen nun an, sich der für sie nutzlosen Jagdhunde zu entledigen."

10. GIBT ES AUCH NETTE MENSCHEN?

Keiner von uns konnte wieder einschlafen, obwohl es noch sehr früh sein musste. Sogar der immer fröhliche Rudi machte einen betrübten Eindruck. Als Anton aufstand und in Richtung Garten ging, bat ich Rudi wortlos, mir ebenfalls dorthin zu folgen. An der Tür zum Wintergarten blieb Anton stehen und drehte sich zu uns um.

„Alma und Zoe schlafen noch – seid bitte still!", bat er uns und sah dabei so streng aus, dass jegliche Widerworte zwecklos waren. Nicht, dass wir in der Stimmung gewesen wären, irgendwie herumzutoben oder dergleichen. Leise schlichen wir an dem Korb vorbei und als ich kurz hinüberblickte, nickte Condesa uns zu. Ich hatte den Eindruck, als ob sie die ganze Nacht kein Auge zugetan hatte. Alma und Zoe schliefen tatsächlich noch, wobei ich sehr froh war, dass sie dieses Geschrei nicht mitbekommen hatten. Für die beiden war die Bewältigung des normalen Alltags schon schwer genug – noch mehr traumatische Erlebnisse konnten sie wahrlich nicht gebrauchen.

Der Sturm und die dicken Regenwolken waren zum Glück weitergezogen und die Sonne ging langsam auf, obwohl es trotzdem sehr kalt war. Ich sehnte mich nach dem Sommer und sogar nach der Hitze, die oft unerträglich war. Als mir klar wurde, was ich soeben gedacht hatte, fand ich die Kälte gar nicht mehr so furchtbar. Im Sommer war es tatsächlich manchmal so heiß, dass wir sogar die

Gehwegplatten in unserem Garten meiden mussten, um keine Verbrennungen an den Pfoten zu riskieren. Luna hatte mal erzählt, dass ihre Verwandtschaft väterlicherseits – also die Wölfe – hoch im Norden leben konnten, wo es fast immer nur Schnee und eisige Temperaturen gab. Als sie noch ergänzte, dass es dort so heftig schneien konnte, dass meterhoch der Schnee lag - und das über Monate hinweg, entschied ich mich, doch Vorlieb mit dem hiesigen Winter zu nehmen. Mein Traum mit den Wölfen zu leben war vielleicht doch nicht ganz so realistisch, wie ich es mir vorgestellt hatte. Ich seufzte und lief hinter Rudi her zu den Bäumen.

Ich musste zugeben, dass das ausgiebige Schnüffeln im Garten mich entspannte und beruhigte. Anton drehte seine Runden um das ganze Grundstück, schien jedoch nichts Verdächtiges entdeckt zu haben, weil er sich danach zufrieden auf die Treppe setzte. Rudi zeigte mir ein Eichhörnchen, das sorglos in unserer Nähe auf der Erde etwas Essbares suchte, und fragte leise, ob wir ihm zum Spaß einen Schrecken einjagen sollten. Richtig Lust verspürte ich dazu nicht, obwohl es immer ziemlich witzig war. Wir würden sowieso nie eines einfangen können, so schnell, wie diese in einem Baum verschwinden konnten.

Gerade als wir wieder zurück ins Haus gehen wollten, stürmten alle anderen heraus. Anscheinend waren Alma und Zoe aufgewacht – oder waren es bei dem Lärm wenigstens jetzt. Luna lief schnurstracks zu mir. „Gleich gibt es Frühstück, Terri ist gerade aufgestanden." Luna wusste aber wirklich über meine Interessen Bescheid. „Sie meinte, dass wir zuerst in den Garten gehen sollten, um uns zu erleichtern."

Ich schaute mich um und konnte feststellen, dass tatsächlich sogar die Katerchen draußen waren. Nur Condesa, Alma und Zoe fehlten. Ich lief leise in Richtung Wintergarten und wäre an der Tür fast mit Alma zusammengestoßen.

„Ich bin gleich wieder da!", rief sie in den Raum und bremste einen Zentimeter vor mir. „He! Was schleichst du hier so herum, Arlo? Fast bist du in mich hineingelaufen!"

„Ich in dich? Pass doch gefälligst selber auf! Hier dürfen auch andere sich bewegen, du musst doch gucken, wo du hinläufst!" In demselben Augenblick begriff ich, was ich wieder einmal von mir gegeben hatte. Ich hätte meine nächsten zehn Leckerlis gegeben, um das ungeschehen zu machen. Na gut, die nächsten fünf – und auch das wäre für mich ein großes Opfer gewesen. Alma war stehengeblieben und ich erwartete entweder einen Wut- oder einen Heulanfall, doch nichts dergleichen passierte. Alma lächelte mich an!

„Es ist allerdings gut, dass du als mein Bodyguard immer in meiner Nähe bist", sagte sie und grinste. „Jedoch hier in der sicheren Umgebung wäre vielleicht ein bisschen weniger Körperkontakt nicht schlecht."

Ich wollte meine Ohren nicht trauen. Sie hatte wohl nicht richtig mitbekommen, was ich gesagt hatte. Oder es kümmerte sie nicht mehr, wenn man etwas Törichtes wegen ihrer Blindheit sagte. Ich schaute ihr nachdenklich nach, als sie in den Garten lief. Verstehen konnte ich das nicht richtig, wie so vieles, wie sie neuerdings auf verschiedene Sachen reagierte. Entweder war sie durch ihre schlimmen

Erlebnisse abgehärtet oder einfach gleichgültig geworden, oder – und das vermutete ich eher – sie blockierte ihre Gefühle und tat so, als ob alles in Ordnung wäre. Vielleicht sollte ich Hundepsychologe werden, da ich so scharfsinnig und einfühlsam war. Alma warf mir einen Blick zu, so als ob sie wieder meine Gedanken erahnt hätte.

„Diese Menschen sind dir deswegen sicher nicht böse", hörte ich Condesa sagen, als ich durch die Tür in den Wintergarten trat. „Du kannst aber mit mir auch in den Garten kommen."

„Nein", flüsterte Zoe leise. Ich schaute mich um und entdeckte, dass sie sich hinter dem großen Pflanzentopf erleichtert hatte. Ich ging vorsichtig näher, um sie nicht zu erschrecken.

„Ich bin's, Arlo." Sie lächelte mich kurz an, um zu zeigen, dass sie mich wiedererkannte. „Wie Condesa schon sagte, du kannst ruhig in den Garten gehen – wir sind alle da und passen auf dich auf."

Sie schüttelte den Kopf. „Ich möchte nicht. In diesem Korb bin ich sicher und keiner kann mir weh tun." Condesa schien genauso ratlos zu sein, wie ich. Irgendwie konnte ich Zoe verstehen – als ein angehender Hundepsychologe eine Selbstverständlichkeit -, doch wollte ich ihr deutlich machen, dass das ganze Haus samt Garten Sicherheit bedeutete. Wie falsch ich da lag, konnte ich zu diesem Zeitpunkt noch nicht wissen.

Condesa musste dringend in den Garten und sie bat mich, solange bei Zoe zu bleiben, was ich natürlich sehr gerne tat. Um sie von ihrer Angst abzulenken, erzählte ich ihr von den Eichhörnchen und wie wir diese oft ärgerten, sowie von anderen lustigen Spielen im Garten. Ich erzählte ihr auch von unserer Finca und wie diese zu einem überdimensionalen Schwimmbecken mutiert war. Plötzlich fing sie wieder an zu zittern und ich dachte schon, dass sie vielleicht genauso viel Angst vor Wasser hatte, wie die Katzen, sah jedoch dann, dass Terri an der Türschwelle stand.

„Jetzt kommen die Menschen... Wo soll ich nun bloß hin? Sie tun mir sicher gleich weh!" Zoe weinte leise, drehte sich zur Wand und versuchte, sich in dem Korb möglichst klein zu machen. Zum Glück kamen gerade in dem Moment Condesa und Alma zurück und sprangen zu ihr. Oder besser gesagt, Condesa legte sich zu ihr, Alma dagegen sprang wieder aus dem Korb und lief zu Terri.

„Guten Morgen, Alma! Guten Morgen, ihr Süßen!" Terri hob sie auf den Arm. „Ich wollte nur gucken, wie es unserer neuen Freundin geht. Aber ich sehe schon, dass sie immer noch sehr viel Angst hat. Was machen wir nun? Hmm? Hast du eine Idee, Alma?"

Alma zappelte so heftig, dass Terri sie herunterlassen musste. Sie lief zu den Futternäpfchen vor dem Korb und schob sie mit ihrer Pfote hin und her. „Ach, das ist ja tatsächlich eine gute Idee, Alma! Hunger hat die kleine Zoe bestimmt. Vielleicht heitert leckeres Futter sie auf." Darauf hätte ich ebenfalls kommen müssen – Futter konnte sehr viele Probleme lösen. Ich überlegte, ob ich so tun sollte, als ob ich mich irgendwie verletzt hätte – hinken oder so, um ein paar Extraleckerlies zu bekommen, sah jedoch ein, dass Zoe wirklich einige Pfunde mehr auf die Rippen brauchte. Zu meiner großen Freude ging Terri zur Gartentür und bat alle hineinzukommen. Es gab Frühstück!

Als ich meinen Napf geleert hatte, blickte ich um mich, um zu sehen, ob jemand vielleicht Hilfe bei seiner Portion brauchte. Alle aßen jedoch mit großem Appetit, außer Zoe, wie Terri feststellen musste.

„Ich muss leider zur Arbeit.", sagte sie. „Die kleine Zoe hat so viel Angst, dass sie sich gar nicht traut, zu essen. Ich würde lieber den Tag frei nehmen, um bei ihr zu bleiben, aber es geht nicht. Kannst du, Oma, vielleicht…"

Sie konnte den Satz nicht so schnell beenden, wie Oma Martha schon auf den Beinen war. „Natürlich kümmere ich mich um die Kleine. Sie muss bei dem Jäger etwas sehr Schlimmes erlebt haben – kann mir sogar vorstellen, was…" Oma Martha ging zum Kühlschrank und nahm ein paar Würstchen heraus. „Mal schauen, ob diese bewehrte Wunderwaffe ihre Wirkung auch diesmal zeigt."

Alle anderen schienen satt zu sein. Ich jedoch folgte Oma Martha zum Wintergarten und hoffte, dass ich ausgehungert genug wirkte, um ebenfalls ein paar leckere Stückchen abzubekommen. Condesa lag neben Zoe im Korb, die weiterhin zitterte und die Wand anstarrte. Oma Martha schüttelte den Kopf und zog tief Luft ein.

„Was hat man dir bloß angetan, du armes Ding", flüsterte sie leise und zog vorsichtig einen Hocker neben den Korb. „Ich setze mich hierhin, aber du brauchst keine Angst zu haben," sagte sie etwas lauter. „Ich werde dich nicht anfassen, wenn du es nicht willst. Vielleicht möchtest du trotzdem gucken, was ich dir mitgebracht habe."

Sie wedelte mit der Wurst in ihrer Hand, wodurch der herrliche Geruch mich fast überwältigte. Zoe ging es anscheinend nicht anders. Sie schielte kurz in Richtung Oma

Martha und schnüffelte deutlich aufgeregt. Ihr Hunger musste inzwischen enorme Proportionen angenommen haben. Oma Martha brach kleine Stücke von der Wurst ab – und dann passierte das, worauf ich gehofft hatte!

„Schau mal, kleine Maus – Arlo und Condesa mögen die Wurst." Sie gab uns tatsächlich ein paar Stücke. „Möchtest du nicht auch probieren?" Sie warf Zoe ein etwas größeres Stück hin, das direkt zwischen ihrer Schnauze und der Wand landete. Zoe zögerte noch einen Moment, aber konnte letztendlich nicht widerstehen, sondern schlang das Stück schnell herunter.

„So ist es gut!", lobte Oma Martha. Sie wiederholte das ganze Spiel noch mehrmals, ohne Condesa und mich dabei zu vergessen, wofür ich ihr sehr dankbar war. Die Wurst schmeckte aber auch wirklich köstlich! Anschließend holte Oma Martha noch frisches Wasser zum Trinken und stellte einen Napf vorsichtig direkt vor Zoe.

„Du musst auch großen Durst haben. Ich bleibe hier bei euch sitzen und tue einfach nichts. Vielleicht erkennst du dann, dass dir von uns keine Gefahr droht."

Gesagt, getan. Oma Martha summte ab und zu irgendein Lied, aber ansonsten passierte absolut nichts. Höchstens das Zittern von Zoe wurde etwas schwächer und sie sprach manchmal mit Condesa, aber so leise, dass ich kein Wort verstehen konnte. Die ganze Sache wurde mir bald zu langweilig und ich beschloss, Rudi und Alma zu suchen.

Als ich jedoch in die Küche ging, musste ich feststellen, dass dort genauso wenig los war, wie im Wintergarten. Alle lagen in den Körben oder auf den Decken und hielten ein Nickerchen nach dem Frühstück. Normalerweise hätte ich es ihnen gleichgetan, an diesem Morgen spürte ich jedoch eine unerklärliche Unruhe in mir. Ich konnte nicht den Widerhall der Schreie vom frühen Morgen aus meinem Kopf verbannen.

Anton wachte natürlich auf, als ich hineinkam, und winkte mich zu sich. Ich setzte mich zwischen seine riesigen Pfoten und seufzte tief. Er drückte mich an seine Brust, was sich doch sehr tröstlich anfühlte. „Ach, mein Junge. Deine Gedanken drehen sich sicher um das, was du mit anhören musstest. Es ist auch für uns Erwachsene sehr bedrückend zu wissen, dass wieder so viele schutzlose Hunde leiden müssen."

Ich konnte meine Tränen nicht zurückhalten. „Warum sind die Menschen so böse?", schniefte ich verzweifelt. „Wir Hunde haben ihnen doch nichts angetan."

Anton wusste darauf keine Antwort und streichelte mich nur beruhigend am Rücken. Langsam verebbten meine Tränen, aber in dem Moment schwor ich, dass ich alles tun würde, um hilflosen und gequälten Tieren zu helfen – und zwar mein Leben lang. Mir war bewusst, dass ich selbst wegen meiner Größe eigentlich im Angesicht des Bösen ziemlich hilflos war. Gleichzeitig spürte ich die Wärme und die Kraft, die Antons Pfoten ausstrahlten, und wusste, dass ich nicht allein war. Meine Freunde würden mich immer unterstützen. Ich musste ebenfalls zugeben, dass unsere Menschen gut waren. Wir hatten enormes Glück gehabt.

Nach einer Weile räusperte Anton sich. „Es ist zwar eine Tatsache, dass wir unmöglich jeden retten können", sagte er bedauernd. „Wir führen ja ein gutes Leben bei unseren lieben Menschen, was ein großes Privileg ist. Meines

Erachtens ist es unsere Pflicht, dort zu helfen, wo wir nur irgendwie können."

Ich wusste, was er meinte. Wir sollten uns darauf konzentrieren, was möglich war, um nicht bei all dem Bösen in der ganzen Welt in Ohnmacht zu fallen. Und was vor unseren Schnauzen an diesem Tag stand – oder, besser gesagt, lag – war Zoe.

Ich stupste Anton leicht. „Meinst du, dass wir zu Zoe gehen sollten? Vielleicht fühlt sie sich in deiner Gesellschaft sicher und traut sich sogar in den Garten." Er nickte mir zustimmend zu und folgte mir in den Wintergarten.

Oma Martha stand gerade auf und ging in Richtung Küche, wobei sie etwas mit ‚noch eine Tasse Kaffee holen' murmelte. Condesa und Zoe lagen weiterhin im Korb. Ich lief zu ihnen und zeigte auf Anton. „Was meinst du, Zoe, möchtest du kurz in den Garten – mit Anton? Wenn er dabei ist, traut sich kein böser Mensch in deine Nähe."

Zoe schüttelte ihren Kopf. „Nein. Ich muss nicht. Ich will nicht." Sie schaute hilfesuchend zu Condesa, die sie beruhigend am Kopf streichelte.

„Alles gut, meine kleine Maus. Wir können einfach hier liegen bleiben. Obwohl du sicher bemerkt hast, dass Oma Martha ein ganz lieber Mensch ist, oder? So sind alle Menschen hier."

„Ja, das ist wohl so", gab Zoe etwas widerstrebend zu. „Ich habe nicht gewusst, dass es auch nette Menschen gibt." Sie gähnte ausgiebig. „Ich bin so unheimlich müde. Können wir bitte noch eine Weile liegen bleiben und schlafen?" Condesa nickte zustimmend und drückte Zoe noch fester an sich.

Augenblicklich war Zoe schon eingeschlafen. Ich wusste noch genau, wie es gewesen war, als wir damals auf unsere Finca kamen. Alma und ich waren so furchtbar erschöpft, dass wir nur das Bedürfnis hatten, ewig zu schlafen. So ist es wohl, wenn man sich nach einer Zeit der Tortur und Angst endlich in Sicherheit fühlt. Vielleicht würde es Zoe helfen, wenn wir ihr irgendwann erzählten, was uns widerfahren war. An sich sprach ich äußerst ungern darüber, aber vielleicht würde es ihr helfen. Die Gründung einer Selbsthilfegruppe wäre meine erste Tat als angehender Psychologe.

11. PROBLEME ÜBER PROBLEME

Ich war so in meine Gedanken versunken, dass ich nicht mitbekam, dass Anton auf der Treppe zum Garten stehen geblieben war. Ich stolperte über seine riesigen Pfoten und kullerte sehr unelegant die Treppe herunter.

„Aua! Das tat weh!", jaulte ich auf und erntete unmittelbar ein mahnendes ‚Shh!' von Anton. Ich wollte mich sofort beschweren, dass sein Befehl vollkommen fehl am Platz war. Er hätte doch einsehen müssen, dass ich mich bei so einem Unglück auch sehr schwer hätte verletzten können. Als ich ihm jedoch ansah, schwieg ich lieber. Sein Nackenfell stand hoch und er starrte regungslos in den Garten. Was war jetzt wieder los? Rudi tauchte bei mir auf, aber auch er traute sich keinen Schritt weiter. Wir versuchten zu erkennen, was Anton entdeckt hatte. Er schnüffelte eine Weile angestrengt, doch auf einmal entspannte er sich wieder.

„Das ist merkwürdig. Was macht er denn hier?" Ohne weitere Erklärungen ging er die Treppe hinunter und lief langsam weiter in den Garten. Rudi und ich schauten uns nur verständnislos an, folgten ihm jedoch vorsichtig. Antons Ziel schien das Loch in der Mauer zu sein und als wir näherkamen, konnte ich ebenfalls den Geruch deutlich wahrnehmen und sprintete los.

„Toran! Toran!" Ich zwängte mich durch die Büsche und sah ihn tatsächlich auf der anderen Seite der Mauer direkt an dem Loch stehen. Er wirkte etwas angenervt.

„Na, endlich!", sagte er tadelnd, gleichzeitig jedoch lächelte er. „Ich warte hier schon eine ganze Weile und fürchtete schon, dass ich trotz unerledigter Dinge wieder fortmüsste." Anton und Rudi hatten uns auch erreicht. „Ach, einen schönen guten Morgen, ihr zwei. Ich hoffe, ich habe euch nicht erschreckt."

Anton schüttelte nun wieder selbstsicher den Kopf. „Nein, nein, verehrter Toran. Ich habe mich nur kurz darüber gewundert, was du hier tust. Diese Gegend mit all den Menschenbehausungen ist ja nicht gerade dein Lieblingsort."

Toran bejahte. „Da gebe ich dir Recht, mein Freund. Es ist jedoch etwas passiert und ich dachte, ihr solltet es umgehend erfahren." Mit einem Nicken bat Anton ihn fortzufahren. „Ich habe ohne Schwierigkeiten diesen Bauernhof gefunden, den ihr gesucht habt – wo dieser Galgomann seine Hunde hält."

Er machte eine Pause und sah Rudi und mich an. „Vielleicht wäre es besser, wenn die Jungs zurück zum Haus gehen. Was ich zu erzählen habe, ist nicht unbedingt für so junge Ohren geeignet."

Wir wollten schon heftig protestieren, bevor Anton uns den Befehl geben würde, doch er schaffte es, uns zu überraschen. „Ich glaube, sie können einiges verkraften", sagte er stattdessen. „Du weißt doch, wie viel sie schon durchgemacht haben, wobei sie sehr viel Mut bewiesen haben. Du kannst ruhig weitererzählen, Toran."

Er guckte uns mit Skepsis an, aber sprach dann weiter. „Als ich gestern Abend den Hof beobachtet habe, hörte ich, wie dieser Galgomann sich mit einem anderen Mann unterhielt. Er hatte vor, heute früh mehrere Hunde auszusortieren, all die, die seiner Meinung nach nichts taugten. Nur die Besten wollte er behalten. Der andere Mann sollte mit einem Transporter kommen und die Sache erledigen. Wir wissen wohl alle, was das bedeutet, oder?"

Allerdings wussten wir besser, als uns lieb war, was das zu bedeuten hatte. Und wir wussten auch, dass dieses ‚heute früh' genau jetzt war. Wir würden keine Chance haben, diese Hunde noch zu retten. Ich fühlte mich augenblicklich niedergeschlagen und verzweifelt. Diesmal hatte das Böse tatsächlich gewonnen. Damit die anderen meine Frusttränen nicht mitbekamen, drehte ich mich um und wollte gerade irgendwo im Garten verschwinden, als Toran weitersprach.

„Ich wusste, dass ich keine Zeit zu verlieren hatte, sondern sofort etwas unternehmen musste." Er hielt kurz inne. „Jedoch musste ich daran denken, wie es dieser jungen Hündin im Wald ergangen ist. All diese Hunde würden wohl Angst vor mir haben. Kurz hatte ich daran gedacht, euch zu holen, aber da dieser Galgomann dort noch herumlief, wäre es viel zu gefährlich geworden."

Da hatte Toran allerdings recht. Es war etwas anderes, Hunde in Not zu befreien, als so einem brutalen Tierquäler wieder direkt gegenüberzustehen und ihn dazu noch bekämpfen zu müssen. Aus eigener Erfahrung wusste ich jedoch, dass einen Wolf zum ersten Mal zu treffen, sehr beängstigend sein konnte. Bei unserer ersten Begegnung wäre ich fast vor Schreck von einer Klippe gesprungen.

„Ich habe jetzt keine Zeit, alles genau zu erzählen. Bald wimmelt es sich hier nur so vor Menschen." Er schaute sich um. „Jedenfalls hatte ich Glück. Dieser Galgomann ließ seine Hunde spätabends noch hinaus auf den Hof und ging selber ins Haus. Schnell erkannte ich, wer der Chef des Rudels war, und ich sprach ihn durch den Zaun an."

Er schaute sich immer wieder um und ich fühlte, dass er immer nervöser wurde. Im Wald war er der furchtlose Held, aber in der Nähe der Menschen verschwand auch seine Selbstsicherheit. Er wusste genauso gut wie wir, wozu diese fähig waren. Einen Wolf in der Nähe ihrer Häuser wollte keiner haben. Trotzdem die Villa von Mateo sehr abgelegen lag, wollte Toran so schnell wie möglich wieder verschwinden.

Er sprach schnell weiter. „Als ich erzählte, was der Galgomann plante, war der Rest ein Welpenspiel. Mit Leichtigkeit konnten wir das Tor öffnen – es war ja nur mit einem leichten Holzbalken gesichert. Allerdings wunderte es mich, warum sie nicht schon früher abgehauen sind, wenn es doch so einfach war."

Rudi schielte zu mir und ich erkannte, dass er ebenfalls die Antwort darauf wusste. Ein Wolf war unabhängig und stark. Wir jedoch brauchten Menschen, um überleben zu können. Und nicht nur das - wir waren treu zu unseren Besitzern, egal, wie schlecht diese uns behandelten. Es war äußerst schwer, sich von diesen Menschen zu trennen und es passierte meistens nur in einem äußersten Notfall. Oder wenn der Mensch uns aussetzte, wie so oft. Toran hatte wohl diese Hunde davon überzeugen können, dass die Alternative zur Flucht der Tod war.

Toran räusperte sich. „Jedenfalls folgten alle Hunde ihrem Chef. Ich hielt mich zurück, damit sie nicht in Panik gerieten, und zeigte ihnen nur den Weg."

Den Weg? Wohin? Bevor einer von uns danach fragen konnte, zeigte Toran mit seiner Pfote in den Wald. „Dort bei dem verlassenen Haus dieses Monsterehepaares gibt es sowohl einen dichten Wald als auch einen offenen Schuppen, wo sie Schutz suchen können, falls das Wetter wieder umschlagen sollte."

Das Haus und der Schuppen waren mir bekannter, als es mir lieb war. Da bin ich ja noch gestern mit Rudi vorbeigelaufen. Das einzige gute daran war, dass es tatsächlich verlassen war. An den Schuppen hatte ich so grausame Erinnerungen, dass mir schon bei der bloßen Erwähnung fast schlecht wurde. Anton schien das zu ahnen und legte seine Pfote beruhigend auf meinen Rücken.

„Das hört sich gut an", sagte Anton. „Und wir sind dir sehr dankbar."

Bevor er weitersprechen konnte, unterbrach Toran ihn, wobei er sich immer nervöser umsah. „Ja, ja, nichts zu danken! Ich habe diesen Hunden gesagt, dass ich Hilfe hole, was ich hiermit getan habe. Nun seid ihr dran." Er nickte uns noch kurz zu und verschwand schnell zwischen den Büschen.

Etwas verblüfft blieben wir vor der Mauer stehen. Langsam begriff ich, dass wir wohl nun ein ziemlich großes Problem hatten. Sicher hatten wir geplant, selbst die Hunde von diesem Galgomann zu befreien. Als ich jedoch Anton und Rudi anschaute, wusste ich sofort, dass sie genauso ratlos waren, wie ich.

„Tja, da hat Toran ja ganze Arbeit geleistet", fing Anton an. Als er weitersprach, bestätigte sich meine Befürchtung. „Hat einer von euch eine Idee, was wir jetzt machen sollen?"

Rudi schüttelte den Kopf. „Es war eine Sache, Zoe hier zu verstecken. Und sogar das schafften wir nicht ordentlich. Vielleicht sollten wir diese Hunde einfach unseren Menschen zeigen. Sie würden sicher helfen."

An sich war das ein guter Vorschlag, jedoch fiel mir in dem Augenblick etwas ein. „Das würden sie tun, wenn sie dürften." Anton und Rudi sahen mich fragend an.

Ich seufzte und fuhr fort. „Ihr habt ja die Wunde an Zoes Hals gesehen – wo dieser Erkennungschip herausgeschnitten worden ist?" Die beiden nickten. „Also, diese Hunde werden wohl alle einen solchen Chip noch haben. Wie ich Terri und die anderen kenne, werden sie dies überprüfen und dann sind sie gesetzlich gezwungen, den Besitzer zu informieren."

„Woher weißt du denn so etwas?" Rudi wirkte überrascht, obwohl er wissen müsste, dass ich für mein Alter sehr aufgeweckt und klug war. Wenigstens schwieg Alma in meinem Kopf diesmal, wahrscheinlich schlief sie immer noch.

„Das hat Terri mal erzählt. Manchmal bringt jemand ein verletztes Fundtier in die Klinik und sie versuchen immer als Erstes herauszufinden, wer der Besitzer ist. Manchmal haben sie den Verdacht, dass diese Tiere nicht gut behandelt worden sind. Oft möchten sie diese nicht zurückgeben, aber sie müssen das. Außer, dass der Besitzer das Tier nicht mehr haben möchte – oder es ist ganz eindeutig, dass das Tier misshandelt wird."

„Hmm." Anton schien nachdenklich. „In diesem Fall wollte dieser Galgomann doch die Hunde eh loswerden. Wahrscheinlich ist er nur froh, dass sein Problem so einfach gelöst worden ist."

Fast wäre ich schon erleichtert gewesen, wäre mir nicht wieder etwas eingefallen, was Toran erzählt hatte. Anscheinend hatte Rudi diesmal genauso schnell gedacht, wie ich. „Toran hat erwähnt, dass der Mann seine besten Jäger behalten wollte", sagte er besorgt. „Diese will er dann wohl doch zurückhaben, oder?"

Anton nickte. „Das stimmt. Ich weiß, dass der letzte große Wettkampf alljährlich um diese Zeit stattfindet. Für diese Galgomänner geht es um sehr viel Geld – und auch Ruhm. Er wird sicher alles daran setzten, diese Hunde wiederzufinden."

Das war wirklich ein Problem. Falls wir unseren Menschen die Hunde zeigten, würde der Galgomann zwangsläufig informiert werden. „Lasst uns zurück zu den anderen gehen", schlug ich vor. „Vielleicht hat jemand eine Idee, was wir machen könnten."

Anton stand auf. „Ja, wir sollten das mit allen besprechen. Allerdings sollte auch einer von uns nach den Hunden schauen, nicht, dass sie sich wundern, wo die Hilfe bleibt. Aber zuerst erzählen wir den anderen, was passiert ist."

Ich folgte Anton und Rudi zurück zum Haus. Ob wir jedoch diesmal tatsächlich eine Hilfe waren, bezweifelte ich inzwischen. Was sollten wir schon großartig tun können? Obwohl der Garten und das Haus riesig waren, wäre es vollkommen unmöglich, all diese Hunde hier zu verstecken. Zoe hatten sie ja auch innerhalb weniger Augenblicke gefunden. Zugegeben, unsere Menschen waren gut und lieb, doch mussten sie dem Gesetz folgen, schon alleine um den Ruf der Tierklinik nicht zu gefährden. Allerdings glaubte ich zu wissen, dass wenn es eindeutig bewiesen werden konnte, dass ein Tier tatsächlich gequält und misshandelt worden war, war es doch strafbar. Wahrscheinlich war das mit ein Grund dafür, warum dieser Galgomann den Chip bei Zoe entfernt hatte. In welchem Zustand waren wohl die anderen Hunde?

Anton bat alle in den Wintergarten zu kommen, wo Zoe gerade ihren Napf leerte und Oma Martha sie dafür lobte. Da ist wohl der Hunger größer als die Angst gewesen, was ich vollkommen nachvollziehen konnte. Als Oma Martha uns sah, wunderte sie sich etwas über die plötzliche Versammlung, stand jedoch auf und winkte uns zu. „Vielleicht gibt eure Gesellschaft der kleinen Zoe etwas Zuversicht. Jedenfalls ist sie jetzt gut behütet. Ich werde mal unter die Dusche springen."

Als kein Mensch mehr zu sehen war, traute Zoe sich in Condesas Begleitung kurz in den Garten. Wir warteten mit der Berichterstattung, bis sie wieder zurück waren, obwohl Alma und auch Alfonso kaum ihre Neugier zügeln konnten. Alma trippelte hin und her, schubste mich und Rudi abwechselnd an und bat uns, endlich mit der Sprache herauszudrücken. Von Alfonso war eine Reihe von aufgeregten ‚Uis' zu hören. Die anderen sahen uns fragend an.

„Darf ich um ein bisschen Geduld bitten", brummte Anton, was bei den Hibbeligen keine Wirkung zeigte. „Was wir erfahren haben, ist besonders für Condesa und Zoe vom großen Interesse."

Lange mussten wir nicht warten, da Zoe sich wohl am sichersten in ihrem Korb fühlte und nur das Notwendigste im Garten erledigt hatte. Alma gesellte sich zu ihr, wodurch wenigstens ihr Getrippel endlich ein Ende hatte. Condesa blieb direkt neben dem Korb sitzen und ließ Zoe keine Sekunde aus den Augen. Als Anton alles erzählte, was wir von Toran erfahren hatten, zuzüglich unserer Bedenken, war die Aufregung groß.

„Was? Die Hunde sind schon befreit?"

„Meine Familie ist in der Nähe!"

„Was sollen wir machen?"

„Was können wir machen?"

„Ui! Ui!"

Alle riefen so laut durcheinander, dass Opa Gerhard an der Türschwelle erschien. „Was habt ihr? Warum macht ihr so ein Lärm?" Wir zwangen uns, still zu sein und entspannt auszusehen, was keinem leichtfiel. Vor allem Zoe konnte sich kaum beruhigen, aber weil sie eh noch am Zittern war, fiel das nicht weiter auf. Opa Gerhard sah sich um, entdeckte jedoch nichts Verdächtiges, zuckte dann mit den Schultern und ging zurück in die Küche.

„Ich möchte zu meiner Mama", sagte Zoe und weinte leise.

Condesa streichelte sie zärtlich am Rücken. „Ich weiß, meine Kleine. Lass uns jedoch zuerst überlegen, was am besten ist. Wenn der Galgomann uns entdeckt, wird es gefährlich. So, wie du es mir erzählt hast, hat er euch alle sehr schlecht behandelt – abgesehen von seinen besten Jägern."

Zoe nickte. „Ja, für sie gab es immer mehr und auch besseres Futter. Wir anderen waren für ihn nur wertlos und lästig, wenn wir keine Jagdleidenschaft zeigten – oder nicht begabt genug waren." Sie hielt kurz inne. Bevor die schlechten Erinnerungen sie überwältigten, fuhr sie fort. „Allerdings mussten die Besten sich immer in Höchstform zeigen – und das Training war richtig hart."

„Ja, daran erinnere ich mich noch sehr gut, leider", seufzte Condesa. „Auch für die besten Jäger war das Leben bei ihm qualvoll."

Papa räusperte sich. „So, wie ich das verstanden habe, geht es dem Galgomann vor allem ums Geld. Er wird seine besten Hunde zurückholen wollen. Obwohl eure Verwandten und Freunde für jeden anständigen Menschen stumme Zeugen von Gewalt und Misshandlung sind, können wir nicht riskieren, dass nur ein einziger Hund zurück zu ihm muss. Er hatte ja noch keine Gelegenheit, die Erkennungschips zu entfernen, wie bei Zoe. Er wird mit Sicherheit versuchen, die Hunde zu finden, um die Beweise zu beseitigen."

Wir wussten alle, was das bedeutete.

12. DER SCHATTEN HINTER EINEM BAUM

Auf die Schnelle fiel uns keine Lösung des Problems ein. Wir wussten nicht, wie schnell und ob überhaupt der Galgomann bestraft werden würde, wenn unsere Menschen die Polizei über den Zustand der Hunde informieren würden. Das war einfach zu riskant. Wenn sie ihn nicht sofort verhaften würden – und daran glaubte keiner von uns –, konnte er mit den übriggebliebenen Hunden machen, was er wollte. Condesa und Zoe waren sich sicher, dass auch die allerbesten Galgos bei ihm nicht lange überleben würden, falls sie die Wettbewerbe nicht gewinnen. Was sollten wir nur machen?

„Lasst uns zuerst einmal die Hunde darüber informieren, dass wir ihnen helfen werden", sagte Condesa. „Egal dann, wie die Hilfe letztendlich aussehen wird."

Das war ja wieder nicht gerade zuversichtlich. Anscheinend waren alle Erwachsenen vollkommen ratlos, so wie sie nur still dasaßen. Der Vorschlag von Condesa wurde jedenfalls ohne Widerspruch angenommen. Blieb nur zu überlegen, wer zu ihnen laufen sollte. Wir wollten unbedingt vermeiden, dass Oma Martha oder Opa Gerhard etwas auffiel.

„Ich will zu meiner Mama", wiederholte Zoe leise. In diesem Moment kam Oma Martha jedoch in den Wintergarten zurück und setzte sich wieder in einen Sessel. Zoe verstummte augenblicklich und drehte sich zur Wand. Sie würde sich wohl keinen Zentimeter bewegen, wenn ein Mensch in der Nähe war.

„Oh, kleine Maus", flüsterte Oma Martha. „Ich hoffe, du lernst bald, dass du bei uns keine Angst mehr haben musst." Sie schaute uns alle an. „Wieso habe ich den Eindruck, dass ihr wieder irgendetwas ausheckt? Hmm?" Sie lachte. „Ja, ja, so unschuldig seht ihr aus! Nur keinen Blödsinn wieder veranstalten, ja? Geht mal in den Garten spielen, damit Zoe ein bisschen Ruhe hat."

Das war ein guter Vorschlag und wir alle schlenderten hinaus, außer Alma, die in Zoes Korb eingeschlafen war. Sie hatte schon gute Nerven, musste ich zugeben, obwohl es mich etwas wunderte, dass sie immer noch so erschöpft war. Oder was heißt hier ‚wunderte' – es war eh zum Normalzustand nach dem Unglück geworden. Es war, als ob man einen Schalter bei ihr umlegte und sie innerhalb einer Sekunde die ganze hibbelige Energie verlor. Obwohl ich die Ruhe ein bisschen genoss, wäre es mir doch viel lieber gewesen, sie in ihrer Originalversion wieder zu haben. Da ich gehört hatte, wie Terri den anderen Menschen erzählt hatte, dass Almas Erholung nur Zeit bräuchte, musste ich mich wohl gedulden und die Hoffnung nicht verlieren.

Weil wir eh im Garten spielen sollten, würde es nicht weiter auffallen, wenn ein paar von uns kurz verschwanden. Es war offensichtlich, dass Condesa unsere Truppe leiten sollte, weil sie wenigstens einige von den Hunden schon kannte. Allerdings wusste sie nicht, wo das Haus von dem Monsterehepaar stand, weswegen entschieden wurde, dass sowohl Rudi als auch ich sie begleiten sollten. Rudi kannte sich in dem Wald gut aus und ich sollte beruhigend wirken.

Keiner musste mir sagen, wieso. Wenn so ein Kleinsthund dort auftauchte, würde niemand mehr Angst haben. Ich überlegte noch kurz, ob ich mich deswegen beleidigt fühlen sollte, doch meine Neugier gewann. Ich hoffte nur, dass sie mich nicht mit einem Kaninchen verwechselten.

Im Wald war es für mich genauso beschwerlich, wie beim letzten Mal. Als ich wieder einmal unter einem Ast her krabbeln musste, wusste ich, dass mich in der Villa erneut ein Bad erwarten würde. Oma Martha musste sicher denken, dass ich mich absichtlich im Dreck wälzte, als ob ich so scharf auf ein Bad wäre. Das Einzige, das mich etwas aufheiterte, war die Aussicht auf Badeleckerlis. Hund muss nur richtig zu zappeln wissen. Bei dem Gedanken grinste ich so breit, dass Condesa mich fragend anschaute.

„Ist die Strecke zu schwer für dich, Arlo?" Sie hatte mein Grinsen wohl falsch interpretiert. „Mit deinen kurzen Beinchen ist das sicher nicht so leicht. Hier liegen ja Unmengen von Ästen herum. Rudi, mach mal ein bisschen langsamer!" Kurze Beinchen? Condesa konnte vom Glück reden, dass ich sie so gern mochte, sonst hätte ich etwas Passendes erwidert. Jetzt schwieg ich nur und versuchte so auszusehen, als ob dieser Spaziergang mir nur pure Freude bereiten würde.

„Alles klar!", rief ich fröhlich und machte einen ziemlich gewagten Sprung über einen dickeren Ast. Zu meiner eigenen Überraschung landete ich nicht auf dem Ast, sondern tatsächlich dahinter auf dem Pfad - und das sogar ziemlich elegant. Ich lief weiter hinter Rudi her, als sei nichts gewesen, obwohl ich mich innerlich sehr freute. Wieder einmal einer Blamage entkommen! Als wir schon fast an dem Haus waren, blieb Rudi abrupt stehen, wobei ich so gut aufgepasst hatte, dass ich – erneut zu meiner Überraschung – nicht direkt in ihn hineinlief.

„Da steht jemand. Hinter dem Baum", sagte er und zeigte in die Richtung mit seiner Pfote. Aus der Entfernung konnte ich nur vage einen Schatten hinter einem der Bäume wahrnehmen. Zu meiner Erleichterung konnte ich erkennen, dass es nicht wie ein Mensch aussah. Oder doch? Der Schatten war wirklich ziemlich groß. Vielleicht stand da ein Bär! Oder war es überhaupt etwas Lebendiges? Ich versuchte zu schnüffeln, aber sogar meine Supernase konnte nichts Verdächtiges wahrnehmen – nur den Geruch von Hunden. Moment mal! Bevor ich jedoch meine soeben erhaltene Information weitergeben konnte, sprach Condesa schon den Schatten an.

„Ach, du meine Güte! Du bist aber groß geworden!"

Da ich schon gerochen hatte, dass es sich um einen Hund handelte, entspannte ich mich und wartete ab. Nach einem kurzen Augenblick trat der Hund auf den Pfad und musterte uns. Condesa ging langsam näher zu ihm, damit er sie besser sehen konnte. Uns war natürlich klargeworden, dass er einer von Condesas Verwandten sein musste. Er wedelte freundlich mit dem Schwanz, worüber ich mich freute, weil er wirklich sehr groß war. Im Kampf gegen ihn hätte ich bestimmt keine Chance gehabt. Er war sogar viel größer als Condesa und dazu noch sehr muskulös. Sein schwarzes Fell glänzte im Sonnenschein und ich konnte nur bewundern, wie großartig er aussah. Ich schaute mich und Rudi kurz an und seufzte. Wir waren mit dieser Erscheinung nicht zu vergleichen. Allerdings hatte er noch kein Wort von sich gegeben, wobei sich mir der Gedanke aufdrängte, dass er womöglich nicht der hellste Knochen im Futternapf war.

Als er jedoch endlich sprach, musste ich meine Meinung revidieren, so kultiviert er sich nun äußerte. „Verehrte Dame! Gehe ich Recht in der Annahme, dass Sie eine Freundin von meiner Mutter sind?" Als Condesa nickte, fuhr der Hund fort. „Sie sind verschwunden, als ich noch ein kleiner Junge war."

„Ja, ich bin deine Tante. Der Galgomann hat mich abgeschafft, aber ich wurde zum Glück gerettet. Ich heiße jetzt Condesa und so kannst du mich auch nennen." Sie lächelte breit. „Wie schön, dich wiederzusehen! Du bist aber wirklich bezaubernd geworden!" Genau meine Meinung.

Wenn ich ihn nicht so eingehend beobachtet hätte, hätte ich wohl übersehen, dass er unter seinem schwarzen Fell rot wurde. Er schnüffelte kurz auf der Erde, um seine Verlegenheit zu verdecken. Condesa stellte uns vor und erzählte, dass Toran uns zu ihnen geschickt hatte.

„Ach ja, der Wolf." Er schüttelte sich kurz. „Das war schon ziemlich aufregend."

Ich traute mich, ein paar Schritte in seine Richtung zu nehmen. Ich hatte nämlich nicht vergessen, was Condesa über die furchtlosen Galgos und Katzen, Galgos und Kaninchen und so weiter erzählt hatte. Er musste eigentlich erkannt haben, dass ich ein Hund war. Er beobachtete mich neugierig.

„Das ist also Arlo, sagten Sie – ähm sagtest du? Er muss noch ein Welpe sein, oder? Bei der Größe? Allerdings sind unsere Neugeborenen schon fast größer als er. Das ist ja interessant."

Bevor ich ihm wegen dieser Unverschämtheit zeigen konnte, was richtig interessant war, legte Condesa ihre Pfote auf meinen Rücken und schüttelte den Kopf. Ich hätte ihm nur zu gern bewiesen, was meine angeblichen Milchzähne an seinen Beinen anrichten konnten, egal ob viel Muskel oder nicht. Aber ich zwang mich tief ein- und auszuatmen, um mich zu beruhigen.

Condesa zeigte auf Rudi und mich. „Diese Jungs gehören zu ganz anderen Rassen als wir. Das kannst du unmöglich wissen, mein lieber B2. Ich weiß, wie abgeschottet ihr habt leben müssen, da bekommt man kaum etwas von der Außenwelt mit."

B2? Wieder diese komischen Namen. Er machte große Augen und beobachtete uns noch genauer. „Ich muss mich bei den jungen Herren entschuldigen", sagte er dann. „Tatsächlich wusste ich nicht, dass es auch solche Miniaturhunde gibt." Er machte das alles nicht unbedingt besser. Ein warnendes Knurren stieg schon in meiner Brust hoch, doch er sprach schnell weiter. „Das ist faszinierend. Ich finde euch wunderbar! Es muss noch unendlich viel geben, was ich nicht weiß."

Er hörte sich so traurig an, dass ich mich für meine aufbrausende Art fast bereute, aber nur fast. Das konnte ruhig für ihn die erste Lektion in der großen, weiten Welt sein. Da ich jedoch nicht nachtragend erscheinen wollte, fragte ich ihn freundlich, was er allein hinter dem Baum zu suchen hatte.

„Wir haben auf jeder Seite Wachposten", erklärte er. „Das letzte, was wir wollen, ist, dass uns ein Mensch überrascht – im schlimmsten Fall noch der Galgomann." Er schaute sich schnell um. „Hier kann er uns doch nicht finden, oder?"

Rudi zeigte in die Richtung, aus der wir gekommen waren. „Unser Zuhause ist gar nicht so weit entfernt. Ich kann dir später zeigen, wie man dorthin kommt. Falls dieser Galgomann sich doch hierhin verirren sollte – was ich jedoch nicht glaube – könnt ihr bei uns Zuflucht suchen."

Das schien diesen B2 einigermaßen zu beruhigen und er bat uns, ihn zu den anderen zu begleiten. Je näher wir dem Haus des Monsterehepaares kamen, desto nervöser wurde ich. Nicht nur, dass die schlechten Erinnerungen mich fast überwältigten, sondern ich musste auch daran denken, was dieser B2 erzählt hatte. Wenn er keine Hunde außer Galgos kannte, würde es wohl den anderen dort genauso gehen, oder? Kurz bevor wir den Vorplatz des Hauses erreichten, blieb ich im Schutz der Bäume stehen.

Rudi wurde auf mich aufmerksam und hielt ebenfalls an. „Was hast du nun, Arlo? Diese Monstermenschen sind doch nicht mehr dort, das weißt du doch, oder?"

„Ja, darum geht es auch nicht. Oder nicht nur." Ich nickte in Richtung des Hauses, vor dem mehrere Galgos lagen oder herumschnüffelten. „Ich habe nur wenig Lust, mich als Trainingsköder herzugeben. Vielleicht halten sie uns für eine Beute."

Rudi stutzte. „Daran habe ich gar nicht gedacht. Allerdings, was wir von diesem Hund gehört haben, könnte das stimmen. Wenn sie keine anderen Hunderassen kennen..."

Wir schwiegen gemeinsam und versuchten zu entscheiden, was wir tun sollten. Ich hörte die warnenden Worte von Papa in meinem Kopf – ich sollte mich nicht in Gefahr bringen. Dass diese Gefahr von diesen Jagdhunden ausgehen konnte, daran hatte wohl keiner von uns gedacht. Weglaufen war auch keine Lösung, weil diese Hunde tausendmal schneller als wir waren.

Wir sahen, wie Condesa und B2 schon fast bei den anderen Hunden waren, als Condesa sich irritiert umschaute. Als sie begriff, dass von Rudi und mir keine Spur zu sehen war, lief sie zurück und entdeckte uns hinter einem Baum.

„Warum kommt ihr nicht mit uns?" Rudi und ich schauten uns schweigend an. Es waren Condesas Freunde und Verwandte, die wir in Verdacht hatten, blutrünstige Mordmaschinen zu sein. Das war nicht so leicht zu erklären. „Was habt ihr jetzt?", drängte sie uns. „Na, sagt schon!"

Rudi räusperte sich als Erster. „Ja, wie soll ich das nur sagen?" Er hielt inne, sah jedoch, wie Condesa immer ungeduldiger wurde, und fuhr fort. „Es geht darum, was dieser große Galgo gesagt hat. Oder besser, was er nicht gewusst hat."

Ich setzte zur Hilfe an. „Er hielt uns für Welpen! Was, wenn die anderen uns mit Kaninchen verwechseln, oder mit anderen Beutetieren, und uns jagen wollen?"

„Sie sind bestimmt sehr hungrig", fügte Rudi noch hinzu. Ja, vielen Dank auch, daran hatte ich noch gar nicht gedacht. Der Hunger feuerte natürlich ihren Jagdtrieb an. Ich konnte nicht verhindern, dass ich leicht zu zittern anfing.

Condesa seufzte. „Ganz Unrecht habt ihr ja nicht." Ja, sag' ich doch. „Es ist so vieles, was für sie neu sein muss." Sie überlegte kurz. „Am besten gehe ich zuerst zu ihnen und erkläre, dass ihr zu mir gehört – und auf keinen Fall Proviant seid!"

Trotz der ernsten Lage grinste sie tatsächlich breit. Empört blickte ich zu Rudi, der anscheinend genauso sprachlos war. Condesa jedoch drehte sich um und schlenderte in aller Ruhe zu den Hunden, die schon auf sie zu warten schienen. Wir hörten sie durcheinander sprechen und sahen, wie sie sich über das Wiedersehen freuten. Condesa zeigte in unsere Richtung und ein paar übermütige Junghunde wollten sofort zu uns rennen, aber ihre Eltern bremsten sie. Nachdem die erste Aufregung sich etwas gelegt hatte, kam Condesa mit einem anderen Galgo zurück zu uns.

„Darf ich vorstellen – das ist mein Neffe, der Chef des Rudels. Arlo, Rudi." Der riesige Galgo nickte uns zu und lächelte freundlich. Gab es denn keine Obergrenze bei ihrer Größe? Etwas eingeschüchtert grüßten wir ihn, blieben jedoch dort weiterhin sitzen.

„Ich freue mich, euch kennenzulernen", sagte der Riese. „Wir haben gehört, dass ihr unsere Retter in Not seid. Ihr braucht wirklich keine Bange vor uns zu haben, das garantiere ich euch. Unsere Jüngsten sind manchmal zwar etwas stürmisch, aber sie meinen es nicht böse. Außerdem habe ich ihnen befohlen, Rücksicht auf eure… öhm, auf euch zu nehmen."

Das war ja höflich von ihm. Ich konnte sehr gut auch selbst erkennen, dass sogar die Jüngsten von ihnen viel größer als Rudi und ich waren. Uns blieb nichts anderes übrig, als seinen Worten zu vertrauen. Vorsichtig folgten wir ihm zu den anderen, jedoch nicht ohne dafür zu sorgen, dass Condesa jederzeit zwischen uns und den wilden Galgos war. Der Ansturm auf uns war richtig einschüchternd, aber der Riese musste nur kurz seine Stimme erheben, und alle hielten artig etwas Abstand zu uns. Nun gut. Ich schaute mich schnell um und zählte mindestens zehn Hunde, vielleicht sogar ein paar mehr. Ich ärgerte mich darüber, dass ich es immer noch nicht geschafft hatte, einen von den Erwachsenen zu fragen, wie die Zahlen nach Zehn lauteten. In dem Moment war es allerdings wohl nebensächlich.

Condesa hatte ihre Tochter, die Mutter von Zoe, schnell ausfindig gemacht. Die Wiedersehensfreude der beiden war so mitreißend, dass ich meine Angst komplett vergaß. Wenn überhaupt möglich, wurde ihre Freude noch größer, als Condesa von Zoes Rettung erzählte. Rudi quatschte schon mit ein paar von den jüngeren Hunden und ich traute mich sogar, ein bisschen herumzulaufen. An der Türschwelle zu der Horrorscheune stand noch ein großer Rüde, diesmal weiß und sehr abgemagert.

Er starrte mich lange und – wie ich fand – bedrohlich an, bevor er mit leiser Stimme sagte: „Wir haben Hunger."

13. FRÜHSTÜCK MIT SCHRECKEN

Ich muss zugeben, dass ich in dieser Situation fast die Beherrschung über meine Blase verlor. Falls jemand nachfragen sollte, habe ich mich genau in dem Moment einfach freiwillig erleichtert. Der weiße Hund kam sogar etwas näher, ich konnte mich jedoch kein bisschen bewegen. Ehrlich gesagt dachte ich, dass dort mein letzter Moment auf Erden gekommen war. Gerade als ich mich von dem Leben verabschiedete und meine Augen schließen wollte, legte dieser Hund sich vor mich hin und seufzte. War er von Hunger schon so geschwächt, dass er keine Kraft mehr hatte, seine Beute zu erlegen?

„Bitte", flüsterte er. Hat er das tatsächlich gesagt oder hatte ich mich bloß verhört – in der allerletzten Hoffnung, nicht von ihm verspeist zu werden. Er räusperte sich und wiederholte das Wort. Dann fing dieser große Galgo an zu weinen. Verwirrt überlegte ich fieberhaft, was ich nun tun sollte. Ich stand weiterhin bewegungslos da und kam mir langsam ziemlich dumm vor. Ich schaute mich vorsichtig hilfesuchend um, aber alle anderen waren zu beschäftigt, um meine Notlage zu bemerken.

„Hallo!", sagte ich dann, weil mir nichts Besseres einfiel. Er weinte ungehemmt weiter. Ich nahm all meinen Mut zusammen und fragte: „Kann ich dir irgendwie helfen?"

Vielleicht wäre es vernünftiger gewesen, den Rückzug anzutreten, aber langsam wich die Angst und ich fühlte ihm gegenüber eher Mitleid. Ich traute mich nun, ihn etwas genauer zu beobachten, und stellte fest, dass er wirklich wahnsinnig dünn war. Wenn schon Zoes Zustand mich erschreckt hatte, übertraf dieser Hund es noch bei weitem. Endlich hörte er wenigstens mit dem Weinen auf. Ich wünschte mir, wir hätten doch Alma mitgenommen. Sie wusste in solchen Situationen immer, was zu tun war, oder fand wenigstens die passenden Worte. Ich stand nur weiterhin doof da.

„Ich habe so einen Hunger", wiederholte er. „Du hast nicht vielleicht etwas zum Essen dabei?"

Ich schüttelte den Kopf und war innerlich froh, dass er mich doch nicht als eine Mahlzeit betrachtete. „Tut mir leid." Ich schwieg kurz und fragte dann: „Hat dieser Galgomann euch so wenig Futter gegeben? Du bist so furchtbar dünn."

„Es gab nie genug, nie. Nur für die besten Jäger. Sie wollten das Futter mit uns teilen, aber er überwachte uns…Teilen war verboten." Er nickte in die Richtung, wo dieser Riese und ein anderer kräftiger Galgo standen und sich unterhielten. Sie waren also die Besten. Mein Blick schweifte über den Platz und blieb an dem Schuppen hängen. Dass ich nicht sofort daran gedacht hatte!

„Hör mal! Ich weiß, wo wir vielleicht etwas Futter herbekommen!"

Er blickte hoffnungsvoll auf. „Hier? Aber hier ist doch nichts. Wie wir sofort bei unserer Ankunft festgestellt haben, ist das Haus unbewohnt."

„Ja, das schon", stimmte ich ihm zu. „Es gibt aber eine Chance, dass dort in dem Schuppen noch etwas übriggeblieben ist." Ich erzählte ihm kurz, wie wir früher hier untergebracht und von dem Monsterehepaar misshandelt wurden. „Mir ist jedoch wieder eingefallen, dass es einen Futterschrank gab. Wenn wir Glück haben, sind die Futtersäcke immer noch da drin."

Der weiße Galgo stand langsam auf und ging mit wackeligen Beinen in den Schuppen. „Ja, hier steht tatsächlich ein Schrank! Aber er ist mit einem Riegel verschlossen."

Er winkte mit der Pfote und bat mich, zu ihm zu kommen. Ich wusste aber, dass dort nicht nur der Schrank stand, sondern auch die Käfige, in denen wir damals vor uns hinvegetieren mussten. Die Erinnerungen an diese grauenhafte Zeit füllten plötzlich meinen Kopf und ich konnte mich keinen Zentimeter bewegen. Fast konnte ich aus dem Schuppen noch das Weinen und das Jaulen von damals hören. Wenn Rudi nicht gerade in dem Moment zu mir gekommen wäre, wäre ich wohl schreiend weggelaufen.

„Was macht ihr hier?", fragte er unbekümmert. Ich konnte nur den Kopf schütteln, aber er verstand mich auch so sofort. „Ach, dieser verdammte Schuppen…"

„Hier im Schrank gibt es vielleicht Futter", erklärte der weiße Galgo. „Ich bekomme ihn aber nicht auf."

Rudi sah mich fragend an. „Ja, die Reste von damals, kann schon sein", sagte ich leise.

Ich leckte meine Lippen und merkte, dass ich wirklich nervös war. „Ich weiß nicht, ob ich da wieder hineinkann."

Rudi legte seine Pfote auf die meine. „Ich verstehe dich schon, Kumpel. Das Böse ist aber nicht mehr da – wir haben es ein für alle Mal besiegt! Der Schuppen gehört jetzt uns!"

Er schubste mich leicht an. Ich musste ihm recht geben – dieses Böse von damals hatten wir wenigstens vernichtet und jetzt war es an der Zeit, auch hier das Kommando zu übernehmen. Rudi trat erhobenen Hauptes in den Schuppen hinein und kurz danach folgte ich ihm. Ich konzentrierte mich auf den Schrank und versuchte die Käfige zu ignorieren, so gut es nur ging. An der Schranktür war ein Riegel befestigt, genauso, wie ich es in Erinnerung hatte. Weil das Monsterehepaar damals uns gezwungen hatte, einige Tricks für ihre Shows zu lernen, würde ich mit Leichtigkeit den Schrank öffnen können, wenn ich nur an diesen Riegel käme.

Rudi schnüffelte an der Schranktür. „Das riecht tatsächlich nach Futter." Der weiße Galgo sagte nichts, aber ich sah, wie er sehr stark zu sabbern anfing. Er betrachtete den Riegel, der in seiner Kopfhöhe war, zuckte jedoch mit den Schultern. Es blieb also wieder an mir hängen. Wie sollte ich bloß dort drankommen? Bei einer Gelegenheit hatte ich mit Alma ähnliches dadurch erfolgreich erledigt, dass sie auf Lunas Rücken gestanden hatte und ich sie angewiesen hatte. Sie war aber jetzt nicht hier und dieser weiße Galgo war keine Alternative. Nicht nur, dass sein Rücken sogar für mich viel zu dünn war, ich fürchtete auch, dass er trotz meines Fliegengewichts zusammenbrechen würde. Er hatte wirklich fast keine Muskeln mehr. Und da hatte ich nun die Lösung!

„He, Rudi, kannst du bitte den Neffen von Condesa holen?" Dieser riesige Galgo würde garantiert keine Schwierigkeiten haben, mich kurz auf seinem muskulösen Rücken stehen zu lassen. Rudi sprang hinaus und kam gleich zurück, begleitet von diesem Rüden. Ich erklärte ihm kurz, was ich von ihm möchte, wonach wir gemeinsam den Schrank mit Leichtigkeit öffnen konnten.

„Futter! Futter!", rief der weiße Galgo begeistert. Im Schrank standen tatsächlich noch zwei volle Futtersäcke. Der Neffe von Condesa zog sie ohne große Anstrengung aus dem Schuppen und augenblicklich sammelten sich alle aufgeregt um die Säcke. Er als ihr Rudelchef brummte kurz, um für Ruhe zu sorgen. Obwohl sie sehr hungrig sein mussten, setzten sie sich alle hin.

Der Chef nickte. „Sehr gut. Wir reißen jetzt die Säcke auf, aber ich will hier kein Chaos erleben." Er sah alle streng an. „Zuerst essen die Kinder."

Als die Säcke offen waren, schob der Chef mit seiner Pfote jedem Kind etwas Futter zu. „Nicht zu viel auf einmal essen, sonst bekommt ihr Bauchweh!", mahnte er die fünf Kinder, die wohl die Geschwister von Zoe waren. Nach ihnen bedienten sich die Erwachsenen, wobei sie mit aller Kraft versuchten, nicht alles einfach herunterzuschlingen. Bevor auch der letzte Krümmel verputz wurde, blickte der Chef Condesa, Rudi und mich fragend an, doch wir lehnten dankend ab. Sogar ich sah ein, dass diese Hunde das Futter viel dringender brauchten als unsereins. Außerdem, schon bei dem Geruch von diesem Futter drehte sich mir der Magen um. Fast sah ich das Monsterehepaar vor mir und hörte, wie sie hämisch über unser Leid lachten. Um auf andere Gedanken zu kommen, ging ich zu Condesa, die sich neben ihrer Tochter etwas abseits ausruhte.

„Hallo, Arlo! Ist das nicht schön? Ich habe nun alle meine sechs Enkelkinder kennengelernt!" Condesa strahlte. „Das hätte ich niemals für möglich gehalten!"

Ihre Tochter nickte. „Und dass ich meine Mutter noch einmal wiedersehe... unglaublich! Wir sind euch sehr dankbar!"

„Das ist vor allem Torans Verdienst", sagte ich etwas verlegen. „Zum Glück konnten wir etwas zum Essen finden. Das reicht leider nicht lange. Ihr müsst alle sehr hungrig sein."

Condesas Tochter winkte ab. „Daran sind wir gewöhnt. Dass wir jetzt eine gute Mahlzeit hatten, wird uns Kraft geben. Wir werden sicher noch eine Lösung finden. Hauptsache, wir müssen nicht zurück zu diesem Galgomann!"

Sie zitterte leicht und fuhr dann fort. „Wir ahnten schon lange, dass es für die meisten von uns nicht gut enden würde. Auch das Training bei meinen Kindern lief nicht gut und dieser Galgomann wurde immer ungehaltener."

Condesa legte den Kopf kurz auf die Schulter ihrer Tochter. „Das kenne ich leider nur zu gut. Jedes Jahr mussten viele gehen... Aber wie du erzählt hast, sollte es diesmal noch schlimmer werden, oder?"

„Ja, obwohl wir das zuerst nicht glauben wollten", gab ihre Tochter zu. „Wir hatten mal gehört, wie er jemandem sagte, dass er nur noch den einen Wettbewerb gewinnen muss, um sich von dem ganzen Geschäft zurückziehen zu können. Oder wie er es auch formulierte – falls die Hunde nicht gewinnen, werden sie es ganz schnell bereuen."

Condesa nickte. „Ja, der Mann ist auch nicht mehr der Jüngste. Wahrscheinlich hat er keine Lust mehr, euch zu trainieren und den Unterhalt zu bezahlen. Es geht ihm ja vor allem ums Geld, um den Gewinn. Einzig und allein."

Mehr musste sie nicht erzählen. Mir war klar, dass auch die Tage der besten Jäger gezählt wären, falls sie es nicht schafften, zu gewinnen. Oder falls doch, würden sie vielleicht verkauft und nicht getötet werden. Ich wusste aber auch, dass Hund bis zum letzten Moment noch hoffte. Hoffte, dass der Mensch, der sich doch um einen kümmern sollte, endlich dieser Aufgabe nachkam. Es fiel einem nicht leicht, sich freiwillig von seinem Besitzer zu trennen, egal wie Hund behandelt wurde. Was diese Hunde jedoch erfahren haben, sollte eigentlich jedem die Augen öffnen. Bei diesem Mann gab es für keinen eine Zukunft, jedenfalls keine gute.

Plötzlich rannte einer von den Wachposten zu uns und schlug Alarm. Ein Auto kam mit hoher Geschwindigkeit näher! Der Chef musste wieder nur einmal brummen und blitzschnell sammelten sich alle um ihn. „Alle in den Wald! Sofort!", befahl er.

Es war keine Sekunde zu früh. Wir duckten uns hinter Büschen und Bäumen, wobei sogar die Kinder es schafften, ganz still zu sein. Ein großer Transporter hielt vor dem Haus und zwei grimmig aussehende Männer sprangen hinaus. Ein paar von den Hunden jaulten erschreckt auf, schwiegen jedoch schnell wieder. Condesa lag neben mir und flüsterte so leise, dass ich sie fast nicht verstanden hätte. Leider nur fast.

„Das ist der Galgomann." Wie hat er die Hunde bloß so schnell gefunden?

14. DER FALSCHE WOLF

Die Männer schauten sich um und entdeckten sofort die leeren Futtersäcke. Der Galgomann hob einen auf und ließ seinen Blick ins Gelände schweifen. Wir duckten uns alle noch tiefer unter die Büsche und ich wusste, dass alle den Atem anhielten. Bloß keine Bewegung! Bloß kein Geräusch!

„Hier hat sich jedenfalls irgendein Tier eine Mahlzeit gegönnt", sagte der Galgomann. „Und zwar erst vor kurzem, die Säcke sind ja trocken. Außerdem gibt es einige Spuren von Pfoten auf der Erde."

„Ob es deine Hunde waren, kann man jedoch nicht sagen", erwiderte der andere Mann. „Wann sind sie verschwunden? Letzte Nacht, sagtest du?"

„Ich habe es spät in der Nacht bemerkt, als ich sie wieder einsammeln wollte. Wenigstens meine besten Jäger muss ich zurückbekommen."

„Wenn aber jemand sie gestohlen hat, wirst du sie wohl nicht so leicht wiederfinden", meinte der zweite Mann und kratzte sich am Kopf.

Der Galgomann spuckte auf die Erde und schüttelte den Kopf. „Ne, eigentlich hat aber niemand wissen können, wo ich meine Hunde halte. Ich verstehe nur nicht, warum sie von sich aus weglaufen sollten – bei mir hatten sie wenigstens ein Dach über dem Kopf. Und Futter, ja, manchmal auch Futter!" Er lachte laut. „Sie sind sicher im Rudel unterwegs und wenn ich diese undankbaren Köter finde, werden sie einiges erleben, das sag ich dir!"

„Na ja, hier hast du wenigstens schon mal eine Spur", der zweite Mann zeigte auf die Säcke. „Bei den anderen Fincas, die wir schon besucht haben, hat ja niemand etwas beobachtet."

Der Galgomann schaute sich erneut um. „Die Hunde sind sehr menschenscheu. Auf dieser Finca scheint niemand mehr zu wohnen. Es wäre also gut möglich, dass die Köter sich irgendwo hier aufhalten. Mal sehen…!" Er fing an zu pfeifen und zu rufen.

Das war nicht gut, gar nicht gut! Condesa fing an, neben mir zu zittern und zu hecheln, und ich wusste, warum. Sie hatte mir mal erzählt, dass sie darauf trainiert waren, bei diesem Rückruf von dem Galgomann unverzüglich zu ihm zu laufen, sonst gab es schlimme Konsequenzen. Dieses Kommando war ihnen regelrecht eingeprügelt worden. Es musste für sie alle unheimlich schwer sein, dem nun zu widerstehen. Der Chef versuchte mit kurzen, leisen Befehlen alle zur Ruhe zu mahnen, doch hörte sich sogar seine Stimme nicht mehr sehr zuversichtlich an. Ich hörte leises Rascheln aus den Büschen und wusste, dass es nur eine Frage von Sekunden war, bis die Hunde aufgeben würden und zu dem Galgomann liefen.

Gerade in dem Moment sprang etwas an mir vorbei, wobei ich erschreckt aufjaulte, was natürlich umgehend die Aufmerksamkeit von diesem Galgomann erweckte. Er schaute genau in meine Richtung und erkannte wohl gleichzeitig mit mir, wer dort nun stand: Luna! Sie knurrte laut und zeigte ihre Zähne, verschwand jedoch hinter ein paar

Bäume, nur um sich ein paar Meter weiter den Männern wieder zu zeigen. Wenigstens hatte das Pfeifen und Rufen damit ein Ende. Ich beobachtete Lunas Schauspiel und merkte, dass die Männer immer angespannter wurden und langsam zurück zu ihrem Wagen gingen, jedoch ohne Luna den Rücken zuzukehren.

„Das ist ja ein Wolf!", sagte der zweite Mann erschrocken. „Und er sieht nicht gerade friedlich aus." Na ja, da hatte der Mann nicht ganz unrecht. Allerdings war Luna nur ein halber Wolf und normalerweise nicht aggressiv, doch in diesem Augenblick konnte ich sie wegen ihrer schauspielerischen Leistung nur bewundern. Da Luna sich den Männern immer nur für ein paar Sekunden zeigte, konnten sie schwer erkennen, dass sie tatsächlich nur ein Wolfshund war.

„Vielleicht war das Futter hier seine Beute. Obwohl es meines Erachtens eindeutig Hundespuren sind. Hmm - dass er sich uns tagsüber zeigt, ist jedoch kein gutes Zeichen – nicht, dass er sogar Tollwut hat." Der Galgomann schien wirklich Angst zu bekommen.

„Hast du keine Waffe dabei?", fragte der andere.

„Nein. Und diese Biester darfst du auch nicht einfach so abknallen, sie stehen doch unter Naturschutz. Diese Ökospinner wieder… Los, lass uns abhauen! Ich werde später besser ausgerüstet noch einmal wiederkommen und nach den Hunden suchen. Besser diese Spur als gar keine! Außerdem sollten wir wohl noch ein paar andere Fincas abklappern. Jemand muss doch irgendetwas gesehen haben."

Die Männer sprangen in den Wagen und fuhren mit hoher Geschwindigkeit davon. Wir alle atmeten erleichtert auf und traten vorsichtig auf den Platz. Die Galgos schüttelten sich und beglückwünschten sich gegenseitig dafür, dass sie es geschafft hatten, sich dem Befehl von diesem Galgomann zu widersetzen. Besonders die Kinder wurden für ihr Stillhalten gelobt, doch war es bei ihnen mit Disziplin jetzt zuerst einmal vorbei. Sie fingen an, einander spielend zu jagen und herumzuspringen, um die Anspannung abzuschütteln. Ich begnügte mich mit ein paar Streckübungen und ging zu Luna, die breit lächelnd ein paar Meter weiter stand.

Ich hörte, wie der Rudelchef sich Luna vorstellte und ihr für ihre selbstlose Hilfe dankte. Als Luna erzählte, dass sie die Tochter von Toran sei, war der Chef noch begeisterter. „Wir hätten niemals erwartet, dass wir außerhalb unseres Hofes mit so viel Unterstützung und Hilfsbereitschaft rechnen dürften. Vielleicht hätte ich mein Rudel schon vorher überreden müssen, diesen grauenhaften Ort zu verlassen. Da wäre uns viel Leid erspart geblieben. Wir hatten jedoch keine Alternative."

Luna lächelte etwas verlegen und wusste wohl nicht, was sie mit so viel Lob hätte anfangen sollen. Sie war sicher nicht daran gewöhnt, etwas selbstständig so perfekt zu erledigen. Ich nickte ihr anerkennend zu, wodurch sie noch mehr durcheinander wurde. Ich musste darüber nachdenken, ob ich ihr bisher ein so schlechter Freund gewesen war, dass jedes positive Wort oder jede anerkennende Geste für sie eine große Überraschung war. Leider musste ich zugeben, dass ich mich nicht mehr daran erinnern konnte, wann ich das letzte Mal etwas Nettes zu ihr gesagt hatte. Ich schwor mir, dass das sich ändern würde. In letzter Zeit bin ich wohl mit Alma und mit meinen Schuldgefühlen so beschäftigt gewesen, dass ich nur an mich und an meine Probleme habe denken können. Dass sie mir nicht schon längst die Freundschaft gekündigt hatte, rechnete ich ihr hoch an.

Noch etwas anderes ging mir durch den Kopf. Wir hatten es zwar geschafft, uns vor dem Galgomann zu verstecken. Er hatte jedoch klipp und klar gesagt, dass er wiederkommen würde. Dass die Galgos vorerst hierblieben, war also keine Lösung. Ich wusste nicht, ob sie sich nur so sehr über den ersten Erfolg im Kampf freuten oder ob sie das grundsätzliche Problem verdrängten. Oder lebten sie irgendwie nur im Augenblick, ohne sich um die Zukunft großartig Gedanken zu machen? Und warum sollte ich es wieder sein, der sie darauf aufmerksam machen musste, dass die Gefahr noch lange nicht überwunden war?

Ich seufzte und stupste Luna freundlich an. „Das war ja eine großartige Performance von dir! Aber sag mal, was machst du eigentlich hier?"

„Danke dir, Arlo!" Sie lächelte breit. „Zum Glück habe ich es noch rechtzeitig geschafft. Wir hörten nämlich, wie Opa Gerhard mit jemandem telefonierte, der ihm davon erzählte, dass in der Nachbarschaft ein Mann herumfahren würde und sich nach seinen verschwundenen Hunden erkundigte. Schnell entschieden wir, dass ich zu euch laufen soll, um euch zu warnen."

Der Chef nickte. „Das war wirklich in der letzten Sekunde. Ich weiß, dass es töricht von uns gewesen wäre, dem Ruf von diesem brutalen Mann zu folgen. Doch das nicht zu tun, war für uns fast unmöglich."

„Ja, Arlo und ich können das gut verstehen", sagte Luna und Ich nickte zur Bestätigung. „Was einem beigebracht worden ist, sitzt sehr tief." Sie lachte plötzlich auf. „Zum Beispiel, wie einer Fährte zu folgen ist – dadurch war es für mich überhaupt erst möglich, euch zu finden."

Ach ja, darüber hatte ich mich tatsächlich noch gar nicht gewundert. Als der Chef uns fragend anschaute, erzählte ich ihm kurz, dass wir bei der hiesigen Rettungshundestaffel mitmachen würden und sowohl vermisste Menschen – eher ungern – als auch vermisste Tiere – liebend gern – suchten. Der Chef hörte interessiert zu und fragte nach, wie wir eigentlich trainierten. Als er danach über die Trainingsmethoden des Galgomannes berichtete, wurde mir fast schlecht. Um das Thema ganz schnell zu wechseln, machte ich ihn dann doch darauf aufmerksam, dass dieser Galgomann wohl irgendwann wieder hierher zurückkommen würde.

Ganz so ahnungslos, wie ich gedacht hatte, führten diese Hunde ihr Dasein doch nicht. Der Chef wurde nämlich sehr ernst. „Ja, darüber zerbreche ich mir schon die ganze Zeit den Kopf", sagte er. „Es ist viel zu gefährlich, hierzubleiben. Noch einmal werden wir es wohl nicht schaffen, seinen Befehlen nicht zu folgen. Selbstredend ist es ausgeschlossen, dass wir zurück zu ihm gehen. Sollten wir einfach weiterziehen? Vielleicht in die Berge? Könnten wir dort überhaupt überleben?"

Luna schüttelte den Kopf. „Leider fürchte ich, dass es um die Jahreszeit in den Bergen noch kälter ist als hier. Sogar mit viel Schnee. Mit eurem dünnen Fell wäre das wohl keine so gute Idee."

Der Chef stimmte ihr zu. „Uns reicht die Kälte hier unten schon. Besonders nachts ist es so eisig, dass ich manchmal

Angst um die ganz Schwachen und um die Kinder habe."
Er sah etwas beunruhigt um sich. „Ich muss mir schnell etwas einfallen lassen. Wenn die Kälte und der Hunger uns wieder übermannen, werden sicher einige anfangen zu überlegen, ob wir nicht doch zurück zu diesem Galgomann gehen sollten."

Das konnte doch nicht sein Ernst sein! Wer sollte freiwillig dorthin zurückwollen? Als er meinen ziemlich verzweifelten Blick wahrnahm, fuhr er fort. „Wir kennen ja nichts anderes. Trotz der Misshandlung war und ist der nun mal der Ort, wo wir alle großgeworden sind – mal mehr, mal weniger…"

Ich schaute mich um und verstand, was er meinte. Einige der Hunde waren so dünn und schwach, dass sie mit Sicherheit nie genug zu essen bekommen hatten. Außerdem wirkten sie hier draußen irgendwie unsicher und ja, gehetzt. Die einzige Sicherheit, sei diese auch noch so trügerisch, welche sie kannten, war der furchtbare Stall von dem Galgomann. Obwohl der Chef und ein paar von den anderen kräftig und muskulös aussahen, war diese Außenwelt auch für sie genauso fremd wie für die anderen. Obwohl sie wiederholt zur Jagd mitgenommen worden waren, hieß es noch lange nicht, dass sie sich allein in der Wildnis zurechtfinden würden. Für unsereins war es nur irgendein Wald und ab und zu eine Finca dazwischen, für sie jedoch musste das alles ziemlich beängstigend sein. Ach ja, der Psychologe in mir hob wieder seinen Kopf!

„Hallo! Erde zu Arlo! Hallo!" Luna stupste mich etwas unsanft an, da ich wohl so in meinen Gedanken versunken war, dass ich gar nichts mehr mitbekommen hatte. Ich schüttelte mich kurz.

„Bist du wieder bei uns?", fragte sie und starrte mich an, etwas zu intensiv für meinen Geschmack. Doch ich ließ das diesmal ohne Kommentar durchgehen. Außerdem hatte ich gar nicht mitbekommen, dass auch Condesa und Rudi zu uns gekommen waren. Ich nickte und sie fuhr fort.

„Welche Möglichkeiten haben wir, unseren Freunden hier zu helfen? Es liegt auf der Pfote, dass sie fortmüssen, und zwar möglichst schnell, aber wohin?"

„Wenn sie zu uns könnten, wäre es am besten", schlug Rudi vor. „Unsere Menschen haben Zoe ja auch sofort so herzlich aufgenommen."

Condesa schüttelte leicht den Kopf. „Sicher, das wäre gut. Doch Zoe hatte keinen Erkennungschip mehr. Deswegen konnte sie nicht in Verbindung mit diesem Galgomann gebracht werden."

Wir alle schwiegen und überlegten fieberhaft. Allerdings musste das auch für diesen brutalen Mann ein Problem sein, wenn jemand seine misshandelten Hunde fand und gar zum Tierarzt brachte. In dem Fall würde sich wohl als nächstes die Polizei bei ihm melden. Er wollte aber unbedingt seine besten Jäger zurückhaben. Irgendwie konnte ich mir vorstellen, dass er ebenfalls fieberhaft überlegte, was er tun sollte. Ich hoffte nur, dass wir vor ihm eine Lösung finden würden, weil ich sicher war, dass ihm bei seinem Plan nichts Gutes für die Hunde vorschwebte.

„Die Sache mit diesen Chips ist übel", betonte der Chef. „Wenn wir diese nur entfernen könnten… Aber das geht natürlich nicht, nein…"

Hatte er tatsächlich gerade für einen Moment überlegt, ob wir die Chips von allen entfernen sollten? Wie denn? Durch einen Biss eines Hundes in den Hals eines anderen Hundes? Ja, diesen Selbstmordauftrag durfte er bitteschön ganz allein ausführen. Er hatte dann wohl auch gleich eingesehen, dass diese Idee nicht durchzuführen war, weil er etwas resigniert seufzte.

„Wo war eure Villa nochmal?", fragte er nach einer Weile.

Rudi nickte in Richtung des Waldes hinter uns. „Sie liegt dort hinter dem Wald. Nicht sehr weit entfernt, aber ein gutes Stück zu laufen ist es schon." Das konnte ich nur bestätigen und schielte an mir herunter, um zu sehen, ob ich wirklich wieder so verdreckt war, wie vorhin. Oh ja, allerdings, wenn nicht noch schlimmer.

Der Chef dachte nach. „Würde man es dort noch hören können, wenn der Galgomann hier nach uns pfeift und ruft?"

Rudi zuckte mit den Schultern. „Das ist schwer zu sagen. Damals, als in diesem Haus hier…" Er blickte kurz zu mir. "… noch Betrieb stattfand, konnten wir bei uns davon nichts wahrnehmen."

Betrieb stattfand? Na, so konnte man es wohl auch nennen. Ich wusste, dass er mich schonen wollte, aber durch diese Umschreibung wurden die furchtbaren Erinnerungen nicht schöner. Condesa schien mein Unwohlsein zu bemerken, weil sie kurz ihre Pfote auf meine legte und mich anlächelte. Sie hatte ja recht, ich sollte nicht mehr darüber nachgrübeln, was damals war, sondern mich über unser neues

Leben freuen. Doch einen Gedanken musste ich unbedingt aussprechen.

„Wir mussten in diesen Käfigen dort in dem Schuppen leben. Die Tür war fast immer zu. Egal, wie viel wir schrien, das hätte wohl keiner hören können, es sei denn, man hätte direkt davorgestanden. Wenn der Galgomann dann noch nach euch sucht und vielleicht sogar in den Wald hineingeht, werdet ihr wohl leider seine Rückrufe hören, fürchte ich."

Bevor alle wieder in eine verzweifelte Stille verfielen, meldete Rudi sich. „Wir dürfen jedoch nicht vergessen, dass wir unseren Anton haben. Er als Herdenschutzhund beschützt sein Rudel vor jedem Eindringling." Ja, das war uns schon bewusst, aber inwiefern würde uns das jetzt helfen? Als er jedoch fortfuhr, verstand auch ich seine Idee. „Wenn es für die Sicherheit notwendig ist, wird Anton auch dafür sorgen, dass keiner sich aus der Herde entfernt."

15. GEFÄHRLICHE JÄGER

Der Chef versammelte sein ganzes Rudel um sich und erklärte, wie gefährlich die Situation immer noch war und dass sie diesen Ort verlassen müssten. Die einzige Alternative sei, uns zu folgen. Er sagte es nicht ausdrücklich, doch in dem darauffolgenden Schweigen schwebte der Spruch ‚auf gut Glück' direkt vor seinen Augen. Ich konnte ihn schon verstehen, weil unser Plan doch sehr große Schwachstellen hatte. Eine ideale Lösung sah sicher anders aus, aber das war nun mal alles, was wir in dem Moment zu bieten hatten.

Ich sah mir das Rudel noch etwas genauer an. Tatsächlich waren nur der riesige Chef, dieser B2 und noch ein anderer Rüde in einem guten körperlichen Zustand, obwohl auch bei ihnen grässliche Narben zu sehen waren. Die Trainingsmethoden hatten ihre Spuren deutlich hinterlassen. Wenigstens bei ihnen war trotzdem noch ein gewisser Stolz zu erahnen, bei den anderen dagegen konnte ich nur Angst und Resignation erkennen. Ein paar waren so eingeschüchtert, dass sie sich anscheinend sogar unter meinem Blick unwohl fühlten und sich schnell umdrehten. Insgesamt waren es sieben Erwachsene und dazu die fünf Kinder.

Ich machte mir in Gedanken eine Notiz, dass ich meine Eltern hinterher fragen sollte, welche Summe sich daraus ergab. Es war mir schon wichtig, mich stetig fortzubilden und die Möglichkeiten meines Gehirns zu erforschen, die vielleicht sogar unbegrenzt waren. Falls sich dies bewahr-heiten sollte, könnte ich meine hervorragenden Fähigkeiten dazu nutzen, die Herrschaft über die Menschen zu überneh-men und die Bösen bis ans Ende der Welt und darüber hin-aus zu jagen. Alma hatte anscheinend die Frechheit, ihren Kopf zu schütteln und tief zu seufzen. Wenn ich zurück in der Villa war, sollte ich sie zur Rede stellen, damit sie end-lich damit aufhörte.

Da ich in meinen Überlegungen so vertieft war, hatte ich gar nicht mitbekommen, dass die Gruppe sich schon in Be-wegung gesetzt hatte. Einer der größeren Galgos, der wohl als letzter laufen sollte, stupste mich freundlich an und nickte in Richtung des Waldes. Ich lief schnell los und er-reichte Rudi gerade, als er schon über den ersten dicken Ast sprang.

„He! Warte auf mich!" Ich musste wieder unter dem Ast zu ihm her krabbeln. „Meinst du nicht, du solltest vorlaufen und wenigstens Anton Bescheid sagen? Er kriegt ja sonst noch eine Krise, wenn er denkt, dass da eine Truppe Ein-dringlinge im Anmarsch ist."

„Oh ja, das sollte ich wohl tatsächlich machen", gab er mir recht. „Er ist ja so genau damit, wer unser Revier betre-ten darf und wer nicht…"

Er winkte mir noch kurz zu und verschwand schnell im Wald. Bei dem Anblick, wie er absolut mühelos über jedes Hindernis sprang, fühlte ich etwas Neid in mir aufsteigen. Anderseits war ich ihm vielleicht geistig überlegen, oder so-gar mit Sicherheit, was auch nicht so verkehrt war. Bevor Alma mich wieder mahnen musste, ruderte ich etwas zu-rück. Rudi war schon ein guter und loyaler Kumpel, auf den ich früher sogar etwas eifersüchtig gewesen war, weil er sich mit jedem so gut verstand – besonders mit meiner Schwester. Das ist jedoch alles Vergangenheit, heutzutage war ich ihm nur dankbar, dass er uns jederzeit unterstützte und sogar – sozusagen als mein Assistent - ein bisschen die Aufgabe als Almas Bodyguard übernommen hatte. Aber nur ein bisschen, dafür sorgte ich schon – übertreiben sollte er es lieber nicht!

Als wir an dem Loch in der Mauer ankamen, erwartete Rudi uns schon mit Anton. Der Chef, der sein Rudel geführt hatte, blieb in einer gebührenden Entfernung vor ihnen stehen. Anton nickte ihm freundlich zu.

„Ihr alle seid bei uns herzlichst willkommen! Mein Name ist Anton und ich bin zuständig für die Sicherheit unserer Villa und ihrer Bewohner", sagte er würdevoll.

Der Chef trat einen Schritt näher. „Wir sind euch sehr dankbar. Unsere Situation ist etwas kompliziert. Wir sollten uns vor allen Menschen verstecken, doch scheint es mir eine fast unmögliche Aufgabe zu sein. Ich muss dafür sorgen, dass auch die Schwächsten von uns in Sicherheit sind."

Anton nickte. „Ja, ich habe mir darüber auch schon Gedanken gemacht. Euer Galgomann wird wohl vor nichts zurückschrecken, falls er euch findet." Er musterte das Rudel. „Ihr seid zwar ziemlich viele, aber irgendwie bekommen wir das schon hin. Kommt zuerst einmal durch die Mauer in unseren Garten." Er wollte schon vorgehen, drehte sich jedoch noch einmal um.

„Ach ja! Also, zu unserer Familie gehören auch zwei Katzen. Ich würde mich sehr freuen, wenn auch ihr sie als Familienmitglieder betrachtet – trotz des Hungers!"

Er blickte jeden kurz in die Augen, um seine Worte zu betonen und um eine leise Warnung zu schicken. Alle nickten, obwohl ich nicht übersehen konnte, dass ein paar von ihnen zu sabbern anfingen. Für Domino und Alfonso hoffte ich, dass alle sich im Griff hatten. Oder dass wenigstens ihr Chef für Ruhe und Ordnung sorgen würde.

Etwas zögerlich folgten alle Anton und dem Chef durch das Loch, blieben aber in der Nähe der Mauer und hielten sich hinter Büschen und Bäumen versteckt. Das war mit Sicherheit besser als nichts, jedoch keine Dauerlösung. Ich sah, wie einige vor Kälte zitterten, oder vor Aufregung, und wusste, dass sie nicht viele weitere Nächte im Freien verbringen konnten. Außerdem war da ja noch die Frage mit dem Futter. Wie sollten wir sie alle satt bekommen? Schon mit Zoe war es nicht ganz einfach gewesen.

Anton blieb bei dem Rudel und diskutierte mit dem Chef über die nächsten Maßnahmen. Da sie anscheinend der Lösung nicht näherkamen, lief ich mit Rudi und Condesa zurück zum Haus, wo wir schon erwartet wurden. Oma Martha stand an der Tür zum Wintergarten.

„Ach, da seid ihr ja! Ich wollte gerade nach euch suchen. Ihr seid ganz schön lange draußen gewesen! Jetzt kommt schnell wieder in die Wärme!"

Condesa brauchte Zoe nur kurz zunicken. Zoe schoss blitzschnell aus dem Korb und lief schnurstracks in den Garten, um ihre Familie zu begrüßen, wobei sie Oma Martha fast umwarf.

„Vorsichtig!", rief sie erschrocken auf. „Du darfst doch jederzeit in den Garten."

Als Condesa Zoe schnell folgte, schaute Oma Martha ihnen etwas irritiert hinterher. In diesem Durcheinander schaffte ich es, in die Küche zu gelangen, ohne von ihr genauer beobachtet zu werden. Ich versteckte mich so gut es ging hinter meinen Eltern und hoffte, dadurch einem erneuten Bad entgehen zu können. Alma musste natürlich direkt zu mir rennen und an mir schnüffeln. Dann fing sie mit ihrer Trippelei an.

„Matsch, Matsch, Maaa-atsch!", trällerte sie noch als Krönung. Bevor Oma Martha mich durch Almas Theater genauer in Augenschein nahm, haute ich Alma kräftig auf den Kopf. Natürlich musste sie so furchtbar aufjaulen, als ob ich ihr den Schädel eingeschlagen hätte. Wenigstens hörte sie mit dem Theater auf. Als ich jedoch hörte, wie sie vom Weinen zum tiefen Knurren wechselte, verkroch ich mich noch weiter hinter Papa.

Mama stellte sich zwischen uns. „Alma! Arlo! Jetzt reicht es! Beruhigt euch wieder!"

„Aber…", sagten Alma und ich gleichzeitig.

„Kein aber!" Sie sah uns beide streng an, woraufhin Alma sich entfernte und ich erleichtert seufzte.

Wenigstens hatten Oma und Opa nichts mitbekommen. Opa Gerhard war in ein Telefonat vertieft, wobei es anscheinend um die Reparaturarbeiten an unserer Finca ging. Oma Martha kam soeben in die Küche und stellte den Wasserkocher an. Sie nahm einen Teebeutel in die Hand und hielt den vor Opa Gerhard. Als er nickte, nahm sie zwei Tassen aus dem Schrank. Bald darauf setzte sie sich mit den heißen Getränken ebenfalls an den Tisch und wartete, bis Opa Gerhard fertig telefoniert hatte.

„Ich muss später noch auf die Finca", sagte er. „Ich konnte einen Termin mit dem Gutachter der Versicherung bekommen, obwohl dieser wegen all der Sturmschäden ziemlich überlastet ist."

Oma Martha nickte. „Vielleicht kannst du bei der Rückfahrt noch etwas einkaufen. Es wäre mir peinlich, alle Vorräte von Miguel und Mateo zu verbrauchen. Und bringst du bitte noch Hunde- und Katzenfutter mit? Wir sollten auf der Finca noch einiges liegen haben." Sie hielt inne und schien es sich noch anders zu überlegen.

„Ne, ich fahre doch mit. Ich möchte heute Abend etwas Leckeres als Dankeschön kochen. Mir fehlt esnur gerade an der nötigen Inspiration. Aber wenn es möglich wäre, kurz am Markt vorbeizufahren, wird mir schon etwas einfallen."

Opa Gerhard stimmte zu. „Natürlich können wir das. Die Hunde werden schon für eine Weile allein zurechtkommen."

„Das werden sie mit Sicherheit. Außerdem traut sich Zoe dann vielleicht eher zurück in den Wintergarten. Sie hat so eine furchtbare Angst vor Menschen."

Beim Sprechen schaute Oma Martha sich um und natürlich blieb ihr Blick an mir hängen. Als sie dann doch meinen Zustand realisierte, verschluckte sie sich fast an ihrem Tee. „Oh nein! Arlo!"

Opa Gerhard folgte ihrem Blick und fing an, schallend zu lachen. „Ich an deiner Stelle würde ihn einfach lassen", gluckste er. „Baden scheint bei ihm seine Wirkung zu verfehlen."

Oma Martha schüttelte etwas verzweifelt den Kopf. „Da muss ich dir recht geben. Wenn er trocken ist, werde ich ihn zuerst einmal bürsten, um den gröbsten Dreck wegzubekommen." Sie seufzte. „Vielleicht mag Terri ihn heute Abend baden, wenn sie zurück von der Arbeit ist."

Das hörte sich schon einmal besser an. Wer weiß, was bis heute Abend noch alles passierte. Vielleicht würden sie diese unangenehme Angelegenheit einfach vergessen. Da ich mich in dem Augenblick in Sicherheit wog, traute ich mich aus meinem Versteck hervor. Viel hatte es eh nicht genützt. Weil ich mir nicht sicher war, ob Alma noch über mich verärgert war, wollte ich ihr noch eine Weile aus dem Weg gehen. Sie unterhielt sich gerade aufgeregt mit unserer großen Schwester, Isolde, wobei es um irgendeinen Mädchenkram ging. Tristan saß mit Domino und Alfonso neben dem Heizkörper und winkte mich zu sich.

„Die Jungs machen sich etwas Sorgen", sagte Tristan und zeigte auf die Katzen.

„Da sind nun einige ziemlich gefährliche und sehr hungrige Jäger im Garten." Domino wirkte tatsächlich etwas nervös, was ich bei ihm noch nie früher wahrgenommen hatte. „Ich kann mich wahrscheinlich noch wehren, aber für Alfonso sieht die Sache ganz anders aus."

Ich musste nur in die ängstlichen und etwas verwirrten Augen von Alfonso gucken, um zu verstehen, was Domino meinte. Sein Bruder würde keine einzige Attacke überleben und zum Flüchten war er zu... nun ja... zu langsam, um es nett auszudrücken. Ich erklärte ihnen noch einmal, was Anton den Galgos gesagt hatte und dass der Chef sein Rudel sicher im Griff hat. Allerdings musste ich zugeben, dass ich mir diesbezüglich wirklich nicht sicher war.

Domino durchschaute mich sofort. „Tja, wer weiß, was passiert, wenn der Hunger zu groß wird. Wenn man uns sagen würde, wir müssten eine Maus in Ruhe lassen, weil sie zufällig zur Familie gehört, würden wir auch unsere Schwierigkeiten damit haben."

Alfonso machte große Augen. „Wo ist eine Maus?" Er schaute sich hektisch um. „Welche Maus denn? Ich sehe keine! Ui!"

Bevor er sich wieder zu sehr aufregte, stupste Domino ihn mit dem Kopf an. „Hier gibt es keine Mäuse. Das war nur so eine Überlegung." Alfonso beruhigte sich, sah jedoch ziemlich enttäuscht aus.

„Wenn wir nur ihren Hunger stillen könnten", überlegte Tristan laut, „dann wäre es ja nicht ganz so gefährlich."

Domino und Alfonso sahen sich an, wohl aus eigener Erfahrung wissend, dass es mit dem Jagdtrieb nicht ganz so einfach war. In dem Augenblick kam Condesa zurück aus dem Garten. Als sie sah, dass Oma Martha und Opa Gerhard mit einer Einkaufsliste beschäftigt waren, lief sie schnell zu uns.

„Könnt ihr bitte mitkommen, Domino und Alfonso?", bat sie leise. „Ich möchte meinen Verwandten und Freunden vor allem euch beide vorstellen." Sie sah, wie diese vor Schreck zurückzuckten, fuhr jedoch fort. „Ich weiß, wie es den Jagdhunden zumute ist. Deswegen ist es sehr wichtig, dass ihr euch gegenseitig kennenlernt. Wir würden niemals jemandem Schaden zufügen, den wir als Freund betrachten. Das ist zu eurer eigenen Sicherheit!"

Domino überlegte kurz und stimmte dann zu. Trotzdem folgten sie Condesa nur widerwillig nach draußen.

Selbstredend liefen Tristan und ich ihnen hinterher, weil wir sehen wollten, was passierte. Ich fühlte mich ziemlich angespannt, als ich jedoch Anton und Luna vor der Tür entdeckte, beruhigte ich mich etwas. Sie waren anscheinend als Begleitschutz für die Katzen da. Condesa lief zuerst zu den Bäumen, in deren Schatten ich die Galgos entdecken konnte.

„So, ihr Lieben", hörte ich Condesa sagen. „Dort auf der Treppe stehen unsere Familienmitglieder. Achtet bitte darauf, dass sie sich hier auch weiterhin unbekümmert bewegen können."

Keiner der Galgos traute sich näher zum Haus zu kommen, um nicht entdeckt zu werden. Als ihr Chef unsere Jungs freundlich grüßte und sie bat, doch zu ihnen zu kommen, blieb den Katerchen nichts anderes übrig. Vorsichtig liefen sie zwischen Anton und Luna zu den Bäumen, auf die sie sicher lieber geklettert wären. Als sie den Chef erreichten, hielt ich den Atem an. Er bückte sich jedoch nur und schnüffelte kurz an den beiden.

„Sehr angenehm, eure Freundschaft zu machen, Domino und Alfonso!"

Gerade als ich dachte, dass doch alles ganz friedlich verlaufen war, schoss einer der ausgehungerten Galgos vor und versuchte, nach Alfonso zu schnappen. Blitzschnell war jedoch Anton vor Alfonso getreten und genauso schnell warf der Chef den Galgo auf den Rücken. Er starrte ihn tief knurrend an.

„Was glaubst du dir erlauben zu können?", fragte der Chef wütend.

Der andere zitterte und winselte leise. Der Chef starrte ihn weiter an und drückte ihn noch fester zu Boden. „Wer ist hier der Chef? Wer hat hier das Sagen? Antworte!", brüllte er den anderen wütend an.

„Du! Du! Entschuldige! Bitte entschuldige! Ich werde das nie wieder machen! Ehrenwort!"

Der Chef blieb noch kurz regungslos über ihm stehen, ließ ihn dann aber endlich frei. Er sah sein Rudel streng an. „Noch jemand Lust Widerworte zu geben?" Alle schwiegen. „Keiner? Dann ist es ja gut. Und nun begrüßt artig unsere neuen Rudelmitglieder – Domino und Alfonso!"

Trotz des Schrecks gingen die Katerchen – in Begleitung von Anton – nacheinander zu jedem Hund und gaben ihnen die Pfote. Der hungrige Angreifer entschuldigte sich sogar und wirkte ziemlich beschämt. Ich glaubte nicht, dass von ihnen noch eine Gefahr ausging. Zoe lächelte zufrieden neben ihrer Mutter und wollte unbedingt noch dortbleiben, als wir anderen zurück zum Haus liefen.

16. WAS FÜR EIN CHAOS!

Kurze Zeit später fuhren Opa Gerhard und Oma Martha fort. Als auch das Geräusch von ihrem Wagen nicht mehr zu hören war, trauten sich die Galgos etwas näher zum Haus. Zum Glück war die Tür zum Wintergarten weiterhin offen, weil wir die Gelegenheit nutzen wollten, den Galgos eine Möglichkeit zum Aufwärmen anzubieten. Ich lief schnell zu ihnen, um das vorzuschlagen. Doch bwohl Luna die Tür noch weiter aufschob und einladend gestikulierte, blieben die Galgos in sicherer Entfernung stehen.

„Ich weiß nicht", sagte der Chef unsicher. „Wir waren noch nie in einem Haus. Vielleicht ist es eine Falle oder da ist doch noch ein Mensch drin." Er trat vorsichtig ein paar Schritte näher und versuchte, durch den Türspalt etwas zu erkennen. Allerdings war da nur Alma zu sehen, die gerade ihren Kopf nach draußen steckte.

„Kommt doch rein!", rief sie. „Es ist viel zu kalt im Garten."

Weil sie noch ein Stück kleiner als ich war, starrten die Galgos sie zuerst einmal verblüfft an. Ich hörte, wie einer etwas mit ‚so klein und kann schon sprechen' flüsterte. Sogar nervöses Lachen nahm ich wahr. Alma wurde sichtlich unsicher und setzte sich auf die Treppe. Jemand sagte noch: „Wie kann sie uns erkennen? Sie ist doch blind!" Langsam reichte es mir, meine kleine Schwester war doch keine

Zirkusnummer! Ich lief schnell zu ihr und drehte mich zu den Galgos.

„Das ist meine Schwester Alma. Und ja, sie ist klein und blind." Die Galgos merkten wohl, dass meine Stimme vor Wut zitterte und alle schwiegen. „Trotzdem ist sie ein ganzer Hund und sicher mutiger als viele von euch. Vor einer Weile hat sie mein Leben gerettet, wobei sie selbst sehr schwer verletzt wurde. Ich bitte um ein bisschen mehr Respekt!"

Zoe sprang zu uns und leckte Alma kurz am Kopf. „Ist sie nicht bezaubernd?", rief sie. „So witzig und lieb! Alma wird sicher zu einer meiner besten Freundinnen!"

Alma lächelte etwas verlegen, jedoch sah ich, dass diese Worte sie wieder aufmunterten. Die anderen Galgos murmelten Entschuldigungen und grüßten Alma freundlich. Als noch Rudi aus der Küche kam und sich zu uns gesellte, war Almas Glück wiederhergestellt. Endlich trauten sich die Galgos vorsichtig über die Türschwelle und staunten darüber, wie gemütlich und warm es im Wintergarten war. Es wäre sicher noch besser gewesen, wenn wir die Tür hätten zuschieben können, jedoch mussten sie einen Fluchtweg zur Verfügung haben.

„Ich bleibe hier an der Tür stehen", sagte der Chef. „Die Kinder sollten mit Zoe zu dem Heizkörper gehen. Wäre es für jemanden möglich, die Chance zu nutzen und nach etwas Essbarem zu suchen? Ich habe gehört, dass Menschen oft Essen in ihren Häusern herumliegen lassen, was ich nicht verstehen kann." Er zuckte mit den Schultern. „Natürlich nur, wenn es unseren Gastgebern recht ist."

Er sah Anton an, der ebenfalls neben der Tür stand. „Nur zu!", sagte dieser. „Ich bleibe auch lieber hier, um sicher zu sein, dass wir nicht überrascht werden. Ich bin aber zuversichtlich, dass in der Küche etwas zu finden ist."

Als jedoch keiner der Galgos sich bewegte, seufzte er. „Eine Küche ist ein Raum, wo die Menschen ihr Futter vorbereiten und aufbewahren", erklärte er.

Trotz Erwähnung des Futters blieben sie weiterhin regungslos stehen, obwohl einige von ihnen schon etwas aufgeregt in der Luft schnüffelten. Als anscheinend auch der Chef merkte, dass es so nicht zum Erfolg führen würde, trat er vor. „Na gut, wenn Anton hierbleibt, dann schaue ich selbst nach dem Futter." Er nickte Rudi zu. „Könntest du, junger Mann, mir den Weg zu diesem wunderbaren Ort Namens Küche zeigen?"

Ich lief ihnen hinterher, weil mich doch interessierte, was es dort zu finden gab. Letztendlich war es seit dem Frühstück schon länger her und ein Snack zwischendurch würde sicher auch meine Geister wiederbeleben. Als ich an Zoes Korb vorbeilief, sah ich, wie Alma und alle Kinder sich hineingekuschelt hatten und wegen der wohltuenden Enge leise kicherten. Ich musste zugeben, dass das tatsächlich warm und gemütlich aussah. Doch war mir das Wohlergehen meines Magens in dem Moment wichtiger.

In der Küche grüßte der Chef meine Eltern und Geschwister, bevor er sich genauer umschaute. Anscheinend war wirklich alles unbekannt für ihn, weil er es kaum wagte, sich in dem Raum zu bewegen. Er schnüffelte an dem Küchentisch und stieß diesen vorsichtig an, wohl um zu gucken, ob dieser womöglich doch irgendeine Falle war.

Ich versuchte mir vorzustellen, wie es wäre, wenn für mich alles in einem Haus neu wäre, konnte jedoch seine Unsicherheit nur wage erahnen. Als der Kühlschrank plötzlich zu brummen anfing, zuckte er furchtbar erschrocken zusammen und wäre fast geflüchtet, wenn Rudi und ich nicht im Weg gestanden hätten. Er sammelte sich kurz und schluckte ein paar Mal.

„Das ist nur unser Kühlschrank. Nicht mehr der Neueste", sagte Rudi beruhigend. „Da drin gibt es Käse und Wurst, aber wir kriegen die Tür leider nicht auf."

Mutig ging der kräftige Galgo näher. „Das soll eine Tür sein? Und dahinter die Köstlichkeiten? Hmm…" Er überlegte kurz, griff dann mit seiner Pfote an die Türkante und zog kräftig. Wir hätten eigentlich nicht so überrascht sein sollen, als die Tür aufflog. Ich bewunderte seine Muskeln und überlegte, ob es irgendwie möglich wäre, dass ich durch Training und harte Arbeit wenigstens etwas mehr Kraft bekäme.

Rudi sah allerdings genauso verdutzt aus wie alle anderen. „Na, das war ja einfach! Vielleicht hätte ich das mit Anton auch schon früher probieren sollen."

Ich wusste jedoch, dass er und Anton das nie gemacht hätten und mit Sicherheit auch nie machen würden. Rudi hatte ja erwähnt, dass ihre Menschen eben deshalb oft Lebensmittel liegen ließen, weil sie nicht darangingen. Das war nun eine Notsituation und ich konnte nur hoffen, dass sie – oder besser gesagt, wir – nicht allzu hart bestraft wurden, wenn unsere Menschen das entdeckten. Wenn es denn bei dem Kühlschrank geblieben wäre, wäre das sicher auch nicht so schlimm gewesen. Was jedoch danach passierte, war eine totale Katastrophe.

Genau wie ich hatten auch alle anderen diese wunderbaren Gerüche wahrgenommen, die aus dem Kühlschrank strömten und, wie ich fand, das ganze Haus füllten. Bevor ich auch nur eine Kralle in Richtung der Geruchsquelle strecken konnte, rannten die ausgehungerten Galgos Rudi und mich um. Sogar der Chef konnte sich nicht mehr bremsen. Jeder versuchte als Erster an die Lebensmitteln zu kommen, wobei sie sich so sehr gegenseitig anrempelten, dass sie es schafften, alles aus dem Kühlschrank auf den Boden zu werfen – Eier, Milch, Käse, Wurst, Saft, sogar Reste von irgendeinem Auflauf und noch vieles mehr. Keine Verpackung blieb heile und in dem Gedränge verteilte sich alles überall in der Küche. Weil sie so hektisch waren, spritzten sie mit ihren Pfoten sogar die Schranktüre voll.

Die Mutter von Zoe sprang zu allem Überfluss noch auf die Küchentheke und stibitzte eine fast volle Packung Toast. Als sie mit ihrer Beute heruntersprang, um sie wohl zu den Kindern zu bringen, stieß sie zwei Kräutertöpfe um, die selbstredend auch auf den Fußboden fallen mussten und als Krönung Erde über das übrige Chaos verteilten. Andere Galgos versuchten möglichst schnell mit ihrer jeweiligen Beute hinaus in den Garten zu laufen, wobei sie ein paar von den Küchenstühlen umwarfen.

Genauso schnell, wie der Angriff auf den Kühlschrank angefangen hatte, war er dann auch wieder vorbei. Wir anderen konnten nur dastehen und über das angerichtete Chaos staunen. Es sah wirklich richtig übel aus. Ich hörte Rudi neben mir aus Verzweiflung tief seufzen und dachte, dass er gleich in Tränen ausbrechen würde. Als ich ihn jedoch ansah, erkannte ich, dass er alle Mühe hatte, das Lachen zu unterdrücken.

Er schielte zu mir und konnte sich nicht mehr beherrschen. „Das ist so schlimm!" Er fing an, laut zu lachen. „Das ist eine absolute Katastrophe! Wie haben sie das bloß in den paar Sekunden geschafft!" Er kugelte sich vor Lachen und zeigte mit der Pfote auf den Boden. Ich betrachtete das absolute Chaos noch einen Moment, aber konnte mich auch nicht mehr zurückhalten. Wir lachten und lachten, und langsam fingen auch alle anderen an. Es sah so schrecklich aus! Aus dem Augenwinkel sah ich, wie Anton kurz in die Küche kam, jedoch sich schnell kopfschüttelnd umdrehte und fortging.

„Was machen wir jetzt?", fragte Rudi, als wir uns endlich beruhigten.

Tja, was sollten wir schon großartig machen können? Mama betrachtete das Chaos genauer und versuchte, mit einer Pfote ein paar Stücke klebrige Eierschalen von einem Küchenschrank zu entfernen. „Wir werden es niemals schaffen, die Küche zu putzen", sagte sie. „Wenn die Menschen diese Verwüstung sehen, werden sie sicher nicht sehr erfreut sein. Allerdings kann ich die armen Galgos gut verstehen, so ausgehungert wie sie sind. Wenn unsere Menschen das wüssten, würden sie sich bestimmt nicht ärgern."

Papa kam ebenfalls näher. „Wir können unsere neuen Freunde aber nicht ausliefern." Er schüttelte den Kopf. „Ebenso wenig können wir so tun, als ob Anton und Rudi dafür verantwortlich wären. Wie wir wissen, würden sie in ihrem Zuhause so etwas niemals tun."

Ich ahnte schon, worauf er hinauswollte, und ich sollte auch Recht behalten. „Es gibt nur eine Möglichkeit", fuhr Papa fort. „Wir als Gäste müssen die Schuld auf uns nehmen."

Das gefiel mir eigentlich gar nicht, jedoch sah ich ein, dass das der einzige Weg war, um die Galgos weiterhin versteckt zu halten und um Anton und Rudi aus der Klemme zu helfen. Papa bat sie freundlich, aus dem Weg zu gehen und fing dann an, sich in den zerstreuten Lebensmittelresten und den beschädigten Verpackungen zu wälzen. Widerstrebend taten wir es ihm gleich und bald sahen wir fast ebenso übel aus, wie die Küche. Das würde wohl einen Badetag für alle einläuten.

Domino und Alfonso, die sich zurückgehalten hatten, sprangen auf den Küchentresen. „Tut uns leid", bedauerte Domino. „Es ist für uns Katzen eine schiere Unmöglichkeit, unser Fell freiwillig zu beschmutzen. Ein Bad kommt gar nicht in Frage und den ganzen Dreck selbst wieder aus dem Fell zu lecken, finde ich nicht wirklich amüsant."

Alfonso stimmte ihm mit einem kräftigen ‚Ui!' zu und zeigte mit der Pfote auf die restlichen Kräutertöpfe. „Alfonso kann helfen!" Bevor wir ihn daran hindern konnten, stieß er schnell zwei weitere Töpfe herunter. Weil er so stolz über das ganze Gesicht lächelte, wollte niemand ihm sagen, dass er die ganze Sache etwas verkehrt verstanden hatte. Als Domino ihm vorschlug, mit ihm in den Garten auf Mäusejagd zu gehen, sprang er fröhlich herunter und lief mit seinem Bruder hinaus.

Ich schüttelte den Kopf. „Da muss Domino aber ziemlich viel Geduld mitbringen."

„Ja, sicher", stimmte Rudi mir zu. „Wir dürfen jedoch nicht vergessen, wie mutig Alfonso uns damals geholfen hat. Ohne ihn wären wir womöglich nicht mehr hier."

Rudi hatte vollkommen recht. Wir schauten den Katerchen hinterher und waren dankbar, dass wir ihre Bekanntschaft gemacht hatten. Sie waren damals rein zufällig auf unsere Finca gestoßen und nach einer kurzen Bedenkzeit auch geblieben. In unserem damaligen Kampf gegen das Böse hatten sie bewiesen, wie selbstlos sie bereit waren, uns zu verteidigen. Alfonso hatte es sogar mit einem tollwütigen Menschen aufgenommen, der mit einem Gewehr um sich schoss. Allerdings war ich mir nicht ganz sicher, ob ihm bewusst gewesen ist, in welcher Gefahr er sich tatsächlich befunden hat. Da hat nämlich auch eine Maus eine Rolle gespielt, doch wollte ich auf keinen Fall seine mutige Tat abschwächen.

Da wir nicht wollten, dass wir den Dreck in unserem Fell noch überall im Haus verteilten, blieben wir in der Küche. Rudi sah so aus, als ob er sich ebenfalls liebend gern schmutzig gemacht hätte. Er musste jedoch einsehen, dass das keine so gute Idee war. Gerade als er dabei war, in den Wintergarten zu gehen, kam Condesa in die Küche. Mir war gar nicht aufgefallen, dass ich sie während dieses Chaos nicht gesehen hatte. Sie war wohl die ganze Zeit bei den Kindern geblieben.

„Oh nein!", rief sie. „Anton hat mir schon erzählt, was passiert ist. Ich konnte mir aber nicht vorstellen, wie furchtbar es hier wirklich aussieht. Oh nein!" Sie sah tatsächlich sehr betrübt aus. „Tut mir so leid! Hätte ich bloß meine Verwandtschaft nicht hergeholt."

Luna und Mama eilten zu ihr und beide tätschelten sie mit der Pfote. „Das ist doch nicht so schlimm!", sagte Mama.

„Das kriegen wir schon hin!", versuchte Luna sie zu trösten. „Sie waren bloß alle so hungrig. Das ist nicht deine schuld!"

„Wie soll das nun weitergehen?", seufzte Condesa. „Wie sollen wir alles schaffen, wenn schon der erste Tag zu so einer Katastrophe wird?"

Niedergeschlagen drehte sie sich um und ging zurück in den Wintergarten. Luna und Mama schauten sich an und ich verstand, dass sie eigentlich beide genau dasselbe gedacht hatten. Wie sollten wir alle Galgos versteckt halten und trotzdem dafür sorgen, dass sie weder verhungerten noch erfroren? Für heute sollten sie wenigstens einigermaßen satt sein, aber morgen war wieder ein neuer Tag. Vollkommen ratlos und betrübt ging ich zu unserem Korb, um mich darin kurz auszuruhen, bremste mich jedoch in der letzten Sekunde. So wie ich aussah, würde der Korb das nicht überleben. Stattdessen gesellte ich mich zu Alma, die einfach auf den Fliesen neben dem Heizkörper wieder eingeschlafen war. Als ich mich dicht an sie kuschelte, um etwas Trost zu finden, wachte sie nicht einmal auf, sondern murmelte nur etwas im Schlaf. Alles, was nicht alltäglich war, war anscheinend für sie immer noch zu anstrengend. Über ihre Gesundheit wollte ich mir nicht noch zusätzlich Sorgen machen, sondern vertraute darauf, dass die Menschen sie schon im Auge behalten würden.

Ich musste eingeschlafen sein, da es schon dämmerte, als ich wieder zu mir kam. Ich sah, dass alle angespannt auf die

Haustür starrten und hörte, wie jemand den Schlüssel ins Schloss steckte. Alma flüsterte mir zu: „Ich glaube, Terri und Mateo sind von der Arbeit zurück."

Na prima, gleich würden sie die schöne Bescherung in der Küche entdecken.

17. EIN UNWILLKOMMENER BESUCH

Mateo alberte mit Terri herum, die über seinen Witz schallend lachte. Als sie jedoch die Küche betraten, verging ihnen das Lachen schnell. Wortlos schauten sie sich die Verwüstung an. Mateo lief langsam herum und passte auf, bloß nicht auf irgendetwas zu treten. Ich traute mich kaum zu atmen und sah, dass alle anderen ebenfalls sehr angespannt auf die Reaktionen warteten.

Terri schüttelte den Kopf. „Was um Himmels willen ist hier passiert?" Sie schien erst in dem Moment zu realisieren, dass nicht nur die Küche verdreckt war. „Das glaube ich jetzt nicht! Schau, wie die Hunde aussehen! Das darf doch nicht wahr sein! Warum haben sie so ein Chaos veranstaltet?"

Als wir sahen, wie Mateo deutlich um Beherrschung rang und sich dabei sein Gesicht dunkelrot färbte, rückten wir zusammen und befürchteten das Schlimmste. Wir alle kannten Prügel und Tritte von unseren früheren Besitzern, und bei ihnen war die Gewalt immer grundlos. Ich musste allerdings zugeben, dass wir in diesem Fall tatsächlich selber schuld wären. Na ja, also eigentlich die Galgos, aber das konnten die Menschen ja nicht wissen. Mateo nahm den langen Besen aus der Ecke und kam auf uns zu. Ich wandte meinen Kopf ab, konnte jedoch ein Winsel nicht unterdrücken, wobei Mateo stehen blieb.

„Was?", fragte er sichtlich verblüfft. „Arlo hat doch nicht etwa Angst vor mir, oder?" Er blickte zu dem Besen in seiner Hand. „Ach, herrje – ich wollte doch nur den Fußboden fegen, damit nicht noch mehr herumgewirbelt wird."

„Ich glaube, sie haben tatsächlich eine Strafe erwartet", sagte Terri. „Auch noch nach so einer ziemlich langen Zeit bei uns haben sie wohl ihre schmerzvolle Vergangenheit nicht ganz abgeschüttelt." Sie kam zu uns und streichelte nacheinander jeden am Kopf. Plötzlich lachte sie auf. „Die Hunde sehen aber wirklich furchtbar aus."

Als Mateo den Weg zum Kühlschrank freigefegt hatte, öffnete er diesen und blieb wieder wortlos davorstehen. Dann schloss er die Tür und drehte sich langsam um. Er entdeckte Anton und Rudi, die vorsichtig aus dem Wintergarten in die Küche kamen.

„Was ist nur in euch gefahren?", fragte er jetzt doch ziemlich genervt. Er wollte wohl eine Standpauke halten, hielt jedoch auf einmal inne. „Hmm… Ihr zwei seid ja überraschend sauber. Offenbar seid ihr gar nicht an diesem Chaos beteiligt gewesen."

Terri blickte auf. „Sieht so aus, oder? Ich kann mir allerdings nicht erklären, warum meine Hunde so etwas gemacht haben. Das ist noch nie vorgekommen." Sie stand schnell auf. „Ich muss nach Zoe sehen, vielleicht hängt alles irgendwie mit ihr zusammen. Sie war ja halb verhungert."

Sie ging in den Wintergarten, kam jedoch gleich wieder zurück und trug eine leere Plastiktüte in der Hand. „Das ist mal Toast gewesen…" Sie seufzte. „Condesa und sie sind im Garten. Gibst du mir bitte den Besen? Im Wintergarten liegt auch einiges auf dem Boden."

„Ich wische die Schränke gleich sauber", sagte Mateo. „Sollten wir nicht Gerhard und Martha zuerst einmal Bescheid sagen? Sie wollten ja einkaufen und jetzt fehlen uns noch mehr Lebensmittel."

Terri nickte. „Ja, ich rufe sie an." Sie zeigte in unsere Richtung. „Allerdings sollen sie heute kein Abendessen mehr bekommen. So wie sie aussehen, haben sie schon ein richtiges Festmal gehabt. Sonst kriegen sie noch Bauchschmerzen."

Ich traute meine Ohren nicht! Kein Abendessen! Zum Glück kam Mateo zu meiner Rettung und sagte: „Na ja, ich würde ihnen doch eine Kleinigkeit geben. Wir wissen ja nicht, wer das alles gegessen hat und wer nicht. Ich habe noch etwas Hühnerfleisch in der Tiefkühltruhe und könnte für sie eine Brühe vorbereiten. Das ist ja etwas Leichtes. Es sei denn, sie haben auch…" Er lief schnell zu der Truhe, die in der Ecke stand. Als er sah, dass diese unberührt war, seufzte er erleichtert.

Terri telefonierte kurz mit Oma Martha, die anscheinend ebenfalls entsetzt über unsere kleine Aktion war. „Oma meinte auch, dass das alles wohl etwas mit Zoe zu tun hat", sagte sie zu Mateo. „Ich kann es mir ansonsten nicht erklären. Aber was passiert ist, ist passiert. Ich fege schnell den Wintergarten und fange dann an, die Hunde zu baden."

Ja, das war zu erwarten gewesen, doch trotzdem hätte ich gerne darauf verzichtet. Ich hoffte nur, dass es dann zuerst einmal das letzte Bad für eine lange Zeit wäre. Man sagt ja, dass die Hoffnung zuletzt stirbt. Wie es sich noch zeigen sollte, hatte diese Hoffnung bei mir kein langes und erfülltes Leben. Als wir alle und sogar die Räume wieder sauber waren, läutete es am Tor der Villa, und das Schicksal spielte uns wieder übel mit.

„Da kommt ein Herr Alvarez und hat irgendein Problem mit seinen Hunden", sagte Mateo etwas irritiert und machte mit einem Knopfdruck an seinem Schlüsselbund das Tor auf. „Hab' nicht so ganz verstanden, was er von uns will. Mal sehen."

Wir hörten einen Wagen näherkommen. Ich rannte schnell in den Garten, um die Galgos zu warnen, woraufhin sie sich noch tiefer im Garten versteckten. Auch Zoe wollte unbedingt bei ihnen bleiben. Ich lief dann mit den anderen vor das Haus, um zu sehen, wer ankam. Als wir um die Ecke bogen, blieben wir abrupt stehen. Nur Anton lief zu dem Wagen, der gerade anhielt und den wir nur allzu gut kannten. Der Galgomann und sein Begleiter stiegen aus und wollten zuerst zur Haustür, aber Anton stellte sich vor ihnen. Er wedelte jedoch freundlich mit dem Schwanz und beobachtete ruhig die Besucher. Dabei fiel mir ein, dass er unmöglich wissen konnte, um wen es sich handelte.

„Anton!", rief ich so laut, wie ich mich nur traute. Er blickte kurz in meine Richtung, ließ jedoch die Besucher nicht aus den Augen. „Das ist der Galgomann!"

Augenblicklich änderte Anton sein Benehmen. Er fing an, leise zu knurren und ich sah, wie sein Nackenfell sich aufrichtete, was seine Wirkung nicht verfehlte. Die Männer blieben stehen und schauten sich etwas unsicher um. Bevor Anton sie verjagen konnte, öffnete sich die Haustür und Mateo trat auf die Treppe. Leise bat er, Anton zu ihm zu kommen, wobei er fragend die Männer ansah.

Der Galgomann räusperte sich. „Guten Tag!", sagte er, trat jedoch keinen Schritt näher. „Mein Name ist also Alvarez und er heißt Lopez." Er zeigte auf seinen Begleiter. Auch Mateo stellte sich vor.

„Wenn Sie zu meinem Vater wollen, muss ich Sie enttäuschen. Er ist noch bei der Arbeit."

Mateo legte seine Hand auf Antons Rücken, um ihn zu beruhigen, weil er weiterhin kaum hörbar knurrte. Ich blickte kurz um mich und stellte fest, dass Condesa irgendwo verschwunden war. Sie wollte mit Sicherheit nicht von den Männern entdeckt werden. Auch Luna, unser falscher Wolf, war zurück in den Garten gegangen.

„Nein, wir fahren zu jeder Finca hier in der Gegend", sagte der Galgomann. „Meine Jagdhunde sind letzte Nacht verschwunden und wir suchen nach ihnen. Vielleicht haben Sie hier in der Nähe irgendetwas beobachtet."

Er erzählte noch von seinen wertvollen Hunden, die er über alles liebte, und nun vollkommen verzweifelt sei. Er wüsste nicht, ob sie sich vor etwas erschreckt hätten und weggelaufen seien, oder doch von irgendeinem skrupellosen Menschen gestohlen worden waren. Terri war ebenfalls zur Tür gekommen und hatte diese Erklärung mitbekommen. Mateo und sie wechselten einen Blick und ich sah, dass sie dem Galgomann diese Worte nicht ganz abnahmen. Wahrscheinlich wussten sie durch ihre Arbeit nur zu gut, wie oft die Galgos alles andere als geliebte Familienmitglieder waren.

Mateo räusperte sich. „Nein, wir haben leider nichts beobachtet." Er zeigte in den Garten. „Außerdem ist unser

Grundstück von einer Mauer umgeben. Hier würde sowieso kein Hund reinkommen können."

Terri schwieg für einen Moment und ich ahnte, dass sie sich die Frage stellte, wie Zoe dann wohl im Garten auftauchen konnte. Sie schien dem Galgomann noch weniger zu trauen als Mateo, der zu unserem Entsetzen gerade dabei war, die Männer ins Haus einzuladen.

„Am besten besprechen wir die Sache drinnen", sagte er und öffnete die Tür weit. „Mir ist nämlich eine Idee gekommen. Vielleicht können wir Ihnen doch helfen, Ihre wertvollen Hunde zurückzubekommen."

Er bat Anton zur Seite zu treten und ließ die Männer ins Haus. Wir liefen schnell auf die andere Seite, um durch den Wintergarten hineinzugehen. Um nichts in der Welt wollten wir verpassen, worüber die Menschen sprachen. Als wir alle hineinstürmten, waren sie gerade dabei, sich an den Küchentisch zu setzen. Wir blieben in der Nähe der Tür stehen und versuchten, keine Aufmerksamkeit auf uns zu ziehen, was uns natürlich vollkommen misslang.

„Das sind aber putzige Kleinsthunde", lachte der Galgomann, was in unseren Ohren jedoch nur freudlos klang. „Züchten Sie diese etwa?"

Mateo schüttelte den Kopf. „Nein, nein! Der Jack-Russel-Terrier ist unser Rudi. Die zwei anderen Rassehunde sind zwar die Eltern von diesen vier Mischlingen, aber wir züchten nicht, nein. Sie sind momentan bei uns zu Besuch."

Terri räusperte sich. „Wir haben die Hunde letztes Jahr von einem Qualzüchter befreit. Oder besser gesagt, nach seinem Ableben die Hunde übernommen. Es ging ihnen damals wirklich sehr schlecht."

„Ach, Sie meinen wohl die Geschichte mit dem Ehepaar Rodriquez", nickte der Galgomann. „Sie waren sehr gute Bekannte von mir. Schade, dass das alles so furchtbar enden musste. Allerdings, als ich sie besuchte, konnte ich nur beobachten, wie liebevoll sie mit ihren Hunden umgingen. Das alles mit den Misshandlungen und so war sicher nur ein Missverständnis."

Terri wechselte wieder einen kurzen Blick mit Mateo, der unauffällig den Kopf schüttelte. Anscheinend wollte er nicht, dass dieses Thema weiter zur Sprache kam. Tristan und Isolde, die bis zuletzt bei dem Monsterehepaar hatten leben müssen, knurrten laut, was nur den Galgomann und seinen Begleiter wunderte. Terri stand auf und streichelte Tristan und Isolde beruhigend. Es war ja klar, dass dieser Typ ein Kumpel von diesem Monsterehepaar gewesen sein musste.

Er musterte uns noch eine Weile, verlor jedoch schnell das Interesse. „Und Galgos haben Sie gar nicht? Diese Jagdhunde sind was Richtiges! Mit diesen Kleinen kann man doch nichts anfangen – sind ja nur bessere Deko!" Wieder hörten wir dieses widerliche Lachen.

Ich warf ihm einen vernichtenden Blick zu und knurrte leise. Papa mahnte mich, ruhig zu bleiben, aber ich sah, dass er ebenfalls um Beherrschung rang. Mama schüttelte nur den Kopf, um zu zeigen, dass es sich nicht lohnte, sich über solche Menschen aufzuregen. Ich sah, wie Terri sich wieder hinsetzte und unter dem Tisch unauffällig Mateos Bein berührte. Der Galgomann war ihr wohl auch nicht gerade sympathisch. Sie wunderte sich anscheinend ebenfalls, warum Mateo sich ihnen gegenüber so freundlich und hilfsbereit gab.

„Wo wohnen Sie denn mit Ihren Hunden, Herr Alvarez?", hörte ich ihn gerade fragen. „Soweit ich weiß, haben wir uns noch nie getroffen, obwohl Sie anscheinend doch schon länger hier in der Nähe leben. Das wundert mich ein bisschen."

„Ich lebe sehr zurückgezogen", antwortete der Galgomann etwas nervös. „Ich bin kein geselliger Mann und bevorzuge meist die Gesellschaft meiner Hunde, vor der der Menschen. So kann ich meine ganze Zeit und Kraft zu Wohle der Hunde einsetzen. " An der Stelle hätte ich mich am liebsten übergeben.

„Deswegen ist das alles ja auch so furchtbar", fuhr er scheinheilig fort. „Nicht nur, dass sie sehr wertvolle Jagdhunde sind, die an Wettbewerben teilnehmen. Sie sind auch alles, was ich noch habe!"

Der andere Mann nickte eifrig zustimmend. Jetzt fehlte nur noch, dass der Galgomann in Tränen ausbrechen würde. Es wunderte mich immer wieder, dass es für die Menschen wohl ziemlich schwierig war zu erkennen, wann jemand log. Terri und Mateo lächelten mitfühlend, was mir allerdings auch nicht aufrichtig erschien. Mateo fragte noch einmal nach dem Wohnort und bekam endlich eine wage Antwort.

Mateo musste kurz überlegen. „Ach, Sie meinen den alten Bauernhof von Familie Gomez? Das ist tatsächlich nicht so weit weg von uns. Der stand ja etliche Jahre leer, bis jemand dort wieder eingezogen ist. Wir wussten nur nicht, dass Sie dieses Jemand sind, Herr Alvarez."

Als der Galgomann nur mit den Schultern zuckte, wechselte Mateo das Thema. „Um wie viele Galgos geht es hier denn, Herr Alvarez? Sie sprachen von Jagdhunden, die gut in Form sind."

Erst nach ein paar Sekunden antwortete er. „Ja, also, es sind vor allem meine zwei Rüden. Sie muss ich zurückbekommen! Sie haben beide eine Chance, den diesjährigen Hauptwettbewerb zu gewinnen. Es geht natürlich um meine armen, lieben Hunde, jedoch auch um ziemlich viel Geld. Ich will mit Ihnen ganz ehrlich sein – das Geld könnte ich sehr gut gebrauchen, natürlich um alles für die Hunden in ihrem Zuhause noch komfortabler zu machen."

Er merkte wohl selbst, dass er es etwas zu dick auftrug, weil er plötzlich schwieg und hilfesuchend zu dem anderen Mann blickte. Dieser hatte bis dahin kein einziges Wort gesagt. Jetzt räusperte er sich „Mein lieber Freund hier ist wirklich verzweifelt! Die Hunde sind ihm sehr wichtig und es ist kaum vorstellbar, was mit ihnen noch geschehen kann, wenn wir sie nicht schnell finden! Da läuft ja sogar ein Wolf im Wald herum!"

Mateo horchte auf. „Ein Wolf? Das überrascht mich aber. Sicher leben dort in den Bergen einige Wölfe, jedoch hier bei uns haben wir noch nie einen gesehen."

„Doch, doch!", beteuerte nun der Galgomann eifrig. „Wir haben frische Spuren dort am Haus von Rodriguez entdeckt, wahrscheinlich von meinen Hunden. Wir mussten jedoch die Suche abbrechen, weil plötzlich ein Wolf auftauchte."

Rudi und ich grinsten uns an. Das musste ich hinterher Luna erzählen. Ich hoffte nur, dass sie nicht meinte, plötzlich in der Küche auftauchen zu müssen, weil dann unsere Tarngeschichte sicher schnell aufgeflogen wäre. Der Galgomann schmückte seine Schauergeschichte über den offensichtlich tollwütigen Wolf noch eine Weile aus, doch dann fiel ihm anscheinend ein, dass Mateo eine Idee haben sollte.

„Ja, tatsächlich kam mir eine Idee", antwortete Mateo, als er darauf angesprochen wurde. „Unsere Terri hier und einige andere Freiwillige aus der Gegend betreiben eine Rettungshundestaffel."

Oh nein! Nein, nein, nein! Hatte Mateo nun seinen Verstand verloren? Er fuhr unbeirrt fort: „Wenn die Spuren von Ihren Hunden noch relativ frisch sind, können wir sicher helfen." Er musste dann auch noch auf mich zeigen. „Unser Arlo hier ist darauf spezialisiert, vermisste Tiere zu suchen. Zwar ist er noch nicht sehr lange dabei, ist jedoch sehr begabt und würde die Spur Ihrer Hunde bestimmt finden."

Der Galgomann sah mich abschätzend an. „Der Kleine soll das können? Na ja, warum nicht. Einen Versuch ist es auf jeden Fall wert. Vielen herzlichen Dank für das Angebot!"

„Es wird gleich dunkel. Heute hat die Suche keinen Sinn mehr", sagte Mateo. „Aber morgen früh können wir uns zuerst einmal am Haus von Rodriguez treffen!"

Terri schaute genauso entsetzt drein wie ich. Wie konnte Mateo nur? Was hatte das zu bedeuten? Ich wusste, dass ich die Spur natürlich finden würde – aber dann unsere neuen Freunde so zu verraten, das kam gar nicht in Frage!

18. NOCH EIN SCHRECKEN!

Mateo brachte die Männer zur Tür und winkte ihnen noch freundlich hinterher. Endlich trauten sich Luna, Condesa und Zoe wieder ins Haus, zumindest in den Wintergarten. Condesa und Zoe kuschelten sich wieder in den Korb, obwohl ich gleich bemerkte, dass da etwas nicht stimmte. Meine Neugier wuchs noch weiter, als Luna uns beim Vorbeigehen zuflüsterte, dass wir die beiden nicht weiter beachten sollten. Was war da nun wieder los? Alma zwängte sich an mir vorbei und schnüffelte kurz im Wintergarten.

„Das ist ein anderer Hund!", rief sie überrascht. „Das ist nicht Zoe, das kann ich riechen."

Ich schlenderte unauffällig zu Alma und schielte zum Korb. Was meinte sie nun? Das waren doch Condesa und eindeutig Zoe, oder etwa nicht? Plötzlich entdeckte ich, dass der kleine Hund neben Condesa zwar fast genauso wie Zoe aussah, jedoch der weiße Fleck an seinem Hals war eindeutig kleiner als der bei Zoe. Und ja, er roch tatsächlich etwas anders.

Luna bat uns endlich zurück in die Küche zu kommen, bevor Terri auf die Galgos aufmerksam wurde. „Zoe wollte unbedingt ihren Geschwistern die Gelegenheit geben, sich aufzuwärmen. Da sie alle ziemlich ähnlich aussehen, wechseln sie sich ab", klärte sie uns auf. Ich fand, dass das eine sehr gute Idee war, weil die Geschwister tatsächlich sehr schwer auseinanderzuhalten waren, sogar für uns – geschweige denn für die Menschen.

Alma und ich begleiteten Luna zurück zu den anderen. Ich erzählte ihr kurz, was die Menschen besprochen hatten – und in welcher Klemme ich nun steckte. Da Luna ebenfalls bei der Hundestaffel mitmachte, verstand sie mich sofort. Die Spur zu finden wäre wahrscheinlich eine Leichtigkeit, doch dieser zu folgen würde den Galgomann direkt hierhin führen. Bevor wir uns darüber die Köpfe zerbrechen konnten, kam Mateo zurück in die Küche.

Terri konnte nicht mehr an sich halten. „Was hast du dir dabei gedacht? Erstens ist Arlo noch gar nicht so weit, eigenständig eine Suche durchzuführen. Und zweitens – etwas stimmt doch mit diesen Männern nicht! Hast du das denn nicht bemerkt?"

Mateo hob beschwichtigend die Hände. „Aber sicher habe ich das bemerkt. Beruhige dich doch!" Er setzte sich wieder an den Tisch. „Was dieser Alvarez erzählt hat, war sicher gelogen. Ich meine, er vermisst bestimmt diese Jagdhunde, aber ich bezweifle stark, ob das so abgelaufen ist, wie er behauptet."

„Ja, genau!", stimmte Terri ihm zu. „Seine Sorge um das Wohlergehen der Hunde war doch nur eine einzige Heuchelei. Nur die Dringlichkeit, durch das Gewinnen der Wettbewerbe viel Geld zu verdienen, habe ich ihm sofort abgenommen. Er ist sicher einer von diesen Jägern, die ihre armen Galgos so brutal misshandeln." Sie schaute in Richtung des Wintergartens. „Vielleicht gehört die kleine Zoe auch ihm."

So ganz doof waren die beiden dann doch nicht. Dass sie den Galgomann durchschaut hatten, war schon eine Überraschung. Aber die Vermutung über Zoes Herkunft war noch besser, nur beweisen konnten sie das nicht. Anscheinend konnte nicht nur Alma Gedanken lesen, wie ich feststellte, als Mateo weitersprach.

„Ja, das ist sehr wahrscheinlich – obwohl ich immer noch nicht begreife, wie die Kleine plötzlich in den Garten gelangt ist. Jedoch ohne Chip können wir den Besitzer nicht finden. Das war für mich mit ein Grund, warum ich mir diese Männer genauer anschauen will."

„Wie meinst du das?", fragte Terri. „Diese Suchaktion mit Arlo musst du mir wirklich erklären. Es scheint mir keinen Sinn zu machen."

Diese Erklärung interessierte mich ebenfalls brennend, obwohl als ich hörte, was Mateo als nächstes sagte, fühlte ich mich schon etwas in meiner Ehre verletzt. „Ich weiß doch, dass Arlo es nicht schaffen wird, der Spur zu folgen – jedenfalls nicht über eine längere Distanz hinweg." Mateo hielt kurz inne und grinste dann. „Das ist aber nur gut." Terri schaute ihn fragend an.

„Wir sollen ja mit der Suche bei der Finca von Rodriguez anfangen", erklärte Mateo sich. „Ich möchte aber wissen, wo dieser Alvarez seine Hunde hält – oder in diesem Fall wohl eher gehalten hat." Er lachte kurz auf. „Dadurch könnten wir vielleicht beweisen, dass die Hunde bei ihm in keinen guten Verhältnissen leben."

Terri nickte. „Oh ja, das ist eine gute Idee. Du wirst also behaupten, dass die Spur eher auf seinem Grundstück zu finden ist."

„Ganz genau! Und für diese Suche nehmen wir dann auch Luna mit!"

„Wir?", fragte Terri irritiert.

„Na klar! Du musst dann mitkommen und Arlo führen. Es darf nicht auffallen, dass wir da etwas tricksen. Luna wird uns mit Sicherheit zu den vermissten Hunden führen."

„Hmm… Wenn du meinst…", Terri wirkte nicht ganz überzeugt. „Allerdings bin ich nicht sicher, ob ich überhaupt möchte, dass wir die Hunde finden. Ich glaube nicht, dass sie es besonders gut bei diesem Mann haben."

„Na ja", Mateo zuckte mit den Schultern. „Dann können wir uns wenigstens mit eigenen Augen davon überzeugen, in welchem Zustand die Hunde sind. Vielleicht können wir sogar Anzeige erstatten, wegen Tierquälerei."

An sich war der Plan nicht verkehrt. Ich versuchte, mein verletztes Ego zu ignorieren und stattdessen rational zu denken. Entgegen Mateos unverschämten Vermutungen würde ich wahrscheinlich doch dank meiner Supernase jeder Spur folgen können, so schwer war das ja nun auch wieder nicht. Zumindest für mich war es von Anfang an eine Leichtigkeit gewesen. Wie es allerdings für normale Schnüffler aussah, konnte ich natürlich nicht wissen. Alma war wieder dabei, ein paar passende Kommentare in meine Richtung zu schicken, als ich jedoch ihr ein kurzes Knurren als Warnung zukommen ließ, drehte sie sich nur kopfschüttelnd um. Besser so. Vielleicht lernte sie langsam, etwas mehr Respekt gegenüber ihrem fähigen Bruder zu zeigen.

Ja, gut, zugegeben, ich musste wieder übertreiben. Alma sprang auf und lief direkt vor meine Schnauze. „Jetzt reicht es, Arlo!" Ich musste tatsächlich ein paar Schritte zur Seite machen, damit ich aus der Schusslinie ihrer Spucke kam. Sie stampfte sogar mit ihrer Minipfote auf den Boden. „Von mir aus denke ruhig deine überheblichen Gedanken über dich, aber lass mich dabei aus dem Spiel! Wenn du so kindisch bleiben willst, kannst du auch keinen Respekt erwarten!"

So wütend hatte ich sie noch nie erlebt und ich verstand auch nicht richtig, warum sie jetzt so heftig reagierte. Meine – wie sie sagte – Prahlerei sollte eigentlich nichts Neues für sie sein. Ich musste zugeben, dass ihre Worte mich überraschend hart trafen. Mir fiel auch keine passende Erwiderung ein und da ich meiner Stimme nicht ganz traute, schwieg ich lieber. Zur Krönung fühlte ich, wie meine Augen sich mit Tränen füllten. Ja, vielleicht war ich dann kindisch und verdiente keinen Respekt. Ich setzte mich und versuchte, meine Gefühle unter Kontrolle zu bringen. Trotzdem bekam sie mit, wie verletzt ich war.

„Ach, Arlo", seufzte sie. „Tut mir leid. Ich habe es nicht so gemeint. Ich habe dich doch sehr lieb, das weißt du doch, oder?" Ich nickte, bekam jedoch kein Wort heraus. Sie berührte meine Pfote kurz. „Heute ist kein guter Tag. Die Schmerzen sind wieder etwas stärker geworden. Ich bin es so leid, dass ich immer noch so schwach bin."

Ich horchte auf. Sie sollte immer noch Schmerzen haben? Davon habe ich nichts gewusst, weil sie es mir nicht erzählte hatte. Oder besser gesagt, ich habe gedacht, ihre Müdigkeit und ihre Schwäche gehörten einfach zu dieser Phase der Heilung dazu. Aber nun sollte sie sich nicht besser, sondern schlechter fühlen? Ich schluckte meine Tränen hinunter und schaute sie mir etwas genauer an. Tatsächlich war sie noch dünner geworden, oder etwa nicht?

Ich räusperte mich. „Warum hast du nichts gesagt?", fragte ich nach einer Weile. Sie zuckte nur mit den Schultern, doch eigentlich wusste ich die Antwort. Ich war so mit meinen Schuldgefühlen beladen, dass sie mir keine weiteren Sorgen machen wollte – typisch Alma eben.

„Wissen Mama und Papa das?", wollte ich wissen. Sie zuckte wieder mit den Schultern. Also nein. „Du musst es ihnen sagen! Und Terri muss es auch erfahren!"

Sie seufzte. „Es ist ja erst seit ein paar Tagen so schlimm. Vielleicht geht es von alleine wieder vorbei."

Wirklich überzeugend hörte sich das aber nicht an. Ich wollte gerade darauf drängen, dass sie bitte schön vernünftig sein sollte, als das Furchtbare geschah! Alma verdrehte plötzlich ihre Augen so nach innen, dass nur das Weiße zu sehen war, jaulte kurz auf und fiel bewusstlos um! Oh nein, nein! Meine Eltern, Luna und unsere Geschwister liefen schnell zu ihr, ich rannte jedoch in die andere Richtung. Ich musste Terri holen, die immer noch mit Mateo am Tisch diskutierte und anscheinend nichts mitbekommen hatte. Ich zerrte mit aller Kraft an ihrem Hosenbein, woraufhin ich wenigstens ihre Aufmerksamkeit erweckte.

„Arlo! Was soll das? Lass das bitte! Was hast du?" Sie wollte mich sanft von sich wegstoßen, sah jedoch in dem Moment, was los war, und sprang auf. Ich ließ sie los und lief zurück zu Alma, die immer noch bewegungslos auf dem Boden lag. Terri eilte hinter mir her und kniete sich zu Alma.

„Oh, mein kleines Mädchen, was ist passiert?" Sie fühlte schnell Almas Puls und rief zu Mateo, dass er eine Decke holen sollte. Terri betastete Almas Körper, erschreckte und holte ihr Handy aus der Hosentasse. Als ich sah, wie ihre Hand zitterte, als sie eine Nummer wählte, kroch die Panik in mir hoch. Alma!

„Oma!", schrie sie fast ins Telefon. „Alma ist zusammengebrochen! Sie scheint sehr hohes Fieber zu haben! Ich hoffe, dass sie nicht wieder innere Blutungen hat. Mateo und ich müssen sie sofort in die Klinik bringen!" Sie hörte noch kurz zu. „Ja, ist in Ordnung! Gut, wenn ihr gleich zurückkommmt!"

Mateo eilte mit einer Decke zurück in die Küche. Terri wickelte Alma vorsichtig in diese und sie rannten zum Auto. Wir konnten nur beobachten, wie Mateo ohne jede Vorsicht beschleunigte und wie sie hinter der ersten Kurve verschwanden. Ich fühlte, wie betrübt auch alle anderen waren, und konnte nicht mehr an mich halten. Die Tränen liefen mir nur so über mein Gesicht und ich schluchzte hemmungslos. Gerade hatte ich noch gedacht, dass Alma sich endlich erholt hatte, und nun das! Und ich sollte keine Schuldgefühle haben? Das war doch alles nur meine Schuld!

Ich wusste nicht, ob ich das laut gesagt hatte. Jedoch, bevor ich im Garten verschwinden konnte, um mit meiner Reue und meiner Trauer allein zu sein, drückte Mama mich an sich. „Ist ja gut, mein lieber Junge! Ist ja gut!" Sie küsste meine Tränen weg und gab beruhigende Laute von sich. Langsam konnte ich wenigstens wieder freier atmen und der Druck in meiner Brust wurde erträglicher. Rudi setzte sich dicht neben mich, sagte aber kein Wort. Auch so konnte ich sein Mitgefühl spüren und war ihm dafür sehr dankbar. Ich legte meine Pfote auf die seine, woraufhin er mich anlächelte. In seinen Augen blitzte jedoch eine tiefe Traurigkeit und ja – Verzweiflung. Für eine Weile hatte ich tatsächlich vergessen, wie wichtig Alma auch für ihn geworden war.

Wir saßen noch lange zusammen, bis wir ein Auto näherkommen hörten. Anton streckte sich und schaute aus dem Fenster. „Das sind nur Oma Martha und Opa Gerhard", rief er uns zu. Kurz danach kamen sie hinein und trugen mehrere Tüten Lebensmittel in die Küche. Ach ja, da es schon dämmerte, war es wohl bald Zeit für das Abendessen, was mir in dem Moment vollkommen egal war. Ich glaubte nicht, dass ich auch nur einen Bissen herunterbekommen würde.

Oma Martha schaute sich um. „Oh, die armen Hunde! Wie betrübt sie alle sind! Das mit Alma hat sie anscheinend ordentlich schockiert. Ist ja auch kein Wunder. Hoffentlich meldet sich Terri bald aus der Klinik."

Opa Gerhard packte die Lebensmittel auf die Küchentheke. „Möchtest du trotzdem etwas kochen oder soll ich die Kühlsachen direkt in den Kühlschrank packen?"

„Nein, nein! Das ist für mich eine gute Ablenkung und essen müssen wir ja sowieso." Sie nickte in Richtung Wintergarten. „Ich schau nur schnell nach Zoe und bereite den Hunden das Abendessen."

Der Wintergarten! Oh nein! Rudi und ich blickten uns an und dachten dasselbe – die Geschwister von Zoe! Wir mussten sie vorwarnen! Da Tristan und Isolde meine Geschwister waren, waren sie ebenso schnelle Denker, wie ich. Sie liefen Oma Martha direkt in die Beine, wobei sie sich am Tisch festhalten musste, um nicht über sie zu fallen.

„Hoppla! Fast hätte es einen Unfall gegeben", rief sie etwas erschreckt. Geistesgegenwärtig stieß Domino kurz Alfonso an und die beiden sprangen auf den Tisch, wodurch Oma Martha sich erneut erschreckte. Rudi und ich nutzten diesen Moment der Verwirrung und liefen schnell in den Wintergarten. Condesa war gerade dabei, den kleinen Galgo, der tief und friedlich neben ihr schlief, aufzuwecken, doch das war anscheinend leichter gesagt als getan.

„Komm, mein Junge! Wach auf!" Wir hörten schon eine leichte Panik in ihrer Stimme.

Wir hatten wirklich keine Zeit zu verlieren! Oma Martha würde jeden Augenblick in den Wintergarten kommen! Und wo war überhaupt Zoe? Ich wollte Condesa gerade sagen, dass sie den Kleinen einfach weiterschlafen lassen sollte, weil Oma Martha sie dann wahrscheinlich nicht großartig stören würde – und eh nicht den Unterschied zu Zoe bemerken würde. Doch dann passierte alles gleichzeitig. Gerade als der kleine Galgo aufwachte, kam Oma Martha in den Wintergarten. Das erschreckte ihn so sehr, dass er aus dem Korb sprang und durch die Tür in den Garten flitzte, was nicht so schlecht gewesen wäre. Jedoch gerade in dem Augenblick, als er an der Türschwelle war, kam Zoe zurück in den Wintergarten gerannt. Da hatten wir nun den Salat.

Oma Martha blieb stehen. „Was…? Das gibt es doch nicht!" Sie lief schnell an uns vorbei in den Garten, kam jedoch gleich wieder zurück. Zoe hatte sich neben Condesa hingelegt und starrte wieder an die Wand. Rudi und ich versuchten Oma Martha irgendwie abzulenken und liefen hektisch um sie herum, was genau das Gegenseitige bewirkte. „Ja? Habt ihr das auch gesehen? Seid ihr deswegen so aufgeregt? Ich habe mich also nicht getäuscht!" Na prima.

„Gerhard!", rief sie in Richtung der Küche. Als er an der Türschwelle erschien, fuhr sie fort. „Hier sind zwei Galgowelpen!"

„Wie bitte?", fragte er verblüfft.

„Ja, ich habe soeben zwei Welpen gesehen. Einer ist in den Garten geflüchtet!"

„Das kann doch nicht sein! Was geht hier eigentlich vor?" Opa Gerhard schüttelte den Kopf.

„Ich kann das auch nicht erklären. Aber jetzt, wo es schon dunkel ist, können wir eh nichts tun. Ich stelle noch weitere Näpfe mit Wasser und Futter nach draußen, damit er wenigstens nicht verhungern muss. Mal sehen, was Miguel dazu sagt, wenn er zurück von der Arbeit ist."

Oma Martha blickte noch kurz zu Condesa und Zoe, schüttelte den Kopf und seufzte leicht. Sie wollte wohl gerade in die Küche, als ihr Handy läutete. „Das ist Terri!"

19. GIBT ES NUR NOCH PROBLEME?

Nach dem Telefonat kehrte mein Appetit augenblicklich zurück und ich konnte kaum abwarten, bis Oma Martha endlich unser Abendessen servieren würde. Alma würde es schaffen, hatte Terri gesagt. Sie hatte eine schlimme Blasenentzündung, die mit irgendwelchen Antibi-Tabletten behandelt wurde. Ganz hatte ich das nicht verstanden, aber die Hauptsache war, dass sie wieder gesund wurde. Allerdings musste sie über Nacht zur Beobachtung in der Klinik bleiben, weil sie auch noch dehyd... Ich gab es auf, irgendwas mit ‚nicht genug getrunken' oder so. Die Erleichterung war jeder Schnauze deutlich anzusehen.

Alfonso wurde durch die Freude über Alma so aufgeregt, dass er anfing, in der Küche herumzuspringen. Dabei war es ihm egal, ob er jemanden umrannte oder die frischen Lebensmittel wieder von der Theke herunterfegte. Als er keine Anzeichen von Beruhigung oder gar Ermüdung zeigte, wurde es Opa und Oma langsam zu viel. Domino versuchte sich ihm in den Weg zu stellen, doch vergeblich. Alfonso sprang einfach mühelos über ihn hinweg.

„Was hat der Kater plötzlich?" Opa Gerhard fing eine Tomate auf, bevor diese auf den Boden klatschte. Unbeirrt schob Alfonso noch eine Weitere über den Rand und sprang fröhlich von der Theke direkt zum Küchentisch – und von da aus auf die Küchentür! Was für eine sportliche Leistung! Etwas neidisch beobachtete ich, wie er mühelos auf der Tür balancierte. Oma und Opa schienen allerdings nicht gerade begeistert zu sein.

„Er dreht ja völlig durch!" Oma Martha schüttelte den Kopf und wischte die zermatschte Tomate vom Boden. „Vielleicht war es ein Fehler, die Katzen mit hierhin zu bringen. Auf unserer Finca können sie ruhig herumtoben – nur hier sollten sie wirklich kein Chaos veranstalten. Terri hat doch erzählt, wie es hier aussah, als sie und Mateo nach Hause kamen."

Alfonso hatte herausgefunden, dass die Tür sich leicht hin und her bewegte, wenn er sein Gewicht von der einen Seite auf die andere Seite verlagerte. „Alfonso hat eine Schaukel!", rief er begeistert. Domino schüttelte nur den Kopf.

„Sie können doch hinaus, oder?", fragte Opa Gerhard. „Die Tür zum Garten sollte einen Spalt offen sein. Vielleicht sollten sie für eine Weile draußen spielen, damit sie mit ihrer überschüssigen Energie hier nicht noch alles kaputt machen."

Sie? Domino wirkte ziemlich verärgert, hatte er doch nichts mit dem Anfall von seinem Bruder zu tun. Ich hatte gedacht, dass Oma Martha in diesem Durcheinander vielleicht den dubiosen zweiten Welpen vergessen hätte, aber natürlich hatte sie das nicht.

„Er scheint sich eh schon zu beruhigen", sagte sie und blickte zum Wintergarten. „Es sind wahrscheinlich diese neuen Hunde, die ihm zu schaffen machen. Galgos sind nun mal Jagdhunde, egal, ob als Welpen oder als ausgewachsene Hunde." Sie ging zu einem Küchenschrank. „Mateo hat mir ja gezeigt, wo Näpfe und andere Behälter sind.

Er hat auch schon den Hunden die Hühnerbrühe vorbereitet. Ich bringe mal eine kräftige Mahlzeit für den armen
Welpen nach draußen."

Opa Gerhard nickte. „Ja, mach mal." Er wirkte etwas
nachdenklich. „Die Nacht wird kalt. Ich wünschte, wir hätten irgendeine Möglichkeit, den Hund wenigstens wieder
in den Wintergarten zu locken. Er friert sicher dort draußen.
Leider hat er anscheinend genauso viel Angst vor Menschen, wie Zoe. Ich hole mal eine Decke aus dem Auto und
lege sie auf die Gartentreppe. Viel wird es nicht helfen, aber
etwas besseres fällt mir jetzt nicht ein." Er stand auf und
ging in den Flur, wobei er die Küchentür weiter aufschob,
was Alfonso zu einem Jubelschrei veranlasste.

„Superschaukel! Ui!" Er lächelte über das ganze Gesicht.
Domino schüttelte nur wieder den Kopf.

Oma Martha verschwand mit ein paar vollen Näpfchen
im Wintergarten und wir hörten, wie sie Zoe etwas Beruhi-
gendes sagte. In dem Moment fiel mir wieder ein, was ich
hatte sagen wollen, bevor Alfonso mit seinen Springübun-
gen anfing. Allerdings kam ich gerade wieder nicht dazu,
weil Oma Martha zurückkkam und mit den Vorbereitungen
für unser Abendessen anfing. In dieser allgemeinen Unruhe
hätte mir eh niemand zugehört. Alfonso schien zu überlegen, ob es sich lohnte, von seiner neuentdeckten Schaukel
herunterzuspringen. Als er jedoch sah, dass Oma Martha
uns allen noch etwas Thunfisch zu der Brühe in die Näpfe
tat, fiel ihm die Entscheidung leicht. Bevor ich mich auf meinen Napf stürzte, hörte ich, wie Domino seinen Bruder zur
etwas mehr Ruhe mahnte und vor allem solle er nicht mit
vollem Magen herumhüpfen. Bei seiner Fürsorge musste

ich wieder an Alma denken, weil ich mich ihr gegenüber oft genauso benahm. Sogar ihre genervten Widersprüche fehlten mir. Um nicht in Trauer zu verfallen, sagte ich mir mehrmals, dass sie bald wieder nach Hause kommen würde. Genauso, wie Terri, Mateo und Mateos Vater, die alle gleichzeitig hereinspaziert kamen.

Oma Martha holte eine große Pfanne aus dem Schrank. „Gut, dass ihr alle da seid! Ich wollte gerade mit dem Kochen anfangen. Es wird nicht lange dauern, ihr habt hoffentlich alle Hunger!"

Die anderen stimmten zu. Auch ich nickte fröhlich und wedelte mit dem Schwanz, was wohl aus irgendeinem Grund zur allgemeinen Belustigung beitrug. Terri streichelte mich über den Kopf. „Nach den schmutzigen Näpfen zu urteilen, habt ihr alle doch schon gegessen, oder etwa nicht?"

Sicher hatten wir das, aber ein kleiner Nachschlag hatte noch nie geschadet. Etwas betrübt ging ich zu den anderen, die sich in den Körben ausruhten. Terri hatte anscheinend ein Einsehen oder vielleicht bereute sie auch, wie alle mich ausgelacht hatten, weil sie eine Tüte Leckerlis aus dem Schrank holte. Jeder von uns bekam eine Kaustange, die absolut herrlich schmeckte. Terri nickte in Richtung des Wintergartens.

„Ich probiere mal, ob Zoe schon etwas aus der Hand nimmt." Sie blickte sich um. „Ich nehme an, Condesa ist immer noch bei ihr."

Opa Gerhard begleitete sie. „Oh ja! Sie weicht ihr nicht von der Seite. Aber Martha behauptet, noch einen ähnlichen Welpen dort geschehen zu haben."

Oma Martha blickte etwas verärgert auf. „Ich behaupte gar nichts! Ich habe ihn tatsächlich geschehen. Er ist allerdings sofort in den Garten geflüchtet, als er mich sah. Aber das sind mit Sicherheit zwei Welpen."

Mateo und sein Vater wechselten einen erstaunten Blick. Mateo schüttelte den Kopf. „Das kann doch nicht wahr sein! Woher kommen diese Hunde? Wie sind sie in den Garten gelangt? Das verstehe ich überhaupt nicht."

Sein Vater wirkte genauso ratlos. „Über die Mauer haben sie mit Sicherheit nicht springen können, die ist viel zu hoch. In der Einfahrt haben wir eine Kamera mit Bewegungsmelder, die ich mit meinem Handy kontrollieren kann. Da habe ich nur eure Autos gesehen. Und ja, auch von diesem Besucher. Aber keine Hunde."

Terri zuckte mit den Schultern. „Wäre es möglich, dass jemand sie einfach über die Mauer geworfen hat? Das haben wir ja schon in der Klinik erlebt. Hauptsache, die Jäger sind ihre ungewollten Hunde los."

Mateo wirkte nicht überzeugt. „Ich weiß nicht. Theoretisch wäre das möglich, aber sollten diese Welpen dann nicht nach so einem Sturz verletzt sein?" Er schwieg kurz und fuhr dann fort. „Im Dunkeln können wir eh nichts machen. Wenn es wieder hell wird, werde ich mal die Mauer prüfen, bevor ich den Termin mit diesem Jäger habe. Vielleicht gibt es dort wieder ein neues Schlupfloch."

Mateo sah Anton und Rudi direkt an. „Diese zwei Schlawiner haben es ja schon einmal fertiggebracht, durch die Mauer auf eine Abenteuertour zu verschwinden. Das Loch ist zwar nun zugemauert, aber wer weiß…"

Anton und Rudi versuchten möglichst unschuldig auszusehen, aber uns war klar, dass wir bald ein großes Problem haben würden. Wir alle wollten schnell in den Garten laufen, damit wir unsere nächsten Schritte mit den Galgos besprechen konnten. Jedoch als ich hörte, was Mateo noch sagte, keimte in mir eine Idee. Er bat seinen Vater, am nächsten Tag in der Klinik Bescheid zu geben, dass Terri und er etwas später kämen, weil sie den Termin mit dem Galgomann hatten. Außerdem könnten sie dadurch eine Stunde länger schlafen. Er grinste Terri an, die ihm die Zunge ausstreckte.

Im Garten war es so dunkel, dass wir die Galgos nicht entdeckten, bis wir fast in sie hineingelaufen wären. Sie standen dicht aneinander, wohl um es etwas wärmer zu haben, trotzdem konnte ich erkennen, wie sie zitterten. Der Chef grüßte uns leise. Irgendwie konnten wir eine gewisse Unruhe in der Gruppe wahrnehmen.

Der Chef seufzte. „Die Nacht wird kalt. Es gibt unter uns Diskussionen darüber, ob wir nicht doch zurück zu dem Galgomann kehren sollten. In dem Stall war es nicht besonders gemütlich, aber wenigstens hatten wir Schutz vor Wind und Regen." Gerade als er das gesagt hatte, fielen wieder Regentropfen aus dem dunklen Nachthimmel. „Ich bin dagegen", fuhr er fort. „Falls die anderen aber unbedingt zurückwollen, kann und werde ich sie nicht daran hindern."

Anton räusperte sich. „Es gibt sowieso ein paar Sachen, worüber wir mit euch sprechen müssen." Er zeigte auf das Gartenhaus. „Dort habt ihr es auf jeden Fall fürs erste besser als hier im Freien. Kein Mensch wird im Dunkeln dorthin gehen. Wenn die Menschen später schlafen, könnt ihr sogar in den Wintergarten kommen."

Viele der Galgos nickten und einige lächelten sogar. Der Chef schaute sich um. „Ich vermute, wir sind alle der Meinung, dass das die beste Alternative ist."

Als er mit Anton zum Gartenhaus lief, folgte die ganze Gruppe ihnen. Allerdings, falls Mateo morgen das Loch in der Mauer entdecken sollte, wäre das auch die einzige Alternative für sie. Das brauchte ich jedoch gar nicht laut zu sagen, denn als der Chef zu uns zurückkam und von diesem Problem hörte, seufzte er erneut und diesmal ziemlich resigniert.

„Falls mein Rudel davon hört, dass der einzige Fluchtweg geschlossen wird, werden sie nicht gerade begeistert sein. Ich bin sicher, dass sie dann wirklich lieber zurück zu unserem alten Stall wollen würden. Wenn es nur nicht so kalt wäre, könnten wir vielleicht im Wald überleben, aber so…."

Domino und Alfonso trauten sich nun auch näher. Domino zeigte in Richtung der Mauer. „Ich habe entdeckt, dass dort drüben ein Baum direkt an der Mauer steht." Er schwieg kurz. „Aber klettern ist wohl auch nicht so euer Ding, oder?"

Der Chef schüttelte den Kopf und schwieg. Von Alfonso war natürlich ein leises ‚Ui' zu hören, bevor er demonstrativ auf einen Baum sprang. Sehr hilfreich war das gerade nicht. In dem Moment erinnerte ich mich an meine Idee, die vielleicht eines unserer Probleme lösen könnte. Ich hob die Pfote, um Aufmerksamkeit zu bekommen.

„Wir müssten dafür sorgen, dass Mateo das Loch nicht findet", sagte ich.

Rudi unterbrach mich. „Wie soll er das nicht finden? Er muss ja nur einmal die ganze Mauer abgehen und wird zwangsläufig auf das Loch stoßen."

Ich winkte ab. „Nein, nein, das meinte ich gar nicht! Wir sollten dafür sorgen, dass er wenigstens morgen keine Zeit haben wird, um nach einem Loch zu suchen!"

Als alle weiterhin nur schwiegen, sah ich mich genötigt, meine Idee weiter auszuführen. „Luna und ich haben ja den Termin zur Spurensuche morgen früh. Was ist, wenn er verschläft?"

Jetzt sah ich, dass ein kleines Lichtlein in den Augen der anderen aufblitzte. Papa nickte und klopfte mir anerkennend auf die Schulter. „Das ist ja tatsächlich eine gute Idee, mein Junge! Wir müssen uns nur noch darüber Gedanken machen, wie wir verhindern können, dass er aufwacht. Habt ihr vielleicht eine Idee, Rudi und Anton? Ihr kennt ja seine Gewohnheiten."

Rudi nickte begeistert. „Ja, das stimmt! Und ich weiß, was wir machen. Mateo schläft immer richtig tief und hat tatsächlich Schwierigkeiten, aus dem Bett zu kommen. Ohne seinen Wecker wird er bestimmt verschlafen! Und als Wecker benutzt er sein Handy, das immer auf dem Nachttisch liegt. Wenn Terri hier übernachtet, stellt sie nie ihren eigenen Wecker ein."

Wir vereinbarten, dass Rudi versuchen sollte, Mateos Handy zu holen, wenn alle schliefen. Das Problem war nun gelöst, aber das Nächste folgte gleich. Der Chef hatte zu diesem Plan nichts gesagt, äußerte sich jedoch jetzt.

„Habe ich richtig gehört? Es ist eine Spurensuche geplant? Geht es dabei etwa um uns?"

Ach ja, diese Kleinigkeit hatten wir tatsächlich noch nicht erwähnt. Ich berichtete ihm, was Mateo und der Galgomann planten, wodurch die Sorgenfalten auf seiner Stirn noch tiefer wurden. Als ich dann noch hinzufügte, dass Mateo nicht richtig an meine Fähigkeiten glaubte und er mit Luna einen weiteren Versuch unternehmen wollte, schwieg der Chef lange. Gerade, als ich dachte, dass er mit diesem vagen Plan einverstanden wäre, räusperte er sich.

„Es ist zu riskant. Im Unterschied zu diesem Mateo bin ich davon überzeugt, dass du unserer Spur folgen kannst." Er schaffte es, ein kleines Lächeln in meine Richtung zu schicken. „So wie ich dich nach dieser kurzen Zeit einschätze, bis du ein sehr talentierter junger Rüde."

Einerseits freute ich mich über sein Lob, andererseits fürchtete ich, dass er tatsächlich recht hatte. Ich zuckte mit den Schultern. „Möglich ist es, tatsächlich. Ich versuche jedoch so zu tun, als ob ich die Fährte nicht finde oder, noch besser, versuche sie in die falsche Richtung zu führen."

Der Chef schüttelte den Kopf. „Glaub mir, es wird nicht so einfach werden. Es ist sicher so, wie bei uns Jagdhunden. Haben wir die Beute erst einmal gesichtet, gibt es kein Zurück mehr. Ich könnte mir vorstellen, dass es bei der Fährtensuche ähnlich ist."

Bevor ich etwas erwidern konnte, fuhr er fort. „Meines Erachtens gibt es nur eine Möglichkeit: eine frische Spur legen!"

Wir alle schauten ihn verständnislos an. Der Chef schien eine Entscheidung getroffen zu haben. „Der Galgomann will ja nur seine besten Jagdhunde zurück. Das sind dann wohl B2, A5 und ich." Er meinte die zwei anderen kräftigen Rüden. „Er will unbedingt den großen Wettbewerb gewinnen. A5 ist schon etwas älter, aber B2 und ich haben tatsächlich gute Chancen auf den Sieg."

Ich ahnte schon, worauf er hinauswollte, bevor er es laut aussprach. „Arlo, du kannst unserer Spur folgen. Wir brechen ganz früh hier auf und legen eine frische Spur für dich, beginnend bei diesem komischen Haus. Die einzige Möglichkeit, alle andere zu schützen, ist es, wenn wenigstens B2 und ich zu dem Galgomann zurückkehren."

20. ALFONSO HAT EINE IDEE

Keiner von uns war mit dieser Lösung zufrieden, aber jeder erkannte, dass der Chef recht hatte. Niemand wollte allerdings daran denken, was mit ihm und diesem B2 geschah, falls sie nicht gewinnen würden. Der Chef war überzeugt, dass der Galgomann mit der Suche nach seinen übrigen Hunden aufhören würde, wenn er sie beide zurückbekam. Seine Stimme klang zuversichtlich, aber es war trotzdem nicht zu übersehen, wie er versuchte, seine Nervosität zu unterdrücken. Für mein Geschmack war sein Plan viel zu gefährlich, weil ich diesen Galgomann für absolut unberechenbar hielt. Wer weiß, was ihm nach diesem großen Wettbewerb noch einfallen würde. Womöglich opferten der Chef und B2 sich für die anderen Galgos – oder was heißt hier womöglich. Mein Bauchgefühl sagte mir, dass das kein gutes Ende nehmen würde. Ich hoffte inständig, dass es uns in dem Fall dann doch irgendwie möglich wäre, ihnen zu helfen. Allerdings konnte ich in dem Moment wirklich nicht so tun, als ob ich irgendein Zipfelchen Zuversicht in mir spürte.

Der Chef ließ sich nicht von seinem Plan abbringen. Er ging mit erhobenem Haupt zu dem Gartenhaus, um die Sache mit seinem Rudel zu besprechen. Endlich hatte ich nun die Gelegenheit das zu sagen, was mir seit Almas Anfall durch den Kopf ging. Ich wollte unbedingt verhindern, dass sie bei unseren nächsten Aktionen wieder Gefahr lief, sich zu verletzen. Jedoch sie davon abzuhalten, mitzukommen, schien mir unmöglich zu sein.

„Ich hätte noch einen Vorschlag", fing ich an. Alle blickten mich abwartend an. „Also, wir wissen nicht, wie lange wir noch beliebig oft durch die Mauer können. Mateo wird das Loch doch irgendwann in nächster Zeit finden." Die anderen stimmten mir zu. „Wir sollten nun auch die Gelegenheit nutzen, solange Alma noch in der Klinik ist." Ich musste diese Tatsache gar nicht weiter erläutern, da alle mich sofort verstanden.

Mama seufzte. „Meine kleine Maus…"

„Ui?" Nicht schon wieder, Alfonso. Ich verdrehte meine Augen. Domino legte seine Pfote auf die Alfonsos und schüttelte den Kopf.

Mama fuhr fort. „Alma kann schon ziemlich stur sein. Sie ist aber immer noch ziemlich schwach und ich möchte auch nicht, dass sie sich irgendwie noch zusätzlich in Gefahr bringt. Was hast du nun vor, Arlo? Deine Schwester wird wahrscheinlich schon morgen zurückkommen, was wir doch schwer hoffen wollen."

Ich zeigte auf das Gartenhaus. „Das bisschen, was die Galgos heute zu essen bekommen haben, war ja wirklich nicht viel. Wir müssen irgendwoher Futter für sie besorgen." Ich wandte mich an Rudi. „Hast du nicht mal erzählt, dass du irgendeine Möglichkeit gehabt hast, an Futter zu kommen, als du noch auf der Straße leben musstest?"

Rudi wurde ganz aufgeregt und stand so plötzlich auf, dass Alfonso erschreckt einen riesigen Sprung zur Seite tat. „Ui!" Er machte sich sogar groß und schaffte es, einen wütenden Ausdruck auf sein Gesicht zu zaubern. Obwohl ich wieder seine athletische Leistung bewunderte, sah er in seiner ungewohnten Ernsthaftigkeit so albern aus, dass Rudi seine ganze Willenskraft zusammennehmen musste, um nicht laut zu lachen.

„Sorry, Kumpel!", murmelte Rudi. „Ich finde es super, dass Arlo daran gedacht hat! Eigentlich hätte ich selbst darauf kommen müssen!" Er zwinkerte mich an. „Ich kenne tatsächlich einen Ort, wo Tierfutter gelagert wird. Ich weiß nur nicht, wie…"

Er schwieg kurz. Was war nun wieder das Problem? Als er fortfuhr, musste ich einsehen, dass es tatsächlich nicht ganz so einfach war. „Ja, also, es gibt im Dorf einen Baumarkt. Dort auf dem Hinterhof haben sie Futtersäcke gestapelt. Früher war es auf jeden Fall so. Natürlich gibt es auch einen Zaun, aber durch meine Buddeltalente war das für mich kein Hindernis." Um seine Fähigkeiten zu demonstrieren, grub er in Windeseile ein beachtliches Loch in die Erde.

„Was ist dann das Problem?", fragte ich ungeduldig.

„Na ja", seufzte er. „Erstens sind die Säcke ziemlich schwer. Ich konnte jeweils nur unauffällig ein Loch hinein knabbern, damit das Futter herausfiel. Das ist wohl in unserem Fall eher unpraktisch." Er schwieg wieder.

Ich drängte ihn weiterzusprechen. „Nun, das schaffen wir schon irgendwie zusammen. Aber du hast ,erstens' gesagt. Gibt es noch etwas anderes, was wir wissen sollten?"

„Ich weiß ja nicht, ob es immer noch so ist. Es sind ja schon fast zwei Jahre her, als ich das letzte Mal dort war. Bei Mateo muss ich solche Aktionen nicht mehr durchführen." Als er jedoch sah, dass die Geduld bei uns allen ihre

Grenzen erreicht hatte, fuhr er schnell fort. „Es gab dort einen Wachmann, der regelmäßig seine Runden auf dem Bauhof drehte. Damals hatte er immer einen großen Hund bei sich, der wahrlich keinen Spaß verstand."

Wir begriffen, was er meinte. Einem Wachmann würden wir mit Leichtigkeit ausweichen können, jedoch bei einem Wachhund sah die Sache nun ganz anders aus. Wenn er so humorlos und pflichtbewusst war, wie Rudi ihn weiter schilderte, hatten wir wirklich ein ziemlich großes Problem. Er würde uns umgehend entdecken. Rudi erzählte noch, wie er nur durch seine Schnelligkeit und durch sein gutes Gehör es geschafft hatte, nicht von dem Wachhund erwischt zu werden.

„Für so einen kleinen Hund, wie ich es nun mal bin, reichten diese ein paar Brocken Futter."

Ja gut, klein war er tatsächlich auch. Ich streckte mich, um zu sehen, ob ich doch noch etwas gewachsen war und wenigstens langsam an ihn herankam. Zu meiner Enttäuschung musste ich feststellen, dass bei mir immer noch einiges fehlte. Ich ließ meinen Blick zu Mama und Papa schweifen, die Rudi nachdenklich zuhörten. Neben ihnen saß Luna, die sogar im Liegen noch größer als die beiden war. Ich verbat mir daran zu denken, wie es wäre, wenn meine Eltern nicht solche Kleinsthunde wären. Erstens würde ich sie für nichts in der Welt eintauschen wollen, und zweitens, nicht nur die äußerliche Größe zählte. Ich schüttelte mich, um mich wieder darauf zu konzentrieren, was um mich herum besprochen wurde.

Anton zeigte mit der Pfote auf Luna und sich selbst. „Wir beide werden auf jeden Fall mitkommen, falls wir uns entscheiden, dorthin zu gehen. Für uns wäre es nicht schwer, so einen Futtersack zu tragen." Daran zweifelte ich keine Sekunde. „Nur der Wachhund bereitet mir wirklich Sorgen."

Er, als Herdenschutzhund, wusste natürlich genau, wie aufmerksam Hund bei der Arbeit sein musste. Manchmal hatte ich das Gefühl, dass er sich gar keine Freizeit erlaubte, wenn wir um ihn waren. Sogar im Schlaf schien er alles um sich herum mitzubekommen. Wenn dieser Wachhund auch nur einen Hauch von Antons Fähigkeiten hatte, hatten wir wirklich ein Problem. Alle schwiegen, was ich gelernt hatte zu hassen. Das bedeutete nämlich, dass auch die Erwachsenen keine Ahnung hatten, wie wir das jeweilige Problem lösen sollten. Dieser Baumarkt schien der einzige Ort zu sein, wo wir Futter finden konnten. Unsere eigenen Vorräte im Haus würden erstens nicht für alle reichen und zweitens hatte ich beobachtet, dass alles Essbare nun hinter Schloss und Riegel verstaut wurde – als eine direkte Folge von dieser chaotischen Küchenaktion.

Endlich räusperte Papa sich. „Wir sind uns wohl darüber einig, dass wir nicht alle verschwinden können, auch wenn es Mitten in der Nacht wäre. Falls die Menschen es doch merken sollten, werden sie mit Sicherheit das ganze Grundstück nach uns absuchen, und dabei unweigerlich auf die Galgos stoßen." Er blickte Anton und Luna an. „Ich werde mit euch kommen."

Mama schreckte auf. „Aber…"

„Bei allem Respekt…", unterbrach Rudi sie. „Das Loch, dass ich damals gegraben habe, ist ziemlich eng. Sonst hätte man es mit Leichtigkeit bemerkt. Man muss schon sehr gelenkig sein, um dort durchzukommen."

Er schwieg betroffen, weil er sich sicher war, meinem Papa gegenüber unverschämt gewesen zu sein. Jedoch hatte Rudi recht. Mein Papa hatte erst vor Kurzem gelernt, wieder zu laufen, nach seinen schweren Verletzungen. Seinen Rollwagen musste er noch bis vor ein paar Monaten immer wieder benutzen, wenn es zu anstrengend für ihn wurde. Er war bestimmt noch nicht in der Lage, durch irgendein enges Loch zu krabbeln.

Alle warteten auf die Reaktion von Papa. Er wirkte zuerst einmal sehr enttäuscht, räusperte sich jedoch und lächelte Rudi an. „Leider muss ich dir recht geben, Junge. Ich bin nicht mehr so fit, wie noch vor ein paar Jahren." Er schüttelte etwas resigniert den Kopf. „Also, wie ich die Lage einschätze – die Futtersäcke sind schwer, das Loch ist klein. Meines Erachtens bleibt uns nur eine Lösung über."

Er zeigte auf meine Geschwister und mich. „So leid es mir tut, aber ich befürchte, ihr drei seid von uns die Einzigen, die Rudi mit den Säcken helfen können. Zu viert würdet ihr es doch schaffen, so einen Sack bis zum Zaun zu tragen oder zu ziehen, nicht wahr?"

Rudi schaute Tristan, Isolde und mich an und obwohl ich seinen Blick nicht richtig deuten konnte, nickten wir alle gleichzeitig. Bevor ich ihn fragen konnte, was er hatte, ergriff Luna das Wort. „Gut, dass unsere kleinen Freunde sich diese Aufgabe zutrauen." Ich wollte schon eine passende Erwiderung zu diesem nervigen Wort ‚klein' abgeben, jedoch als Luna in dem Moment aufstand und meine

Schnauze gerade so auf ihre Kniehöhe war, ließ ich es bleiben. Klein war nun mal klein.

Luna schüttelte sich kräftig, wohl um die Feuchtigkeit der Erde aus dem Fell zu bekommen. „Wir müssen uns noch etwas einfallen lassen, was wir mit diesem Wachhund machen, falls es dort noch einen geben sollte."

Ich musste kein Hellseher sein, um zu wissen, dass es wieder einmal Zeit zum Schweigen war. Alle saßen nur da und schauten sich an. Vielleicht war alles einfach zu riskant. Ich war noch nie einem Wachhund begegnet und wusste nicht, wie ich in so einem Fall reagieren würde. Vielleicht war ich tatsächlich schneller als dieser, jedoch auf keinen Fall größer. Falls dieser Hund so humorlos und pflichtbewusst war, wie Rudi erzählt hatte, würden wir ihn nicht mit Reden besänftigen können, oder gar mit unseren Sprüchen zum Lachen bringen. Wenn er bei der Sache war und genau aufpasste, wie ich vermutete, würde er uns riechen. Da würde es auch nichts bringen, wenn wir uns irgendwo hinter den Säcken versteckten. Es war doch alles wieder aussichtslos. Ich wollte mich schon frustriert umdrehen und zurück zum Haus laufen, als Alfonso wieder urplötzlich auf einen Baum springen musste. Ich zuckte heftig zusammen und hätte ihm am liebsten deutlich meine Meinung zu seiner nervigen Hippeligkeit gezeigt. Als ich begriff, dass er etwas sagen wollte, zwang ich mich ruhig zu bleiben.

„Ui!", rief er aus dem Baum. „Alfonso kann klettern!" Ja, das war uns schon klar. „Ui! Domino kann klettern!" Ich seufzte und drehte mich wieder zum Haus. Das hatte ja keinen Sinn.

„Ui!" Diesmal war das so aufdringlich, dass ich wider Willen mich wieder setzte. Irgendwas wollte Alfonso uns erzählen. Er starrte auf seinen Bruder, aber Domino schien ebenfalls keine Ahnung zu haben.

„Ui!" Jetzt nahm ich schon etwas Verzweiflung in seiner Stimme wahr. Was wollte er jetzt? „Alfonso kann klettern! Zaun klettern! Ablenken!"

Endlich war bei uns der Knochen gefallen! Wir redeten alle wild durcheinander und beglückwünschten Alfonso zu seiner Idee, die wahrhaftig ausgezeichnet war. Wir wussten von unserer letzten Rettungsaktion, wie gut dieser Kater darin war, Menschen abzulenken. Wenn es so gut bei ihnen funktionierte, warum auch nicht bei einem Hund? Domino war sofort damit einverstanden, mitzukommen. Für sie würde es auch nicht gefährlich werden, weil sie jederzeit über den Zaun in Sicherheit klettern konnten. Da würde auch der eifrigste Wachhund doof aus dem Fell gucken! Bravo Alfonso!

Laut schnurrend sprang Alfonso von dem Baum herunter und lief mit uns zum Haus. Anton ging noch kurz zu den Galgos, um sie über unseren Plan ins Bild zu setzen. Aus dem Gartenhaus waren noch leise Laute der Freude zu hören, anscheinend lag ich mit meiner Vermutung über ihren Hunger vollkommen richtig. Zugegeben, ich konnte es deswegen sehr gut nachvollziehen, weil ich doch selbst oft Hunger hatte erleben müssen. Als wir am Wintergarten angekommen waren, hielt ich Rudi noch kurz an.

„Hör mal!" Er blickte mich fragend an. „Ist es eigentlich sehr weit bis zum Dorf? Es könnte für mich etwas schwierig werden, in einem dunklen Wald zu laufen. Ich habe ja schon tagsüber meine Schwierigkeiten. Und morgen früh sollte ich auch noch fit für die Spurensuche sein."

„Keine Sorge, Kumpel!", versuchte Rudi mich zu beruhigen. „In der Nacht ist der Wald mir auch nicht ganz geheuer. Ich würde vorschlagen, wir nehmen zuerst einmal die Straße. Etwas weiter unten führt dann ein Feldweg als Abkürzung fast direkt zu dem Baumarkt. Allzu weit ist es nicht."

Ich hatte noch meine Bedenken, aber beließ es dabei. In der Küche war nur noch Terri, die gerade den Küchentisch abwischte. „Da seid ihr ja!", grüßte sie uns fröhlich. „Es ist Zeit, ins Bett zu gehen. Es kann etwas kühl in der Nacht werden, weil die Tür im Wintergarten einen Spalt offenbleiben soll. Wir hoffen ja, dass der andere Welpe sich hinein traut. Gesehen habt ihr ihn nicht, oder?" Wir legten uns in die Körbchen und beachteten sie nicht weiter, damit sie uns in Ruhe ließ. „Ja, hab' schon verstanden. Alles müde!"

Sie machte das Licht aus und ging nach oben. Bald darauf herrschte eine vollkommene Stille im Haus. Nach einer Weile konnte ich leise Schritte aus dem Wintergarten wahrnehmen, und vermutete, dass einige Galgos sich doch hinein trauten. Obwohl ich mit aller Kraft versuchte, wach zu bleiben, musste ich kurz eingeschlafen sein. Das Nächste nämlich, was ich wieder realisierte, war Rudi, der vor mir stand. Als ich schließlich einigermaßen wach war, sah ich, wie er etwas auf dem Boden hin und her schob – Mateos Handy!

„Na, das war schon mal eine leichte Übung!" Er grinste mich im Dunkeln an. „Wo tun wir das Ding denn hin?"

Ich überlegte kurz und zeigte auf den Flur. „Stehen seine Stiefel nicht dort? Schmeiß es doch da hinein, dann hört sicher keiner, wenn der Wecker läutet."

Gerade als Rudi zu mir zurückkam, sah ich, wie Anton und Luna aufstanden und uns zunickten. Es war Zeit, aufzubrechen. Meine Geschwister und ich versuchten unsere Decken in den Körben so zusammenzuknüllen, als ob jemand darunter schlafen würde. Vielleicht würde das im Fall des Falles reichen. Wir verabschiedeten uns noch schnell von unseren Eltern und liefen in den Garten, wo Alfonso und Domino schon auf uns warteten.

21. DIE NÄCHTLICHE FUTTERSUCHE

Der Weg bis zum Dorf war tatsächlich nicht zu lang, besonders, weil wir das letzte Stück über die Felder laufen konnten. Allerdings ging es andauernd nur bergab – der Rückweg würde wohl nicht so einfach werden, weil wir noch das Futter mitschleppen mussten. Als ich mich umschaute, sah ich Anton und Luna nebeneinander ruhig traben und sich leise unterhalten. Sie strahlten so viel Kraft aus, dass ich mich augenblicklich beruhigte, bis mir wieder einfiel, was ich Rudi fragen wollte.

„Da war doch vorhin etwas...", flüsterte ich ihm beim Laufen zu.

„Hm? Was meinst du?" Er sah mich gar nicht an, sondern konzentrierte sich auf den Weg. Ganz nahe konnte ich schon die ersten Häuser des Dorfes sehen. Alles war zum Glück still und dunkel.

„Als mein Papa meinte, dass wir drei mit dir kommen sollten, hast du so komisch geguckt. Warum?"

Er tat so, als ob er nicht wusste, wovon ich sprach. „Habe ich das? Das weiß ich wirklich nicht mehr. Wahrscheinlich habe ich mich nur über die Unterstützung gefreut."

Ich schüttelte energisch den Kopf, wobei ich einen Stein übersah und stolperte. „Au!"

„Sei doch still!", mahnte Rudi mich. „In vielen Häusern leben Hunde, einige müssen sogar draußen übernachten. Wir wollen doch nicht, dass einer von ihnen Alarm schlägt!"

Er legte etwas an Tempo zu. „Einmal, als ich hier herum-streunte…"

„He, ich bin nicht dumm! Versuch bitte nicht von dem Thema abzulenken!", flüsterte ich nun etwas verärgert. „Warum hast du so komisch geguckt?"

Rudi blieb so abrupt stehen, dass er eine Kettenreaktion auslöste. Beim Versuch anzuhalten, stolperte ich wieder, diesmal über meine eigenen Beine. Tristan und Isolde, die direkt hinter mir liefen, fielen über mich. Luna konnte sich gerade noch bremsen, aber Anton musste einen gewagten Sprung über uns alle machen, um uns nicht unter sich zu begraben. Der Lärm, den wir dabei durch unsere erschreck-ten Schreie verursachten, war ohrenbetäubend, was durch Hundegebell aus dem Dorf auch prompt bestätigt wurde. Wir blieben auf der Stelle liegen oder stehen und versuch-ten, uns still zu verhalten. Allein Domino und Alfonso, die etwas abseits gelaufen waren, wurden von diesem Massen-chaos verschont. Überrascht stellte ich fest, dass Alfonso die Lage wie durch ein Wunder durchschaut hatte, und sein üb-liches ‚Ui!' herunterschluckte. Nach einer gefühlten Ewig-keit beruhigten sich die Hunde im Dorf wieder.

Wir warteten noch eine Weile, bis wir sicher sein konn-ten, dass die Aufregung wirklich vorbei war. „Was sollte das?", flüsterte ich wütend. „Hast du das hier verursacht, damit du mir bloß nicht antworten musst?" Ich merkte selbst, dass ich wieder zu laut wurde, und zwang mich, lei-ser zu sprechen. „Nun sag schon – eher werden wir keinen Schritt weitergehen."

Anton warf Rudi einen strengen Blick zu, was ihn end-lich zum Reden brachte. „Na gut. Ich mache mir ziemlich große Sorgen wegen dem Wachhund." Rudi seufzte tief. „Ich wollte euch nicht beunruhigen. Es ist jedoch etwas anderes, sich dort alleine zu verstecken, um von diesem Hund nicht entdeckt zu werden. Jetzt sind wir aber zu viert." Er schwieg und leckte etwas nervös die Lippen.

Tristan berührte ihn leicht mit der Pfote. „Es ist uns sowieso klar, dass diese ganze Aktion ein bisschen gefährlich werden kann." Ein bisschen? Das war wohl eine krasse Untertreibung. Tristan fuhr mit ruhiger Stimme fort. „Damals musstest du aber alles allein durchstehen. Klar, wir sind jetzt leichter zu entdecken, haben jedoch unsere Geheimwaffe dabei." Er zeigte mit der Pfote auf Domino und Alfonso.

Rudi schwieg, nickte dann aber, und lächelte die Kater an. „Ja, das ist vollkommen korrekt! Mit unserer Geheimwaffe sind wir unschlagbar!"

Wir liefen vorsichtig und möglichst leise weiter. Im Nachhinein gedacht wäre dies der richtige Zeitpunkt gewesen, an dem ich hätte zurückkehren müssen. Doch woher hätte ich wissen sollen, was mich noch erwarten würde? Nach einem kurzen Weg erreichten wir den Zaun des Baumarktgeländes. Mit Leichtigkeit fand Rudi die Stelle, wo er sich damals unter dem Zaun durchgezwängt hatte. Immer noch gab es dort einen engen Graben, wodurch ein Hund in unserer Größe mit einiger Mühe grabbeln konnte. Anton bat uns zuerst einmal still zu sein und abzuwarten. Er wollte wissen, ob das mit dem Wachhund tatsächlich stimmte. Wir legten uns hin und beobachteten den Hinterhof des Baumarktes.

„Wie oft lief dieser Wachmann hier damals seine Runde?", fragte Anton leise.

Rudi überlegte einen Moment. „Na ja…", sagte er etwas unsicher, wie ich feststellen musste. „So genau kann ich das nicht sagen. Mehrmals in der Nacht, auf jeden Fall." Als er dann noch mit den Schultern zuckte, ahnte ich, dass alles doch noch schwieriger werden würde, als wir eh schon gedacht hatten. Was Rudi jedoch dann noch hinzufügte, gab mir den Rest. „Manchmal ließ er seinen Hund auf dem Hof auch frei herumlaufen. Das war das Gefährlichste."

Das sagte er erst jetzt! Betretenes Schweigen breitete sich unter uns aus. Endlich räusperte Domino sich. „Ein freilaufender Wachhund ist natürlich keine Kleinigkeit und diese Tatsache könnte einige Komplikationen verursachen. Ich bin jedoch der festen Überzeugung, dass diese neue Erkenntnis uns nicht daran hindern sollte, unser Vorhaben zügig voranzutreiben."

„Ui?" Genau, Alfonso, ‚Ui?' Ich wette, keiner von uns hatte verstanden, was Domino sagen wollte. Sprach er immer so kompliziert oder war dieses Geschwafel ein Zeichen von seiner Nervosität? Ich konnte jedoch nur feststellen, dass er weiterhin ruhig die Umgebung im Auge behielt. Als wir alle ihn nur fragend anschauten, seufzte er und fuhr fort.

„Mit einem einfältigen Wachhund werden Alfonso und ich schon fertig", sagte er nur knapp und grinste breit. Rudi und ich mussten kurz auflachen, wobei Anton uns wieder so streng ansah, dass wir augenblicklich wieder schwiegen.

Wortlos zeigte Rudi mit der Pfote zur Rückwand des Baumarktes. Dort stapelten sich tatsächlich etliche Säcke, wobei ich aus dieser Entfernung nicht sagen konnte, ob es sich tatsächlich um Futter handelte. Mit einem Sack Blumenerde konnten wir wohl nicht so viel anfangen. Tristan und Isolde hatten sich unbemerkt von uns etwas entfernt und waren wohl bis zur Ecke des Zauns gegangen. Jetzt liefen sie aufgeregt zu uns zurück.

„Da kommt jemand! Mit einem Hund!"

Wir legten uns hin und trauten uns kaum zu atmen. Nach ein paar Sekunden bog ein Wachmann um die Ecke und führte tatsächlich einen Hund bei sich. Zum Glück reichte das gedimmte Licht der Lichtmasten, die den Hof ansonsten schwach beleuchteten, nicht bis zu uns. Wenn sie nicht gerade am Zaun entlangliefen, sollten sie uns in diesem tiefen Schatten nicht entdecken können. Der Wachhund sah aber wirklich ziemlich grimmig aus, genau so, wie Rudi es uns erzählt hatte. Er lief dicht neben dem Mann, beobachtete jedoch den Hof sehr aufmerksam. Als er uns gegenüber, direkt bei den Säcken, kurz stehen blieb, drehte er seinen Kopf genau in unsere Richtung. Sogar aus dieser Entfernung konnte ich sehen, wie wachsam seine Augen waren und wie er etwas aufgeregt in der Luft schnüffelte. Hatte er schon Verdacht geschöpft? Erst, als der Wachmann ihn weiterführte und sie wieder um die nächste Ecke bogen, konnten wir aufatmen.

Tristan fing an, mit den Pfoten zu trippeln – zuerst mit den Vorderen, dann mit den Hinteren, wie auch Alma es immer machte, wenn sie aufgeregt war. „Er ist aber tatsächlich kein Schoßhund, oder?", flüsterte Tristan. „Habt ihr seinen Blick gesehen? Hat er uns entdeckt?"

Anton schüttelte den Kopf. „Nein, ich glaube nicht. Sonst hätte er Alarm geschlagen. Aber mit ihm ist wirklich nicht gut Knochen essen. Wir müssen schon aufpassen. Er scheint sehr pflichtbewusst zu sein." Er nickte in Richtung der Säcke. „So schnell werden sie wohl nicht zurückkommen. Es ist jetzt die beste Gelegenheit, die Sache zu erledigen."

Domino und Alfonso kletterten mühelos über den Zaun auf die andere Seite. Tristan, Isolde und ich folgten Rudi durch den Graben, welcher zwar wirklich eng war, jedoch bei unserer Größe keine Schwierigkeiten verursachte. Mit leisen Pfoten liefen wir zu den Säcken. Alfonso und Domino blieben mitten im Hof in höchster Bereitschaft hocken. Zu meiner Enttäuschung handelte es sich bei dem ersten Stapel Säcke tatsächlich um Blumenerde, doch als Rudi auf andere Säcke zeigte, fanden wir tatsächlich Hundefutter. Nur, diese Säcke waren tatsächlich groß und der Stapel dazu noch so hoch, dass wir an den obersten Sack gar nicht herankamen.

Rudi ließ sich nicht irritieren. „Wer kann gut springen? Außer mir, natürlich", fragte er leise. Er verlor auch keine Zeit, sondern sprang mühelos auf den Stapel. „So schwer ist das nicht!", flüsterte er von oben. „Versucht es wenigstens!"

Ich wusste aber, dass weder meine Geschwister noch ich dazu in der Lage waren. Herzlos machten wir ein paar Sprünge, aber kamen gerade nur bis zur Mitte des Stapels. Rudi versuchte, allein einen Sack herunterzuschieben, doch dazu war er wiederum nicht kräftig genug. Ich dachte schon ans Aufgeben. Das hatte doch wirklich keinen Sinn. Wenn man so klein war, wie unsereins, war Hund zu nichts zu gebrauchen. Verärgert über mich selbst trat ich mit meiner

Pfote mit aller Kraft gegen den Stapel, der zur Überraschung aller leicht ins Wanken geriet!

„Huch!", rief Rudi erschreckt. „Ich bin fast heruntergefallen! Super Idee, Arlo! So machen wir das, du hast echt alles gerettet!"

Ich tat so, als ob das wirklich Absicht von mir gewesen wäre, obwohl ich doch etwas verlegen war, was niemand zu merken schien. Rudi sprang wieder herunter und mit vereinten Kräften fangen wir an, den Stapel hin und her zu schubsen. Und ja – ein Sack fiel tatsächlich herunter! Und kurz danach noch einer! Nun mussten wir diese nur noch bis zum Zaun ziehen, was wir zu viert auch mühelos schafften. Erst als wir dort angekommen waren, fiel uns auf, woran wir in unserer Aufregung nicht gedacht hatten. Der Garben unter dem Zaun war für die Säcke viel zu eng!

Etwas verdutzt starrten Anton und Luna uns von der anderen Seite an. „Das darf doch nicht wahr sein", seufzte Anton. „Da hilft nur eins: graben! Wir müssen das Loch vergrößern."

Ja, das sah ich auch ein. Und zwar ziemlich vergrößern. Wie konnte es sein, dass keiner von uns, also wirklich keiner, daran gedacht hatte? Bei den anderen konnte ich das irgendwie verstehen, aber mir mit meinem überdurchschnittlich wachen Geist hätte es doch auffallen müssen. Spätestens, als wir selbst durch den Graben grabbelten. Wozu nützte einem die Intelligenz, wenn man sie nicht zu gebrauchen wusste? Leise, jedoch mehr als deutlich, nahm ich Almas Stimme in meinem Hinterkopf wahr. Ich sollte aufhören, mich zu loben? Wo war da bitteschön Lob, wenn ich mich selbst tadelte? Die Kapazität meines Gehirns war nun mal eine Tatsache, wie schon oft bewiesen worden war. In einem musste ich allerdings Alma recht geben: jetzt hatte ich keine Zeit, um mir darüber Gedanken zu machen. Wir mussten an die Arbeit!

Mit vereinten Kräften dauerte es zum Glück nicht lange, bis wir tatsächlich den ersten Sack auf die andere Seite befördern konnten. Das Loch war zwar immer noch fast zu eng und wir mussten kräftig schieben und ziehen, aber letztendlich war es geschafft. Anton ermunterte uns, den zweiten Sack zu holen. Leise liefen wir wieder über den Hof und schafften es mit Leichtigkeit, auch diesen Sack zum Zaun zu schieben. Tristan und Isolde krabbelten schon durch das Loch auf die andere Seite und wollten gerade dabei helfen, den Sack durch das Loch zu ziehen, als Domino Alarm schlug.

„Der Hund kommt!", rief er uns etwas panisch zu.

Ich blickte mich und und sah, wie der Wachhund um die Ecke bog. Diesmal lief jedoch kein Wachmann neben ihm. Der Hund wirkte äußerst wachsam und schien jeden Zentimeter des Hofes zu überprüfen. Es war nur eine Frage von Sekunden, bis er uns unweigerlich entdecken würde! Ausgerechnet in dem Moment blieb der Futtersack unter dem Zaun stecken, wodurch der Fluchtweg für Rudi und mich versperrt war! Domino erfasste die Situation blitzschnell und fing an, hin und her zu springen, um den Wachhund auf sich aufmerksam zu machen. Alfonso sprang an der von uns abgewandten Seite am Zaun hoch und runter. Etwas irritiert folgte der Wachhund diesem Schauspiel, spurtete dann laut bellend in Richtung der Kater. Domino und Alfonso kletterten über den Zaun, blieben auf der anderen

Seite stehen und schnitten Grimassen, was den Wachhund richtig wütend machte.

Anton versuchte mit aller Kraft den Sack zu befreien und genau in dem Moment, als er es zu schaffen schien und der Sack sich endlich etwas bewegte, drehte der Wachhund den Kopf in unsere Richtung. Oh, nein! Ich konnte sogar aus dieser Entfernung erkennen, wie verblüfft er zuerst aussah. Wenn ich nicht in so einer Notlage gewesen wäre, hätte ich anerkennend zugegeben, dass dieser Hund eine wahrhaftig schnelle Auffassungsgabe hatte. Ich sah nur seine Zähne blitzen, als er begriff, was vor seiner Schnauze gerade passierte. In ein paar Sekunden würde er bei uns sein.

Ich schob Rudi vor mir in den Graben, wo der Sack immer noch nicht ganz durch war, und stellte mich zwischen ihn und den Wachhund. Anton und Luna zerrten an dem Sack und Rudi haute mich wütend mit der Pfote, was in dem engen Raum nicht ganz einfach war.

„Mach Platz!", rief er wütend. „Ich lasse dich doch nicht alleine mit diesem Hund kämpfen!"

Ich blieb unbeirrt auf der Stelle zu hocken und versuchte, ihn zu ignorieren. Nie mehr würde ich zulassen, dass ein Familienmitglied oder ein Freund von mir meinetwegen in Gefahr geriet oder verletzt wurde! Die Sache damals mit Alma hatte mir den Rest gegeben. Lieber würde ich mich opfern, als mir zusätzliche Schuldgefühle aufzuladen! Ich würde es mir niemals verzeihen, wenn auch noch meinem besten Freund etwas Schlimmes passieren würde! Rudi versuchte mich mit den Pfoten wegzuschieben, jedoch fiel er dabei rückwärts auf die andere Seite des Zauns, da der Sack sich endlich löste. Ich hätte ihm nun folgen können, falls ich schnell genug gewesen wäre. War ich aber nicht.

Ich schaffte es, mich noch umzudrehen, spürte jedoch die Zähne des Wachhundes an meinem Hinterbein. Mit einem Ruck zog er mich aus dem Graben und warf mich auf den Rücken. Seine riesige Pfote drückte mich zu Boden. Er schaute wütend auf mich und auf die anderen hinter dem Zaun. Sein Knurren war tief und furchterregend. Ich zitterte und hoffte, dass er wenigstens so barmherzig war, mich möglichst schnell zu töten. Aus dem Augenwinkel sah ich, wie Anton versuchte, sich durch das Loch zu zwängen, aber dazu war er zu groß. Er knurrte genauso laut wie der Wachhund, was jedoch hinter dem Zaun wenig Wirkung zeigte. Luna rüttelte wütend an dem Zaun und die anderen bellten laut. Der Wachhund schien sie jedoch gar nicht wahrzunehmen.

Der Wachhund beugte seinen Kopf direkt zu meinem Ohr. „Dich erledige ich als Erstes und dann kümmere ich mich um deine lächerlichen Freunde. Glaubt ihr, ihr könnt unter meiner Aufsicht etwas stehlen?" Er knurrte und fletschte seine Zähne. „Das hast du das letzte Mal versucht, Zwerg!"

Ich fühlte, wie meine Blase sich lehrte, schon wieder, aber nun wohl zum allerletzten Mal. In meinen letzten Augenblicken wollte ich an etwas Schönes denken und schloss meine Augen. Bilder von Alma und mir beim Spielen tauchten auf, und auch von meinen Eltern auf unserer Finca, wo wir alle im Schatten lagen. Ich war bereit.

22. DER SELBSTGEBASTELTE SCHLITTEN

„Lass ihn sofort los, Enrico!", hörte ich plötzlich jemanden rufen. Die Stimme hätte ich überall erkannt – Condesa! „Ich habe *sofort* gesagt! Er gehört zu mir!" So verärgert hatte ich sie noch nie erlebt.

Wahrscheinlich sah ich in dem Moment genauso verblüfft aus, wie der Wachhund. Er trat jedoch tatsächlich zur Seite und ließ mich aufstehen. Blitzschnell krabbelte ich durch das Loch zu den anderen. Condesa stand dicht am Zaun und starrte diesen Enrico eindringlich an. Was machte sie hier? Woher kannte sie diesen Hund?

Ich merkte, wie Enrico und Condesa sich beide wieder entspannten. Condesa nickte ihm zu und er trat einen Schritt näher. „Na, das ist ja eine Überraschung! Wie kommst du denn hierhin, Tante Condesa? Lange nicht gesehen."

Tante? Soweit ich es beurteilen konnte, war dieser Enrico auf keinen Fall ein Galgo, er sah eher aus, wie eine Mischung von Luna und etwas Dunklem, Gefährlichem. Condesa fragte mich, ob alles in Ordnung sei, wozu ich nur nicken konnte. Ich traute meiner Stimme nicht und war mir eh nicht sicher, ob ich irgendwelche Verletzungen hatte. Durch mein unkontrolliertes Zittern konnte ich an nichts anderes denken, außer wie knapp es gewesen war und wie dankbar ich Condesa war. Isolde setzte sich neben mich und legte ihre Pfote an meine Schulter, um mich zu beruhigen.

Rudi sah immer noch ziemlich verärgert aus, wohl wegen meinem Alleingang.

Condesa richtete ihre Worte nun an Enrico. „Ich habe gehört, dass meine Freunde vorhaben, Futter für unsere notleidenden Gäste zu holen. Als sie schon fort waren, fiel mir ein, dass du hier als Diensthund arbeitest. Da ich wusste, was für ein Hitzkopf du schon seit dem Welpenalter bist, entschied ich mich, ihnen zu folgen." Sie schüttelte leicht den Kopf. „Und fast wäre ich zu spät gekommen."

Enrico drehte seinen Kopf zur Seite und schien seine Aufmerksamkeit auf irgendetwas in weiter Ferne zu richten. Schämte er sich? Er räusperte sich und schielte wieder zu uns herüber. „Tut mir leid, ich konnte ja nicht wissen, dass diese Diebe irgendwelche Freunde sind." Kurz ließ er uns noch seine Zähne sehen – richtig beeindruckend waren diese schon. „Ich habe ja nur meine Pflicht getan. Deinem kleinen Freund wollte ich lediglich eine kleine Lektion erteilen, sonst nichts." Er schüttelte sich, wohl um sich zu entspannen. „Es soll um irgendwelche notleidenden Hunde gehen?"

Condesa erzählte ihm die ganze Geschichte mit dem Galgomann und wie wir die Hunde versteckt hatten und auch wie wir Zoe gefunden hatten. Anschließend erklärte sie uns, dass Enrico der Hund einer befreundeten Familie ihrer Besitzerin, Silva, sei und dass sie für ihn so etwas wie eine Patentante sei. Condesa seufzte. „Ich hätte früher daran denken sollen, dass Enrico hier arbeitet. Dann wäre ich sofort mitgekommen. Ich war aber so mit Zoe und den anderen beschäftigt, dass es mir erst hinterher einfiel. Tut mir leid, Arlo!"

Ich winkte ab, konnte jedoch immer noch nichts sagen, weil der Schrecken mir weiterhin fest im Nacken saß. Obwohl Isolde mich zu trösten versuchte, fühlte ich mich angespannt und zitterig. Langsam fing auch mein Bein, an dem dieser Enrico mich zu sich gezerrt hatte, weh zu tun. Ich inspizierte es etwas genauer, konnte jedoch kein Blut sehen, obwohl jede Bewegung nun Schmerzen verursachte. Ich musste wohl leise aufgejault haben, weil Luna sich zu mir setzte und mich an ihre Brust drückte. Condesa gab mir ein Küsschen auf die Wange. Als noch Rudi und Tristan mich zu trösten versuchten, wurde es mir zu viel. Ich fing an, hemmungslos zu schluchzen und konnte für eine lange Zeit einfach nicht aufhören. Was hatte ich mir dabei gedacht? Ich wollte meinen Freund beschützen, aber dabei hatte ich mich selbst in große Gefahr gebracht. Was hätten meine Eltern gesagt, wenn es anders ausgegangen wäre? Was wäre aus Alma ohne ihren Bodyguard geworden?

„Ui?" Alfonso kam näher. Ich blickte auf und sah, dass er irgendwo ein Blatt gefunden hatte und es an meine Füße legte. „Geschenk! Alles gut! Ui!"

Ich musste lächeln und trocknete meine Tränen. Mit so guten Freunden umgeben zu sein war wirklich ein Geschenk. Auf der anderen Seite des Zaunes räusperte Enrico sich. „Ich möchte euch helfen. Wenn ich gewusst hätte, was ihr vorhabt, hätte ich mich nicht so benommen." Er nickte mir zu. „Tut mir leid, wirklich! Ich fürchte, mein Begleiter, der Wachmann, wird bald unruhig werden, wenn ich nicht zurückgehe. Mir bleibt leider nicht viel Zeit."

Condesa lächelte ihn an. „Ja, wir müssen uns beeilen. Erzähle jedoch zuerst einmal, wie es euch seit eurem Umzug ergangen ist? Ist deine Mama wohlauf? Ich hoffe, unsere Silva wird euch bald wieder mit uns besuchen."

Sie nickte zu Isolde und Tristan und erklärte, dass sie nun auch bei ihr wohnten. Unbeirrt fingen Condesa und Enrico tatsächlich an, in alten Erinnerungen zu schwelgen. Ich fasste es nicht – wir sollten uns doch beeilen! Langsam wurde es anscheinend auch Anton zu viel, weil er sich räusperte und auf die Futtersäcke zeigte. Endlich hörten die beiden mit dem Gequatsche auf und konzentrierten sich wieder auf unsere eigentliche Aufgabe.

Enrico schaute uns und die Säcke an. „Ihr habt zwar Muskeln mitgebracht, jedoch wird der Weg zurück nicht ganz einfach werden. Wir möchten ja nicht, dass die Säcke beim Tragen oder Schleifen kaputt gehen. Wartet mal kurz!"

Er lief schnell zurück zum Baumarkt und verschwand hinter den übrigen Säcken. Als er zurückkam, zog er etwas hinter sich her. Wir warteten gespannt darauf, was für eine Idee er wohl hatte. Ich erkannte, dass er irgendeine große Plastikmatte oder etwas ähnliches mitgebracht hatte. „Hier! Das sollte reichen!", sagte er und lächelte uns an. Obwohl er jetzt uns gegenüber freundlich gestimmt war, fand ich sogar sein Lächeln beunruhigend. Ich war froh, den Zaun zwischen uns zu haben. Allerdings verstand ich nicht, was wir mit diesem Plastikteil anfangen sollten – im Gegensatz zu Anton, der ihm anerkennend zunickte.

„Ach, das ist tatsächlich eine große Hilfe! Gute Idee, mein Freund!" Als Enrico Antons Worte hörte, wurde er fast verlegen, wobei er endlich nicht mehr ganz so einschüchternd wirkte. „Kannst du bitte die Plane noch etwas näher zum Zaun ziehen, ich komme sonst nicht dran?" Anton versuchte diese Plane mit seiner Pfote zu greifen.

Das war also eine Plane. Wie sollte sie uns helfen? Zwar war es weiterhin so nass, dass es sicher angenehmer wäre, sich auf so einer Plane auszuruhen als auf der Erde. Jedoch bezweifelte ich, dass wir viel Zeit für so etwas hatten. Außerdem hätten wir dann noch zusätzlich diese Plane mitschleppen müssen. Da ich jedoch sah, wie aufgeregt Anton wegen dieser Erfindung war, wollte ich die Stimmung nicht mit einem durchaus berechtigten Einwand verderben, sondern wartete lieber ab. Gerade als Anton diese Plane durch das Loch zu uns zog, horchte Enrico auf.

„Oh nein! Mein Wachmann kommt!" Er blickte sich hastig um. „Ich versuche ihn abzulenken!" Er nickte uns noch hastig zu und lief schnell zum Baumarkt, wo der Wachmann gerade um die Ecke bog.

Domino stupste seinen Bruder an. „Komm, Alfonso! Lass uns ihm etwas Beihilfe leisten!" Alfonso schien ihn sofort zu verstehen und gab ein aufgeregtes „Ui!" von sich. Die Kater liefen am Zaun entlang auf die andere Seite des Hofes und fingen dort an, am Zaun zu rütteln und hinaufzuklettern. Wir anderen versuchten still zu halten und drückten uns auf die Erde. Der Wachmann leinte Enrico an und überprüfte sehr genau den Hof, was jedoch dadurch unterbrochen wurde, dass Enrico ihn wild bellend in Richtung der Katzen zog. Fast aus dem Gleichgewicht geraten versuchte der Wachmann Enrico zu bändigen.

„Hoppla! Nicht so schnell, Junge!" In dem Moment entdeckte er Domino und Alfonso. „Ach, du warst auf Katzenjagd. Ich habe mich schon gewundert. Aber lass das jetzt sein! Enrico! Bei Fuß!" Enrico gehorchte ihm aufs Wort und folgte dem Wachmann um die Ecke. Bevor er verschwand, drehte er jedoch den Kopf in unsere Richtung und grinste breit. Wir winkten ihm zum Abschied und atmeten endlich auf.

Alfonso und Domino liefen zu uns zurück und wir beglückwünschten sie zu einer gelungenen Aktion. „Alfonso gut! Ui!" Ja, da stimmte ich ihm vollkommen zu. Nun interessierte mich aber vor allem diese Plane, deren Sinn sich mir immer noch nicht erschlossen hatte. Ich berührte sie kurz mit der Pfote, nur, um feststellen zu müssen, dass es sich wirklich nur um eine gewöhnliche Plane handelte – dick, robust, aber trotzdem eine ganz gewöhnliche Plane. Ich zuckte mit den Schultern und wollte gerade eine Frage stellen, doch Anton kam mir vor.

„So! Lasst uns dann loslegen!" Da alle anderen – außer vielleicht Alfonso – zu wissen schienen, was zu tun war, war ich eigentlich froh, dass ich geschwiegen hatte. Ich setzte mich auf die Plane, um zu demonstrieren, dass ihre Funktion mir ebenfalls klar war. Als ich jedoch sah, dass die anderen mit Pfoten und Zähnen versuchten, die Plane auseinanderzuziehen, sprang ich möglichst unauffällig zur Seite und tat so, als ob ich ganz genau wusste, was zu tun war. Allerdings hatte ich kurz mein Bein vergessen, das bei dem Sprung wieder höllisch weh tat. Ich ließ meinen Kopf hängen, damit die anderen meine Tränen nicht mitbekommen würden, was mir wohl nicht so gut gelang.

Condesa streichelte mich vorsichtig am Rücken. „Ach, Arlo! Tut mir leid, dass Enrico mit dir so grob umgegangen ist. Ich wünsche, ich wäre früher dazugekommen." Sie sah sich mein Bein genauer an. „Soweit ich es erkennen kann, ist zum Glück nichts gebrochen. Aus eigener Erfahrung weiß ich jedoch, dass auch so eine Zerrung sehr schmerzhaft ist." Sie küsste mich kurz auf die Stirn.

Zwar fühlte ich mich durch sie getröstet, aber etwas ganz anderes bereitete mir Sorgen. Wie sollte ich morgen diese Spurensuche durchführen können, wenn ich mit dem Bein kaum auftreten konnte? Würde Mateo trotzdem den Termin wahrnehmen? Nicht, dass dieser Galgomann noch auf die Idee kam, einen anderen Rettungshund dazu zu holen. Ein Fremder könnte womöglich nicht die Spur der zwei Rüden aufnehmen, sondern der Spur zu den anderen Hunden folgen. Das wäre ja eine Katastrophe! Was sollte ich jetzt tun?

Durch die fröhlichen Rufe der anderen wurde ich in meinen Gedanken unterbrochen. Als ich aufschaute, bemerkte ich, dass schon der erste Futtersack auf die Plane geschoben worden war. Und sie waren alle dabei, auch den anderen Sack hinaufzubefördern. Langsam begriff sogar ich, was der Plan mit der Plane war. Hach, was für ein witziges Wortspiel, dachte ich noch und lächelte müde. Bevor wir uns auf den Rückweg machten, versuchten Rudi und meine Geschwister das Loch unter dem Zaun etwas zuzuschaufeln, damit es bei Tag nicht sofort auffiel.

Anton und Luna griffen jeweils eine Ecke der Plane mit den Zähnen und fingen an, diese zu ziehen. Was für mich eine Unmöglichkeit gewesen wäre, schien ihnen keine Schwierigkeiten zu bereiten. Problemlos reisten die Futtersäcke auf dem selbstgebastelten Schlitten über den Feldweg. Allerdings kamen sogar Anton und Luna so langsam vorwärts, dass ich trotz meines Beines keine

Schwierigkeiten hatte, mit ihnen mitzuhalten. Rudi gesellte sich zu mir, blickte mich fragend an, aber ich schüttelte nur den Kopf. Doch, alles gut! Er beließ es zum Glück dabei, aber sein Lächeln zeigte mir, dass er nicht mehr über meinen Alleingang verärgert war. Als Alfonso noch anfing, mühelos über unseren Schlitten hin und her zu springen, musste ich auch lächeln. Vielleicht wurde alles doch noch gut.

Als wir endlich an unserer Mauer ankamen, war ich sehr erleichtert. Das Pochen in meinem Bein war fast unerträglich geworden und ich sehnte mich nur noch nach meinem Korb. Zu allem Überfluss fing es wieder an zu regnen. Ich bemerkte, dass alle anderen ebenfalls immer müder geworden waren und keiner mehr die Kraft hatte, irgendwelche Sprüche von sich zu geben. Die Nacht war jedoch noch nicht zu Ende, wie wir feststellen mussten, als wir durch das Loch in den Garten stiegen.

Der Chef kam uns sofort entgegen. „Da seid ihr ja!" Er nickte uns anerkennend zu, als er die Futtersäcke entdeckte. „Vielen Dank für eure Hilfe! Das Futter können wir gut gebrauchen. Wir haben allerdings ein kleines Problem, aber vielleicht sollten wir die Säcke zuerst einmal verstecken."

Luna und Anton zogen die Säcke hinter das Gartenhaus und kippten unseren schönen Schlitten so um, dass das Futter nun unter der Plane lag. Ideal war das nicht, doch besser als nichts. Ich vermutete eh, dass sogar diese großen Säcke nicht allzu lange reichten. Aber anscheinend gab es nun wieder etwas, was aktuell unsere Aufmerksamkeit verlangte.

Der Chef sah trotz des Futters ziemlich betrübt aus. „Einer von uns ist krank geworden", erzählte er. „A3 ist einer von den älteren Rüden, der sowieso schon ziemlich geschwächt ist. Nun hat er hohes Fieber bekommen und hat schon mehrmals gebrochen. Ich weiß nicht, was wir tun sollten."

Das war allerdings ein sehr großes Problem. Wir gingen zügig zum Wintergarten, wo sich alle Galgos versammelt hatten. Einige schliefen erschöpft, doch andere lagen oder saßen und beobachteten mit besorgten Mienen einen Rüden, dem sie direkt an dem Heizungskörper Platz gemacht hatten. Ich erkannte sofort, dass es sich um den weißen Galgo handelte, vor dem ich zuvor, als wir bei dem Horrorhaus gewesen waren, so große Angst gehabt hatte. Jetzt fühlte ich nur Mitleid, weil er wirklich sehr krank wirkte. Er war anscheinend nur halb bei Bewusstsein, hechelte stark und strahlte eine ungeheure, ungesunde Hitze aus. Er musste sehr hohes Fieber haben.

Keiner schien zu wissen, wie wir ihm helfen konnten. Sicher wäre eine Möglichkeit, unsere Menschen zu alarmieren, doch dann würden sie durch den Chip erkennen, dass der Rüde dem Galgomann gehörte. Unser Plan sah auf keinen Fall vor, dass wir einen entkräfteten Hund zu ihm zurückschicken. Was er mit diesem anstellen würde, war zweifellos klar. Ich sah mich um und fühlte, dass diese Gruppe von kleinen und großen Galgos mir schon ans Herz gewachsen war. So ging es sicher uns allen. Wir wollten sie beschützen und mit allen Mitteln helfen. Doch was sollten wir jetzt tun? Ich war mir fast sicher, dass dieser Galgo ohne sofortige Hilfe die Nacht nicht überleben würde.

„Sollten wir vielleicht versuchen, nur Terri zu wecken?",
fragte Luna zögerlich.

Der Chef schüttelte den Kopf. „Der Chip." Ja, wir wussten alle, was mit dem Galgo passieren würde, falls der Galgomann ihn in die Finger bekam. Genauso gut konnten wir
ihn Hier und Jetzt sterben lassen. Der Chef ging zu ihm.
„A3!" Er bückte sich direkt an sein Ohr und stupste ihn
kräftig mit der Pfote, sehr kräftig, wie ich fand. Dieser A3
zeigte keinerlei Reaktion. Er schien jetzt noch tiefer in die
Bewusstlosigkeit zu sinken.

„Wir müssen handeln!" Der Chef schaute die anderen an.
„Geht bitte zurück in den Schuppen und bleibt ruhig. Zoe
muss bleiben, damit das nicht auffällt. Aber ihr anderen -
jetzt sofort!"

Als der Wintergarten sich geleert hatte und Domino si-
cherheitshalber auch Alfonso in die Küche geführt hatte,
sah ich, wie der Chef mit sich kämpfte. Der nächste Schritt
kostete ihm eindeutig große Überwindung. Er seufzte, untersuchte mit seiner Pfote den Hals des Galgos und ließ
dann die Pfote an einer Stelle liegen. Er blickte auf. „Schaut
jetzt bitte nicht hin. Das ist der einzige Weg."

Wir drehten uns um. Kurz zögerte der Chef anscheinend
noch, dann hörten wir jedoch ein komisches Geräusch – als
ob etwas gerissen wurde. Der Chef lief würgend an uns vorbei in den Garten und erbrach sich lautstark. Als ich meinen
Kopf zu dem kranken Galgo drehte, wurde mir auch augenblicklich übel. Ich schaffte es gerade noch hinaus, bevor ich
mich übergab. Der Chef hatte mit bloßen Zähnen den Chip
von dem kranken Galgo herausgebissen.

23. DER KRANKENTRANSPORT

Obwohl wir alle erschüttert waren, mussten die nächsten Schritte wohl überlegt sein. Der Chef gab uns noch ein paar Minuten, damit wir uns – oder besser gesagt, sich unsere Mägen - etwas beruhigen konnten. Er selbst hatte sich schnell wieder unter Kontrolle und vergewisserte sich noch, dass er den Chip weit genug weg gespuckt hatte. Ich versuchte mit aller Kraft nicht daran zu denken, was soeben passiert war und hielt mich von dem blutigen, kranken Galgo fern. Da er jetzt immer schwerer atmete, durften wir keine Zeit verlieren. Der Chef schlug vor, dass Luna Oma Martha holen sollte, während wir anderen uns in unsere Körbe legten, um möglichst wenig Aufmerksamkeit zu erregen. Er selbst versteckte sich in der Nähe hinter einem Busch.

Luna schaffte es anscheinend mit Leichtigkeit, Oma Martha zu wecken und ihr deutlich zu machen, dass sie ihr folgen sollte. Verschlafen tapste Oma durch die Küche und machte Licht an. „Was ist los, Luna? Ist die Tür zugegangen? Möchtest du raus?" Als sie jedoch in den Wintergarten ging, hörten wir sie sofort aufschreien.

„Du meine Güte! Da liegt ja ein fremder Hund!"

Wir konnten nicht mehr an uns halten und stürmten in den Wintergarten, um zu sehen, was nun passierte. Oma Martha kniete sich gerade hin und beobachtete A3 kurz. Sie sprang jedoch sofort wieder auf und lief schnell zurück nach oben. Auf jeden Fall war sie nun hellwach und ich musste zugeben, dass sie sich doch sehr flink für ihr Alter bewegen konnte. Nach einem kurzen Moment kam sie schon wieder zurück gestürzt, gefolgt von Opa Gerhard.

„Was sagst du? Wie - ein kranker Hund? Warte doch mal!", stotterte Opa Gerhard etwas außer Atem. „Wie viel Uhr ist es überhaupt?" Er blickte auf die Uhr, die an der Küchenwand hing. „Was? Drei Uhr!"

„Komm jetzt, Gerhard!", mahnte Oma Martha. „Das ist ein Notfall!"

„Ja, ja, es ist immer um die Uhrzeit ein Notfall." Etwas knatschig folgte er Oma zu uns in den Wintergarten. Als er jedoch den kranken Galgo sah, änderte sich seine Miene blitzschnell.

„Da liegt ja tatsächlich ein fremder Hund – der zudem noch sehr krank zu sein scheint." Er untersuchte A3 schnell. Da er früher, bevor er zu viele graue Haare bekommen hatte, als Notfallmediziner gearbeitet hat, war ich zuversichtlich, dass er auch den Zustand eines kranken Tieres schnell erkennen würde. Tatsächlich dauerte es nur ein paar Sekunden.

„Dieser Rüde muss sofort in die Klinik! Nicht nur, dass er direkt in den Hals gebissen worden ist, er hat anscheinend große Probleme beim Atmen und sehr hohes Fieber." Er schüttelte den Galgo vorsichtig an der Schulter. „Er reagiert gar nicht mehr. Er muss sofort in die Klinik!"

„Sollen wir die anderen aufwecken?", fragte Oma Martha besorgt.

Opa Gerhard schüttelte den Kopf. „Nicht nötig, ich hole nur Miguel."

Er verschwand, kam jedoch schnell mit Mateos Vater zurück. Ich hatte im Augenblick nicht mehr daran gedacht, dass er der leitende Tierarzt in der Klinik war. Das war natürlich für den armen A3 ein Glücksfall, obwohl ich mir nicht sicher war, ob das reichen würde. Etwas verdutzt betrachtete er kurz den Galgo, erfasste jedoch sehr schnell, was los war. Er holte Verbandsmaterial aus einem Küchenschrank.

„Die Bisswunde kann ich hier nur notdürftig behandeln. Ich muss mit ihm in die Klinik." Er schaute sich im Wintergarten um. „Das ist mir alles wirklich schleierhaft. Unsere Hunde scheinen unverletzt und dazu noch vollkommen ruhig zu sein. Wenn es hier einen Kampf gegeben hätte, hätten wir es doch mitbekommen. Und vor allem wundert es mich, woher dieser Hund plötzlich aufgetaucht ist."

Opa Gerhard zuckte mit den Schultern. „Martha hat vorhin behaup... öhm...gesagt, dass sie zusätzlich zu Zoe noch einen anderen Galgo gesehen hat. Vielleicht ist es eben dieser hier gewesen."

„Ich weiß nicht, Gerhard", sagte Oma Martha zögerlich. „Ich könnte wetten, dass es kein ausgewachsener Hund war und dass er dazu noch schwarz war... Dieser hier ist ja komplett weiß... Dass ich mich so hätte täuschen können..."

Opa Gerhard tätschelte sie an der Schulter. „Es ist wahrscheinlich alles sehr schnell gegangen. Und dass hier noch zusätzlich ein fremder Hund herumläuft, war ja sehr überraschend. Da kann man solche Kleinigkeiten schon falsch in Erinnerung haben."

Oma Martha schüttelte nur den Kopf, erwiderte jedoch nichts mehr. Ich konnte deutlich erkennen, dass sie nichts von dem Gesagten hielt. Sie streichelte A3 vorsichtig. „Armer Hund! Er ist ja furchtbar unterernährt."

„Ja, das ist er", stimmte Mateos Vater ihr zu. „Das ist wahrscheinlich auch der Grund, warum er erkrankt ist. In diesem Ernährungszustand wäre er in ein paar Tagen mit Sicherheit alleine da draußen eh verhungert. Zudem muss er jetzt noch gegen eine schwere Pneumonie kämpfen. Immungeschwächt, abgemagert, draußen bei dieser Witterung…"

„Du meinst, dass er eine Lungenentzündung hat?", fragte Oma Martha, wofür ich ihr dankbar war. Ich hatte nur das mit dem Abgemagert verstanden.

Mateos Vater nickte. „Genau. Aber jetzt muss ich mit ihm los. Ich ziehe mich nur kurz um. Gerhard, kannst du mir vielleicht helfen, ihn gleich in den Wagen zu tragen?"

Als er kurz danach mit A3 wegfuhr, legten wir uns wieder in unsere Körbe. Vor lauter Aufregung konnte jedoch keiner gleich einschlafen. Anton ging noch kurz in den Garten, um dem Chef zu erzählen, was geschehen ist. Trotz allem hielten wir an unserem Plan fest, wonach der Chef mit seinem Kumpel vor morgen früh eine frische Spur für unsere Suche legen sollte. Anton bestätigte, dass die beiden im Morgengrauen aufbrechen wollten. Ich fühlte, wie mein Bein weiterhin unangenehm pochte und dachte, ob ich mich Mateos Vater hätte zeigen sollen. Aber was hätte es uns genützt, wenn ich ebenfalls in der Klinik festsaß? Es hieß also, Zähne zusammenbeißen und die mir auferlegte Aufgabe erledigen.

Oma Martha und sogar Opa Gerhard waren wohl ebenfalls etwas aufgewühlt, weil sie nicht sofort in ihr Zimmer zurückgingen, sondern sich noch an den Küchentisch setzten. Opa Gerhard goss für sich und Oma Martha ein Glas Wasser ein. Ich hoffte, dass das alles nicht allzu lange dauern würde, damit Terri und Mateo nicht auch noch aufwachten. Dann würde Mateo sicher bemerken, dass sein Handy fehlte. Oma Martha brach das Schweigen als Erste.

„Weißt du, Gerhard, ich mag ja schon alt sein, doch senil oder blind bin ich noch lange nicht", sagte sie etwas verärgert und gekränkt. „Der Hund, den ich vorhin gesehen habe, war mit Sicherheit nicht der, den wir soeben gefunden haben."

Opa Gerhard wirkte ziemlich ratlos. „Ich möchte dir ja glauben, meine Liebste. Nur musst du doch selber zugeben, dass sich das alles ein bisschen unwahrscheinlich anhört. Woher sollen plötzlich immer neue Hunde kommen und ausgerechnet hier auftauchen?"

„Mateo hat doch etwas über ein Loch in der Mauer gesagt", erwiderte Oma Martha immer noch verärgert. „Da wäre doch durchaus möglich, dass diese Galgos so in den Garten gelangen konnten."

„Hmm, ja, kann tatsächlich sein. Daran hatte ich gar nicht mehr gedacht", stimmte Opa Gerhard ihr zu. „In dieser Jahreszeit wäre das durchaus denkbar, weil wieder so viele Galgos und andere Jagdhunde ausgesetzt werden. Sie irren verzweifelt umher und versuchen irgendeinen Unterschlupf zu finden."

„Eben." Oma Martha schien ihren Ärger überwunden zu haben. „Wenn sie dann unsere Hunde hören, kommt dieser Ort ihnen vielleicht sehr geeignet vor."

Opa Gerhard schaute uns an. „Allerdings wundert es mich schon, dass die Hunde bei diesen fremden Hunden sich nicht gemeldet haben. Besonders von Anton hätte ich das erwartet."

Nun war Oma Martha an der Reihe, mit den Schultern zu zucken. „Wer weiß, vielleicht haben sie einfach erkannt, in welcher Not diese Hunde sich befinden. Aber was hat es wohl mit dieser Wunde auf sich, die dieser Hund am Hals hat? Du meintest, dass es sich um einen Biss handeln würde."

„So sah es definitiv aus. Dafür habe ich jedoch keine Erklärung. Es ist sicher ein Zufall, dass die Wunde genau an der Stelle ist, wo man meistens einen Erkennungschip finden kann."

Sie schwiegen beide und schauten uns eingehend an. Da wir wussten, dass sie niemals erfahren würden, was tatsächlich geschehen war, konnten wir einfach entspannt liegen bleiben. Ich schielte zu Rudi, der neben Tristan und Isolde in einem anderen Korb lag, und wusste, dass wir denselben Gedanken hatten. Diese Nacht hatten die Galgos und wir noch relativ gut überstanden. Doch was würde passieren, wenn die Menschen erfuhren, dass sich auf dem Grundstück noch ein paar Galgos mehr befanden. Ich wusste nicht, wie viel Zeit wir tatsächlich durch den Trick mit Mateos Handy gewonnen hatten, wollte jedoch nicht mehr in dieser Nacht darüber grübeln.

Alfonso kam zu mir. Wie mir gleich klar wurde, hatte er doch mitbekommen, was der Chef gezwungenermaßen im Wintergarten getan hatte. „Ui?" Er zeigte auf den Platz neben mir, wo normalerweise Alma lag. Ich nickte, schob

Almas Ball etwas zur Seite, wobei das Glöckchen darin klingelte. Ach, Alma! Ich war froh, dass Alfonso sich an mich kuschelte. Das hatte er noch nie zuvor gemacht und obwohl es etwas ungewohnt war, neben einer Katze zu liegen, war es auf keinen Fall unangenehm. Eher tröstlich.

„Ui!"

„Was ist, Alfonso?", fragte ich.

„Alfonso besser als der Chef!"

„Wie meinst du das?"

„Wenn der Chef Arlo beißt, kommt Alfonso mit diesen!" Er streckte seine vorderen Beine aus und fuhr seine Krallen heraus. Bei dem Anblick wurde mir ganz anders. Diese Krallen waren tatsächlich richtig scharf und lang, eine ordentliche Waffe, die so eine Katze mit sich trug. Ich musste sogar kurz schlucken.

„Sehr schön, Alfonso!", lobte ich ihn, obwohl ich schon etwas Angst vor ihm bekam. Zum Glück stand er auf meiner Seite. „Ich bin aber sicher, dass der Chef weder mich noch sonst jemanden hier beißen wird. Es war ein Notfall." Ich versuchte, so viel Zuversicht in meine Stimme zu bekommen, wie nur irgendwie möglich. Ich musste jedoch zugeben, dass ich in dieser Sache nicht so sicher war. Wer weiß, wozu diese Galgos fähig waren, wenn sie sich und ihre Familie schützen mussten. Ich hoffte inständig, dass ab jetzt alles planmäßig ohne irgendwelche grausigen Zwischenfälle laufen würde. Dabei war mir bewusst, dass unser Plan nur bis zum nächsten Morgen reichte. Darüber, was danach geschehen sollte, hatte wohl wieder einmal niemand nachgedacht. Aber wie gesagt, in dem Moment war ich einfach viel zu müde, um die anderen darauf aufmerksam zu machen, geschweige denn, mir meinen Kopf darüber zu zerbrechen.

Alfonso hatte sich anscheinend beruhigt, obwohl er noch ein paar Mal seine Krallen hinein und wieder hinaus fuhr. Eine Katze war schon ein ziemlich eigenartiges Wesen. Ich schaute meine eigenen Krallen an, die wegen der regelmäßigen Maniküre von Terri zwar kurz und gepflegt aussahen, jedoch gleichzeitig vollkommen ungefährlich und nutzlos waren. Außerdem konnten diese Kater wahnsinnig gut klettern und springen. Und dass sie sich noch selbst putzen konnten, war auch nicht verkehrt. Als ob dies nicht schon reichen würde, hatten sie dazu noch bewiesen, dass sie sehr viel Mut hatten – ja, mir schon fast furchtlos vorkamen. Dass Alfonso seine eigene, vielleicht etwas außergewöhnliche, Sichtweise in vielen Sachen hatte, ergänzte komischerweise diese anderen Eigenschaften. Hund konnte sich schon ein bisschen minderwertig fühlen. Ich seufzte, verjagte meine trüben Gedanken und lächelte Alfonso an. Domino gesellte sich ebenfalls zu uns und bald schliefen wir eng aneinander gekuschelt ein.

24. LUNA SCHAFFT ES SCHON

Am nächsten Morgen wachten wir dadurch auf, dass Mateo in die Küche hineinstürmte. Er hatte tatsächlich verschlafen, dank des versteckten Handys. Hektisch suchend lief er herum, verschwand wieder in den Flur und rief Terri, dass diese sich beeilen sollte. Terri war anscheinend überstürzt aufgestanden, weil sie ihre Socken erst im Flur anzog und ebenfalls gehetzt wirkte. Wir blieben noch ruhig liegen und beobachteten das Schauspiel.

„Es muss doch irgendwo sein!", rief Mateo ziemlich verärgert. „Wir sind echt spät dran! Ich muss dem Alvarez Bescheid geben."

„Warte mal", sagte Terri und zog ihr Handy aus der Hosentasche. „Ich rufe dich an!" Gesagt, getan und gleich darauf hörten wir sein Handy im Flur klingeln.

„Was... In meinem Stiefel? Das kann doch nicht wahr sein!" Mateo fischte sein Handy aus dem Schuh und starrte das Handy einen Moment verwirrt an. „Wie auch immer... Ich rufe ihn an und sage, dass wir uns verspäten. Eine halbe Stunde?"

Terri nickte und eilte in die Küche. „Ja, das müsste reichen. Ich füttere schnell die Hunde und setze Kaffee auf. Ohne Kaffee würde ich heute unbrauchbar sein." Sie füllte die Kaffeemaschine mit Wasser und wollte gerade eine Filtertüte aus dem Schrank holen, als ihr wohl etwas einfiel. „Wo sind eigentlich die anderen? Dein Vater ist sicher schon zur Arbeit, aber Oma und Opa? So lange schlafen sie sonst nie."

Gleich darauf hörten wir, wie jemand die Treppe herunterkam. Oma Martha tauchte vollkommen schlaftrunken in der Küche auf. „Guten Morgen! Was für eine Nacht! Aber solltet ihr nicht schon fort sein?"

„Wir haben verschlafen!", rief Mateo aus dem Flur, wo er Lunas Rettungshundeweste aus dem Schrank hervorholte. „Aus irgendeinem Grund befand sich mein Handy plötzlich in meinem Stiefel. Da habe ich schon so einen leisen Verdacht."

Er schielte zu Rudi, der plötzlich sehr großes Interesse an eine kleine Spinne zeigte, die neben seinem Korb lief. Mateo schüttelte nur den Kopf und legte eine lange Schleppleine neben die Weste. Dabei fiel mir ein, dass meine Weste wohl auf unserer Finca war. Diese gelben Westen waren unsere Arbeitsuniformen, ohne die man sich inzwischen gar nicht mehr so gut auf die Suche konzentrieren konnte. In dem Moment, als ich versuchte aus dem Korb zu steigen, wusste ich, dass die Suche für mich an dem Tag da schon vorbei war. Ich hatte nur ganz vorsichtig mein verletztes Bein belastet, hatte aber solche stechenden Schmerzen, dass ich unwillkürlich aufjaulte. Natürlich musste Terri das mitbekommen.

„Was ist mit Arlo los?", fragte sie besorgt, schaltete die Kaffeemaschine an und kam zu mir. Als sie sah, dass ich schon im Stehen ein Bein hochhielt, seufzte sie tief. Sie tastete es ganz vorsichtig ab. „Gebrochen ist da nichts. Wahrscheinlich hat er das Bein beim Spielen verzerrt, falsch getreten oder so. Das muss jedoch beobachtet werden. Klar ist, dass er heute an der Fährtensuche nicht wird teilnehmen können. Ich gebe ihm auf jeden Fall ein leichtes Schmerzmittel."

Oma Martha setzte sich an den Küchentisch. „Wir werden bald die besten Kunden der Tierklinik sein." Ich vermutete, das war nur halbwegs scherzhaft gemeint. Als Terri fragend aufschaute, erklärte Oma Martha, was in der Nacht geschehen war. Terri war anscheinend so verblüfft, dass sie sich ebenfalls an den Tisch setzen musste. Nicht, dass sie jetzt noch unser Frühstück vergaß – der Tag fing wirklich nicht besonders an. Oma Martha beteuerte auch Terri gegenüber, dass dieser weiße Galgo mit Sicherheit nicht derselbe war, den sie zuvor gesehen hatte. Terri schüttelte nur den Kopf und stand endlich wieder auf, um unsere Näpfe zu füllen.

„Das ist schon alles mehr als merkwürdig. Wenn wir mit diesem Alvarez fertig sind, fahren wir eh in die Klinik. Ich rufe euch dann an, wenn wir mehr über den Zustand des Hundes wissen."

Oma Martha stand auf und holte Kaffeetassen aus dem Schrank. „Wahrscheinlich gibt Miguel sowieso bald Bescheid. Auch Alma sollte ja heute nach Hause kommen dürfen – ihr bringt sie sicherlich dann mit, oder?"

Terri nickte zur Bestätigung. „Klar! Ich hoffe, ihr geht es dementsprechend gut. Aber sie hätten sich sicher gemeldet, wenn es nicht so wäre."

Mateo kam ziemlich gehetzt in die Küche. „So, ich habe diesen Alvarez über unsere kleine Verspätung informiert. Lass uns schnell etwas frühstücken und dann müssen wir los. Hast du Arlos Sachen schon fertig?"

Terri schmierte sich schnell ein Brot. „Ach, hast du das gerade nicht mitbekommen? Arlo hat sein Bein verletzt, er kann heute unmöglich mit."

Mateo schwieg kurz und goss allen Kaffee ein. „Tja… Dann müssen wir mal schauen, wie wir den Hof von dem Alvarez besichtigen können. Ich glaube nicht, dass wir so viel Glück haben, dass die Fährte uns dorthin führt. Aber wer weiß…"

Ja, wer weiß. Er sollte nicht allzu überrascht sein, wenn Luna sie doch direkt zu diesem Hof brachte. Papa hatte ebenfalls Mateos Worte gehört und winkte Luna zu sich. Weil wir anderen aus Neugier auch zu ihm gingen, fiel das natürlich wieder auf. Mateo schaute uns an und hob leicht seine Augenbrauen. Um nicht wieder in eine Diskussion verwickelt zu werden, wie merkwürdig unser Benehmen war, nickte Papa in Richtung Garten. Das war auf jeden Fall etwas Normales, was ein Hund gerne tut – in den Garten gehen.

Zuerst schnüffelten wir herum und erledigten unsere Geschäfte, wie es sich immer morgens gehört. Papa ahnte jedoch, dass Mateo bald Luna holen würde, und wollte keine Zeit verlieren. Ich schaute mich noch um, konnte aber keinen von den Galgos entdecken. Vielleicht waren sie noch oder schon wieder in dem Gartenhaus – oder sind sie doch ihrem Chef gefolgt, der sicher schon seit ein paar Stunden mit B2 unterwegs war? In dem Fall hätte der Chef ihnen doch verboten, mitzukommen, oder? Bevor ich meine Bedenken laut äußern konnte, bat Papa Luna zu sich.

„Es war ja geplant, dass Arlo etwas Verwirrung bei der Spurensuche bewirken sollte", fing er an. „Nun bleibt leider alles an dir hängen, Luna."

Luna sah zuversichtlich aus. „Das wird kein Problem sein. Ich weiß, was zu tun ist. Die Galgos wollten ja zurück zu diesem Hof, damit der Galgomann sie findet."

Ich verstand das Ganze nicht so richtig. „Öhm…", räusperte ich mich. „Wenn sie eh zurück zu dem Hof laufen wollten, wozu dann diese ganze Aktion mit der Spurensuche?"

„Ich habe gestern Abend noch mit dem Chef gesprochen", sagte Papa. „Es war ja bereits absehbar, dass dein Bein dir einen Strich durch die Rechnung machen würde. Jedoch müssen wir unbedingt erreichen, dass Mateo und Terri sich den Hof anschauen, um die Zustände dort, insbesondere im Stall, zu prüfen. Der Chef hat zugestimmt, dass sie sich dem Galgomann nicht zeigen, bevor Luna die Menschen zu ihnen geführt hat."

Das konnte ich nachvollziehen. Die zwei Galgos waren mit Sicherheit schon bei dem Hof, aber hielten sich versteckt. Der Plan war natürlich sogar einfacher, als wenn ich mich da irgendwie eingemischt hätte. Zwar wäre ich sehr gern dabei gewesen, aber wenn es nicht möglich war, mussten wir uns darauf verlassen, dass Luna alles richtig machen würde. Ich schielte zu ihr und sah, dass sie gerade dabei war, sich ausgiebig mit der Hinterpfote am Ohr zu kratzen. Richtig elegant sah das nicht aus. Als sie noch dabei vor Vergnügen ihre Augen verdrehte, musste ich tief Luft holen. Irgendwie würde alles sicher klappen.

Allerdings fiel mir noch etwas ein. „Hört mal!", rief ich aufgeregt. „Luna ist doch unsere falsche Wölfin! Der Galgomann wird sie vielleicht wiedererkennen!"

„Ich weiß nicht", erwiderte Luna. „Die Menschen sind meistens nicht so aufmerksam. Da ich meine gelbe Weste anhaben werde, wird der Galgomann wohl keinen Zusammenhang sehen."

So zuversichtlich, wie sie das sagte, konnte sie uns fast überzeugen. Papa nickte ihr zu. „Ja, da hast du wahrscheinlich recht, Luna. Außerdem, selbst wenn er Verdacht schöpfen würde, würde das in der Sache nicht viel ändern. Er will ja nur seine besten Jäger zurück, alle anderen sind ihm doch egal."

Wir alle murmelten etwas Zustimmendes. Ich hatte für einen verwirrten Moment lang außer Acht gelassen, dass einige Menschen wirklich zu allem fähig waren. Dass wir für diese bösen Menschen nur eine austauschbare Ware – oder besser gesagt - vollkommen wertlos waren, war einfach eine Tatsache. Dadurch, dass der Chef und B2 sich opferten, hatten die anderen Galgos wenigstens eine Überlebenschance. Ich musste nur daran denken, wie wir Zoe gefunden haben, um sicher zu sein, dass dieser Galgomann vor nichts zurückschrecken würde. Wir konnten unmöglich erlauben, dass die Galgos, aus welchem Grund auch immer, doch noch zurück zu ihm mussten. In dem Moment tauchte Mateo auf der Terrasse auf und unterbrach meine trüben Gedanken. Er bat Luna, zu ihm zu kommen. Sie winkte uns noch kurz zu und eilte schwanzwedelnd zu ihm. Ja, ich musste zugeben, dass das alles schon ziemlich aufregend war.

Als wir hörten, wie sie mit dem Auto wegfuhren, drehte ich mich zum Gartenhaus hin. Dass die Galgos sich nicht blicken ließen, war schon etwas merkwürdig. Ich bat Rudi, mit mir zu kommen und nachzuschauen. Tatsächlich war das Gartenhaus leer. Rudi lief schnell zu den Büschen, die das Loch in der Mauer bedeckten. Jedoch war weder dort noch hinter der Mauer eine Spur von den Galgos zu finden. Wir standen ziemlich ratlos vor dem Gartenhaus, als Rudi mich plötzlich anstupste.

„Hörst du das?", fragte er und grinste breit.

Zuerst verstand ich nicht, was er meinte, aber als ich noch zusätzlich meinen Atem anhielt, um möglichst still zu sein, hörte ich es auch. Schmatzen! Ganz eindeutig Schmatzen! Wir liefen schnell hinter das Gartenhaus und da waren sie alle! Einer von den Futtersäcken war aufgerissen worden und das Futter verteilte sich auf der Plane und sogar auf der Erde drumherum, was die Galgos nicht das Geringste zu stören schien. Natürlich kannte ich nur allzu gut das Hungergefühl, jedoch fand ich es doch ein bisschen widerlich, von der Erde zu essen. Da gelangten ja zwangsläufig alle möglichen Schmutzdinge in den Mund. Bin ich immer so ein Feinschmecker gewesen oder hatte diese Zeit auf unserer Finca schon auf mich abgefärbt? Ich wusste es ehrlich gesagt nicht mehr. Die Galgos ließen sich nicht von uns bei ihrem Frühstück stören. Jedoch konnte ich sehen, dass alle Erwachsenen darauf achteten, dass auch die Kinder genug von dem Futter abbekamen. Obwohl sie alle großen Hunger haben mussten, lief alles sehr friedlich ab. Der Zusammenhalt in diesem Rudel war deutlich spürbar. Vielleicht sollte ich ihr Zusammenleben weiterhin etwas genauer beobachten, um diese Dynamik besser zu verstehen. Es könnte für meine Karriere als einer der erfolgreichsten Hundepsychologen nützlich sein. Als ich unerwartet kein Kommentar von Alma in meinem Kopf hörte, wurde ich doch ein bisschen unruhig. Mit ihr war wohl alles gut, oder?

Rudi lenkte mich von diesem Gedanken ab und zeigte auf den Futtersack. „Sehr lange wird das nicht reichen – zwei, drei Tage vielleicht und dann haben wir wieder nichts für sie."

„Ja, so sieht es wohl aus", stimmte ich ihm zu. „Aber wer weiß, was in der Zwischenzeit noch geschieht." Vielleicht ein Wunder, aber das sagte ich nicht laut, weil ich befürchtete, dass tatsächlich nur ein Wunder uns noch helfen konnte.

Wir saßen noch eine Weile bei den Galgos, die sich mit uns nach dem Essen unterhielten. Auch Condesa und Zoe waren dazu gekommen. Der Chef hatte die Tochter von Condesa zu seiner Stellvertreterin ernannt, weil sie schon durch die konsequente und liebevolle Erziehung ihrer Kinder Respekt im Rudel genoss. Sie erzählte uns, dass der Chef ihnen befohlen hatte, sich weiterhin versteckt zu halten und abzuwarten. Tja, was anderes blieb ihnen wohl gar nicht übrig. Wenigstens waren sie noch dort im Garten und irrten nicht irgendwo im Wald umher. Anscheinend war der Wunsch, zurück zu dem Galgomann zu gehen, schon vom Tisch, in dem Moment wenigstens. Die Galgos wirkten so zufrieden, wie es in diesem Augenblick nur möglich war. Allerdings erwähnten weder Rudi noch ich, dass Mateo in nächster Zeit wohl das Loch in der Mauer finden und zumachen würde. Darum sollten wir uns dann kümmern, wenn es tatsächlich so weit war. Mit anderen Worten, wir hatten keinen blassen Schimmer, was wir tun sollten.

Als es wieder leicht zu regnen anfing, sammelten die Galgos sich im Gartenhaus und ich schlenderte mit Rudi zurück zum Haus. Condesa und Zoe wollten noch bei den anderen bleiben und hofften, dass niemand so schnell auf ihre Abwesenheit aufmerksam werden würde. Rudi hatte ihnen noch zugezwinkert und gesagt, dass es uns sicher gelingen würde, die Menschen für eine Weile abzulenken. Da hatte er sicher nicht zu viel versprochen. Ich hätte nur Alfonso zu irgendeinem Blödsinn anstiften müssen und die Menschen wären sicher länger als gedacht mit ihm beschäftigt gewesen. Das war jedoch gar nicht nötig, wie wir sofort feststellten, als wir die Küche betraten.

Opa Gerhard war gerade dabei, ein Telefonat zu beenden. Als Oma Martha ihn fragend anschaute, erklärte er, dass die Handwerker auf der Finca ein paar Fragen hätten und er deshalb dorthin fahren müsse. „Ja, fahre nur", sagte Oma Martha. „Ich mache in der Zeit ein bisschen Ordnung oben in unserem Zimmer. Ich werde auch noch staubsaugen. Letztendlich müssen Miguel und Mateo doch irgendeinen Nutzen davon haben, dass sie uns aufgenommen haben."

Opa Gerhard lachte kurz auf, nahm seine Autoschlüssel und fuhr davon. Als Oma Martha ebenfalls die Küche verlassen hatte, konnten wir uns entspannen. Ich gesellte mich zu Tristan und Isolde in den Korb, um ein Nickerchen zu machen. Rudi setzte sich zwischen Antons Pfoten und kuschelte sich ein, wobei ich daran denken musste, wie gerne Alma das immer bei Luna machte. Wie lange würde Luna wohl für die Suche brauchen? Würde Alma tatsächlich heute aus der Klinik entlassen werden? Was sollten wir mit unseren Galgos machen? Fragen über Fragen. Ich döste ein und wachte erst wieder auf, als Tristan mich irgendwann leicht anstupste.

„Luna kommt zurück!", rief er aufgeregt.

25. MITTEL GEGEN LANGEWEILE

Mateo kam mit Luna durch die Tür und winkte Oma Martha zu, die wohl mit ihrer Putzaktion fertig war und jetzt an der Theke irgendein Gemüse vorbereitete. „Ich bringe nur Luna zurück, Terri und ich müssen weiter zur Arbeit!", rief er. Er wollte sich umdrehen und wieder hinauslaufen, aber Oma Martha hielt ihn zurück.

„Erzähl doch kurz, wie alles gelaufen ist!", bat sie. „Ich platze vor lauter Neugier!" Sie legte das Messer weg und fegte das Gemüse in einen Topf, der auf dem Herd stand.

Mateo schaute auf die Uhr, blieb jedoch stehen. „Wir sind zwar spät dran, aber eine Minute habe ich noch." Er ging zum Kühlschrank und nahm eine Flasche Wasser heraus. „Hab' ich Durst! So eine Rennerei durch den Wald." Er trank gierig die halbe Flasche auf ein Mal. „Luna hat hervorragende Arbeit geleistet, muss ich zugeben!"

Ich schielte zu Luna, die auch am Wassernapf trank. Sie hielt jedoch kurz inne, als sie Mateos Lob hörte, und lächelte etwas verlegen. Ja, Lob war nicht gerade das, was Luna tagtäglich zu hören bekam. Ich nahm mir fest vor, wirklich daran zu denken, ihr öfter mal etwas Nettes zu sagen. Manchmal war sie nur so tollpatschig und auch ein bisschen langsam, dass man dafür nicht so leicht eine Gelegenheit bekam. Positive Verstärkung sollte die Leitlinie meiner psychologischen Praxis werden. Dadurch konnte Luna ihre Fähigkeiten sicher sogar weiterentwickeln und unter meiner

Führung womöglich ungeahnte Erfolge erzielen. Dass Alma in meinem Kopf immer noch schwieg, machte mir doch langsam Sorgen.

Mateo lehnte sich an den Tisch und erzählte weiter. „Luna fand die Spur von diesen Galgos mit Leichtigkeit. Zu unserer Überraschung führte diese uns direkt zu dem Hof von diesem Alvarez, wo er schnell im Wald zwei von seinen Jagdhunden entdeckte. Diese Ausreißer wären wohl auch ohne uns in Kürze entdeckt worden."

Er trank noch mehr Wasser. „Die Begrüßung war zwar von beiden Seiten nicht direkt herzlich, aber so ist es wohl oft bei den Jägern." Er schüttelte leicht den Kopf. „Allerdings konnten wir uns nicht auf dem Hof umschauen, weil er sich schnell bedankte und uns wieder durch das Tor beförderte. Das war etwas merkwürdig, aber wir konnten nichts dagegen machen."

„Hmm…", machte Oma Martha nachdenklich. „Vielleicht hat er tatsächlich etwas zu verbergen. Hast du nicht gesagt, dass er nach drei Galgos sucht?"

Mateo zuckte mit den Schultern. „Ja, dachten wir auch. Er meinte jedoch, dass diese Hunde und nur diese genau die Richtigen waren. Irgendwie fanden wir die ganze Situation etwas merkwürdig…" Er hielt inne und schien über etwas nachzudenken. Als Oma Martha ihn fragend ansah, fuhr er fort.

„Wir blieben noch kurz hinter ein paar Bäumen stehen. Als dieser Alvarez sich unbeobachtet fühlte, jagte er mit Hilfe eines Stocks diese Hunde in einen Stall, der richtig heruntergekommen aussah. Alles lief ziemlich unsanft ab und sogar diese kräftigen Galgos wirkten sehr eingeschüchtert. In dem Moment konnten wir jedoch nichts weiter unternehmen. Vielleicht schaue ich mich noch die Tage dort um."

Er blickte noch einmal auf die Uhr. „Wir müssen jetzt aber wirklich fahren. Ich bringe Terri auch eine Flasche Wasser mit." Er griff kurz in den Kühlschrank und verabschiedete sich dann schnell.

Luna ließ sich auf die Fliesen fallen und seufzte tief. „Ja, so ungefähr, wie Mateo erzählte, ist es gelaufen", sagte sie. „Schon etwas enttäuschend…"

Wir wussten alle, was sie meinte. Es war keine Überraschung, dass sie keine Schwierigkeiten gehabt hatte, der Spur zu folgen. Allerdings hatten wir gehofft, dass Terri und Mateo den furchtbaren Stall hätten inspizieren können. Das hätte vielleicht schon für eine Anzeige wegen Tierquälerei gereicht. Aber gut, wir mussten uns wohl etwas anderes einfallen lassen.

„Du hast alles getan, was du konntest", versuchte Mama Luna zu trösten.

„Ja, sicher, nur…" Luna sah aber wirklich sehr betrübt aus. „Der Chef und B2 sahen nicht gerade fröhlich aus, als sie diesen Galgomann wiedersahen. Sie sind ihm nun vollkommen ausgeliefert. Dass sie so ein großes Opfer für ihr Rudel gebracht haben, ist schon bemerkenswert."

Wir alle stimmten zu, doch freuen konnte sich niemand. Papa unterbrach das bedrückende Schweigen und räusperte sich. „Ja. Also. Wir können diese zwei Helden unmöglich im Stich lassen. Es muss irgendetwas geben, was wir machen können. Uns allen ist wohl bewusst, was mit ihnen passiert, wenn sie diesen großen Wettbewerb nicht

gewinnen." Er hielt kurz inne. „Obwohl es wohl keinen großen Unterschied macht, ob sie gewinnen oder nicht. Ihre
Zukunft bei diesem Galgomann wird düster und grausam
sein."

Oma Martha schnitt weiter Gemüse und summte dabei
gutgelaunt irgendein Lied, was überhaupt nicht zu unserer
Stimmung passte. Luna war wohl doch ziemlich erledigt
nach der Suchaktion und war schon eingeschlafen. Obwohl
es keine sehr weite Strecke und die Spur leicht zu finden
gewesen war, wusste ich von unserem Training, dass diese
Fährtensuche mental doch sehr anstrengend war. Hund
musste sich so unheimlich konzentrieren, dass es einem
schnell ermüdete. Jedoch war es auch sehr belohnend, wenn
man das Gesuchte dann fand. Nicht nur, dass man ein gutes
Gefühl über die eigenen Fähigkeiten bekam, sondern die
Menschen gaben uns danach immer eine tolle Belohnung.
Meistens, jedenfalls bei mir, war es ein super Leckerli, weswegen ich doch bedauerte, dass ich mich nicht an der Suche
hatte beteiligen können.

Weil es noch heftiger regnete als vorhin, hielten wir uns
in der Küche und im Wintergarten auf. Condesa war mit einem der Geschwister von Zoe zurückgekehrt und versuchte
so gut es nur ging diesen Welpen im Korb warm zu halten.
Oma Martha war nur kurz vorbeigekommen, um allen einen Kauknochen zu geben, und beschäftigte sich weiter mit
ihrer Kocherei. Ich beobachtete, wie Alfonso versuchte, eine
Fliege zu fangen, die komischerweise mitten im Winter aufgetaucht war. Nach einer Weile wurde es der Fliege wohl
zu nervig und sie flog durch den Wintergarten hinaus.

Alfonso lief ihr hinterher, drehte jedoch nach ein paar Schritten um und setzte sich an die Heizung.

„Alfonso nass! Regen böse!" Er schüttelte sich ein paar Mal angewidert und fing an, sich zu putzen. Ich blickte zu Rudi, der gleichzeitig mit mir die Augen verdrehte. Der Kater hatte vielleicht maximal drei Regentropfen abbekommen. Als auch diese Unterhaltung vorbei war, geschah nichts mehr. Allmählich wurde es mir doch sehr langweilig. Geschlafen hatte ich auch genug und nach dem Kauknochen würde ich sicher ewig auf die nächste Mahlzeit warten müssen. Anton und Luna dösten nebeneinander, meine Eltern unterhielten sich leise mit Tristan und Isolde. Domino saß auf einer Fensterbank und folgte dem Spiel der Regentropfen an der Fensterscheibe. Anscheinend brauchte man nicht sehr viel, um eine Katze zu unterhalten. Bei uns Hunden war es jedoch anders. Wir mussten uns entweder geistig oder körperlich fit halten und dazu brauchten wir nun mal etwas mehr als ein paar Regentropfen. Immer noch keine Alma-Stimme. Vielleicht stimmte sie mir in dieser Sache einfach zu. Trotzdem stieg meine innere Unruhe immer weiter.

Um nicht vor lauter Langeweile einzugehen, und auch auf andere Gedanken zu kommen, setzte ich mich zu Rudi und fragte, ob er einen Vorschlag hatte, was wir tun könnten. Er schaute durch das Fenster, aber es regnete weiterhin stark. „Hmm…", überlegte er. „In den Garten wollen wir wohl nicht. Was macht dein Bein? Könntest du ein paar Stufen steigen?"

Vorhin hatte Terri mir irgendeine Tablette gegeben, wodurch das Pochen in meinem Bein nachgelassen hatte.

Ich stand auf und ging ein paar Schritte. „Also, etwas besser ist es auf jeden Fall. Wenn ich es nicht voll belaste, müsste es gehen. Was hast du im Sinn?"

Rudi schielte zu Oma Martha. „Lass uns unauffällig nach oben gehen. Das ist nicht gerade verboten, jedoch möchte Mateos Vater, dass wir uns eher hier unten aufhalten, wenn sie nicht zu Hause sind."

Ich zuckte mit den Schultern. Sein Vorschlag hörte sich zwar nicht gerade spannend an, war allerdings besser, als nur herumzusitzen. Das mit dem Unauffällig war wiederum nicht meine Stärke. Als Rudi schon in den Flur flitzte, musste ich mich an der Tür noch umdrehen, um sicher zu gehen, dass Oma Martha weiterhin beschäftigt war, wobei ich zwangsläufig gegen die Tür lief. Diese schlug gegen die Wand und schwenkte wieder zurück, wodurch Alfonso seine Schaukel wieder einfiel.

„Jihaa!", rief er und sprang auf die Tür, die erneut gegen die Wand schlug. Oma Martha drehte sich um, schüttelte jedoch nur den Kopf und konzentrierte sich wieder auf den Topf vor ihr. Das musste aber ein aufwändiges Gericht sein, obwohl es nur nach Gemüse roch, was für mich keine große Verlockung darstellte. Ich lief schnell durch die Tür zu Rudi, der sich über meine Tollpatschigkeit etwas zu sehr amüsierte und breit grinste.

Die Treppe nach oben war doch eine Herausforderung für mich, aber ich wollte mir vor Rudi keine Blöße mehr geben. Ich biss die Zähne zusammen und krabbelte nach oben, was sicher nicht sehr elegant aussah. Rudi gab von sich jedoch kein Kommentar, sondern wartete nur geduldig auf mich, wofür ich ihm dankbar war. Ich hoffte, es gab dort tatsächlich etwas, wofür sich diese Mühe lohnte. Er führte mich zu einem Zimmer, das anscheinend Mateos Schlafzimmer war. Dort sprang er auf das Bett, aber als ihm einfiel, dass ich das mit meinem Bein nicht schaffte, hüpfte er wieder herunter.

Rudi zeigte auf einen Teppich vor dem Bett. „Leg dich schon mal drauf, gleich geht es los!" Ich verstand zwar nicht, was er meinte, trat jedoch auf den Teppich, der wirklich angenehm dick und weich war. Rudi holte irgendein Ding vom Nachttisch, das aussah, wie ein Handy. Erst als er es auf den Teppich fallen ließ, erkannte ich, dass es eine Fernbedienung war. Als ich mich umschaute, erkannte ich ein Fernsehgerät, das an der Wand hing. Rudi drückte gekonnt auf einen Knopf, woraufhin sich der Fernseher einschaltete.

„Das ist cool, oder?" Er strahlte mich an. „Siehst du den Knopf hier? Damit kann man das Programm wechseln. Das hat Mateo mir beigebracht!"

Er ließ mich ausprobieren und tatsächlich konnte ich mit Leichtigkeit auswählen, was wir sehen wollten. Zuerst gab es nur irgendetwas mit Menschen, die wohl ein Haus renovierten, oder irgendein Autorennen, was auch nicht so interessant war. Letztendlich fanden wir eine Sendung über Tiere in einem Naturschutzgebiet irgendwo im Norden. Ich erschrak ein wenig, als plötzlich ein riesiger Greifvogel über den Bildschirm flog. Ich schielte zu Rudi, um zu sehen, ob er das bemerkt hatte. Er war jedoch gerade mit einer Schublade des Nachttischs beschäftigt und schaffte es endlich, diese zu öffnen.

„So, jetzt können wir es uns gemütlich machen!" Er zog eine kleine Tüte aus der Schublade und ich erkannte sofort, dass es Hundekekse waren. Großartig! Er setzte sich zu mir und wir ließen es uns gut gehen. Mit einem Keks in der Schnauze störte es mich auch nicht zu sehen, dass gerade gezeigt wurde, wie ein Bär sich in einem Fluss einen Fisch angelte. Auf einen rohen Fisch hätte ich eh keinen großen Appetit gehabt.

Gerade als wir gespannt verfolgten, wie ein neugeborenes Hirschbaby seine ersten Schritte tat, räusperte sich jemand hinter uns. Anton! Schuldbewusst versuchte Rudi die Kekstüte hinter sich zu schieben, doch natürlich hatte Anton schon alles im Blick. Er schaute uns streng an.

„Rudi, eigentlich solltest du wissen, dass du hier oben nichts zu suchen hast, wenn unsere Menschen nicht zu Hause sind!" Er zeigte auf die Kekse. „Und die Tüte gehört wohl in die Schublade, oder?"

„Öhm…ja…öhm", stotterte Rudi sichtlich verunsichert. Ich versuchte mich noch kleiner zu machen, als ich eh schon war. Anton starrte uns einen Moment sehr intensiv an, bevor er anfing, schallend zu lachen.

„Ha-ha-ha!" Er kriegte sich wohl gar nicht mehr ein. „Wie ihr ausgesehen habt! Wie zwei Verbrecher, die auf frischer Tat erwischt worden sind! Ha-ha-ha!"

Etwas verständnislos blickte ich zu Rudi, der genauso irritiert aus dem Fell schaute. Wir saßen nur da und warteten ab. Nach einer gefühlten Ewigkeit ebbte der Lachanfall ab und nachdem Anton noch ein paar Mal geschluckt hatte, konnte er wieder sprechen.

„Na, schiebt mir schon einen Keks rüber", sagte er gutgelaunt. Als er in Windeseile den hinuntergeschluckt hatte, schüttelte er nur den Kopf. „Ihr habt doch nicht ernsthaft geglaubt, dass ich euch irgendwie maßregeln wollte, oder?"

„Na ja…", sagten wir im Chor.

„Ich wollte nur schauen, wo ihr seid", erklärte Anton. „Ich hatte euch eine Weile nicht mehr gesehen. Für mich ist nur wichtig zu wissen, dass alle in Sicherheit sind." Ja, als Herdenschutzhund hatte er sicher dieses Bedürfnis.

Anton legte sich zu uns und wir schauten uns noch eine Weile die Sendung an. Als jedoch gezeigt wurde, wie ein Wolfsrudel auf die Jagd ging, bat ich Rudi umzuschalten. Mein früherer Traum, in der Wildnis mit den Wölfen zu leben, war nicht ganz realistisch gewesen, wie ich immer wieder feststellen musste. Rudi zappte durch die Kanäle, bis plötzlich ein Foto von mehreren Galgos auf dem Bildschirm zu sehen war. Es war eine Sendung über diesen sogenannten Hundesport in Spanien, über die Hetzjagd, was uns eher Unbehagen bereitete. In einem Studio diskutierten drei Männer über das Thema, und ihrer Begeisterung nach zu urteilen, waren sie selbst Jäger. Gerade als Rudi wieder das Programm wechseln wollte, sagte einer der Männer etwas, was uns aufhorchen ließ.

„In zwei Tagen wird es spannend", sagte er aufgeregt. „Dann fängt nämlich wieder der wichtigste Wettbewerb des Jahres, Copa de Su Majestad el Rey, an. Dem besten Galgo und seinem Besitzer erwartet neben Ruhm auch eine Menge Geld!"

Rudi schaltete den Fernseher aus. „Habt ihr das gehört? In zwei Tagen!"

Anton stand auf. "Wir müssen allen Bescheid sagen! Obwohl der Chef und B2 sich freiwillig für die anderen geopfert haben, dürfen wir sie nicht ihrem Schicksal überlassen. Es muss einen Weg geben, den Galgomann zu überlisten."

Rudi legte die Fernbedienung auf den Nachttisch zurück und schaffte es sogar, die Kekse wieder in der Schublade zu verstecken. Wir liefen nach unten, obwohl es bei mir ziemlich humpelig aussah, um uns mit den anderen zu beraten. Das musste jedoch warten, weil in dem Moment, als wir im Flur ankamen, die Haustür aufging. Terri und Mateo kamen zurück von der Arbeit – und wen trug Terri auf dem Arm? Alma! Alma war wieder da!

26. EINE KLEINE BERUFSBERATUNG

Die Aufregung um Alma war groß. Sie selbst hüpfte herum und grüßte jeden von uns ausgiebig. Schnell schnappte sie ihren Ball und brachte ihn in den Wintergarten, um Condesa und den jeweiligen Welpen stürmisch zum Spiel anzuregen. Als die beiden Alma nur etwas erschreckt ansahen, lief sie wieder zurück in die Küche. Alfonso musste ihr noch überall hinterherlaufen, wodurch die ganze Situation schnell etwas chaotisch wurde. Terri versuchte vergebens, Alma zu fangen oder wenigstens etwas zu bremsen.

Oma Martha schüttelte lachend den Kopf. „Na, Alma scheint wieder ganz die Alte zu sein! Es ist doch schön zu sehen, wie gut sie sich erholt hat und wie fröhlich sie wieder ist!"

Alma sprang zu den Körben und vollführte vor Tristan ihren Trippeltanz, wodurch sie ihn zum Mitmachen animierte. Als ich sah, wie diese zwei Hampelhunde zuerst mit den vorderen, dann mit den hinteren Pfoten immer schneller trippelten, musste ich laut lachen. Ja, Alma war wieder da! Langsam beruhigte sie sich und setzte sich endlich zu Rudi und mir.

„Hach, ja", rief sie außer Atem. „Es tut gut, wieder bei euch zu sein. Allein in einer Klinik zu sein, ist nicht gerade das Tollste. Anfangs war es mir egal, aber als die Medikamente wirkten, wurde es doch ziemlich doof." Sie gab uns beiden ein Küsschen. Rudis Augen leuchteten auf und ich fühlte eine ungewohnte Wärme in meiner Brust aufsteigen. Jetzt nicht wieder heulen! Auch keine Freudentränen! Zum Glück kam in dem Augenblick Mama zu uns.

„Mein liebes Mädchen", sagte sie und umarmte Alma. „Papa und ich haben uns so große Sorgen gemacht. Wir wussten jedoch, dass du eine kleine, tapfere Kämpferin bist! Es ist so schön, dich wieder zu Hause zu haben." Alma schmiegte sich an Mama, die einen Blick durch das Fenster warf. „Der Regen hat nachgelassen – lasst uns ebenfalls vor dem Abendessen noch in den Garten gehen!"

Ich bemerkte erst in dem Moment, dass alle anderen anscheinend schon hinausgegangen waren. Alma und Rudi liefen vor mir und stupsten sich gegenseitig spielerisch an. Natürlich freute ich mich über ihre Genesung riesig, doch musste ich daran denken, was wir im Fernseher gesehen hatten. Und nun musste ich zusätzlich zu all den anderen Problemen noch dafür sorgen, dass Alma in Sicherheit war und auch blieb. Da sie sich wieder fit fühlte, würde das für mich wohl das Allerschwierigste werden. Vielleicht konnte ich Rudi überreden, mir zu helfen und auf Alma einzureden. Als ich jedoch auf der Treppe zum Garten stand und sah, wie glücklich die beiden wirkten, bekam ich Zweifel. Ich glaubte nicht, dass Rudi die Kraft hatte, etwas gegen Almas Willen zu machen. Wenn schon ich selbst daran zweifelte, ob ich bei meiner dickköpfigen Schwester mit Vernunft irgendetwas erreichen konnte.

Ich seufzte und lief in den Garten, wo es nach dem Regen frisch und angenehm roch. Hinter den Büschen konnte ich die Galgos erkennen, die sich sehr vorsichtig und nahezu lautlos bewegten, wohl um keine Aufmerksamkeit der

Menschen auf sich zu ziehen. Nachdem Alma und Rudi ausgiebig getobt hatten und etwas von ihrer endlosen Energie losgeworden waren, kamen sie zu mir. Alma schien tatsächlich wieder fit zu sein, wobei mir meine vorherigen Sorgen um sie doch merkwürdig vorkamen.

„Sag mal, Alma…", fing ich an. Ich wusste nicht so richtig, wie ich die Frage formulieren sollte. Ich wollte ja nicht wie ein kompletter Idiot wirken. „Also, du hast mich früher oft getadelt, wenn ich deiner Meinung nach zu viel geprahlt habe." Sie nickte mir zustimmend zu. Ich räusperte mich und sagte dann etwas verlegen: „Du weißt schon, so in meinem Kopf herumgespukt, obwohl ich oft nichts laut gesagt habe…"

Rudi musste bei diesen Worten breit grinsen, obwohl er eine solche Situation oft genug mitbekommen hatte. Es musste sicher beruhigend sein, wenn Alma das bei einem nicht tat. Ich warf ihm einen verärgerten Blick zu, konzentrierte mich jedoch weiterhin auf Alma, die mich fragend ansah. Wir wussten, dass wir beide eine besondere Verbindung hatten. Klar, wir waren Zwillinge, aber es war nicht nur das. Für andere war es schwer zu verstehen und wir sprachen nur ungern darüber, weil wir immer komische Blicke ernteten. Rudi allerdings hatte das zwar miterlebt, aber anscheinend konnte Alma nicht in seinen Kopf vordringen – trotz ihrer innigen Beziehung. Alma hatte früher auch einige Visionen gehabt – oder Gefühle, besonders, wenn uns etwas Schlimmes drohte. Da sie nun aber komplett aus meinem Kopf verschwunden war, kam es mir merkwürdig vor.

Jedenfalls musste ich von Alma eine Erklärung dafür bekommen. Obwohl ich das immer gehasst habe, dass sie so oft meine Gedanken lesen – oder vielleicht auch nur erraten – konnte, fühlte ich mich traurig. Anscheinend konnte sie das nicht mehr tun. Hatte sich unsere Verbindung geändert, weil sie jetzt so eng mit Rudi befreundet war? War ich nicht mehr wichtig für sie? Ich fühlte meinen Magen verkrampfen, wollte aber nicht, wie ein eifersüchtiger Trottel dastehen. Mit Bedacht wählte ich meine Worte.

„Ich dachte, dass es dir in der Klinik nicht gut ging, weil du dich diesmal nicht in meine Gedanken eingemischt hast. Ich befürchtete, dass etwas Furchtbares passiert war." Etwas verlegen leckte ich kurz meine Lippen und drehte meinen Kopf zur Seite. Gespannt wartete ich auf ihre Antwort, die mir doch mehr bedeutete, als ich gedacht hatte. Außerdem hatte ich mir ihretwegen große Sorgen gemacht, was auch kein gutes Gefühl gewesen war.

Alma zuckte unbekümmert mit den Schultern. „Ja, weiß ich auch nicht, Arlo. Klar hab' ich deine Gedanken vor allem über deine zukünftige erfolgreiche Karriere als Hundepsychologe wahrgenommen."

Jetzt war es an Rudi, mich fragend anzuschauen, und an mir, mit den Schultern zu zucken. Gleichzeitig verbreitete sich eine große Erleichterung in mir. Also, doch, unsere Verbindung bestand immer noch!

„Ich hab' mir jedoch gedacht", fuhr Alma fort. „…dass du in unserem Alter schon selbst wissen solltest, was du von dir gibst. Ich bin es irgendwie überdrüssig, dich andauernd zu etwas mehr Bescheidenheit ermahnen zu müssen." Da sie fühlte, dass mich ihre Worte jetzt doch gekränkt hatten, fügte sie noch etwas hinzu. „Außerdem, wer weiß, vielleicht wird dein Traum doch wahr. Wer nicht wagt, der kann nicht gewinnen! Und letztendlich bist du mein Bruder, du kannst also nicht ganz dumm sein."

Sie grinste mich so breit an, dass ich unwillkürlich auflachte. Mit anderen Worten hat Alma also mir zu verstehen gegeben, dass sie mich mit ihrer Einmischung nicht mehr nerven wollte. Und vor allem, dass sie an mich glaubte. Dass Rudi nun über meinen Berufswunsch Bescheid wusste, machte mich doch wieder etwas verlegen.

Er musste natürlich umgehend nachhaken. „So, so, ein Hundepsychologe? Das hast du mir gegenüber noch mit keinem einzigen Wort erwähnt! Gibt es dafür eine Ausbildung oder kann Hund einfach selbst entscheiden, einer zu werden? Vielleicht werde ich dein erster Patient. Es ist auf jeden Fall ziemlich viel Traumatisches auch in meinem Leben vorgekommen."

Ich wusste nicht, ob er das im Ernst meinte, oder mich nur aufziehen wollte. Bevor meine Verlegenheit ins unendliche wuchs, redete er jedoch weiter. „Es ist aber kein schlechter Plan, finde ich. Auf jeden Fall wüsste ich außer mir noch ein paar andere, die mit Sicherheit dankbar für so ein Angebot wären, wenn es einem hilft. Sogar viele von unseren Freunden hier haben ja unsagbar schlimme Sachen erlebt. Ich glaube, als Hundepsychologe würdest du dich kaum vor Arbeit retten können! Und ich glaube, du würdest in dem Beruf sehr gut sein. Das passt irgendwie zu dir, muss ich sagen. Was macht man als ein solcher eigentlich? Wie würdest du denn vorgehen, wenn jemand mit seinen Problemen zu dir kommt?"

Obwohl ich dankbar für seine aufmunternden Worte war, konnte ich ihm in dem Augenblick keine klare Antwort geben. Ich hatte mir noch keine konkreten Gedanken über den Berufsalltag gemacht, was mir erst jetzt bewusstwurde. Auch davon, wo ich so eine Ausbildung machen konnte, hatte ich keine Ahnung. Noch nie hatte ich über die ganze Sache so konkret nachgedacht, wobei mir klar wurde, dass ich über das Thema eigentlich so gut wie nichts wusste. Gab es überhaupt eine Ausbildung für Hunde? Da ich nie darüber etwas gehört hatte, war mein Ziel womöglich tatsächlich nur ein Traum, der auch nur als Traum enden würde. Ich stotterte etwas von Gesprächen und Atemübungen, obwohl ich mich in diesem Moment recht niedergeschlagen fühlte. Bevor es wirklich peinlich werden konnte, wechselte Alma das Thema, wofür ich ihr einen dankbaren Blick zuwarf.

„Du wirst das schon packen, Arlo. Davon bin ich vollkommen überzeugt!" Sie lächelte mich an und ich wusste, dass sie wusste, dass ich nichts wusste. „Wir können uns mit Sicherheit noch ausführlicher darüber unterhalten." Oder vielleicht besser nie, dachte ich. Alma nickte in Richtung des Gartenhauses. „Ich möchte jetzt aber zu den Galgos", sagte sie. „Kommt ihr mit sie suchen? Ich möchte ihnen etwas erzählen."

Ich zeigte mit der Pfote auf die Büsche und vergaß sogar für den Bruchteil einer Sekunde, dass Alma das nicht sehen konnte. Sie war nur eine Nacht fort gewesen und in dieser Zeit sollte ich schon die einfachsten Dinge vergessen haben, die Hund bei ihr beachten musste? Was war ich nur für ein toller Bruder! Doch dümmer als gedacht! Alma wartete auf meine Antwort ziemlich ungeduldig und bevor sie etwas kommentieren musste, räusperte ich mich.

„Öhm, ja, klar! Ich habe sie gerade dort hinter dir bei den Büschen gesehen."

Alma wollte sofort losrennen, aber ich bremste sie ab. „Nicht so stürmisch, Schwesterlein! Du erschreckst sie dadurch nur. Sie sind alle noch irgendwie im Fluchtmodus."

Sie verstand mich sofort. „Oh ja, daran habe ich in dem Augenblick nicht gedacht. Das muss alles für sie sehr fremd und beängstigend sein. Rudi hat mir erzählt, dass der Chef und B2 freiwillig zurückgegangen sind. Ganz schrecklich!" Sie ließ kurz den Kopf hängen, blickte jedoch schnell wieder auf. „Vielleicht erheitert sie das, was ich ihnen zu sagen habe! Lasst uns hingehen!"

Diesmal lief sie langsam und absolut lautlos in Richtung der Büsche. Rudi und ich wechselten einen Blick und verdrehten gleichzeitig die Augen. Damit die Galgos keinen Herzinfarkt bekamen, wenn so ein geräuschloser Geist sie überraschte, kündigte ich uns an. „Hallo!"

Augenblicklich kam der Kopf eines Galgos hinter einem der Büsche hervor. Fragend starrte der Hund uns an, wich jedoch schnell wieder zurück. Sie waren aber wirklich schreckhaft und schüchtern. Ich versuchte es erneut. „Hallo! Meine Schwester möchte mit euch sprechen! Wir kommen zu euch!" Wir liefen ein paar Schritte in ihre Richtung, doch bevor wir den ersten Busch erreichten, trat die Mama von Zoe vor. Ach ja, sie war ja jetzt die Chefin!

Sie sah uns etwas verlegen an. „Tut mir leid, aber uns wäre es lieber, wenn ihr etwas Abstand halten würdet. Wir haben so eine große Angst, dass durch irgendeine Unacht-samkeit die Menschen uns doch noch entdecken." Sie blickte sich nervös um. „Wenn wir uns auf euch konzentrie-ren, könnten wir eventuell unaufmerksam werden. Jetzt wo unser Chef fort ist, müssen wir noch besser aufpassen! Er hat mir die Verantwortung übertragen und ich kann ihn un-möglich enttäuschen. Bei uns herrscht jetzt Alarmbereit-schaft!"

Das musste ein ganz schreckliches Gefühl sein, wenn man andauernd auf die nächste Katastrophe wartete und sich überhaupt nicht entspannen konnte. Alma schien den-selben Gedanken zu haben. Wahrscheinlich musste sie da-ran denken, wie es ihr in letzter Zeit ergangen ist, wie viel Angst sie sogar auf unserer Finca gehabt hatte. „Keine Sorge, wir werden euch nicht verraten!", sagte Alma schnell und setzte sich hin, nur, um nach einer Sekunde wieder auf-zustehen. „Oh, ist das matschig! Mein schönes Fell! Igitt! So kann ich doch nicht herumlaufen!"

Die Mama von Zoe musste wohl daran denken, wie auch ihre Tochter langsam in das Alter kam, wo das Aussehen eine größere Rolle spielte. Sie beruhigte sich und tätschelte kurz Almas Schulter. „Ganz so schlimm sieht das nicht aus! Wenn dein wunderschönes Fell wieder abtrocknet, fällt das bisschen Dreck von ganz alleine wieder ab." Alma lächelte breit, blieb jedoch nun stehen. Die Chefin berührte Almas Pfote noch kurz. „Was wolltest du uns erzählen?" Obwohl sie jetzt nicht mehr so furchtbar schreckhaft wirkte, sah ich, wie sie ununterbrochen mit ihren Augen die Umgebung überwachte. Alle anderen Galgos hielten sich hinter den

Büschen versteckt und waren so lautlos, dass ich sie dort nicht vermutet hätte, wenn ich es nicht besser gewusst hätte.

Alma musste wieder mit ihren Pfoten trippeln, wodurch ich erkannte, dass sie doch etwas aufgeregt war. „Ja, also, als ich dort in der Klinik war, konnte ich etwas erfahren." Sie hielt inne und bevor wir vor Ungeduld platzten, fuhr sie fort. „Mateos Vater brachte einen kranken Galgo dorthin und ich vermutete, dass er zu euch gehört, oder?"

Die Chefin nickte, erinnerte sich jedoch sofort daran, dass Alma das nicht sehen konnte. „Ja, unser Freund ist erkrankt", sagte sie schnell. „Hast du ihn geseh…öhm…getroffen?" Gut gerettet, Chefin! Ich nickte ihr anerkennend zu.

Alma schüttelte den Kopf. „Nein, das nicht, aber ich habe gehört, wie die Ärzte über ihn gesprochen haben. Er soll zwar eine schlimme Lungenentzündung haben und muss noch einige Tage in der Klinik bleiben, aber er wird wieder gesund." Ich hörte nicht nur die Chefin, sondern auch die anderen Galgos vor Erleichterung ausatmen.

Die Chefin strahlte über das ganze Gesicht. „Das ist wunderbar! So eine schöne Nachricht!"

Alma war jedoch noch nicht fertig. „Sie haben auch darüber geredet, wie unterernährt er ist und welche Anzeichen von Misshandlung sie bei ihm entdeckt haben. Dass er den Erkennungschip nicht mehr hat, gefiel ihnen gar nicht. Sonst hätten sie den Besitzer kontaktiert und ihn wohl bei der Polizei angezeigt, wegen Tierquälerei."

Diese Aussage ließ uns alle einen Moment schweigen. Endlich sprach Rudi es laut aus, was wir wohl alle dachten. „Der Galgomann hätte sicher eine saftige Strafe bekommen, oder? Und ihr seid hier noch so viele. Solltet ihr euch dann nicht doch zeigen, damit unsere Menschen erkennen können, in welch schrecklichen Zustand ihr alle seid?" Als er sah, wie betrübt die Chefin aussah, fügte er noch eine leise ‚Entschuldigung' dazu.

Ich nickte. „Das wäre doch eine gute Lösung, oder? So würden wir den Galgomann zur Strecke bringen können!"

Bevor die Chefin etwas erwidern konnte, schaute sie überrascht auf. Als ich mich umdrehte, sah ich Condesa direkt hinter mir stehen. Ich hatte sie gar nicht gehört, aber anscheinend hatte sie unser Gespräch verfolgt. „Das ist leider eine ganz schlechte Idee", sagte sie sorgenvoll. „Der Galgomann würde sich mit irgendeiner Geschichte herausreden, wie immer. Als ich vor Jahren dort war, hat er drei von uns ausgesetzt, die jedoch von jemandem gefunden worden sind. Da der Galgomann damals noch nicht daran gedacht hatte, die Chips zu entfernen, stand die Polizei schnell vor der Tür. Er hätte eine Anzeige bekommen, wenn er die Polizei nicht davon überzeugt hätte, dass die Galgos ihm vor Wochen fortgelaufen seien. Er sei so glücklich, sie wieder zu haben und wie grauenhaft abgemagert diese nun seien... Ein paar Tage später hat er unsere drei Freunde erschossen."

27. EIN GEFÄHRLICHER VORSCHLAG

Die Situation für die Galgos schien ausweglos. Falls sie entdeckt würden, würde der Galgomann wieder behaupten, die Hunde wären vor Wochen verschwunden und wären einzig und alleine deswegen in so einem schlimmen Zustand. Das Gegenteil würde die Polizei nicht beweisen können. Wenn die Galgos zurück bei ihm wären, würde er auch kurzen Prozess mit ihnen machen – und diesmal heimlich. Und im Gartenhaus konnten sie ebenfalls nicht für immer bleiben, ohne entdeckt zu werden. Außerdem war es dort ja nicht gerade gemütlich und sie immer weiter mit Futter zu versorgen, würde für uns auch nicht möglich sein. Niemand erwähnte die Idee, erneut selbst die Chips zu entfernen, weil erstens keiner von uns dazu in der Lage war und zweitens das nur dem Galgomann in die Hände spielen würde. Alleine im Wald würden sie auch nicht lange überleben können, nicht bei diesem kalten Wetter. Die Freude über Almas Rückkehr hatte einen ordentlichen Dämpfer bekommen, weil uns zu diesem großen Problem einfach keine Lösung einfallen wollte.

Bevor das Schweigen unerträglich wurde, räusperte Rudi sich. „Ja, also, noch etwas. Arlo und ich haben aus einer Sendung im Fernseher erfahren…" Er hielt inne, weil es deutlich war, dass die Galgos seine Worte nicht verstanden hatten. Er schielte hilfesuchend zu mir. Den Galgos zu erklären, was ein Fernseher war und wie es dazu kam, diese

Sendung sehen zu können, war zwecklos. Anscheinend hatten sie noch nie von so einem Gerät gehört, geschweige denn, eines gesehen. Ich schüttelte leicht den Kopf, wodurch auch Rudi verstand, was ich dachte. Allerdings hatte ich selbst völlig vergessen, dass wir den Galgos diese Nachricht überbringen wollten, obwohl ich keine Ahnung hatte, ob es überhaupt irgendeinen Unterschied zu der Situation hier machen würde.

Rudi räusperte sich erneut. „Was ich sagen wollte, ist, dass wir erfahren haben, dass dieser große Wettbewerb ‚Copa del Rey', oder wie auch immer der heißt, in zwei Tagen anfangen soll."

Ich weiß nicht, ob wir diese Nachricht irgendwie behutsamer hätten überbringen sollen, weil die Chefin augenblicklich anfing, furchtbar zu zittern. Condesa ging zu ihr und versuchte, sie zu beruhigen, jedoch ohne ersichtlichen Erfolg. Ich hörte, wie die Galgos immer wieder flüsternd die Worte ‚in zwei Tagen' wiederholten und immer nervöser wurden. Was hatten wir jetzt schon wieder angestellt? Sogar Alma wusste nicht, wie sie reagieren sollte, obwohl sie meistens in solchen Situationen die richtigen Worte fand. Bevor alles eskalierte und die Galgos vollkommen panisch wurden, hob Condesa ihre Stimme.

„Wir wissen alle, was das bedeutet. Wir dürfen uns aber nicht unterkriegen lassen! Für euren Chef und euren Freund B2 müssen wir stark bleiben!" Sie blickte jeden einzelnen von ihnen kurz an. „Es wird schwierig werden, doch mit Hilfe von unseren Freunden hier werden wir eine Lösung finden." Sie zeigte mit ihrer Pfote auf uns. „Diese kleinen Helden haben schon viele schwere Kämpfe gewonnen!

Seid zuversichtlich, dass auch diesmal das Böse nicht gewinnen wird! Der Galgomann muss für seine Taten bestraft werden!"

Obwohl die Galgos sich langsam wieder beruhigten, fühlte ich mich wirklich nicht zuversichtlich. Mir war auch nicht klar, was das alles zu bedeuten hatte. Nach einer Weile beschlossen die Galgos, zurück ins Gartenhaus zu gehen und wir schlenderten mit Condesa zurück zur Villa.

„Warum waren alle auf einmal so erschrocken?", fragte ich Condesa, bevor wir den Wintergarten erreichten. Sie blieb stehen und seufzte.

„In zwei Tagen müssen der Chef und B2 beweisen, dass sie die besten Jagdhunde überhaupt sind. Das heißt, sie müssen bei dem Wettbewerb vom ersten Tag an ganz vorne sein." Sie schluckte schwer. „Eigentlich müssen sie gewinnen, sonst wird der Galgomann seine Drohung wahr machen."

„Welche Drohung denn?", fragte Alma unschuldig. Ich wusste die Antwort und behielt Recht, wie Condesa mit ihren nächsten Worten bestätigte.

„Wenn dieser brutale Mann nicht genug Geld gewinnt, wird er beide umbringen. In zwei Tagen wird ihr Schicksal entschieden."

Und Condesa hatte den Galgos versprochen, dass wir ihnen helfen konnten! Wie sollten wir das nur wieder bewerkstelligen? Langsam wurde ich sogar ziemlich wütend, weil die Verantwortung wieder einmal auf unseren Schultern lastete. Das war ungerecht! Ich wollte nicht daran schuld sein, falls uns nichts einfiel und die beiden deswegen sterben mussten. Und nicht nur sie, sondern vielleicht sogar alle Galgos! Unüberlegte Versprechungen zu machen und Zuversicht vorzugaukeln war einfach nicht in Ordnung! Und sie hatte uns noch als kleine Helden beschimpft! Ja, beschimpft! Wenn man es ernst meint, sagt man doch nicht, dass jemand klein ist! Tüchtig, ja – oder von mir aus sogar mutig! Aber nicht klein! Bevor ich Condesa richtig anfahren konnte, um ihr meine Meinung zu sagen und auch deutlich zu machen, wie enttäuscht ich von ihren leeren Versprechungen war, sprach sie weiter.

„Tut mir leid, dass ich euch in unsere Probleme mit hineingezogen habe. Ich glaube aber, dass ich eine Idee habe, wie wir aus der ganzen Situation unbeschadet wieder herauskommen." Sie lächelte kurz. „Das muss ich jedoch mit euch allen besprechen, weil es doch ein bisschen gefährlich werden könnte."

Ja, das war nun nichts Neues, ‚gefährlich' kannten wir nur allzu gut. Aber wenn sie glaubte, eine Idee zu haben, war das schon einmal viel besser als nichts. Meine Wut verflüchtigte sich langsam, vielleicht war doch nicht alles nur leeres Gerede gewesen. Und helfen wollte ich ihnen tatsächlich. Fast schämte ich mich, dass ich so schlecht über Condesa gedacht hatte. Allerdings blieb die Angst weiterhin bestehen, dass ich irgendetwas Schlimmes verursachen würde. Ich musste nur Alma ansehen, um meinen Schuldgefühlen neue Kraft zu geben. Ob das jemals besser wurde?

Alma sprang gerade aufgeregt neben Condesa hin und her. „Was für eine Idee? Werden wir wieder ein Abenteuer erleben? Mit gefährlichen Kämpfen kennen wir uns aus, das hält uns nicht ab! Ich werde selbstverständlich mitmachen, das kann ich dir jetzt schon versprechen! Ich will unbedingt helfen! Ich habe keine Angst mehr! Zusammen sind wir stärker als jedes Monster!"

Oh, Alma! Ich schüttelte meinen Kopf und merkte, dass Rudi ebenfalls über Almas Worte nicht gerade erfreut aussah. Es blieb nur zu hoffen, dass Condesas Idee tatsächlich brauchbar und nicht allzu riskant war, vor allem nicht für Alma. Mir war natürlich in diesem Moment klar geworden, dass ich sie unmöglich davon abhalten konnte, bei dieser Aktion mitzumachen. Gegen ihre Sturheit kam ich nicht an – das tat keiner von uns, nicht einmal unsere Eltern. Ich sagte mir, dass Alma damit recht hatte, dass wir eine gute Truppe waren und zusammen viel erreichen konnten. Wir waren nicht alleine. Ob das allerdings reichen würde, war eine ganz andere Sache.

Meine Laune hellte sich auf, als ich Terri uns rufen hörte – es gab Abendessen! Ich leistete mir gegen Rudi einen kleinen Wettlauf, den er wegen meines Beines mit Leichtigkeit gewann. Das war mir jedoch egal, da ich den herrlichen Geruch aus unseren Näpfen wahrnahm. Wir vertagten das Gespräch über Condesas Idee und über weitere Probleme und konzentrierten uns auf das Futter. Condesa war sowieso im Wintergarten bei Zoe – oder einem ihrer Geschwister – geblieben, um dort ihre Mahlzeit zu sich zu nehmen. Hinterher versammelten wir uns alle dort.

Anton legte sich vor die Gartentür, um – wie immer – alles drinnen und draußen im Blick zu haben. Luna reckte sich und plumpste etwas schwerfällig auf die Fliesen, wobei sie übersah, dass Alma unter ihr begraben wurde. Als sie ihr erschrecktes Aufjaulen wahrnahm, rutsche sie etwas zur Seite, damit Alma sich befreien konnte. Rudi und ich konnten nicht an uns halten, sondern bekamen einen furchtbaren Lachanfall, und steckten alle anderen damit an. Sogar Alma musste schallend lachen und das noch mehr, als sie vergebens versuchte, auf Lunas Rücken zu klettern, jedoch immer wieder abrutschte. Das sah so komisch aus! Wie gut das Lachen doch tat! Vor allem Alma so unbekümmert zu erleben, war eine Wohltat!

Langsam beruhigten wir uns wieder, außer Alfonso, der vollkommen überdreht buchstäblich die Wände hochsprang. Was war mit ihm nun wieder los? Domino schüttelte nur den Kopf und sagte etwas über zu viel Aufregung. Er fing seinen Bruder mitten in einem Sprung ein und beförderte ihn in den Garten. „Wir gehen ein bisschen in den Bäumen klettern!", rief er uns über seine Schulter zu. Die Stille und die Ruhe danach waren sehr willkommen, obwohl wir uns nun den schwierigen Themen zuwenden mussten. Alma hatte es endlich geschafft, sich auf Lunas Rücken zu setzen. Rudi und ich legten uns zu Anton, der wohl absichtlich seine Vorderpfoten so ausgestreckt hatte, dass wir uns zwischen diese legen und uns an ihn lehnen konnten. Das war tatsächlich richtig gemütlich!

Bevor ich noch einnickte, stieg Condesa aus dem Korb und setzte sich so hin, dass wir alle sie gut sehen konnten. „Meine Familie und ich sind euch für eure bisherige Hilfe sehr dankbar", fing sie an. „Wie uns allen bewusst ist, ist das mit dem Gartenhaus keine Dauerlösung." Sie erklärte noch einmal, wie kompliziert die Situation wegen des Galgomannes und der Chips war, welche Gefahren drohten und wie knapp die Zeit geworden war. Danach schwiegen alle zuerst einmal betrübt. Nach einer kurzen Pause hob Condesa den Kopf und fuhr fort.

„Wir wissen jedoch, dass die Polizei nicht untätig bleibt, wenn Beweise für die Misshandlung von Tieren vorliegen."

Papa fing schon mit „Ja, aber…" an, doch Condesa hob ihre Pfote, um weiterreden zu dürfen. „Wir müssen uns also diese Beweise besorgen!" Alle starten sie konzentriert an, jedoch konnte ich erkennen, dass niemand verstand, was sie meinte.

Condesa nickte eifrig. „Ja, ich weiß, dass das unmöglich erscheint – aber hört mir zuerst einmal zu!" Ja, das tun wir ja schon. Da wusste eh keiner, was man dazu sagen sollte. „Die Beweise sind meine Familie und unsere Freunde, die Galgos, sowie dieser furchtbare Stall von dem Galgomann!" Ich seufzte. So weit waren wir eigentlich schon. Wenn sie das für ihre großartige Idee hielt, musste ich nichts weiter erfahren. Das würde nur in einer gedanklichen Sackgasse enden. Ich wollte gerade Rudi vorschlagen, dass wir in den Garten gehen sollten, um nachzusehen, ob Alfonso schon seinen Anfall überwunden hatte, doch Condesa sprach schnell weiter.

„Dieser Galgomann wird, wie all die Jahre zuvor, für diesen großen Wettbewerb schon sehr früh aufbrechen und einige Tage fort sein – vorausgesetzt, dass der Chef und B2 tatsächlich in diesem Wettbewerb immer weiter und sogar bis zum Finale kommen. Das ist unsere Chance!" Sie sah in die Runde und schien etwas ungeduldig zu werden, weil noch immer keiner sie zu verstehen schien. „Die Galgos müssen in dieser Zeit zurück in den Stall! Und wir müssen dafür sorgen, dass sie dort schnell von euren Menschen gefunden werden, bevor der Galgomann zurückkehrt!"

Der junge Welpe im Korb, der tatsächlich nicht Zoe war, schrie auf. „Zurück! Nein! Nicht zurück!" Er fing an, hemmungslos zu weinen. Condesa versuchte mit ihrer Pfote seine Tränen abzuwischen. Sie schüttelte den Kopf und schaute uns an. „Allerdings sollten wir die Kinder außen vor lassen. Es müsste reichen, wenn die Erwachsenen dort zu finden sind."

Langsam beruhigte der Bruder von Zoe sich und im Wintergarten wurde es ganz still. Alle schienen über Condesas Vorschlag nachzudenken. An sich war ihr Vorschlag nicht schlecht, obwohl sogar ich sofort einige Schwachstellen entdeckte. Papa ging es anscheinend ähnlich.

„Das wäre vielleicht eine Möglichkeit", sagte er etwas zögerlich. „Allerdings weiß ich nicht, ob sich das so einfach durchführen lässt, wie du es dir vorstellst, liebe Condesa."

„Ich habe ja auch nicht behauptet, dass es einfach wäre", meinte Condesa etwas gekränkt.

„Lass uns kurz überlegen", beschwichtigte Papa sie. „Es ist auf jeden Fall die beste Idee, die wir haben, oder?" Alle stimmten ihm zu. „Zu diesem Stall zu gelangen, sollte ebenfalls kein Problem für die Galgos sein. Wie schaffen wir es nur, dass unsere Menschen sie dann rechtzeitig finden? Nicht nur wegen dem Galgomann, sondern auch, damit sie dort nicht länger als unbedingt notwendig ohne Futter ausharren müssen."

Ja, genau! Daran hatte ich auch gerade gedacht. Und dazu noch an etwas anderes. „In diesem Plan kommen der Chef und B2 gar nicht vor. Können wir ihnen trotzdem helfen?" Dazu sagte zuerst einmal niemand etwas. Na, wunderbar.

Endlich räusperte Anton sich. „Eins nach dem anderen! Über die beiden können wir uns noch später Gedanken machen. Ich finde Condesas Plan doch durchführbar." Tatsächlich? Da war ich aber mal auf seine Erläuterung gespannt. „Unsere Menschen würden natürlich nicht nach Hunden suchen, von dessen Existenz sie keinerlei Ahnung haben." Schon bevor er es aussprach, ahnte ich, was kommen würde.

Um seinen Worten mehr Gewicht zu verleihen, setzte er sich hin, wodurch Rudi und ich zur Seite kullerten. Diesmal fand das jedoch niemand komisch. „Also", fing Anton mit ernster Miene an, „wie wir ja wissen, werden unsere Menschen alles in Bewegung setzen, wenn einer von uns vermisst wird. Jemand von uns muss mit den Galgos gehen."

Zuerst waren wir alle still, doch plötzlich fingen wir an, durcheinander zu rufen und zu reden. Ich war anscheinend nicht der Einzige, der sich sofort für diese Aufgabe meldete. Fast hätten wir einen riesigen Streit entfacht, weil keiner freiwillig nachgeben wollte. Es wurde im Wintergarten so laut, dass Terri auf uns aufmerksam wurde und verwundert nach uns schaute.

„Was habt ihr plötzlich?" Sekundenschnell kehrte wieder Ruhe ein. Terri beobachtete uns noch einen Moment, zog sich jedoch dann schulterzuckend wieder zurück. Es lag an Papa, uns weiter zur Ruhe zu mahnen.

„Die Galgos sind sicher sehr dankbar für eure Hilfsbereitschaft. Und ich bin stolz, dass alle sich aufopfern möchten." Aufopfern? Was meinte er? Mit ernster Miene fuhr

Papa fort. „Der Galgomann ist wirklich gefährlich. Obwohl Condesa aus eigener Erfahrung ihn und seine Gewohnheiten sehr gut kennt, können wir nicht vollkommen sicher sein, dass er sich diesmal ebenso verhält."

Almas Unterlippe fing an zu zittern, wie auch ihre Stimme, als sie sprach. „Papa! Ich muss dorthin! Ich muss mir beweisen, dass ich mir das zutraue, damit ich meine Angst endgültig besiegen kann! Bitte!"

Ich seufzte. „Und ich lasse Alma nirgendwo mehr alleine hingehen, besonders wenn es gefährlich werden kann. Ich muss sie begleiten!" Vielleicht konnte ich dadurch wenigstens einen Teil von meinen lästigen Schuldgefühlen loswerden, die ich ihr gegenüber empfand. Falls ich es diesmal schaffen sollte, sie tatsächlich zu beschützen.

Tristan und Isolde meldeten sich zu Wort. „Sie haben uns geholfen und viel für uns riskiert! Wir lassen unsere kleinen Geschwister nicht allein dorthin!"

So ging es noch eine Weile weiter. Alle hatten eine gute Begründung, mitzumachen. Sogar Domino und Alfonso, die aus dem Garten zurück waren, betonten, wie gut sie im Beobachten waren. Papa wirkte ziemlich ratlos, bis Mama ihn leicht anstupste.

„Mein Liebling! Wäre es nicht die einfachste und beste Lösung, wenn alle Freiwilligen teilnehmen dürften? Je mehr sie sind, desto besser können sie gegen den Galgomann kämpfen, falls es dazu kommen sollte."

Papa schwieg noch kurz, nickte dann jedoch. „Na, gut. Wenn du, Anton, ebenfalls die Gruppe begleiten möchtest, wäre ich einverstanden."

Anton bejahte umgehend. „Natürlich werde ich das tun. Allerdings, wenn die Kinder der Galgos nicht mitkommen sollen, würde ich vorschlagen, dass Condesa hierbleibt und die Kinder betreut, einverstanden?" Er schaute zu Condesa, die etwas widerwillig nickte. Anton zeigte mit seiner Pfote auf Luna. „Außerdem sollte unbedingt auch Luna bleiben – wer sonst sollte die Suche nach uns übernehmen?"

Das war natürlich naheliegend. Wäre etwas doof gewesen, wenn wir – oder Anton – nicht daran gedacht hätten. Luna war darüber nicht gerade erfreut, sah aber ein, dass das zwingend notwendig war. Sie versprach, noch ihren Vater zu kontaktieren, damit er ein Auge auf uns haben konnte. Mit Toran auf unserer Seite hatten wir wirklich nichts zu befürchten. Mama und Papa würden auch in der Villa bleiben, weil Papas Gesundheit so eine Aktion noch nicht erlaubte und Mama ihn nicht alleine lassen wollte. Condesa ging mit Zoes Bruder in den Garten, um den Plan mit den Galgos zu besprechen.

Alles würde letztendlich gut werden! Wahrscheinlich hätte ich das nicht denken sollen, weil das nächste Problem prompt um die Ecke geschossen kam. Oder besser gesagt, durch die Küchentür. Terri kam wieder zu uns, um uns die Abendleckerlis zu geben, rief jedoch noch etwas über ihre Schulter. „Ja, wenn wir es endlich schaffen, rechtzeitig aufzustehen, wäre es wirklich gut, wenn du dann vor der Arbeit die Mauer überprüfen würdest, Mateo!"

28. UND SIE GINGEN IN DIE DUNKELHEIT

Uns wurde schnell klar, dass wir dafür sorgen mussten, die Galgos aus dem Garten zu schaffen, noch bevor das Fluchtloch in der Mauer gefunden und zugemacht wurde. Mit anderen Worten würden die Galgos schon diese Nacht gehen müssen. Dadurch waren sie gezwungen, bis übermorgen irgendwo im Wald auszuharren, bis zu dem großen Jagdbeginn. Sogar ich mit meinem doch ziemlich dicken Fell mochte mir nicht vorstellen, wie unangenehm es für sie in dem nassen und kalten Wald werden wird. Um ihnen diese unerfreuliche Neuigkeit mitzuteilen, gingen wir in den Garten. Zum Glück erregte das keine Aufmerksamkeit, weil wir genau das jeden Abend vor dem Schlafengehen taten.

Lange mussten wir nicht suchen. Direkt vor dem Gartenhaus stand Condesa mit ihrer Tochter, der Chefin des Rudels. Als sie hörten, was Mateo vorhatte, war der Schrecken beiden deutlich anzusehen. Einen Moment lang war es wieder still, schließlich fing die Chefin mit ihren Überlegungen an.

„Gerade hat meine Mama mir euren Plan erläutert, dem ich nur widerwillig zugestimmt habe. Ich finde ihn sehr riskant, verstehe jedoch, dass das der einzige Weg ist, um uns in Sicherheit zu wissen und um den Galgomann zu bestrafen. Jetzt sollen wir aber in diesem dunklen Wald zwei Nächte überstehen? Ich weiß nicht, das kommt nun alles so unerwartet." Sie schüttelte verzweifelt den Kopf. Auf einmal hellte sich ihre Miene etwas auf. „Ihr kommt aber trotzdem mit, oder?"

Ich schaute Papa an, der seinerseits Anton ansah, der leicht den Kopf schüttelte und seufzte. Er erklärte, dass wir unmöglich jetzt schon verschwinden konnten, weil unsere Menschen uns dann viel zu früh suchen und sicher auch finden würden. Es würde auch nicht viel helfen, wenn Luna sie eine Weile in eine falsche Richtung führte. Niemand brauchte es laut zu sagen, wir wussten auch so, wie er das meinte. Luna war lieb und hilfsbereit, jedoch so lange jemanden zu täuschen, würde sie niemals schaffen.

Die Chefin stellte dann eine Frage, über die wir uns tatsächlich noch keinerlei Gedanken gemacht hatten. Sie nickte in Richtung der Mauer. „Wenn Mateo das Loch schon morgen zumacht, wie kommt ihr denn überhaupt hier heraus?"

„Das wird kein Problem sein", sagte Condesa plötzlich. Nein? Da war ich aber mal gespannt, wie sie das meinte. Sie zeigte auf Papa und Mama. „Auf eurer Finca haben wir doch einen Knopf an der Wand entdeckt, der das Tor öffnet, das wisst ihr ja noch, oder?" Wir nickten alle. „So eine Fernbedienung für das Tor sollte es eigentlich doch auch bei euch geben. Anton? Rudi?"

Anton und Rudi schauten beide vollkommen verblüfft aus dem Fell. Schließlich zuckten sie mit den Schultern und wirkten ratlos. „Ich gehe mal schnell auf die Suche!", rief Rudi und flitzte zurück zur Villa. Genauso schnell war er dann wieder zurück. „Ich habe im Flur an der Wand ein Gerät entdeckt, das irgendwie wie ein Telefon aussieht – mit Knöpfen neben dem Hörer. Könnte es das sein?"

Condesa nickte. „Ja, das ist bestimmt die Fernbedienung. Ausprobieren können wir es jetzt nicht, doch ich bin sicher, dass es funktionieren wird! Gut gemacht, Rudi!" Rudi lächelte sie an und ich gab ihm mit der Pfote einen anerkennenden Schlag auf die Schulter.

Die Chefin wirkte etwas unsicher. „Wenn das so ist, also, wenn es hier einen anderen Weg aus dem Garten gibt, warum können wir nicht einfach abwarten und dann alle zusammen gehen?"

Anton schüttelte den Kopf. „So leid es mir auch tut, aber wenn Mateo den Garten durchsucht, sei es denn nur entlang der Mauer, würde er euch höchstwahrscheinlich entdecken. Er braucht sicher irgendein Werkzeug aus dem Gartenhaus, um durch die Büsche zu gelangen. Es wird schon schwer genug sein, die Kinder zu verstecken."

Das sah auch die Chefin ein. Die einzige Möglichkeit, unseren Plan durchführen zu können, war, dass sie in dieser Nacht fortgingen. Ich hatte großes Mitleid mit ihr. Für das ganze Rudel verantwortlich zu sein, und nicht nur für eine einzige Schwester, musste noch unheimlich viel Verantwortung sein. Zudem musste sie sich noch dazu durchdringen, ihre Kinder in der Villa zurückzulassen. Als ich kurz daran dachte, in welchen Situationen ich es überhaupt geschafft hatte, Alma zu beschützen, fiel mir wieder das Haus des Monsterehepaares ein.

„Ach, ich weiß was!", rief ich aufgeregt. „Ihr könntet doch zu diesem Haus, wo wir euch zum ersten Mal getroffen haben, laufen. In diesem Schuppen dort könntet ihr wenigstens etwas Schutz finden und auf uns warten. Du weißt doch noch, welchen Ort ich meine?" Zwar grauste es mir bei dem Gedanken an das Haus, die Chefin wirkte jedoch erleichtert.

„Ja, das ist tatsächlich eine gute Idee, Arlo! Dorthin verirrt sich wohl kaum noch ein Mensch! Diese zwei Nächte würden wir dort schon gut überstehen können." Sie schwieg kurz. „Kommt ihr dann dorthin?", fragte sie sorgenvoll. „Was ist, wenn etwas dazwischenkommt? Was sollen wir dann machen? Was ist, wenn ihr das Tor doch nicht öffnen könnt?"

Ich hasste dieses Schweigen, dass wieder eintrat. Es war wieder einmal deutlich, dass unser Plan doch ein paar Schwachstellen mehr hatte. Nichts war sicher, alles konnte schiefgehen, jede Kleinigkeit konnte die ganze Aktion zunichtemachen. Diesmal räusperte Domino sich.

„Alfonso und ich können doch als Boten zwischen euch fungieren," sagte er und zeigte auf die Bäume. „Für uns ist es eine Leichtigkeit, über die Mauer zu gelangen."

„Ui!", bestätigte Alfonso, der diesmal nicht demonstrativ irgendwo hinaufkletterte. Domino hatte es wohl geschafft, seinem Bruder die überschäumende Energie auszutreiben.

Papa nickte. „Ja, das ist ein guter Vorschlag, lieber Domino! Dadurch werden wir immer gegenseitig informiert sein. Sehr schön!"

„Ui!" Alfonso nickte eifrig mit dem Kopf. „Alfonso wird ein guter Bote sein!" Alle lächelten ihn zustimmend an.

Luna blickte zum wolkenlosen Himmel, wo sich schon die Sterne und der Mond deutlich zeigten. „Ich glaube, jetzt ist ein guter Zeitpunkt, meinen Vater zu kontaktieren."

Als Luna ihren Hals streckte und mit voller Kraft zu heulen anfing, wich die Chefin erschreckt ein paar Schritte zurück. Wir waren schon daran gewöhnt, wie Luna und ihr Vater, Toran, miteinander kommunizierten. Wenn man das allerdings zum ersten Mal miterlebte, musste es einem sehr eigenartig vorkommen. Auch die Menschen hatten das so oft mitbekommen, dass sie darauf gar nicht mehr achteten. Luna als eine Halbwölfin tat ihrer Meinung nach nur das, was für sie natürlich war.

„Papa! Papa! Hier Luna!", rief sie in den Nachthimmel. „Papa!"

Zuerst war es vollkommen still. Sogar die Nachteulen schwiegen. Luna zog schon Luft ein, um noch kräftiger zu rufen, jedoch in diesem Moment hörten wir aus den Bergen Torans Stimme. „Luna! Alles gut?" Luna erzählte ihm kurz, was wir vorhatten und dass wir hofften, dass er uns beistehen konnte.

„Ja! Mache ich! Komme Übermorgen früh zum Monsterhaus!", rief er noch und verabschiedete sich von Luna.

„Na, das hätten wir schon mal geklärt!", sagte sie zufrieden. Ihr fiel auf, dass die Chefin immer noch ziemlich verwirrt wirkte. „Also, meinen Vater habt ihr ja schon getroffen. Er hat euch bei der Flucht aus dem Stall geholfen."

„Ach, ja, er – jetzt weiß ich es wieder! Er ist sehr beeindruckend." Die Chefin nickte anerkennend. „Das ist aber auch eine coole Art, miteinander in Verbindung zu bleiben."

Luna zuckte mit den Schultern. „Na, ja, er lebt halt mit seiner Familie in den Bergen. Er kommt selten herunter und ich bin nicht gerade die beste Bergsteigerin." Da hatte sie allerdings recht. Ich musste grinsen, als ich an all die Momente dachte, in denen Luna ihre Tollpatschigkeit vorgeführt hatte. Als sie mich fragend ansah, verschwand mein Grinsen schnell. Diesmal hatte sie doch tatsächlich ihre Sache sehr gut gemacht. Ich erinnerte mich daran, dass ich sie öfter loben wollte. Wäre das jetzt nicht der geeignete Moment?

Ich ging zu ihr. „Super! Gut, dass du an deinen Vater gedacht hast! Es ist sehr wichtig, dass Toran Bescheid weiß!" Als ich sie noch mit der Pfote am Knie tätschelte – weil ich nicht höher kam –, sah sie etwas verwirrt, aber auch erfreut aus. Ja, das muss ich unbedingt öfter machen. Mama gab mir ein Küsschen und flüsterte direkt in mein Ohr, wie stolz sie auf mich wäre, weil ich so aufmerksam sei. Obwohl ich mich über ihre Worte freute, musste ich doch darüber grübeln, dass anscheinend Lob zu verteilen für mich auffallend selten war. Die letzten Monate hatte die Sorge um Alma mich voll im Griff gehabt, die Sorge um ihre Genesung und um ihre depressive Stimmung. Vor allem hatten meine Schuldgefühle mir keine Ruhe gelassen. Vielleicht würde es ebenfalls mir selbst helfen, wenn ich mich zur Abwechslung auf die anderen konzentrierte.

Ich schüttelte mich, um auf andere Gedanken zu kommen. Ich bekam gerade noch mit, wie Luna betonte, die Chefin solle die anderen Galgos auf jeden Fall vorwarnen, dass Toran zu ihnen stoßen würde. Nicht, dass noch jemand panisch wurde, weil das doch sehr leicht passieren konnte. Als Wolf war Toran natürlich eh groß, doch auch unter seinesgleichen war er noch ein Stück größer und kräftiger. Die Chefin nickte und blickte zum Gartenhaus. „Ich muss jetzt den anderen erklären, dass wir umgehend gehen müssen. Am meisten mache ich mir um die Kinder Sorgen. Sie werden nicht darüber erfreut sein, dass wir uns trennen müssen."

Condesa nickte. „Ich komme mit dir. Vielleicht kann ich sie als ihre Oma etwas beruhigen. Sie bleiben ja nicht allein zurück."

Nach einer Weile kamen alle Galgos aus dem Gartenhaus. Sie sahen sehr betrübt aus, ein paar von den Kindern weinten leise. Die Chefin forderte alle auf, noch einmal etwas zu essen. Für die nächsten Tage würde es für sie nichts mehr geben. Mir war bewusst, dass die ein oder zwei Mahlzeiten, die sie bei uns bekommen hatten, keine große Veränderung bewirkt hatten. Es war erschreckend, wie abgemagert und schwach diese Hunde waren. Zusätzlich zu den Geschwistern von Zoe und ihrer Mama waren es noch vier Erwachsene bei uns. Der Chef und B2 waren schon bei dem Galgomann und der weiße Galgo in der Klinik. Ich wünschte mir so sehr, dass unser Plan funktionieren würde und diese Hunde endlich erfahren konnten, dass das Leben nicht nur aus Hunger, Angst und Gewalt bestand. Nach dem Essen verabschiedeten die Erwachsenen sich und gingen in die Dunkelheit. Ich brauchte mich gar nicht umzusehen, ich wusste auch so, dass wir alle Tränen in den Augen hatten. Was war das nur für eine Welt?

Alma versuchte mit Condesa die traurigen Kinder zu trösten. Bald schafften sie es, diese zum Spielen zu animieren. Ich hatte gar nicht mitbekommen, dass Alma ihren Ball mitgenommen hatte. Als die Kinder nun sahen, wie witzig das Glöckchen darin war, konnten sie gar nicht mehr aufhören, den Ball hin und her zu schubsen. Da es im Garten schon sehr dunkel war, musste ich auch nicht befürchten, dass sie Alma nicht mitspielen lassen würden. Ohne das Glöckchen hätte eh keiner den Ball wiedergefunden. Nach einer Weile wurden sie müde und wollten zurück ins Gartenhaus. Condesa versprach, immer wieder nach ihnen zu schauen und nahm wieder einen von ihnen mit zu sich in den Wintergarten. Sie würden sich alle ein paar Stunden abwechseln. Obwohl sie sich sehr ähnelten, konnte ich sie, langsam aber sicher, auseinanderhalten. Mir war klar, dass es nur eine Frage der Zeit war, bis die Menschen das ebenfalls konnten. Über dieses Problem wollte ich mir in dem Moment keine weiteren Gedanken machen. Die nächsten Tage würden eh spannend genug werden. Wir mussten nur ganz fest die Pfoten drücken und hoffen, dass die Menschen mit ihren Sachen zuerst einmal so beschäftigt sein würden, dass sie keinen Verdacht schöpften. Dass die Kinder so scheu waren, war natürlich gut. Dadurch wirkte es nicht komisch, dass sie sich hinter Condesas Rücken versteckten, wenn sie mit ihr zusammen im Korb lagen.

Als wir alle wieder im Wintergarten ankamen, wartete Terri schon auf uns. „Da seid ihr ja endlich! Ich muss die Tür zum Garten schließen, weil die nächste Nacht ziemlich kalt wird. Sonst friert ihr nachher noch, trotz des Heizkörpers." Sie schielte zu Condesa. „Zoe wird eine Nacht sicher auch ohne einen Fluchtweg aushalten. Condesa kümmert sich ja um sie."

Nein! Nicht die Tür schließen! Sonst haben die anderen Kinder doch keine Möglichkeit, sich im Wintergarten aufzuwärmen. Wir wussten natürlich, was der klare Himmel im Winter bedeutete – es konnte wirklich sehr kalt werden! Condesa sah hilfesuchend zu Anton, der ihr zunickte.

Augenblicklich stand sie auf und stürmte zur Tür, bevor Terri diese ganz schließen konnte. Condesa kratze verzweifelt an der Tür. „Was? Musst du doch noch hinaus? Dann aber schnell – es ist jetzt schon sehr kalt!" Terri ließ sie durch.

Nach ein paar Minuten hörten wir Condesa wieder die Treppe hinauflaufen, wo sie stehen blieb und kurz bellte. Terri wollte sie hineinbitten, bekam allerdings kein Wort heraus, als sie sah, was Condesa mitgebracht hatte – die Kinder! Sie sahen alle sehr ängstlich aus und ein paar winselten sogar vor Aufregung. So wie sie jetzt schon zitterten, hätten sie tatsächlich diese kalte Nacht draußen kaum überstehen können. Kurz dachte ich an die erwachsenen Galgos und hoffte, dass sie wenigstens etwas Schutz in diesem Schuppen gefunden hatten. Obwohl das vollkommen unserem Plan widersprach, die Kinder unseren Menschen zu zeigen, war das wohl in dem Moment die einzige Möglichkeit.

„Das kann doch nicht wahr sein!", rief Terri entsetzt. „Was geht hier vor? Woher kommen plötzlich all diese Hunde!" Sie machte die Tür weit auf und zog sich zurück. „Kommt doch zuerst einmal hinein!"

Als Terri langsam in die Küche ging, trauten die Kinder sich, im Schutz von Condesa in den Wintergarten zu kommen. Sie versammelten sich um den Korb und waren sichtlich über die Nähe des Heizkörpers erleichtert. Langsam beruhigten sie sich, hielten jedoch die Küchentür genau im Auge. Vorsichtig erschienen nacheinander alle Menschen auf der Türschwelle, um einen Blick in den Wintergarten zu werfen. Terri ging langsam zur Gartentür, um sie nun endlich zu schließen, und gesellte sich dann zu den anderen in die Küche. Wir konnten ihre aufgeregte Diskussion mitverfolgen.

„Schon wieder junge Galgos!"

„Das ist diese Jahreszeit! Ausgesetzt, die armen Dinger!"

„Wieso bei uns? Die Mauer muss überprüft werden!"

„Wir müssen ihnen helfen!"

„Sie müssen Hunger und Durst haben, so abgemagert sie sind!"

„Sie sind auch sehr schreckhaft!"

„Vielleicht haben sie einen Chip! Der Besitzer muss informiert werden!"

„Morgen bringen wir ein Gerät zur Chiperkennung aus der Klinik mit."

„Ich bringe ihnen zuerst einmal etwas Futter und Wasser."

Wir hörten, wie Terri mit Näpfen hantierte und kurz darauf erschien sie auch wieder. Mit langsamen Bewegungen verteilte sie einige Futter- und Wassernäpfe auf dem Boden. Leise befahl sie uns, mit in die Küche zu kommen, damit die Galgos zuerst einmal ihre Ruhe haben konnten. Wir winkten Condesa und den Kindern noch zu und folgten Terri, die das Licht ausmachte. Jedenfalls waren die Kinder nun in Sicherheit, es fragte sich nur, für wie lange. Sie trugen ja alle den Chip, der sie sofort als Eigentum des Galgomannes offenbarte. Welche Geschichte würde er wieder erfinden? Würden die Kinder wirklich zu ihm zurückmüssen?

29. WIE ENTSCHEIDET SICH DAS SCHICKSAL?

Schon bevor die Sonne am nächsten Morgen aufging, wachten wir auf, weil Mateo in die Küche kam und das Licht anmachte. Er setzte Kaffee auf, den er sicher dringend brauchte, da er sehr ausgiebig gähnte. Im Wintergarten war es noch still. Ich vermutete, dass die Kinder so erschöpft von den letzten Tagen waren, dass sie nun tief und lange schliefen. Sie wussten ja, dass Condesa auf sie aufpassen würde. Alma räkelte sich neben mir und wollte wissen, was los war. Als ich ihr sagte, dass Mateo nur alles vorbereiten würde, schlief sie innerhalb einer Sekunde wieder ein. Obwohl sie so tapfer tat, konnte ich mit Leichtigkeit erkennen, dass sie noch weit von ihrer normalen Kondition entfernt war. Ich stand vorsichtig auf, damit sie noch eine Runde Schlaf bekommen konnte, und setzte mich zu Rudi.

„Wollen wir mit Mateo raus?", fragte ich ihn. „Ich möchte wissen, ob er tatsächlich unser Loch findet."

Rudi rieb sich mit der Pfote den Schlaf aus den Augen, nickte jedoch dann. „Ja, klar, das machen wir! Vielleicht übersieht er es doch und die Galgos können zurück. Oder wir hinaus, wenn das mit dieser komischen Fernbedienung für das Tor nicht klappen sollte."

Die anderen schienen noch keine Lust zu haben, hinauszugehen, sondern folgten Almas Beispiel und schliefen wieder ein. Mateo goss sich eine Tasse Kaffee ein, obwohl die Maschine noch ziemlich laut blubberte. Anscheinend trank er zu hastig und verbrannte sich den Mund, weil er laut fluchte und Milch aus dem Kühlschrank holte. Dabei bemerkte er, dass Rudi und ich ihn beobachteten.

„Na, Jungs, seid ihr auch schon auf?" Er nickte in Richtung des Gartens. „Ich muss jetzt etwas erledigen. Frühstück gibt es erst später!" Als er vor allem mein enttäuschtes Gesicht sah, lachte er laut auf. „So lange wird es sicher nicht dauern! Ihr könntet doch zuerst einmal mit mir hinauskommen." Er öffnete eine Schublade und nahm eine große Taschenlampe heraus. Dann zog er sich seine Gummistiefel an und wollte in den Wintergarten. Direkt an der Türschwelle drehte er sich jedoch um. „Ne, lasst uns lieber die vordere Tür nehmen. Da schlafen diese jungen Galgos sicher noch und ich will sie nicht erschrecken. Sie sollen auf keinen Fall wieder verschwinden, bevor wir den Besitzer ausfindig gemacht haben. Und bevor ich das verdammte Loch gefunden habe!"

Etwas betrübt folgte ich Mateo mit Rudi. Ich konnte nicht verstehen, warum nicht ein Mal, ein einziges Mal, etwas so laufen konnte, dass wir nicht andauernd noch mehr Probleme und Schwierigkeiten bekamen. Nun waren die Geschwister von Zoe in Gefahr und unsere Möglichkeiten, ihnen zu helfen, waren vollkommen erschöpft. Was, wenn sie wirklich zurück zu dem Galgomann mussten? Was war das nur für ein Schicksal, das sich anscheinend immer wieder gegen uns stellte? Wir waren doch die Guten! Wir wollten nur helfen! Lag es an mir? War meine Anwesenheit irgendwie dem Schicksal ein Dorn im Auge, weil ich nicht auf meine Schwester aufgepasst hatte? War es das? Durfte ich solche Gedanken zulassen, wenn ich doch auf dem besten

Weg war, ein berühmter Hundepsychologe zu werden? Das war sicher nicht professionell, an das Schicksal zu glauben, oder? Allerdings würde es vieles erklären. Ja, alle unsere Probleme waren eindeutig meine Schuld!

Ich blieb abrupt stehen. Es dauerte eine Weile, bis Rudi merkte, dass ich ihnen nicht mehr folgte. Ich setzte mich hin, ohne mich darum zu kümmern, ob es nass oder kalt war. Ja, es war beides, doch mir war es in dem Moment egal. Ich ließ meinen Kopf hängen. Wenn ich fortginge, müsste das Schicksal nicht die anderen für meine Taten bestrafen. Ich musste fort. Ich durfte mit dieser Aktion nichts mehr zu tun haben, nur so konnte ich wirklich den anderen helfen. Tränen kullerten über meine Wangen und ich ließ sie einfach laufen. Ich musste alle verlassen und versuchen, alleine in der Welt zurecht zu kommen. Ich fing sogar an zu zittern und konnte meine Verzweiflung nicht mehr unterdrücken. Mein Leben war nur ein einziges Versagen, in jeder Hinsicht.

Rudi erschreckte sich bei meinem Anblick. „Oh je, was ist passiert? Was ist los, Kumpel? Tut dir dein Bein so weh?"

Ich konnte nur den Kopf schütteln. Auch ihn musste ich verlassen und ich konnte nur hoffen, dass er sich dann um Alma kümmern würde, wenn ich nicht mehr da war. Ich konnte mich von keinem verabschieden, sonst würde ich meine Entscheidung nicht umsetzen können. Sofort! Ich musste sofort weg! Ohne ein Wort von mir zu geben, lief ich tiefer in den Garten hinein. Ich musste das Loch erreichen, bevor Mateo es fand. Das Schicksal musste mich von den Leben der anderen ausradieren! Ohne mich würde es keinen Grund mehr geben, uns Steine in den Weg zu legen. Es war, als ob das Schicksal sogar meine Gedanken lesen konnte. Ich übersah einen großen Stein, stolperte und vollführte eine unelegante Bauchlandung direkt in eine Pfütze hinein. Vielen Dank aber auch!

Rudi war mir natürlich nachgelaufen und grinste zuerst breit. Als er jedoch mein Gesicht sah, schwieg er kurz. Ich rappelte mich auf und wusste nicht, was ich machen oder sagen sollte. Rudi legte seine Pfote auf meine Schulter. „Du, Bruderherz, nun sag schon, was du hast. Ich sehe doch, dass dich etwas quält."

Mein Tränendepot war wohl unendlich, weil ich wieder laut schluchzen musste. Rudi blieb still bei mir sitzen und wartete ab, bis ich mich wieder etwas beruhigt hatte. Wie sollte ich in der großen Welt alleine zurechtkommen, wenn schon die ersten Meter so beschwerlich waren? Nach einer gefühlten Ewigkeit konnte ich endlich aufatmen. Ich erzählte Rudi, was ich dachte. Wie bös mir das Schicksal mitspielte und ich damit alle gefährdete, nur weil ich dabei war. Ich sagte auch, dass die einzige Lösung sei, dass ich fortging.

Rudi seufzte tief und drückte mich kurz an sich. „Ich weiß, dass du dir über das Leben viel mehr Gedanken machst als zum Beispiel ich. Aber ich muss dir jetzt etwas sagen, schließlich bist du mein bester Kumpel. Was du dir jetzt da ausgedacht hast, ist, ganz direkt gesagt, totaler Blödsinn! Absolut!"

Ich schüttelte nur meinen Kopf. Rudi war jedoch noch nicht fertig. „Das Leben ist manchmal hart und ungerecht, das wissen wir alle. Falls es denn so etwas wie Schicksal gäbe, das über unser Leben bestimmen kann, meinst du nicht, dass dieser Stein hier dann auch ein Zeichen war? Ein Zeichen dafür, dass du nicht unüberlegt handeln solltest, weil gerade das tust du in diesem Moment. Denk doch bitte darüber nach, wie viel Gutes du erreicht hast!"

Ich blickte auf und sah direkt in seine Augen. Er meinte das wohl im Ernst und lächelte mich an. „Wir haben damals doch all diese misshandelten Welpen befreit – und du, du alleine, hast Tristan gerettet. Das weißt du doch noch? Und wenn du keine Hilfe geholt hättest, wäre Alma nicht mehr da! Und du bist eh für sie ein großartiger Bruder – und für mich der beste Freund, den ich mir wünschen kann! Du hast dich zwischen diesen Enrique und mich gestellt, bei dem Baumarkt! Das ist alles total selbstlos und mutig von dir gewesen. Sei doch bitte nicht so hart zu dir selber! Du hast Respekt verdient und nicht diese ewigen Selbstvorwürfe!"

Ich zuckte mit den Schultern. Vielleicht hatte er tatsächlich recht. Wenn ich so darüber nachdachte, hatte ich doch auch einiges erreicht, was als gut gelten konnte. Ich war ihm für seine Worte unendlich dankbar und zeigte es dadurch, dass ich ihn nun meinerseits fest drückte. Er verstand mich ohne Worte. „Nun komm, Arlo! Lass uns schauen, wie weit Mateo gekommen ist."

Wir mussten nicht lange suchen. Mateo war wohl schlau genug, um das Loch dort zu suchen, wo die Büsche besonders dicht wuchsen. In ein paar Minuten würde er das Loch gefunden haben, was auch durch sein zufriedenes Ausrufen bestätigt wurde. Wir sahen zu, wie er zum Gartenhaus ging, um eine Rolle Maschendrahtzaun und irgendwelche Werkzeuge zu holen. Dieser Fluchtweg war definitiv nicht mehr zugänglich. In der Hoffnung, dass auch Terri inzwischen aufgestanden war und für uns Frühstück vorbereitet hatte, liefen wir langsam zurück zum Haus.

Rudis Worte hallten noch in meinem Kopf nach. Besonders das mit den ‚ewigen Selbstvorwürfen'. Das war tatsächlich etwas, was ich in den letzten Monaten sehr häufig gemacht hatte – mir die Schuld zu geben, vor allem wegen Alma. Ich musste diese Schuld von mir abschütteln, hatte doch Alma auch selbst mehrmals beteuert, dass sie mir keinerlei Vorwürfe machte. Ich sollte Rudis Beispiel folgen und meinem Leben etwas Leichtigkeit geben, an das Positive denken! Das nahm ich mir fest vor und, um damit sofort anzufangen, startete ich mit Rudi ein Wettrennen bis zur Haustür.

„Ha! Gewonnen!", rief Rudi laut und zeigte auf mein Bein. „Allerdings muss ich wohl abwarten, bis du wieder fit bist. So macht das Gewinnen ja kaum Spaß!"

Wir schubsten uns gegenseitig auf der Treppe, lachten und bellten dabei so laut, dass Terri auf uns aufmerksam wurde. Als sie die Tür öffnete, stürmten wir in die Küche und weckten die anderen dadurch auf. Wir hörten die etwas erschreckten Stimmen von den Kindern aus dem Wintergarten, was Terri ebenfalls wahrnahm. „Hey, Jungs! Seid doch ein bisschen ruhiger! Unsere neuen Gäste wissen doch gar nicht, was hier los ist. Gleich gibt es Frühstück!"

Das hörte Hund doch gerne. Ich ging kurz in den Wintergarten, um diese freudige Nachricht zu verbreiten und die Kinder zu beruhigen. Alma lief hinter mir her und hüpfte direkt in den Korb, ohne darauf zu achten, dass dieser voll belegt war. Weder Alma noch die Kinder schienen irgendwie irritiert zu sein, sondern ließen Alma sich an sie kuscheln. Nun lag sie dann mit dem Kopf auf einem Hund und mit den Hinterpfoten auf einem anderen. Ob das nun gemütlich war? Ich vergewisserte mich noch, dass alle artig mit ihr umgingen, und entschied, meine wiedergewonnene Fröhlichkeit nicht von irgendwelchen neuen Sorgen dämpfen zu lassen.

Als Rudi und ich den anderen erzählten, dass Mateo gerade dabei war, unser Loch zuzumachen, war keiner wirklich überrascht. Wir waren zuversichtlich, dass Condesas Idee mit dem Tor funktionieren würde. Da ich mich nun im positiven Denken übte, dachte ich auch nur ganz kurz, dass es für das Schicksal wieder eine Möglichkeit wäre, sich wie ein mieser Verräter zu verhalten. Ich erinnerte mich noch gut an den Film, den ich neulich so nebenbei gesehen hatte. Terri hatte mit Mateo bei uns auf dem Sofa gesessen und fast während des gesamten Films geweint. Beschäftigte ich mich deshalb so sehr mit dem Schicksal? Wenn schon Menschen sich darüber Gedanken machten, war es doch kein Wunder, wenn es auch an mir haften blieb. Ich schüttelte mich kräftig, um mich wieder auf diese neue positive Spur zu bringen. Es gab doch auch Filme über Dinosaurier oder über Geister, die ich auch nicht so ernst nahm. Jedenfalls nicht die mit den Dinosauriern…

Endlich gab es Frühstück! Wenn ich schon nach nur einer Nacht so fast verhungert war, wollte ich gar nicht daran denken, wie es den Galgos ergehen mochte, die andauernd zu wenig Futter bekamen. Dabei fielen mir wieder die Chefin mit ihren Freunden ein, die jetzt wohl an dem verlassenen Horrorhaus auf uns warteten.

„Sollten wir uns nicht zwischendurch erkundigen, wie es den Galgos dort draußen geht?", fragte ich mit etwas besorgter Miene.

Papa leckte noch ein paar Futterreste von seinen Lippen, bevor er auf Domino und Alfonso zeigte. „Genau, Arlo hat recht! Würde es euch etwas ausmachen, nach den Hunden zu sehen, liebe Katerchen?"

Alfonso sprang augenblicklich auf. „Ui! Alfonso will! Alfonso läuft!"

Domino sah etwas verzweifelt aus. „Vielleicht ist es besser, wenn wir beim ersten Mal gemeinsam hinlaufen, oder was meinst du?"

„Ui!", flüsterte Alfonso betrübt. Er blickte schnell zur Seite, aber ich konnte sehen, wie seine Augen sich mit Tränen füllten. Irgendwie konnte ich ihn gut verstehen. Es war auch für Alma nicht leicht, immer hören zu müssen, was sie angeblich alles nicht konnte oder nicht durfte. Vielleicht war sie deswegen manchmal so stur und sogar wagemutig, weil sie sich und uns allen das Gegenteil beweisen wollte. Alfonso tat mir in dem Augenblick richtig leid.

„Hör mal!", sagte ich und ging zu ihm. „Im Wald kann man sich leicht verlaufen. Wenn ich dorthin müsste, wäre ich wirklich froh, wenn jemand mich begleiten würde. Wenigstens solange, bis mir die Gegend vertraut ist. Dein Bruder hat es nur gut gemeint!"

Domino nickte erleichtert. „Ja, natürlich habe ich das! Ich würde ebenso ungern alleine loslaufen. Zusammen finden wir sicher das Haus viel leichter wieder!"

Alfonso wirkte etwas irritiert. „Das Haus? Ui?"

Ich seufzte. Anscheinend hatte er keine Gedanken daran verloren, wohin er laufen sollte. Um ihn nicht noch mehr zu verletzen, richtete ich meine Worte an Domino. „Du weißt wohl auch nicht genau, wohin ihr müsst?" Domino schüttelte den Kopf. Ich zeigte in eine Richtung, die hoffentlich ungefähr die richtige war. „Als Rudi und ich euch abgeholt haben, sind wir an diesem verlassenen Haus vorbeigelaufen. Es ist gar nicht so weit weg von hier. Daneben steht der Schuppen, bei dem die Galgos auf uns warten."

Dominos Gesicht hellte sich auf. „Ach, ja, das Haus! Natürlich weiß ich es noch. Und Alfonso sicher auch, oder?" Er lächelte seinen Bruder an, der mit einem zuversichtlichen ‚ui' antwortete.

„Was sollen wir ihnen denn ausrichten?", fragte Domino, wonach die unerwünschte Stille sich wieder unter uns breit machte.

Nach einer Weile räusperte Mama sich. „Ich glaube, für eine Mutter ist es am aller wichtigsten zu wissen, dass ihre Kinder in Sicherheit sind." Alle nickten. „Meines Erachtens könntet ihr ruhig erzählen, dass sie sich jetzt im Wintergarten aufhalten, wo es wärmer ist und wo sie Futter bekommen. Sie wird wissen, dass wir ihre Kinder nicht gefährden werden."

„Und dass unser Plan ansonsten unverändert geblieben ist", fügte Papa noch dazu.

Domino und Alfonso machten sich auf den Weg. Rudi und ich liefen mit ihnen noch bis zur Mauer, weil wir ihre Kletterkünste beobachten wollten. Wie erwartet, waren sie innerhalb von ein paar Sekunden auf einem Baum und winkten uns noch kurz zum Abschied zu, bevor sie über die

Mauer sprangen. Wir schnüffelten noch etwas im Garten herum. Ich dachte kurz daran, ob die Mama der Galgos wirklich beruhigt war. Ihr musste eigentlich auch klar sein, dass die Erkennungschips ihre Herkunft verraten würden. Darüber wollte ich in dem Moment nicht schon wieder nachgrübeln, sondern lenkte mich mit einer Jagd nach einem Eichhörnchen ab. Dieses Tier musste ganz genau wissen, dass wir es niemals fangen konnten, sonst würde es wohl nicht jeden Tag hier auftauchen. Als es wieder von einem Baum auf uns herabschaute, hätte ich wetten können, dass es breit grinste. Zu allem Überfluss warf dieses Vieh sogar noch mit einer Nuss nach uns!

Wir verbrachten den Tag hauptsächlich mit den Kindern, die langsam auftauten und wirklich witzig waren. Wir spielten im Garten, bis wir nicht mehr konnten. Eigentlich hätte ich mein Bein schonen müssen, merkte jedoch, dass es sowieso fast gar nicht mehr weh tat. Wahrscheinlich waren es die Schmerzmittel, die Terri mir bei jedem Essen unterjubelte. Irgendwann waren Domino und Alfonso zurückgekommen und meldeten, dass sie ihre Aufgabe erfolgreich erledigt hatten. Den Galgos dort draußen ging es den Umständen entsprechend, aber sie seien sehr froh gewesen, unsere Boten zu sehen.

Als es schon dämmerte, kamen Terri und Mateo von der Arbeit zurück. Bevor es, wie gewohnt, unser Abendessen gab, stand noch etwas anderes auf dem Programm. Terri trug ein kleines Gerät in der Hand, das ich sofort erkannte – ein Chiplesegerät! „Kommst du mit, Oma?", fragte Terri. „Ich möchte gleich die Chips bei diesen jungen Galgos prüfen. Ohne Leckerlis wird es kaum zu schaffen sein, weil sie so ängstlich sind. Eine menschliche Hand scheint für sie eine große Gefahr zu bedeuten."

Oma Martha folgte ihr in den Wintergarten. „Ja, das habe ich auch bemerkt. Und was das uns über den Besitzer sagt, brauche ich wohl nicht laut zu sagen."

Ich beobachtete, wie die Tüte Leckerlis in ihrer Hand ebenfalls im Wintergarten verschwand. Jedoch bevor ich ihr dorthin folgen konnte, stellte Mama sich mir in den Weg. „Lass sie mal in Ruhe machen, Arlo! Die Kinder fürchten sich eh schon vor den Menschen, noch mehr Chaos dort drin können sie sicher nicht gebrauchen." Chaos? Ich überlegte kurz, aber musste tatsächlich Mama recht geben. Wenn es um Leckerlis ging, kam es schon vor, dass ich nicht mehr an mich halten konnte. Enttäuscht ging ich zu unserem Korb, wo Alma mich mit einem Küsschen begrüßte.

„Sei nicht so betrübt, Brüderchen! Gleich gibt es sicher unser Abendessen!" Ich setzte mich zu ihr und hoffte, dass sie recht behielt.

Es dauerte auch nicht lange, bis Oma Martha und Terri zurück in die Küche kamen. „Ich konnte diese Hunde jetzt etwas genauer beobachten", sagte Terri und kämpfte deutlich um Beherrschung. „Sie haben Chips, ja! Aber der Besitzer oder die Besitzerin hat uns einiges zu erklären – diese jungen Hunde sind in absolut erbärmlichen Zustand. Nicht nur, dass sie furchtbare Angst haben, sie sind auch grauenhaft unterernährt." Sie setzte sich an den Tisch und holte aus ihrer Tasche einen Laptop hervor. „Ich überprüfe, auf welchen Namen diese Chips registriert sind."

Mateo ging zu ihr, legte seine Hand auf ihre Schulter und schaute ebenfalls gespannt auf den Bildschirm. „Das gibt es

doch nicht! Was für ein krankes Spiel soll das denn sein?",
rief er nach einer Weile.

Terri zeigte mit dem Finger auf den Bildschirm. „Registriert vor 6 Monaten. Auf den Namen von diesem Herrn Alvarez!"

30. SCHRITT FÜR SCHRITT

Gerade als Mateo den Galgomann kontaktieren wollte, kam sein Vater aus der Klinik zurück. Als er hörte, was inzwischen über die Galgokinder herausgefunden worden war, stutze er kurz und setzte sich an den Küchentisch. Er hob die Hand, um zu zeigen, dass er kurz überlegen musste.

„Ich bin mir sicher, dass Silva damals den Namen Alvarez erwähnte", sagte er dann. „Ein Mann mit eben diesem Namen hat Condesa im Tierheim abgegeben. Natürlich ist dieser kein seltener Nachname hier in der Gegend, jedoch sehen diese jungen Hunde Condesa sehr ähnlich." Er schüttelte den Kopf. „Dieser Alvarez hatte damals beteuert, dass er der Hündin nicht mehr gerecht werden konnte. Mit schweren Herzen nahm er Abschied von ihr."

Oma Martha nickte. "Ja, ich erinnere mich auch. Silva war damals zufällig wegen eines Notfalls im Tierheim und hat diesen Alvarez sogar persönlich getroffen. Wenn es sich um denselben Mann handelt, stimmt hier doch etwas vorne und hinten nicht."

Mateo wählte eine Nummer auf seinem Handy. „Ich rufe Silva kurz an. Sie kann sicher beschreiben, wie dieser Mann aussah." Er telefonierte kurz und legte dann auf. „Silva ist ebenso erschüttert wie wir. Sie ist sich sicher, dass es derselbe Mann ist. Und damals hatte sie noch großes Mitleid mit ihm gehabt, weil er seine geliebte Hündin abgeben musste."

Terri seufzte. „Es sieht ganz danach aus, dass er mit dem Züchten und mit der Hetzjagd einfach weitergemacht hat. Was er uns erzählte, ist schlicht und ergreifend gelogen."

„Ich ahnte doch, dass mit diesem Typen etwas nicht stimmt!", empörte Mateo sich. „Zuerst sollten wir seine Jagdhunde suchen und jetzt tauchen hier diese Halbwüchsigen von ihm auf. Ich könnte darauf wetten, dass die kleine Zoe ebenfalls ihm gehört."

„Es würde mich nicht wundern, wenn sogar der kranke, weiße Galgo seiner wäre", fügte Opa Gerhard noch hinzu. „Die Hunde sind hier alle gleichzeitig aufgetaucht. Das kann kein Zufall sein."

Alle mussten ihm recht geben, obwohl ihnen bewusst war, dass es immer zu dieser Jahreszeit massenhaft ausgesetzte Jagdhunde gab. Unsere Menschen regten sich über den Zustand der jungen Galgos in dem Wintergarten sehr auf. Trotzdem mussten alle zugeben, dass man dem Galgomann die Misshandlungen oder gar Tierquälerei so einfach nicht nachweisen konnte. Als Mateo dann mit ihm telefonierte, wurde dies noch bestätigt.

„Dieser Alvarez behauptet, dass diese jungen Galgos ihm schon vor ein paar Monaten gestohlen worden sind." Mateo schüttelte den Kopf. „Seiner Meinung nach hat der Dieb sie dann aus irgendeinem Grund ausgesetzt. Das glaubt doch kein Mensch!"

Mateo stand auf und ging zum Kühlschrank. „Zurück haben will er sie nicht mehr. Jetzt habe er entschlossen, nach dem großen Wettbewerb endgültig mit dem Thema Galgo abzuschließen. Ich hielt es für sinnlos, ihn noch auf Condesa anzusprechen."

Er nahm eine Flasche Wasser heraus und merkte wohl dabei, dass unser Abendessen noch nicht serviert war. Das hatte ja lange genug gedauert, bis er meinen intensiven Blick wahrgenommen hat. Ich verstand schon, dass diese Sache mit dem Galgomann Vorrang hatte, jedoch sollte man die lebenserhaltenden Maßnahmen eines Hundes, wie das Füttern, dabei nicht außer Acht lassen. Als Mateo mich ansah, wollte ich sein Grinsen mal lieber übersehen haben und schlussfolgerte stattdessen, dass er sicher ordentlich Schuldgefühle hatte. Terri half ihm bei unseren Portionen und wärmte das Futter sogar in der Mikrowelle etwas auf. Als ich sah, dass jeder von uns noch extra ein paar Stückchen Käse obendrauf bekam – wohl als eine Entschuldigung, war ich wieder besänftigt. Allerdings blickte ich beide noch kurz, aber sehr ernst an, um ihnen deutlich zu machen, dass so etwas nicht noch einmal passieren durfte.

Als auch die Galgokinder sich satt und zufrieden im Wintergarten ausruhten, setzten die Menschen sich an den Tisch, um selbst zu Abend zu essen. Sie diskutierten dabei noch eine Weile über den überraschenden Zuwachs an Hunden bei uns, doch konnten sie auf keine ideale Lösung kommen. Es wurde entschieden, das Thema zu vertagen und zuerst einmal die jungen Galgos in Ruhe ankommen zu lassen. Da sie danach zu irgendwelchen belanglosen Themen übergingen, konnte ich mich auch etwas entspannen. Morgen würde für uns ein sehr wichtiger Tag sein, den wir mit Sicherheit nur gut ausgeruht überstehen konnten.

Als wir schon in unseren Körben lagen und schlafen sollten, wollte ich mit Alma noch einmal den Plan für den nächsten Tag durchgehen. Bevor ich jedoch anfangen konnte, schlief sie schon leise schnarchend tief und fest. Ich brachte es nicht über mich, sie noch einmal zu wecken, sondern entschied, mich selbst psychisch auf den Tag vorzubereiten. Ich versuchte mir Schritt für Schritt unseren Plan vorzustellen und nach möglichen Gefahren zu durchforsten. Am nächsten Morgen merkte ich, dass ich damit nicht sehr weit gekommen war, weil ich ebenfalls eingeschlafen war.

Die Aufregung bei uns war so deutlich zu spüren, dass ich fürchtete, die Aufmerksamkeit unserer Menschen auf uns zu ziehen. Anscheinend waren sie jedoch mit ihren eigenen Sachen beschäftigt genug. Ungeduldig lief ich wiederholt in den Garten und zurück, bis Papa mir einen mahnenden Blick zuwarf. Ich weiß auch nicht, was immer über mich kam, wenn wir eben keine Aufmerksamkeit erwecken sollten. In solchen Situationen konnte ich kaum an mich halten und veranstaltete meistens irgendein Blödsinn, wodurch ich mit Sicherheit alles nur schlimmer machte. Ich zwang mich, neben Alma ruhig zu liegen, doch trotz größter Anstrengung konnte ich nicht verhindern, dass ich mich andauernd hin und her wälzte. Erst als Alma mir ihre winzige Pfote auf den Nacken legte, musste ich mich unter Kontrolle bringen. Das war auch keine Sekunde zu früh, weil ich erst in dem Moment realisierte, dass Terri mich wohl schon seit einer Weile beobachtete. Endlich drehte sie sich achselzuckend um und stellte ihre Kaffeetasse in die Spülmaschine.

„Mateo und ich müssen jetzt los", sagte sie zu Oma Martha, die gerade dabei war, den Tisch abzuwischen. „Habt ihr heute etwas Besonderes vor?"

Als Oma Martha erzählte, dass Opa Gerhard und sie etwas später zuerst einmal zu unserer Finca fahren wollten, um noch ein paar Sachen zu holen, und anschließend das monatliche Treffen mit anderen Deutschen aus der Gegend hatten, atmeten wir alle erleichtert auf. Dadurch würden alle Menschen abwesend sein und wir konnten unseren Plan mit Schritt eins einläuten: Flucht durch das Tor! Wir konnten es kaum erwarten, bis sie endlich so weit waren. Oma Martha musste jedoch zuerst irgendwelche Wäsche aufhängen, die sie schon heute früh in die Maschine gesteckt hatte. Opa Gerhard telefonierte auch noch ewig mit irgendwelchen Handwerkern, die versprachen, noch im Laufe des Tages bei unserer Finca aufzutauchen. Wenn wir nur vorher gewusst hätten, dass ihr Tag auch weiterhin mit Verzögerungen und mit Verspätungen verlaufen würde, dann hätten wir mit Sicherheit unseren Plan geändert. Doch so liefen wir ungehindert der nächsten Katastrophe entgegen.

Endlich war die Villa menschenleer. Trotzdem entschieden wir uns, noch ein bisschen zu warten, damit niemand noch überraschend zurückkehrte. Das hatten wir nämlich bei unseren Menschen schon öfter erlebt, mal wurde der Geldbeutel vergessen oder die Einkaufsliste, mal musste man noch überprüfen, ob der Herd wirklich ausgeschaltet war. Als nach einer gefühlten Ewigkeit alles ruhig blieb, schritten wir zur Tat. Papa versammelte uns alle um sich.

„Heute ist ein wichtiger Tag! Nicht nur für unsere Freunde, die auf euch warten, sondern auch für den Chef und B2." Er schaute uns alle nacheinander an. „Wir wünschen nicht nur ihnen viel Erfolg, auch euch soll das Glück bei unserer Aktion begleiten." Er seufzte tief. „Meines Erachtens haben wir an alles gedacht, trotzdem kann es gefährlich werden. Seid alle bitte vorsichtig und kümmert euch umeinander!"

Irgendwie hatte ich sofort das Gefühl, dass seine letzten Worte besonders an mich gerichtet waren. Ich wusste, dass ich mich besonders um Alma kümmern musste, damit nicht alles aus dem Ruder lief, wie damals. Fast hätten sich meine alten Schuldgefühle wieder gemeldet, wenn Papa nicht zu mir gekommen wäre.

„Ich kann erahnen, was du denkst, mein Junge", sagte er. „Ich habe aber volles Vertrauen zu dir! Du wirst dafür sorgen, dass deine übermütige Schwester keine unnötigen Risiken eingeht." Er wandte sich zu Alma, die etwas schmollend neben mir stand. „Und du, junge Dame, du wirst diesmal genau das machen, was man dir sagt! Du kannst jetzt beweisen, dass die Entscheidung von deiner Mama und von mir, dich mitgehen zu lassen, kein Fehler war. Keine Alleingänge oder Experimente! Hab' ich mich deutlich genug ausgedrückt?"

Alma nickte widerwillig. Mama und Papa drückten uns noch kurz und dann wurde es Zeit, aufzubrechen. Anton führte unsere kleine Truppe zu dem großen Tor an der Zufahrt zur Villa und bellte kurz, damit Condesa wusste, dass wir dort angekommen waren. Eine Weile passierte absolut nichts und wir dachten schon, dass unser Plan schon bei dem ersten Schritt misslungen war, doch dann glitt das Tor langsam auf. Als wir alle durchgegangen waren, warf Rudi noch einen Blick über seine Schulter und schüttelte leicht den Kopf, was mich wieder beunruhigte.

„Was ist jetzt schon wieder?", fragte ich ihn etwas angenervt. Er musste sich ja auch immer alles aus der Schnauze ziehen lassen, besonders dann, wenn seiner Meinung nach irgendetwas nicht stimmte.

Anscheinend bemerkte er meine Stimmung, weil er diesmal ohne zu zögern antwortete. „Ich dachte nur gerade daran, was der Vater von Mateo gesagt hatte. Weißt du noch, das mit seinem Handy?" Als er jedoch erkannte, dass ich keine Ahnung hatte, was er meinte, fuhr er fort. „Er hat doch erzählt, dass er über sein Handy die Aufnahmen von dieser Kamera hier kontrollieren kann." Rudi zeigte mit der Pfote nach oben auf die Überwachungskamera, die oben an der Mauer festgemacht war. „Ich hoffe nur, dass er in der Klinik beschäftigt genug ist, damit er unsere Flucht nicht zu früh bemerkt."

Vielleicht wäre es tatsächlich besser gewesen, wenn ich nicht darauf bestanden hätte, dass Rudi mir seine Bedenken erzählt. Wenn die Menschen uns zeitnah vermissten und Luna einsetzten, würden wir nicht sehr weit kommen. Wir mussten zumindest so viel Zeit haben, dass wir zu diesem Hof mit unseren Galgofreunden gelangen konnten, denn sonst war ja der ganze Plan vergebens. Rudi erzählte ebenfalls Anton, worüber er sich Gedanken machte.

Anton runzelte kurz die Schnauze, weil er sich wohl darüber ärgerte, dass er selbst nicht daran gedacht hatte. „Das ist allerdings eine sehr gute Beobachtung von dir, Rudi. Wir können uns nicht darauf verlassen, dass Mateos Vater dieses Signal, oder was es dann auch immer sein sollte, auf seinem Handy übersieht. Wir müssen uns beeilen."

Er fing an, uns anzutreiben, wobei ich über die tagtäglichen Schmerzmittel dankbar war. Sonst hätte ich mit meinem Bein bei dem tödlichen Galopp nicht mithalten können. Alma lief so nah zwischen Rudi und mir, dass ihre Schultern uns beide berührten. Das machte sie auch beim Spielen oft, damit sie sich sicherer fühlte und nicht über irgendwelche unerwarteten Hindernisse stolperte. Diesmal musste ich es allerdings Rudi überlassen, Alma auf die jeweiligen Steine oder Äste aufmerksam zu machen, weil ich bei dieser Geschwindigkeit schnell aus der Puste war. Ich wusste, dass wir keine Zeit zu verlieren hatten, jedoch sollte Anton doch auch nicht übertreiben. Zum Glück war die Strecke bis zu diesem Horrorhaus nicht sehr weit und als wir dort ankamen, grüßten die Galgos uns erfreut. Ich musste mich zuerst einmal hinsetzen, um mich wenigstens für einen Augenblick ausruhen zu können. Als ich mich umblickte, merkte ich, dass diese Rennerei den anderen nichts ausgemacht hatte. Wann war ich so schwach geworden? Oder waren es die Schmerztabletten, die mich so schlapp machten? Auch für diese Überlegungen hatte ich kaum Zeit, weil Anton uns drängte, gleich weiterzulaufen.

Die Chefin zögerte. „Es ist zwar schon etwas später, aber wir sind nicht sicher, ob der Galgomann tatsächlich fort ist. Wir möchten ungern näher zu diesem Hof, wenn wir diesbezüglich keine Sicherheit haben."

Anton überlegte kurz. „Da habt ihr sicher recht. Dieser Mann sollte auch keinen anderen Hund entdecken, damit er nicht noch Verdacht schöpft. Was machen wir nun? Ich weiß wirklich nicht, wie viel Zeit wir tatsächlich haben."

Rudi winkte ab. „Obwohl Mateos Vater sofort aufmerksam geworden wäre, würde er doch eine Weile brauchen, um zurück zur Villa zu fahren. Und bis er oder die anderen Menschen mit Luna das Suchen anfangen, wird es bestimmt auch noch einige Zeit dauern. Einen Moment haben wir sicher, um uns zu überlegen, was wir machen sollten."

Domino sprang auf und zeigte mit der Pfote auf seinen Bruder. „Alfonso und ich können doch dorthin laufen und die Lage eruieren." Als Alfonso ihn fragend anschaute, fügte er hinzu: „Also, wir checken, ob der Galgomann schon fort ist."

„Ui!", stimmte Alfonso zu.

Anton nickte. „Ja, das ist eine gute Idee! Ihr könnt euch auch leichter verstecken. Außerdem, falls er eine Katze entdecken sollte, würde es ihn wohl nicht großartig überraschen. Ihr Katzen dürft euch ja meistens frei bewegen, im Unterschied zu uns."

Die Chefin erklärte den Katerchen, wie sie zu diesem Hof kamen, und sie liefen sofort los. Wir anderen zogen uns hinter das Haus zurück, um nicht entdeckt zu werden, falls ein Mensch doch vorbeikommen sollte. Die Galgos waren aufgeregt und sprachen mit leisen Stimmen darüber, was sie wohl heute erwarten würde. Ich konnte gut nachvollziehen, dass sie über die Rückkehr nicht gerade begeistert waren. Unser Plan war zwar gut, nur musste er zuerst einmal gelingen. Irgendwelche Überraschungen konnten wir wirklich nicht gebrauchen. Ich fühlte, wie die Nervosität uns alle, langsam aber sicher, im Griff hatte. Tristan konnte kaum an sich halten und lief immer wieder zur Ecke des Hauses, um nach den Katzen Ausschau zu halten. Allzu lange sollten diese auch nicht brauchen. So, wie die Chefin den Weg geschildert hatte, lag der Hof doch überraschend Nahe.

Tristan musste mit seiner Lauferei natürlich Alma anstecken, die eh schon hibbelig war. Nun fing sie an, so hin und her zu springen, dass sie andauernd gegen einen der Galgos stieß. Langsam fühlten diese sich von ihr bedrängt und fingen schon an, genervte Blicke auf Alma zu werfen. Bevor die Situation eskalierte, schob ich sie etwas unsanft zur Seite, wobei etwas aus ihrem Mund herausfiel. Ihr Ball!

„Alma! Wieso hast du deinen Ball mitgenommen? Was hast du dir bloß dabei gedacht? Das ist doch kein Ausflug zum Spielen!"

Alma drückte den Ball mit der Pfote an ihren Bauch. „Was fährst du mich so an?", fragte sie verärgert. „Der Ball ist doch nicht zum Spielen da – er kann uns vielleicht noch nützlich werden! Was hast du denn mitgenommen, außer deinen großen Sprüchen?"

Ich schwieg, weil sie irgendwie nicht ganz falsch lag. Ob ein Ball uns helfen konnte, das bezweifelte ich zwar, hatte jedoch selbst gar nicht daran gedacht, überhaupt etwas mitzunehmen. Da mir eh nichts Passendes einfiel, war ich froh, dass gerade in dem Moment Domino und Alfonso zurückkamen. Oder besser gesagt, zurückstürmten!

„Ui! Ui! Ui!", rief Alfonso panisch.

"Versteckt euch! Geht in den Schuppen!" Domino sprang auf einen Baum, dicht gefolgt von Alfonso.

Was war jetzt nun wieder los? Bevor einer von uns sich bewegen konnte, hörten wir schon ein tiefes Lachen, das mir doch bekannt vorkam. Ein riesiges Tier trat aus dem Wald und grinste. „Tut mir leid, das war nur ein kleiner Scherz! Ich wusste nicht, dass ihr so schreckhaft seid." Toran!

31. EINE FURCHTBARE ÜBERRASCHUNG

Wir hatten wohl alle vergessen, Domino und Alfonso sich daran zu erinnern, dass auch Toran sich uns anschließen wollte. Sie hatten ihn im Wald wahrscheinlich gar nicht wiedererkannt. Die beiden hockten noch auf dem Baum, obwohl wir alle versuchten zu erklären, dass dieser große Wolf doch unser Toran war. Toran setzte sich hin und gab sich die größte Mühe, unschuldig und ungefährlich auszusehen, was ihm jedoch vollkommen misslang. Wenn man ihn nicht kannte, wirkte er richtig furchterregend. Nicht nur seine Größe war beeindruckend, sondern auch seine Augen bohrten sich direkt in einen hinein, wenn er versuchte herauszufinden, ob ihm ein Freund oder ein Feind begegnete.

Anton tadelte Toran mit einem kurzen Blick, konnte jedoch sein Grinsen nicht unterdrücken. Er ging zu dem Baum, weil die Katzen keine Anstalten machten, herunterzuklettern. „Unser Toran ist ja ein richtiger Witzbold!", sagte er kopfschüttelnd. „Er hat euch sicher erschreckt, aber ihr könnt euch wieder beruhigen."

Er stand wohl absichtlich zwischen Toran und dem Baum, um den Katzen Sicherheit zu signalisieren. Das schien auch zu wirken, weil sie endlich heruntersprangen. Alfonso ließ ein kleines ‚ui' hören, Domino wirkte jedoch etwas beschämt. Er putzte kurz sein Gesicht mit der Pfote und schaute zur Seite. „Tja, das war wohl eine gewisse Überreaktion von unserer Seite", gab er zu. Um diese

Peinlichkeit zu überwinden, erzählte er schnell weiter. „Wir haben diesen Hof mit Leichtigkeit gefunden. Es ist dort alles ruhig. Wir haben niemanden entdecken können. Auch kein Fahrzeug stand auf dem Hof und sogar das Tor stand offen."

Die Chefin nickte. „Ja, dann ist er fort. Er lässt das Tor immer offen, damit es für ihn bei der Rückkehr einfacher ist. Ich glaube, wir können ruhig dorthin."

Das war schon einmal eine gute Nachricht. Wir anderen liefen wieder los, nur Toran hielt sich zurück. Ich hörte, wie er Anton leise sagte, dass er den Wald um den Hof im Blick behalten wollte. Das fühlte sich an, als ob wir eine zuverlässige Rückendeckung hatten, und auf einmal hatte ich mehr Zuversicht in Bezug auf unseren Plan. Mit diesen beiden großen Beschützern konnte nichts Schlimmes geschehen. In diesem Moment hörte ich allerdings eine leise Stimme in meinem Kopf, die etwas wie „wie falsch, wie falsch" flüsterte, doch ich ließ mich davon nicht aus der Ruhe bringen. Dies war auch meine Chance zu beweisen, dass, trotz meiner Winzigkeit, ich doch dazu fähig war, mich wenigstens um Alma zu kümmern. Die erste Aufgabe für mich war, dafür zu sorgen, dass sie diesen verdammten Ball nicht verlor. Sie suchte nämlich gerade die Erde um sich herum ab und versuchte verzweifelt, ihren Ball wiederzufinden, der unbemerkt etwas weiter gerollt war. Sie schien gar nicht zu realisieren, dass alle anderen schon fast den Wald erreicht hatten.

„Alma! Hallo! Wir müssen los!", rief ich ihr etwas angenervt zu. Und wie erwartet, wurde ihre Suche nach dem Ball noch etwas panischer.

„Aber… mein Ball!"

Ich seufzte und stupste den Ball leicht an, damit Alma ihn dank des Glöckchens entdecken konnte. Dankbar lächelte sie mich an und trug den Ball wieder fröhlich in ihrer Schnauze. Sie hatte sogar die Frechheit, mich mit der Pfote anzustupsen, damit ich mich in Bewegung setzte. „Lass das!", schnauzte ich sie kurz an, doch als sie noch kurz mit ihren Beinchen trippelte, ahnte ich, dass sie genauso aufgeregt war, wie ich auch.

Rudi lief zu uns, weil er sich darüber wunderte, wo wir abgeblieben waren. „Ist was passiert? Warum kommt ihr nicht mit?" Ich brauchte nur in Richtung des Balles zu zeigen und Rudi verstand mich sofort. „Ach ja, der Ball…" Ich vermutete, er wollte noch etwas hinzufügen, was sicher meine Meinung über den Ball widergespiegelt hätte, jedoch schluckte er seine Worte hinunter.

Alma zu ärgern war nicht so seine Sache. Falls ich jemals eine Hündin kennenlernen sollte, die mir so gut gefiel, wie Alma ihm, würde ich doch schon dafür sorgen, dass ich nicht so unter der Pfote stehen würde. In dem Moment fiel mir allerdings ein, dass ich mich Condesa gegenüber ungefähr ähnlich benahm. Sie war aber auch schon älter und sowieso viel größer als ich, wodurch sie ein gewisses Maß an Respekt verdient hatte. Und Alma etwa nicht? Ich musste zugeben, dass meine Schwester manchmal viel mutiger als ich war. Meine Aufgabe war eher, sie daran zu hindern, sich wieder in eine zu gefährliche Situation zu bringen. Ich verstand schon, dass Alma es nicht gefiel, wenn ich versuchte, sie zu bremsen. Meine Rolle als ihr Bodyguard war für mich jedoch verpflichtend und außerdem hatte ich unseren

Eltern versprochen, auf sie aufzupassen. Wenigstens konnte ich darauf zählen, dass Rudi mir bei dieser Aufgabe zur Seite stehen würde.

Als wir beim Hof des Galgomannes ankamen, blieben wir stehen und beobachteten die Lage. Es war tatsächlich alles so, wie Domino und Alfonso erzählt hatten. Wir konnten keine Bewegung weder in dem Haus noch auf dem Grundstück wahrnehmen. Das Haus an sich sah schon ziemlich heruntergekommen aus, doch der Stall war in einem richtig katastrophalen Zustand. Er ähnelte eher einer Ruine als einer Unterkunft. Von den Wänden bröckelte teilweise der Putz und auch Steine hatten sich gelöst. Das Dach wies sogar einige Löcher auf und die Fenster waren mit Brettern zugenagelt. Bei dem Anblick erschauderte es mich und ich konnte mir kaum vorstellen, wie es den Galgos gerade ergehen mochte. Ich stand neben der Chefin, die leicht zitterte und vor Unsicherheit kurz über ihre Lefzen leckte. Hinter mir beschrieb Rudi Alma, was dort zu sehen war.

Anton gesellte sich zu uns und schaute fragend die Chefin an, die nach einer Weile etwas resigniert nickte. „Ja, es hilft wohl nichts", seufzte sie. „Wir sollten uns in diesem grauenhaften Stall verstecken und nicht unnötig auf dem Hof herumlaufen, damit bloß keiner uns zu früh entdeckt."

Anton tätschelte sie kurz an der Schulter. „Wir passen auf, dass euch nichts passiert. Es wird sicher nicht lange dauern, bis unsere Menschen kommen. Dann seid ihr endgültig gerettet!"

Die Chefin lächelte ihn kurz dankbar an und führte ihr Rudel durch das Tor. Sie verschwanden durch die marode Tür des Stalls, die einen Spalt offenstand. Es musste für sie alle eine große Überwindung sein, dorthin zurückkehren zu müssen, sei es auch nur für den Moment. Ich hoffte inständig, dass Luna möglichst bald mit unseren Menschen auftauchen würde, damit dieses Grauen ein Ende hatte.

Anton räusperte sich, weil er offenbar denselben Gedanken hatte, und zuerst einmal seiner Stimme nicht zu trauen schien. Er schüttelte sich noch kurz und bat uns dann, ihm gut zuzuhören. „Ich überwache den Stall, damit wir sicher sein können, dass alles weiterhin ruhig bleibt."

Er meinte wohl, dass er zur Not bereit war, zu verhindern, dass die Galgos doch noch flüchteten. Da ich noch einige verzweifelte Rufe aus dem Stall wahrnahm, musste ich Anton recht geben. Es war sehr viel verlangt, dass die Galgos dort ausharren mussten, wo sie so viel Leid hatten erleben müssen. Sie waren jedoch sozusagen unsere Beweisstücke gegen den Galgomann, sie mussten diese Situation einfach aushalten.

„Ihr solltet euch ein bisschen aufteilen, damit wir den ganzen Hof im Blick haben", fuhr Anton fort. „Eines ist jedoch sehr wichtig: auch wenn unsere Menschen kommen, müsst ihr auf dem Hof bleiben!" Er sah uns sehr ernst an. „Unsere Menschen müssen selbst durch das Tor kommen und die Galgos im Stall finden. Wenn ihr zu früh zu ihnen rennt, müssen sie gar nicht das Grundstück betreten. Und noch etwas: Sollten andere Menschen hier aus irgendeinem Grund auftauchen, versteckt euch! Habt ihr mich verstanden?"

Als alle zustimmend nickten, ging er selbst direkt zum Stall und setzte sich vor die Tür. Er zeigte mit seiner Pfote noch auf den Hof, damit wir uns ebenfalls eine geeignete

Stelle suchten. Tristan und Isolde liefen auf die Rückseite des Hauses, um dort Wache zu halten. Rudi, Alma und ich setzten uns neben die Eingangstür, wo einige größere Pflanzen wuchsen. Zur Not konnten wir uns hinter denen verstecken, dachte ich mir. Nun hieß es dann, abwarten.

Wie Rudi vermutet hatte, würde es noch eine Weile dauern, bis die Menschen mit der Suchaktion anfangen würden. Wir stellten uns auf eine etwas längere Wartezeit ein und versuchten, uns durch das Erzählen von Geschichten die Zeit zu vertreiben. Oder Rudi und ich erzählten Geschichten, Alma ließ ihren Ball nicht mehr los, wodurch es ihr unmöglich war, zu sprechen. Da sie sonst immer fast ununterbrochen quasselte, war das eine sehr ungewöhnliche Situation. Gerade als es mir zu unheimlich wurde und ich ihr vorschlagen wollte, dass ich doch auf den Ball aufpassen könnte, hörten wir es: ein Auto näherte sich!

Wir waren alle sofort alarmiert! Anton rief uns noch kurz zu, dass wir uns sofort verstecken sollten, bevor er selbst hinter dem Stall verschwand. Unsere Menschen konnten es mit Sicherheit nicht sein, sie würden ja zu Fuß kommen. Als das Auto durch das Tor gebrettert kam und abrupt vor dem Haus bremste, konnten wir durch die Pflanzen alles gut sehen. Es war der Galgomann! Warum war er jetzt schon zurückgekommen? Was sollten wir jetzt machen? Das war ja eine furchtbare Überraschung! Wir trauten uns kaum zu atmen und duckten uns noch mehr auf den Boden.

Es wurde alles noch schlimmer. Der Galgomann war nicht alleine, sondern auch dieser Kumpel von ihm stieg aus dem Auto. Er machte schnell das Tor zu, währenddessen der Galgomann die Hintertür seines Transporters öffnete und zwei Hunde an Leinen herauszerrte. Der Chef und B2! Was hatte das alles zu bedeuten? Rudi flüsterte neben mir und erzählte Alma, was geschah. Ich mahnte sie, still zu sein, damit diese Männer uns bloß nicht entdeckten. Ich konnte nur hoffen, dass sie nicht zum Stall gingen, weil dann der ganze Plan auffliegen würde. Allerdings, als ich hörte, was der Galgomann sagte, wäre der Stall doch eine weitaus bessere Alternative gewesen.

„Ich kann den Anblick von diesen verdammten Kötern keine Sekunde länger ertragen", sagte er zornig und spuckte auf die Erde. „Sie haben große Schande über mich gebracht und dafür werden sie jetzt büßen! Nimm sie! Nimm!" Er drückte die Leinen in die Hand seines Kumpels. „Du weißt, was zu tun ist!"

Der andere Mann zögerte. „Bist du dir sicher? Eigentlich sind diese doch ausgezeichnete Jagdhunde. Vielleicht war es nur eine einmalige Sache."

„Das war das erste und auch das letzte Mal, dass so ein lächerliches Vieh mir nicht gehorcht!" Der Galgomann hob seine Faust in die Luft. „Was für eine Schande! Hast du nicht gehört, wie die anderen Jäger mich ausgelacht haben? Welcher Hund verweigert denn komplett die Jagd? Diese Idioten blieben doch einfach stehen! Hast du das nicht gesehen? Eine Schande! Ich habe mich bis auf die Knochen blamiert! Bring sie bloß weg! Du weißt, wo der alte Brunnen liegt, dort drüben im Wald. Schmeiß sie da hinein! Mach, dass du wegkommst!"

„Hör mal! Jetzt übertreibst du aber ein bisschen", versuchte der andere Mann ihn zu beschwichtigen. „Du kannst doch diese Hunde noch gut verkaufen, wenn du sie selbst nicht mehr haben willst. Du hast zu viel Geld und zu viel Zeit in sie investiert, um sie einfach zu töten."

Der Galgomann spuckte erneut auf die Erde. „Abschaum, unnütze Köter, die wahrhaftig nichts anderes verdient haben als den Tod! Und das nicht auf schnelle Weise! Sogar der Brunnen ist zu gnädig für diese Verräter! Sie sollten aufgehängt werden und langsam krepieren!"

Der andere Mann hob seine Hände. „Hey, Alvarez, ich kann schon verstehen, dass du dich ärgerst. Und ich hab' dir immer gerne geholfen. Doch das ist mir zu viel. Wenn du sie töten willst, musst du es schon selber erledigen." Er schwieg kurz und nickte zum Auto. „Außerdem hast du ja versprochen, dass ich heute den Transporter haben kann – für den Umzug. Meine Tochter wird sich schon wundern, wo ich bleibe."

„Ich wusste gar nicht, dass du so ein Weichei bist", entgegnete der Galgomann zornig. „Aber es ist jetzt ja auch egal. Komm, nimm das Auto! Um diese Köter werde ich mit größtem Vergnügen selber kümmern."

Der andere Mann sprang wortlos ins Auto und fuhr rückwärts durch das Tor, wo er noch kurz ausstieg – mit einem Gewehr in der Hand. „Das willst du doch wohl lieber hierbehalten, oder? Wer weiß, ob dir dieser tollwütige Wolf nochmal im Wald begegnet."

„Ja, ja, leg es einfach hin! Hier wird allerdings mit Sicherheit kein Wolf herumlaufen", sagte der Galgomann. Der andere rief noch etwas wie ‚daran denken, die Chips zu entfernen', doch der Galgomann winkte nur ab. „Wo ich diese hinbringe, da wird sie eh keiner finden." Er zerrte den Chef und B2 zu einem Baum und band sie daran fest. „Gleich geht es los…", murmelte er noch vor sich hin und verschwand im Haus.

Wir hatten bestimmt nicht viel Zeit, wussten jedoch nicht, was wir machen sollten. Der Chef blickte direkt in unsere Richtung. „Seid ihr wirklich hier?", rief er uns zu. Er schaute sich um und merkte, dass Tristan und Isolde um die Hausecke schielten und dass auch Anton und wir uns ihm kurz zeigten. Wir trauten uns jedoch nicht aus unseren Verstecken hinaus.

B2 machte große Augen. „Ich glaube es nicht! Wie kommt ihr denn hierhin?"

„Wir wollen euch helfen", rief Rudi.

Er konnte gerade noch hinzufügen, dass außer uns noch Toran im Wald sei, als genau in dem Moment der Galgomann wieder hinauskam. In den Händen trug er ein Seil, winkte mit diesem in Richtung des Baums und grinste hämisch. „Damit werdet ihr gleich nähere Bekanntschaft machen!"

Er schritt eilig zum Tor und hängte das Gewehr über die Schulter. Das war gar nicht gut, denn gegen ein Gewehr war sogar unser Toran machtlos. Als der Galgomann, den Chef und B2 hinter sich zerrend, durch das Tor in Richtung des Waldes verschwand, sprang Anton zu uns.

„Wir müssen etwas unternehmen!" Er schaute sich suchend um und entdeckte schnell unsere Kater, die etwas abseits auf einem Baum hockten. „Domino! Alfonso! Könnt ihr bitte ganz schnell zu unserer Villa rennen und Luna bitten, sich doch zu beeilen! Ich verstehe nicht, warum das so lange dauert!" Beide sprangen sofort von Baum herunter und flitzten in den Wald. Anton schüttelte den Kopf. „Das wird nicht reichen, das dauert alles viel zu lange. Rudi und Arlo, folgt bitte dem Galgomann unauffällig, damit wir wissen, wohin er unsere Freunde bringt. Und nein, Alma, du bleibst bitte diesmal hier!"

Alma war nämlich bereits aufgestanden, nun setzte sie sich wieder betrübt hin. Ich hörte noch, wie Anton ihr erklärte, dass er eine andere Aufgabe für sie hatte, bevor ich Rudi schnell in den Wald folgte. Es war eine Leichtigkeit, den Galgomann zu verfolgen, da der Chef und B2 ordentlich Widerstand leisteten. Schon von weitem hörten wir, wie er vor sich hin schimpfte, bevor er vor einem großen Baum stehen blieb. Wir versteckten uns hinter den Büschen neben dem Pfad.

„Das war es dann." Wir beobachteten, wie der Galgomann mit einem Taschenmesser das Seil entzweischnitt. Er schlang jeweils eine Hälfte um den Hals des Chefs und um den Hals von B2. Die Enden befestigte er an einem Ast. Er zog die beiden Seile kräftig an, wodurch der Chef und B2 mit ihren hinteren Pfoten gerade noch den Boden berührten. „So, schön hängen bleiben und darüber nachdenken, was ihr mir angetan habt! Was für eine Genugtuung für mich!" Er lachte noch dreckig und lief zurück in Richtung des Hauses.

32. DER AUFTRITT EINES GEWISSEN BALLES

Als der Galgomann nicht mehr zu sehen war, liefen Rudi und ich schnell zu den Galgos. Hilflos versuchten sie sich aufrecht zu halten, damit das Seil sie nicht strangulierte. Uns beiden war sofort klar, dass wir zu klein waren, um ihnen zu helfen. Bevor ich vor Verzweiflung anfing zu heulen, hörten wir ein Rascheln aus den Büschen – Toran! Er sprang zu uns, schätzte kurz die Lage ein, streckte sich hoch und biss innerhalb ein paar Sekunden die Seile durch.

„So, das wäre schon einmal erledigt!" Toran zwinkerte uns zu und wandte sich dann an die Galgos. „Alles in Ordnung mit euch?"

B2 nickte sichtlich erschüttert. Der Chef streichelte seinen Hals, an dem der Rest des Seiles noch hing. „Das war jetzt eine ziemlich ungemütliche Erfahrung", sagte er. Wenn das nicht die Untertreibung des Jahres war, dann wusste ich auch nicht. „Vielen Dank, verehrter Toran!", fuhr er fort. „Ohne deine Hilfe hätte es schlecht für uns ausgesehen."

Toran winkte ab und bedauerte, dass er nicht schon früher eingeschritten war. Aber das Gewehr. Ja, das Gewehr konnte allerdings noch zu einem größeren Problem werden, dachte ich still für mich. Der Chef fragte uns aus und war zuerst einmal darüber schockiert, dass fast das ganze Rudel zum Hof zurückgekehrt war.

„Wir wissen alle, was passiert, wenn der Galgomann sie im Stall entdeckt", sagte er zuerst sehr sorgenvoll. Bald erhellte seine Miene jedoch. „Ich wüsste allerdings nicht, was er dort noch zu suchen hätte." Er hielt kurz inne. „Vorausgesetzt natürlich, dass niemand die Nerven verliert und irgendwie Lärm macht."

Das war mit Sicherheit der schwache Punkt. Ich war mir nicht sicher, ob die Galgos im Stall überhaupt mitbekommen hatten, dass der Galgomann zurückgekommen war. Ich hoffte, dass inzwischen einer von uns sie informiert hatte, damit sie noch vorsichtiger als eh schon wären. Was mich in dem Moment noch mehr interessierte, war, was wohl bei der Jagd passiert war.

Als ich danach fragte, erzählte der Chef, dass sie entschieden hatten, dem Galgomann keinen Gefallen mehr zu tun. „Wir dachten, dass wir nach dem Wettbewerb eh erledigt wären. Ob einer von uns gewonnen hätte, weiß ich wirklich nicht. Wir wollten auf keinen Fall, dass dieser durch und durch böser Mensch auch nur die kleinste Chance hätte, mit uns Geld zu verdienen. Es war uns bewusst, dass durch unsere Weigerung unser Tod so gut wie sicher war. Als wir sahen, zu was für eine Lachfigur er wurde, war es uns das wert."

B2 grinste. „Wie er vor dem Publikum versuchte, uns durch gutes Zureden zur Jagd zu überreden, war schon zum Schreien komisch. So in aller Öffentlichkeit konnte er uns ja nicht verprügeln, wie er es sonst immer gemacht hat."

Alle lachten, zwar etwas verhalten, doch war es gut, etwas von dem Stress abschütteln zu können. Der Chef wurde schnell wieder ernst. „Wir sollten nun eilig zurück zum Hof. Ich will nicht, dass den anderen etwas passiert. Der

Galgomann rechnet nicht mehr mit uns, vielleicht können wir dieses Überraschungsmoment zu unseren Gunsten nutzen."

Wir liefen in Richtung des Hofes und sogar Toran begleitete uns. Kurz vor dem Tor blieben wir stehen und versuchten herauszufinden, ob dort in der Zwischenzeit etwas passiert war. Auf jeden Fall konnten wir immer noch weder Luna noch unsere Menschen entdecken, was mir allmählich ziemliche Sorgen bereitete. Ohne sie würden wir unseren Plan nicht vollständig durchführen können. In der Nähe des Tors entdeckte ich Domino, der sich hinter einem Busch versteckt hielt. Ich lief mit Rudi vorsichtig zu ihm hin.

„Seid ihr bei der Villa gewesen? Warum kommt Luna nicht?", fragte ich ihn flüsternd.

Domino sah ebenfalls ziemlich besorgt aus. „Unsere Menschen sind noch nicht dort, keiner von ihnen. Alfonso blieb in der Villa, um Luna zu helfen, auf dem direkten Weg hierhin zu laufen." Als ich ihn etwas fragend anschaute, nickte er zuversichtlich. „Das wird mein Bruder schon noch hinbekommen. Er hat einen wirklich ausgezeichneten Orientierungssinn, wenn ihm das Ziel bekannt ist. Und das, obwohl er in vielen anderen Sachen seine…öhm…Defizite hat."

Das wollte ich gerne glauben. „Was macht dieser Galgomann gerade?", wollte ich wissen und versuchte, etwas auf dem Hof zu erkennen.

„Er ist im Haus. Wir verstecken uns alle." Er schielte in Richtung des Waldes. „Ihr konntet anscheinend unsere Freunde retten?"

„Ja, dank Toran…"

Gerade als ich ihm erzählen wollte, was geschehen war, kam der Galgomann aus dem Haus. Zu unserem Schrecken schritt er direkt auf den Stall zu! Oh nein! Als er fast schon die Tür erreicht hatte, klingelte ein Handy in seiner Hosentasche. Er blieb stehen und nahm das Telefonat an.

Er hörte kurz zu. „Ja, natürlich", sagte er dann. „Ich hab' doch versprochen, dass Sie das Geld zurückbekommen. Spätestens Morgen. Es ist mir eine Ehrensache, meine Spielschulden zu begleichen." Als er das Telefonat beendet hatte, sah er überhaupt nicht glücklich aus. Trotz des kalten Wetters konnte ich sogar aus dieser Entfernung die Schweißperlen auf seiner Stirn erkennen. Er rief noch jemanden an, anscheinend war es jetzt dieser Kumpel von ihm.

„Was heißt denn ein paar Stunden später? Ich muss unbedingt heute Abend noch abhauen. So lange kann so ein kleiner Umzug doch nicht dauern!" Er machte eine Pause. „Ja, gut, bring den Wagen aber dann vollgetankt zurück. Ich muss eh noch etwas erledigen. Kleine Beerdigung, wenn du verstehst." Er lachte. „Nein, so schnell sind die Köter sicher nicht tot, aber mir reicht es langsam. Dann werden die eben lebendig begraben, auch nicht verkehrt. Ich wollte gerade in den Stall, muss ja schauen, dass ich nichts hinterlasse, was irgendwas mit meiner hervorragenden Galgozucht zu tun hat." Er lachte noch lauter. „Ja, genau. Bis dann!"

Der Galgomann legte auf und klopfte suchend seine Jackentaschen ab. „Wo sind meine Zigaretten geblieben?", murmelte er vor sich hin. „Sicher in der Küche. Vielleicht sollte ich zuerst einmal drinnen die wichtigsten Sachen einpacken." Er drehte sich um und lief zurück ins Haus.

Wir hatten nur diesen einen Moment! Er durfte auf keinen Fall in den Stall! Und abhauen durfte er ebenfalls nicht, bevor unsere Menschen ankamen! Keiner von uns wusste, wie lange sie noch brauchen würden – es blieb also wieder einmal alles an uns hängen! Verzweifelt suchte ich erneut den Hof ab und sah, wie Anton aus seinem Versteck hinter dem Stall hervortrat und schnell zum Haus lief, um um die Ecke zur Haustür zu schielen.

„Alles bereit machen!", rief er. Ich hätte wissen müssen, dass er uns schon längst entdeckt hatte. „Arlo! Rudi! Lauft bitte schnell zu mir!"

Wir zögerten kurz, taten jedoch dann wie uns geheißen. Anton klopfte uns beiden kurz auf die Schulter und zeigte mit der Pfote auf die andere Seite des Hauses. „Gleich kannst du Alma helfen, Arlo! Du wirst schon erkennen, was zu tun ist." Er schien noch etwas zu suchen, nickte jedoch dann zufrieden. „Tristan und Isolde sind auch bereit. Sehr gut! Rudi, vielleicht kannst du sie unterstützen. Das Teil ist ziemlich schwer."

Ich hatte keine Ahnung, was sie vorhatten. Anton strahlte jedoch so eine Ruhe aus, dass ich einfach darauf vertrauen musste, dass er alles im Griff hatte. Ich versuchte Alma ausfindig zu machen, aber ich konnte sie nirgendwo entdecken. Hoffentlich hatte Anton gut aufgepasst und ihr keine allzu gefährliche Aufgabe zugeteilt. Ich seufzte. In dem Moment konnte ich eh nichts ändern. Toran und die Galgos waren ebenfalls nicht zu sehen, aber ich war sicher, dass sie den Hof ganz genau im Blick behielten. Rudi hatte sich zu Isolde gesetzt, die neben der Haustür hockte. Tristan stand bereit auf der anderen Seite der Tür. Was sollte das alles werden?

Wir konnten hören, wie der Galgomann sich in dem Haus bewegte, Türen zuschlug und laut vor sich hin fluchte. Seine Stimmung schien den Tiefpunkt erreicht zu haben, obwohl ich schon ahnte, dass unsere Aktion sie wohl nicht gerade verbessern würde. Ich hoffte nur, dass Anton wusste, was er tat. In seinem Zorn war der Galgomann sicher unberechenbar und würde bestimmt nicht vor Gewalt uns gegenüber zurückschrecken. Es gefiel mir überhaupt nicht, dass Alma irgendwo auf der anderen Seite des Hauses alleine wartete. Ich hatte doch versprochen, sie zu beschützen. Gerade wollte ich Anton fragen, ob es nicht doch besser wäre, wenn ich zu Alma ginge, als die Haustür sich öffnete.

„Jetzt!", rief Anton so laut, dass ich mich furchtbar erschreckte. Sogleich hörte ich jedoch ein bekanntes Geräusch – ein Glöckchen! Almas Ball rollte direkt auf mich zu und fast automatisch gab ich ihm einen kräftigen Stoß, wobei er klingelnd wieder in Almas Richtung rollte. Der Galgomann wollte gerade durch die Tür treten, als er den Ball entdeckte.

„Was…?" Als er vorwärts tritt, konzentrierte er sich vollkommen auf den Ball. Rudi, Isolde und Tristan nutzten den Augenblick und hoben einen ziemlich dicken Ast quer in die Luft. Es waren zwar nur einige Zentimeter über der Erde, aber es reichte. Der Galgomann stolperte über den Ast und fiel hin! Blitzschnell sprang Anton zu ihm und legte sich auf seinen Rücken, wodurch es dem Galgomann unmöglich war, aufzustehen. Ich wusste nicht, wie viel Anton eigentlich wog – es mussten so an die hundert Kilo sein.

Trotz der Aufregung musste ich breit grinsen, als ich sah, wie verblüfft der Galgomann aussah und sogar nach Luft rang. Er zappelte unkontrolliert unter Anton und gab irgendwelche Geräusche von sich.

„Tristan! Das Handy!", rief Anton. Obwohl Anton dafür sorgte, dass der Galgomann sich nicht großartig bewegen konnte, konnte ich erkennen, dass Tristan doch etwas zögerte. An seiner Stelle hätte ich diesen Mann auch nicht unbedingt berühren wollen. Tristan gab sich einen Ruck, zog schnell das Handy aus der Tasche des Mannes und lief damit hinter das Haus. Ich war sicher, dass der Galgomann sein Handy nicht so schnell wiederfinden würde, wodurch er auch niemanden zur Hilfe rufen konnte. Gut gedacht, Anton!

Der Galgomann schimpfte laut und versuchte sich zu befreien. Als er jedoch sah, wie Toran sich ihm mit den geretteten Galgos näherte, wurde er ganz still. Seine Augen weiteten sich vor Angst und er wurde richtig blass. „Was soll mit ihm jetzt geschehen?", fragte Toran und fläzte die Zähne. „Soll ich ihn ein bisschen behandeln?"

Der Chef trat vor. „Lasst mir bitte den Vortritt!" Er bückte sich zu dem Galgomann und starrte ihm eine Weile in die Augen, wobei diese sich vor Angst weiteten. Ich sah, wie der Galgomann schwer schluckte. Dann biss der Chef ihn blitzschnell in den Hals, spuckte ein Stück Haut auf die Erde, wobei mir mein Magen umdrehte. Der Galgomann schrie panisch und ich musste mich direkt auf ihn übergeben. Der Chef wandte sich zufrieden ab und die anderen starrten ziemlich schockiert auf das fließende Blut.

„Daran wird er nicht sterben", beteuerte der Chef. „Das war nur für die unzähligen Chips, die er bei unseren Freunden herausgeschnitten hat."

Der Galgomann schrie ununterbrochen, was vor allem Toran langsam auf die Nerven ging. „Soll ich den zum Schweigen bringen?", fragte er und drückte seine riesige Pfote auf den Kopf des Mannes, wobei er sein Gesicht auf die Erde drückte. Es wurde endlich still, doch Anton schüttelte den Kopf.

„Lass mal, Toran!", bat Anton. „Wir sind ja keine Monster, wie er. Er soll seine Strafe bekommen, aber nicht durch uns." Sichtlich enttäuscht ließ Toran von dem Mann ab, der versuchte, die Erde aus dem Mund zu spucken. Das Blut lief ungehindert weiter, was Anton doch etwas Sorgen bereitete. Er nickte in Richtung des Stalls.

„Wir befördern ihn dorthin. Chef, kannst du bitte dein Rudel vorwarnen? Er kann euch nichts mehr antun, doch ihn anzugreifen wäre auch nicht in Ordnung. Er soll einfach die Angst spüren, mit der ihr so lange habt leben müssen."

Der Chef nickte und lief, begleitet von B2, in den Stall. Anton ließ den Galgomann aufstehen und sorgte mit Toran dafür, dass er nicht flüchten konnte, außer in den Stall. Der Galgomann drückte die Hand fest an seinen Hals, stolperte vorwärts und wirkte ehrlich erleichtert, als er die Tür zum Stall erreichte. Er ging hinein und zog die Tür fest hinter sich zu. Ich konnte nur bis zwei Zählen, bis ich seine erschreckten Rufe hören konnte. Dieses Willkommenskomitee mit den Galgos hat er wohl nicht erwartet. Anton postierte sich vor der Tür, wodurch dem Galgomann nichts weiter übrigblieb, als im Stall auszuharren. Wir hörten noch, wie er einige Male um Hilfe rief, aber ihm musste schnell klar geworden sein, dass kein Mensch ihn hören konnte.

Bevor Toran sich verabschiedete, bedankten wir uns für seine Hilfe. Anton bat noch, dass er das Tor zum Hof zuzog, damit alles bereit für die nächste Phase unseres Planes war. Ich setzte mich zu Alma, die ihren Ball fest zwischen den Pfoten hielt. „Du hattest recht, Schwesterchen! Dein Ball hat eine wichtige Rolle gespielt! Gut, dass du ihn mitgenommen hast!"

Alma lächelte mich an, sagte jedoch nichts. Auch so konnte ich erkennen, dass sie viel mehr Selbstsicherheit ausstrahlte als zuvor. Sie hatte sich behauptet und bewiesen, dass sie trotz ihrer schrecklichen Erfahrungen den Mut aufbrachte, sich gegen das Böse zu stemmen. Ich war richtig stolz auf sie, auf uns alle.

Domino rannte zu uns. „Sie kommen! Ich hab' Alfonso gehört!" In dem Moment hörten wir alle dieses aufgeregte ‚Ui! Ui! Ui!", das immer näherkam. Kurz danach sprang Alfonso schon über das Tor, vor dem Luna, Terri und Mateo stehen blieben.

Terri sah uns verblüfft an. „Da sind sie! Wie ist das denn möglich? Was haben unsere Hunde hier zu suchen?"

Mateo schien genauso überrascht zu sein. „Ich verstehe das auch nicht. Hat dieser Alvarez sie gestohlen? Das muss es sein! Dieser Mistkerl!"

„Kommt her! Kommt alle!", rief Terri. Wir wollten schon losrennen, jedoch hielt Anton uns zurück. Ach ja, unsere Menschen sollten ja zu uns kommen, damit sie die Galgos entdeckten. Terri rief uns noch mehrmal und zuckte dann mit den Schultern.

„Was soll das jetzt wieder?"

Mateo schüttelte den Kopf. „Irgendetwas stimmt hier vorne und hinten nicht. Wir dürfen das Grundstück leider nicht einfach so betreten, das ist ja privat..." Er überlegte kurz. „Ich rufe die Polizei an. Schon alleine wegen dem Diebstahl unserer Hunde – aber irgendwas geht hier vor, was mir ganz und gar nicht gefällt. Unsere Hunde wollen uns doch irgendetwas mitteilen." Er telefonierte kurz. „Die Polizei kommt gleich."

Plötzlich horchte Terri auf. Die Galgos im Stall hatten angefangen, einen Riesenlärm zu machen, der mit Sicherheit bis zum Tor zu hören war. Sie bellten und jaulten, wohl wissend, dass die Rettung nahe war. „Mateo! Da sind doch noch andere Hunde in diesem grauenhaften Stall! Dieser Alvarez spielt wohl ein ganz schön falsches Spiel! Das ist es, was unsere Hunde versuchen, uns zu erzählen!" Alma konnte nicht mehr an sich halten, sondern rannte zum Tor, flitzte durch und sprang in Terris Arme. Ihren Ball hatte sie diesmal überraschend mir anvertraut, wohl als ein Zeichen dafür, dass zwischen uns endlich alles wieder in Ordnung war.

33. ACHT WOCHEN SPÄTER

Es war der erste richtig warme Tag in diesem Jahr. Die Sonne schien und hatte schon so viel Kraft, dass sie sogar das Wasser im Pool so weit aufgewärmt hatte, dass Alma sich hineintraute. Oder eigentlich setzte sie sich immer nur auf die erste Stufe des Pools und tat so, als ob sie schwimmen würde. Da nur ihr kleiner Kopf aus dem Wasser herausragte, sah es immer richtig witzig aus. Unsere Finca stand direkt in der Abendsonne und strahlte eine wohltuende Wärme aus. Obwohl es uns sehr gut bei Mateo und seinem Vater gefallen hatte, waren wir doch froh gewesen, seit Kurzem wieder zu Hause zu sein. Wir hatten den ganzen Tag im Garten gespielt und lagen nun nach dem Abendessen erschöpft auf der Terrasse.

Luna holte Alma aus dem Pool, und das ziemlich unsanft, weil sie die Bitten und die Mahnungen unserer Eltern einfach ignoriert hatte. Falls sie noch länger dort sitzen geblieben wäre, hätte sie sich mit Sicherheit irgendeine Erkältung oder so ähnliches eingefangen. Luna trug sie am Nacken zu uns – unter lautem Protest und ziemlichen Gezappel von Alma – und ließ sie neben mir in den Korb plumpsen. Und was passierte nun? Alma musste sich natürlich schütteln und mich dadurch nass machen!

„Hey! Muss das sein?", rief ich verärgert. „Pass doch ein bisschen auf!" Zur Strafe trat ich mit voller Wucht gegen ihren doofen Ball, der neben dem Korb lag. Anscheinend war ich doch so muskulös geworden, dass ich meine ungeheure Kraft noch nicht richtig einschätzen konnte: der Ball schoss die Terrassentreppen hinunter, gewann dabei noch mehr an Geschwindigkeit und fiel ausgerechnet direkt in den Pool. Ich konnte gerade noch ‚oh nein' denken, als Alma mit ihrem Geschrei schon loslegte.

„Mama! Papa! Mein Ball! Arlo hat meinen Ball ertränkt!" Jetzt heulte sie schon laut und haute mich mit ihrer winzigen Pfote mehrmals auf den Kopf.

„Aua! Hör auf! Das hab' ich doch nicht absichtlich gemacht! Aua!" Um ihren ununterbrochenen Schlägen auszuweichen, sprang ich aus dem Korb und lief zu Terri, die gerade dabei war, den Tisch auf der Terrasse zu decken. Es sollte noch ein schöner Abend werden, dazu komme ich jedoch erst gleich. Jetzt war Gefahr in Verzug! Bevor Alma mir folgte und womöglich noch ihre Zähne ins Spiel brachte, zerrte ich an Terris Hosenbein, wodurch sie mich verwundert anblickte.

„Na, Arlo! Was möchtest du? Dein Abendessen hast du ja schon gehabt!"

Warum mussten immer alle denken, dass ich nur wegen Futter irgendetwas tat? Ich musste allerdings zugeben, dass Essen das Beste für mich war, trotzdem konnte ich sehr gut meine Bedürfnisse kontrollieren. Meine ersten Handlungen als Hundepsychologe würden genau dieses Thema haben – wie lernt man Selbstkontrolle! Wenn ich dieses so hervorragend selbst konnte, würde es für andere sehr leicht sein, meinem Beispiel zu folgen. Vielleicht sollte ich sogar mehrwöchige Kurse anbieten – als Bezahlung würde ich jegliches Leckerli akzeptieren. Das war doch eine ausgezeichnete

Idee! Alma hörte kurz mit ihrer Heulerei auf, stampfte mit ihrem Bein auf und zeigte mit der Pfote auf den Pool.

„Ball!"

Jaa-ha! Ich hatte es endlich geschafft, dass Terri mir zum Pool folgte. „Was ist mit dem Pool? Ach, ich sehe schon – Almas Ball! Wie ist der denn hineingeraten?" Ich zuckte mit den Schultern und schaute, wie Terri den Ball mit einem Kescher mühelos aus dem Pool holte. Als Alma wieder mit ihrer Kostbarkeit vereint war, hörte sie endgültig mit dem Geschrei auf. Ich traute mich trotzdem nicht gleich in ihre Nähe, sondern setzte mich zu Domino und Alfonso, die sich in der Sonne rekelten.

„Puuh! Endlich Ruhe!" Ich nickte in Richtung des Gartens. „Habt ihr eigentlich auch dieses freche Eichhörnchen heute gesehen?"

„Ui!" Alfonso streckte seine Pfote und zeigte seine Krallen.

„Ja, sicher!", sagte Domino kopfschüttelnd. „Es hat keinen Sinn zu versuchen, es zu fangen. Viel zu flink, fast schon richtig übermütig. Einmal hat Alfonso es beinahe gefangen, doch das war nur beabsichtigt von diesem Vieh – nach seinem Lachen zu urteilen jedenfalls."

Ich zeigte auf eine winzige Beule auf meinen Kopf. „Das nervige Vieh hat mich wieder mit einer Nuss getroffen. Fast habe ich den Eindruck, als ob es uns von der Villa gefolgt wäre."

Domino zuckte mit den Schultern. „Möglich. Die sind schon schwer auseinanderzuhalten. Vielleicht hört es mit diesen Späßen auf, wenn wir es einfach ignorieren."

Ich stimmte ihm zu. Heute Abend hatten wir eh etwas richtig Schönes vor. Unsere Menschen hatten nämlich Mateo und seinen Vater als Dankeschön zum Essen eingeladen, auch Silva würde dabei sein. Natürlich hatten wir die große Hoffnung, dass ebenfalls unsere Freunde mitkommen würden. Es war schon ein paar Wochen her, dass wir Condesa, unsere Geschwister oder Rudi und Anton gesehen hatten. In der Zeit war auch einiges passiert, wie wir den Gesprächen unserer Menschen entnommen hatten.

Wir hatten natürlich noch mitbekommen, wie die Polizei zu dem Hof des Galgomannes gekommen war. Mateo und Terri hatten sofort Anzeige wegen Diebstahls erstattet und verlangt, dass wir von diesem Hof herausgebracht wurden. Als die Polizei jedoch den Stall öffnete, war die Empörung allerseits groß. Weil unsere Galgo-Freunde sich geistesgegenwärtig noch in dem Dreck im Stall herumgewälzt hatten, sahen sie wirklich mitleiderregend aus – schmutzig, ausgemergelt, eingeschüchtert. Der Chef und B2 hatten noch die Reststücke des Seils um den Hals, was sogar für die Polizei ein deutliches Zeichen dafür war, was mit ihnen hätte passieren sollen. Terri war in Tränen ausgebrochen und weigerte sich, Mateo und der Polizei weiter in den Stall zu folgen.

Ein bisschen hatten wir uns darüber gewundert, dass wir keinen Ton von diesem Galgomann gehört hatten. Er sollte eigentlich froh darüber gewesen sein, dass nun Menschen aufgetaucht waren. Wie Mateo später Terri erzählt hatte, hatte die Polizei ihn in der hintersten Ecke auf dem Boden hockend gefunden. Als er gezwungen war, zuzugeben, dass er der Bewohner des Hofes und der Besitzer der Hunde war, wollte die Polizei keine weiteren Erklärungen hören, sondern nahm ihn auf der Stelle fest. Als der Galgomann zum Polizeiwagen gebracht wurde, konnten wir deutlich erkennen, dass seine Hose nass war. War wohl nicht so einfach, die Beherrschung zu wahren, wenn man von Angst überwältigt wurde. Als der Chef ihm folgte und knurrend seine Zähne zeigte, zuckte der Galgomann regelrecht zusammen und war sichtlich erleichtert, als die Tür des Polizeiwagens hinter ihm geschlossen wurde. Einer der Polizisten streichelte den Chef und sagte, dass alles nun gut werden würde.

Ich hatte die Tage mitbekommen, wie Opa Gerhard den anderen erzählte, dass Silva noch Neuigkeiten über die Festnahme und über die Galgos zu berichten hätte. Auch deswegen war ich auf den heutigen Abend sehr gespannt. Wir wussten nur, dass der weiße Galgo, der in der Klinik behandelt worden war, bei einer Mitarbeiterin der Klinik ein neues Zuhause gefunden hatte. Er hatte ihr wohl so sehr leidgetan. Zoe und die anderen Kinder durften, wenigstens vorläufig, alle zusammen zu Silva umziehen. Es war irgendwann darüber gesprochen worden, dass wenn diese aufgepäppelt worden waren, sie vielleicht doch eigene Familien bekommen sollten. Was mit den anderen Galgos geschehen war, würden wir wahrscheinlich an diesem Abend erfahren.

Um die Wartezeit zu verkürzen, wollte ich Luna fragen, ob sie mit mir noch einmal den Garten erkunden würde. Sie lag jedoch auf der Terrasse im Schatten und schnarchte laut. Da ich wusste, wie sehr sie es hasste, plötzlich aus dem Tiefschlaf herausgerissen zu werden, verwarf ich den

Gedanken. Ich schielte zu Alma, um zu sehen, ob sie sich wieder beruhigt hatte. Mama war zu ihr in den Korb gesprungen und war gerade dabei, ihr noch einmal die Geschichte zu erzählen, wie wir gerettet wurden und auf unsere Finca gelangten. Eigentlich sollte Alma diese besser kennen als Mama, doch war es für sie wohl am schönsten, einfach Mamas Geschichte zuzuhören. Als sie zu der Stelle kam, wie Luna uns vor der Finca entdeckte, musste ich jedoch daran denken, wie krank Mama damals gewesen war. Zum Glück war jetzt alles wieder in Ordnung.

Alma hatte wohl meine Anwesenheit gespürt. „Arlo! Ist die Geschichte nicht schön? Was war das für ein Abenteuer!" Sie gab Mama ein Küsschen. „Darf ich mit Arlo noch in den Garten?"

Mama nickte. „Natürlich, meine Süße! Bleib bitte jedoch fern von dem Pool."

Fröhlich hüpfte Alma die Terrassenstufen herunter und bat mich, mit zum Hinterhof zu kommen. Ich ahnte schon, was sie vorhatte. Sie hatte nämlich angefangen, sich einen eigenen Trockenpool zu bauen. Besser gesagt, grub sie an einer sandigen Stelle, um ein großes Loch zustande zu bringen. Sie hatte mir sogar versprochen, dass ich ihren Pool ebenfalls benutzen durfte, wenn ich ihr bei den Bauarbeiten behilflich war.

„Im Sommer wirst du mir noch dankbar sein", hatte Alma gesagt. „So ein schönes Erdloch ist bei der Hitze absolut genial! Es wird wie ein kleiner Kühlschrank sein." Na, wenn sie meinte. Ich hatte nichts dagegen, ihr zu helfen, weil Buddeln neben Essen meine zweite Leidenschaft war.

Ob es allerdings im Sommer etwas bringen würde, wusste ich nicht.

Es dämmerte schon, als wir endlich hörten, wie ein Auto vorfuhr, oder vielleicht sogar zwei Autos gleichzeitig vorfuhren. Als Alma und ich ans Tor kamen, war Luna natürlich schon da. Sie hatte die Autos sicher schon viel früher als wir wahrgenommen. Zu unserer großen Freude stiegen aus dem ersten Auto nicht nur Mateo und sein Vater, sondern auch Rudi und Anton! Als noch Silva uns erreichte, sahen wir Condesa, Zoe und unsere Geschwister Tristan und Isolde hinter ihr! Das würde ein wahres Fest werden! Wir begrüßten alle laut bellend und sprangen herum, wohl etwas zu stürmisch, weil Domino und Alfonso sich auf einen Baum retteten. Obwohl sie wussten, dass wir ihnen niemals etwas antun würden, wurde es manchmal für sie zu wild. Allerdings konnte Alfonso auch selbst sehr gut für Chaos sorgen, wie wir mehrmals erlebt hatten.

Opa Gerhard und Oma Martha waren ebenfalls auf die Terrasse gekommen. „Da seid ihr ja alle! Herzlich willkommen!" Er umarmte alle der Reihe nach. „Hoffentlich habt ihr guten Hunger mitgebracht. Martha hat wieder für eine ganze Kompanie gekocht!" Er drückte Oma Martha kurz an sich.

Mir war schon bewusst, dass wir vorhin unser Abendessen bekommen hatten. Falls die Menschen jedoch zu viel Essen hatten, würde es ihnen sicher nichts ausmachen, einmal eine Ausnahme zu machen. Wir würden schon dafür sorgen, dass es zu keiner Lebensmittelverschwendung kam. Als ich sah und vor allem roch, was Oma Martha auftischte, musste ich automatisch sabbern.

Rudi grinste mich an. „Na, Kumpel! Immer wieder hungrig, oder?" Er lachte mich doch nicht aus, hoffte ich. Er zeigte auf den Tisch. „Lass uns gute Plätze suchen. Wer weiß, ob da ein paar Stücke doch herunterfallen. Ich hätte auch nichts dagegen." Erleichtert über sein Verständnis folgte ich ihm zu den anderen, die sich schon um den Tisch versammelt hatten. Ich vermutete, ihnen ging es vor allem um das Gespräch und um die Neuigkeiten, die Silva zu erzählen hatte. Wie das bei den Menschen nun mal immer so ist, tauschten sie zuerst einmal irgendwelche Belanglosigkeiten aus. Ich wusste, dass es noch eine Weile dauern würde, bis sie zur Sache kamen. Ich benutzte die Gelegenheit und fragte Condesa, wie alles gelaufen war.

„Danke der Nachfrage, lieber Arlo!" Sie lächelte mich an. „Ich kann nicht behaupten, dass es langweilig bei uns wäre. Die Kinder sorgen schon dafür, dass es kaum eine ruhige Minute gibt. Es ist aber wunderschön, sie da zu haben!"

Tristan und Isolde nickten zustimmend. „Das ist schon witzig mit den Kleinen", sagte Tristan. „Oder eigentlich kann ich sie gar nicht so nennen, sie sind ja jetzt schon größer als wir."

Isolde wirkte etwas wehmütig. „Ich hoffe, dass ihre Zukunft nun wirklich besser wird", sagte sie leise. Gab es denn Zweifel? Sie hatten es doch bei Silva sehr gut und sie würde mit Sicherheit dafür sorgen, dass ihre zukünftigen, eigenen Familien genau die richtigen für sie waren. Bevor ich nachhaken konnte, fuhr Isolde fort.

„Sie sind ja auf diesen Galgomann registriert. Im schlimmsten Fall müssen sie zurück zu ihm."

Erschreckt schauten wir alle auf sie. Das durfte doch nicht wahr sein! Condesa hob ihre Pfote, um uns zu beruhigen. „Im schlimmsten Fall, ja. So ist das Gesetz. Wie das bei dem Galgomann aussieht, wissen wir noch nicht – nach all dem, was geschehen ist. Silva hat am Telefon heute erwähnt, dass sie etwas Neues über die Ermittlungen gegen den Galgomann erfahren hat."

Ich konzentrierte mich kurz auf das Gespräch zwischen den Menschen, die jedoch nur über irgendwelche Frühlingsblüten redeten. Alma und Zoe waren noch in den Garten gegangen und ich sah sie dort mit Almas Ball spielen. Sie waren sehr gute Freundinnen geworden und ich war darüber sehr erleichtert, dass wenigstens Zoe in Sicherheit war. Ohne einen Chip konnte man sie nicht dem Galgomann zuordnen. Aber die anderen, was sollte mit ihnen geschehen? Endlich hörte ich, wie jemand den Namen Alvarez aussprach.

„Ich hatte die Tage wieder ein langes Gespräch mit den Ermittlern der Polizei", sagte Silva gerade. „Unsere Klinik hat ja ein Gutachten über den Zustand der Alvarez-Hunde angefertigt, was sehr gegen ihn spricht. Die Hunde waren alle in sehr schlechtem Zustand, zeigten deutliche Spuren von Misshandlung und ja, Tierquälerei. Aber das ist für euch nichts Neues." Sie hielt kurz inne. „Dieser Alvarez hat sich eine ganz tolle Verteidigungsstrategie ausgedacht."

Darauf war ich aber mal gespannt. Wie sollte sich jemand gegen so schwerwiegende Anschuldigungen verteidigen können? „Er versuchte zuerst einmal, mildernde Umstände geltend zu machen. Er sei durch seine Spielsucht in diese Lage geraten und sollte Personenschutz erhalten, da er bei

Leuten hohe Schulden hatte, die keinen Spaß verstehen."
Silva schüttelte den Kopf.

„Diese Geschichte hatte jedoch keinen Erfolg. Die Ermittler waren sichtlich amüsiert, als dieser Alvarez danach seine Taktik änderte", fuhr Silva fort. „Sie wollten von uns eine fachkundige Meinung darüber, ob so etwas überhaupt möglich war. Die Kollegen und ich mussten das natürlich verneinen."

„Was behauptet er denn jetzt?", fragte Opa Gerhard neugierig.

Silva lachte kurz auf. „Die Galgos sollen ihn reingelegt haben. Er hätte keine Ahnung gehabt, dass es Hunde in dem Stall gab. Seine Galgos sollen ihm vor Wochen abhandengekommen sein und deswegen sahen diese so furchtbar aus. Außerdem seien unsere Hunde dort aufgetaucht, um ihn zu ärgern. Als er noch hinzufügte, dass ein tollwütiger Wolf ihn fast getötet habe, wurde es allen zu viel, einfach unglaubwürdig. Den Rest gab den Polizeibeamten dann seine Behauptung, dass irgendein Ball dazu benutzt wurde, ihn abzulenken." Alle lachten laut. „Da kommt man auf die verrücktesten Ideen, wenn man verzweifelt ist."

Alle lachten wieder, nur Terri nicht. Sie starrte uns einen Augenblick an und schüttelte den Kopf. Sie ahnte wohl, dass die Behauptungen des Galgomannes doch nicht so aus dem Hut gezaubert waren. Zu unserem Glück konnte dieses jedoch niemand beweisen, dachte ich, bevor ich hörte, was Terri Mateos Vater fragte.

„Hattest du nicht erwähnt, dass du über dein Handy gesehen hast, wie unsere Hunde durch das Tor gegangen sind?"

Mateos Vater nickte. „Ja, sicher. Das war aber erst später, als ihr sie eh schon gefunden hattet. Ich hatte ja an dem Tag eine komplizierte OP durchzuführen und konnte deshalb nicht früher auf mein Handy schauen." Er schaute uns ebenfalls an. „Allerdings ist mir immer noch ein Rätsel, wie sie das geschafft haben. Das Tor schließt sich doch automatisch."

Oma Martha grinste breit. „Diese Hunde sind voller Überraschungen! Es würde mich nicht großartig überraschen, wenn diese abenteuerliche Geschichte von Alvarez doch einen Funken Wahrheit in sich hätte. Schaut euch unsere Hunde an! Sie versuchen tatsächlich vollkommen unschuldig auszusehen!"

Alle lachten erneut. Silva wischte sich letztendlich die Tränen aus den Augen. „Oh ja, dieser Witzbold Alvarez! Seine Fantasie hat ihm jedoch nicht großartig geholfen. Heute kam es zum Gerichtsurteil." Alle horchten auf und warteten gespannt ab. „Er ist in allen Punkten schuldig gesprochen worden. Tja, er wird für eine längere Zeit ins Gefängnis wandern. Hinzu kommen noch ein lebenslanges Tierhalteverbot und eine saftige Geldstrafe. Es ist nämlich herausgekommen, dass er diese Masche mit den armen Jagdhunden schon jahrelang immer wieder und in verschiedenen Regionen des Landes durchgezogen hat. Alles nur wegen dem Preisgeld! Wenn es zu brenzlig wurde, ist er umgezogen. Jetzt ist endgültig Schluss für ihn!"

Oma Martha klatschte in die Hände. „Das sind ja großartige Neuigkeiten! Ich nehme an, dass damit alle seine armen Galgos in Sicherheit sind, oder?"

Silva nickte. „So ist es! Der hiesige Tierschutzverein wird uns dabei helfen, für die Galgos gute Familien zu finden. Wenigstens diese Hunde müssen keine Angst mehr haben!"

Das waren wirklich gute Nachrichten. Das war jedoch noch nicht alles, was Silva zu berichten hatte. „Ich suche ja schon länger ein größeres Haus. Heute habe ich die Papiere für eine leerstehende Finca hier ganz in der Nähe unterschrieben. Nach einigen Renovierungsarbeiten kann ich endlich mit den Hunden umziehen! Und meinen Traum verwirklichen!"

Oma Martha strahlte sie an. „Ist es das, was ich vermute?"

Silva lächelte breit. „Ja! Es wird nicht nur unser neues Zuhause, sondern auch ein Tierschutzhof, auf dem möglichst viele ausgesetzte Hunde eine Zuflucht finden können! Und den Anfang machen die Galgos von diesem Alvarez – soweit sie noch keine eigenen Familien gefunden haben. Meine süße Zoe gebe ich allerdings eh nicht mehr ab!"

Die Menschen stießen auf diese fantastischen Nachrichten mit ihren Gläsern an und diskutierten aufgeregt über Silvas Plan. Ich lächelte Condesa an, die glücklich zu Zoe blickte. Alma würde ihre neue Freundin also nicht verlieren. Der Galgomann würde keinen einzigen Hund mehr quälen können. Unser Plan hatte funktioniert. Als ich daran dachte, was für eine großartige Truppe wir doch alle zusammen waren, und besonders, wie glücklich Alma wieder war, fühlte ich, wie der Rest der Schuldgefühle von mir fiel. Das Schicksal konnte doch auch ein guter Kumpel sein!

Virve Manninen, Jg. 1965, ist geboren und aufgewachsen in Finnland. Nach dem Studium von Geschichte und Literatur sowie Promotion (Universität Tampere, Finnland/Ruhr-Universität Bochum) ist sie als Journalistin und Projektmanagerin tätig gewesen. Sie hat mehrere Kinder- und Jugendkulturprojekte geplant und durchgeführt. Über die Hundegeschwister Arlo und Alma sind zwei weitere Romane erschienen: „Welpenretter" und „Hunderäuber". Virve Manninen lebt mit ihrem Ehemann, ihren spanischen Tierschutzkatzen Billy und Elvis sowie ihrer kleinen Hündin Saimi, die aus einer spanischen Tötungsstation gerettet worden ist, in der Nähe von Oldenburg in Niedersachsen. Sie hat eine erwachsene Tochter.